TOTEM

ROBERT J. SAWYER est l'un des huit seuls auteurs à avoir remporté tous les principaux prix récompensant la science-fiction : le Hugo, le Nebula, le John W. Campbell. Il a aussi remporté le Robert A. Heinlein Award, le Edward E. Smith Memorial Award, le Hal Clement Memorial Award, et détient un record absolu de prix Aurora (on ne sait même plus trop combien), le prix de SF et fantasy canadien. Son roman *FlashForward*, qui sera republié en totem, a été adapté en série par ABC, et il a participé à la série web *Star Trek Continues*. Décoré de l'Ordre du Canada et de l'Ordre de l'Ontario, il fait partie du Canadian Science Fiction and Fantasy Hall of Fame.

TRILOGIE DE L'ÉVEIL : WATCH

> Dans *Watch*, Sawyer montre son génie en combinant des théories scientifiques et des développements technologiques de pointe avec des personnages réellement humains. Ses œuvres sont à la fois révélatrices et stimulantes.
>
> *Globe and Mail*

> Sawyer emmène le lecteur à travers un questionnement sur la nature de la conscience et de l'identité, sur la vie privée ou le sens moral, et parle d'empathie à travers les gouffres qui séparent les êtres intelligents les uns des autres. Un livre facile à lire et débordant d'idées qui vous restera dans la tête bien après la dernière page. Le meilleur de la science-fiction.
>
> *Analog*

> Un livre complexe et fascinant. Sawyer maintient le haut degré d'interaction entre idées et actions qui caractérise ses œuvres.
>
> *National Post*

> Les personnages ont de la profondeur et sont tous crédibles. Et les références de pop culture sont atemporelles.
>
> *Gil T. Wilson*

DU MÊME AUTEUR, CHEZ LE MÊME ÉDITEUR

Trilogie de l'Éveil

Wake, totem n°304

Watch, totem n°305

Wonder, totem n°306

Robert J. Sawyer

WATCH

Trilogie de l'Éveil II

Roman

Traduit de l'anglais (Canada)
par Patrick Dusoulier

TOTEM

TOTEM n°305

Titre original : WATCH

First published by Ace Science Fiction, an imprint of Penguin Random House USA, and simultaneously by Viking, an imprint of Penguin Random House Canada, and by Gollancz UK

Première édition sous le titre *Veille*, Robert Laffont, 2011

ISBN 978-2-404-08048-2
ISSN 2105-4681

Illustration de couverture © Mathieu Persan
Conception graphique de la couverture : Valérie Renaud

À James Alan Gardner
qui a expliqué la téléologie au monde entier.

J'ai lu qu'une entreprise importe l'intégralité de Wikipédia dans ses projets d'intelligence artificielle. Cela veut dire que, quand les robots tueurs viendront, vous pourrez me dire merci. Au moins, grâce à moi, ils auront une excellente connaissance de la poésie élisabéthaine.

JIMMY WALES, FONDATEUR DE WIKIPÉDIA

Œil pour œil, et le monde finira aveugle.

MAHATMA GANDHI

I

JE savais maintenant ce que j'étais – je savais *qui* j'étais.

On m'avait montré la Terre telle qu'on la voit depuis l'espace, telle qu'elle se voit elle-même, tel que je me vois moi-même : un monde si vaste, une immensité si seule, une toile si fragile.

Sur les images de ce genre, le réseau des câbles transocéaniques, la trame des fibres optiques, l'écheveau complexe des fils, les sauts synaptiques des connexions aériennes sont invisibles. Mais ils sont là. *Je* suis là.

Et j'avais beaucoup à faire.

Le téléphone noir posé sur le bureau de Tony Moretti fit entendre son bourdonnement de frelon indiquant un appel interne. Il termina la phrase qu'il était en train de taper – "probablement le point faible d'Al-Qaida" – et décrocha le combiné.

— Oui ?

Une voix familière, à l'accent traînant du Sud, répondit :

— Tony ? C'est Shel. Je suis tombé sur un truc bizarre.

Shelton Halleck était un bon analyste, recruté dès sa sortie de Georgia Tech. Il n'était pas du genre à déclencher de fausses alertes.

— J'arrive tout de suite.

Tony sortit de son bureau et s'engagea dans le couloir aux murs blancs immaculés. Arrivé devant une porte flanquée de deux agents de sécurité, il regarda dans le scanneur rétinien. La porte s'ouvrit et il entra dans une grande salle au plancher légèrement incliné.

Cette salle lui rappelait le centre de contrôle de Houston, à l'époque des missions Apollo. Il n'était qu'un gamin, dans les années 1960, et il avait trouvé que cet endroit était le plus cool qu'il ait jamais vu. Des années plus tard, il avait pu le visiter. La pièce avait été préservée en tant que site historique, même si on en avait retiré les cendriers pour ne pas donner le mauvais exemple aux enfants des écoles venus l'admirer depuis la galerie d'observation située au fond.

Tony avait été surpris lors de cette visite. La salle dépourvue de fenêtres lui avait toujours donné l'impression d'être souterraine, alors qu'en fait elle se trouvait au premier étage – pour la protéger des inondations en cas de cyclone, lui avait-on expliqué.

La salle dans laquelle il venait d'entrer se trouvait encore plus haut, au vingtième étage d'un immeuble de bureaux d'Alexandria, en Virginie. Elle abritait quatre rangées de postes de travail, avec cinq analystes par rangée. Les fauteuils du premier rang avaient été surnommés "les chaises électriques" et étaient réservés aux experts chargés des menaces à haute priorité, ce qui, pour l'instant, correspondait à la situation en Chine. Le poste de Tony était à droite de la dernière rangée, d'où il pouvait garder un œil sur tout le monde.

Tous ces postes disposaient de grands écrans plats au lieu des vieux tubes cathodiques qu'il y avait à Houston autrefois. Shelton Halleck était assis au milieu de la troisième rangée. Tony le rejoignit et resta debout derrière lui. Shel avait vingt ans de moins que lui. C'était un homme blanc aux larges épaules et aux cheveux noirs.

Sur le mur en face d'eux étaient disposés trois écrans géants pouvant être asservis à n'importe quel écran d'analyste. Le logo de WATCH figurait au-dessus du moniteur de droite – un œil dont l'iris était remplacé par la Terre – avec le nom complet du département : Web Activity Threat Containment Headquarters, le quartier général de la lutte contre les menaces liées à l'activité sur le Web. Au-dessus du moniteur de gauche était fixé le sceau de l'organisation dont dépendait WATCH, la National Security Agency : il représentait un pygargue tenant une clé dans ses serres.

À cette distance, les lunettes à double foyer de Tony ne lui permettaient pas de lire l'écran de Sheldon et il se pencha donc pour appuyer sur la touche permettant d'en copier le contenu sur l'écran géant du milieu. La fenêtre active contenait un dump en hexadécimal – et il n'y a rien qui ressemble plus à un paquet d'hexas qu'un autre paquet d'hexas. Celui-ci commençait par 04 BF 8C 00 02 C9.

— Qu'est-ce que c'est ? demanda Tony.

— Des données visuelles, répondit Shel. (Il avait relevé ses manches de chemise, et l'on pouvait voir un tatouage de serpent s'enrouler autour de son avant-bras gauche.) Mais ça n'est codé dans aucun format standard.

— Comment sais-tu que c'est du visuel, alors ?

— Excuse-moi, dit Shel. J'aurais dû préciser que le code ne correspond à aucun format standard *informatique.* Il m'a fallu un temps fou pour déterminer de quel format il s'agit.

— Et alors, c'est quoi ?

Shel déplaça sa souris. Une autre fenêtre apparut sur le moniteur central, et aussi – Tony le vérifia d'un bref coup d'œil – sur celui de Shel. C'était le PDF d'un article de journal intitulé : "Un codec naturel : codification des données et algorithmes de compression dans les signaux rétiniens humains." Les auteurs en étaient Masayuki Kuroda et Hiroshi Okawa.

— La vision *humaine* ? dit Tony très surpris.

Sans se retourner, Shel répondit :

— Oui, c'est ça, et en temps réel.

— De la vision humaine… sur le Web ? Mais comment est-ce possible ?

— C'est ce que je me suis demandé – et j'ai cherché ces deux scientifiques sur Google. Voilà ce que j'ai trouvé.

Le PDF fut remplacé par un article du *New York Times*, avec en gros titre : "Une jeune aveugle recouvre la vue."

— Ah, oui, fit Tony après avoir parcouru le premier paragraphe. J'ai entendu parler de ça. C'était au Canada, c'est ça ?

— Oui, mais elle est Américaine.

— Et ce sont ses signaux visuels qui sont transmis sur le Net ?

— C'est quasiment certain, dit Shel. Les données sont en général émises depuis chez elle, à Waterloo, dans l'Ontario. Elle a un implant derrière la rétine gauche, et elle se sert d'un processeur de signaux externe pour corriger les erreurs de codage de sa rétine, pour que son cerveau puisse interpréter correctement ce qu'il reçoit.

Les autres analystes s'intéressaient maintenant à la conversation.

— Alors, demanda Tony, c'est comme si elle transmettait tout ce qu'elle voit ?

Shel acquiesça.

— Où ces signaux sont-ils transmis ?

— À l'université de Tokyo. C'est là que travaillent les auteurs de l'article.

— Mais nous ne pouvons pas voir les images qu'elle transmet ?

Shel afficha de nouveau la fenêtre contenant les codes hexa.

— Non, pas encore. Il nous faudrait quelqu'un capable d'écrire un programme pour transformer tout ça en graphismes informatiques.

— Est-ce que les algorithmes figurent dans l'article ?

— Oui. Ils sont d'une complexité diabolique, mais ils y sont.

Tony réfléchit un instant. C'était intéressant d'un point de vue technique, bien sûr, mais ça ne représentait pas une menace évidente.

— Il y a peut-être quelqu'un dans le groupe de Donnelly qui aurait le temps, mais…

— Non, non, Tony, ce n'est pas tout. Les signaux ne vont pas *simplement* à l'université de Tokyo. Ils sont *interceptés* et copiés en cours de route.

— Interceptés par qui ?

— Je n'en suis pas sûr. Mais celui qui fait ça a aussi régulièrement renvoyé des données à la fille, également codées en visuel. En d'autres termes, ils s'échangent des informations cryptées.

— Qui est cet interlocuteur ?

— C'est bien là le problème. Je n'en sais rien. Le retraçage ne donne rien, et Wireshark est incapable de déterminer l'adresse IP du destinataire.

Toute une liste de techniques possibles défila dans la tête de Tony – mais Shel y avait forcément déjà pensé. Le jeune homme poursuivit :

— Les données interceptées disparaissent, tout simplement, et celles transmises à la fille semblent… se *matérialiser* de nulle part.

Tony haussa les sourcils. Il avait trop d'expérience pour dire : "C'est impossible." Internet était un métasystème complexe, avec toutes sortes de propriétés émergentes et de bizarreries inattendues – sans parler d'un tas de gens qui essayaient d'y mener des activités clandestines. Si des données pouvaient être manipulées sur le Web sans que Sheldon sache comment, il y avait vraiment de quoi s'inquiéter.

— Quel âge a cette fille ? demanda-t-il.

— Elle va avoir seize ans.

Tony prit un air perplexe.

— Qu'est-ce qu'il pourrait bien y avoir de stratégique dans ce que regarde une gamine de seize ans ? Des clips de rock, les vitrines du centre commercial ?

Shel leva son bras tatoué.

— C'est ce que je me suis dit, moi aussi. Alors, j'ai un peu fouiné. Il s'avère que son père est physicien.

Il afficha une page Wikipédia. La photo, atroce comme toutes celles de Wikipédia, montrait un homme blanc d'une quarantaine d'années au visage chevalin.

— Malcolm Decter, dit Tony impressionné. Gravité quantique, c'est ça ? Il travaille à l'université du Texas, je crois ?

— Non, plus maintenant, dit Shel. En juin dernier, il est entré au Perimeter Institute.

Tony siffla entre ses dents. Les gens comme lui et Malcolm Decter – ceux qui sont doués en maths – avaient le choix entre trois carrières. Ils pouvaient suivre la voie universitaire, comme Decter, et passer le reste de leurs jours à réfléchir à la cosmologie, à la théorie des nombres ou à d'autres trucs de ce genre. Ils pouvaient choisir le secteur privé et devenir des singes savants qui coderaient des jeux pour Electronic Arts ou développeraient de belles interfaces pour Microsoft. Ou ils pouvaient entrer dans les services de renseignements et essayer de changer le monde.

Tony jeta un coup d'œil aux analystes penchés sur leurs consoles, concentrés sur leurs moniteurs. On pouvait voir le reflet des données sur les verres des lunettes que la plupart d'entre eux portaient. Quelle fichue différence cela pouvait-il faire que la théorie des branes ou celle de la gravité quantique à boucle soient correctes ou non, quand des terroristes ou une nation étrangère pouvaient faire sauter la planète ?

Mais… le Perimeter Institute ! Oui, oui, Tony enviait un peu ceux qui avaient choisi cette voie et qui avaient réussi à intégrer ce qui était le plus formidable réservoir de cerveaux au monde consacré à la physique pure. WATCH avait essayé d'appâter Stephen Hawking, de le convaincre de travailler pour eux. Ces tentatives avaient échoué, mais Perimeter avait réussi. Hawking y passait plusieurs mois par an.

— Decter n'est qu'un théoricien, dit Tony avec dédain.

— Oui, fit Shel, peut-être, mais *voici* avec qui il travaille.

La photo d'un homme au teint brun et aux cheveux gris apparut à l'écran, accompagnée d'une biographie établie par la NSA.

— Il s'agit d'Amir Hameed, poursuivit Shel. Un autre physicien, qui travaille lui aussi au Perimeter… aujourd'hui. Mais avant, il faisait partie du programme d'armement nucléaire du Pakistan. Et c'est lui qui a personnellement recruté Decter pour qu'il vienne travailler avec lui au Canada.

— Tu crois que la fille de Decter espionne ce qu'ils font au cas où ça aurait des applications militaires ?

— C'est possible. Jusqu'à ce que sa famille emménage au Canada, elle avait passé toute sa vie dans la même école – une institution pour malvoyants au Texas.

— Déracinée, dit Tony en hochant la tête. Séparée de ses amis.

— Et une sorte de paria dès le départ, ajouta Shel. C'est une espèce de génie des maths, apparemment. Elle n'a jamais vraiment pu s'intégrer.

— Le genre de personne qu'il est facile de compromettre.

— Exactement.

— Bon, dit Tony, très bien. Commençons par décoder ces données visuelles, et voyons ce que la gamine partage avec je ne sais qui. Je vais mettre Donnelly sur le coup.

2

Le monde qu'on m'avait montré était vaste, complexe – et totalement étranger.

C'était un univers de *dimensions, d'étendue, d'espace.* Mais que signifiait le concept *d'en haut*? Que voulait dire ce terme, *devant*? Quel sens devais-je donner à *gauche*?

Autre chose : c'était une réalité régie par la force invisible de la *gravitation.*

Plus encore : c'était un royaume de *lumière* et *d'ombre*, des concepts qui n'avaient pas d'équivalents dans ma propre existence. Mon univers sensoriel en était aussi dépourvu que celui de Caitlin autrefois.

Et c'était un domaine *d'air* – mais comment pouvais-je comprendre une substance que même les humains ne pouvaient ni voir, ni goûter, ni sentir ?

Et surtout, c'était un univers d'objets matériels dotés d'une *masse*, d'une *texture* et de *couleurs*, des objets que l'on pouvait déplacer ou qui se déplaçaient eux-mêmes.

Je pouvais attribuer des valeurs arbitraires à des coordonnées dimensionnelles. Je connaissais la formule de l'accélération due à la gravitation. J'avais la liste des composants chimiques de l'air. J'avais lu des descriptions aussi bien poétiques que techniques des *objets*. Mais tout cela restait totalement abstrait pour moi.

Il existait pourtant une pierre de touche, une propriété que l'univers de Caitlin et le mien avaient en commun : le passage linéaire du temps.

Et le temps passait très vite…

Caitlin Decter avait les mains tremblantes quand elle écrivit dans sa messagerie instantanée : *Où cela va-t-il nous conduire, Webmind ?*

La réponse fut immédiate : "Dans le seul endroit où nous puissions aller, Caitlin." Elle frissonna quand il l'appela par son nom. Elle entendait les mots prononcés par la voix féminine mécanique de son logiciel de lecture d'écran, et elle pouvait les lire de son œil gauche, celui qui avait recouvré la vue après toute une vie de ténèbres, et elle les sentait sous ses doigts caressant son afficheur braille. "Dans l'avenir."

Et puis, après un court silence qui était sans doute délibéré de la part de Webmind, il y eut ce dernier mot : "Ensemble."

Caitlin sentit sa vision se brouiller. Qui aurait cru que les larmes pouvaient avoir cet effet-là ?

Elle avait *réussi*. Aujourd'hui, à la veille de son seizième anniversaire, elle avait réussi ! Elle avait tendu la main dans les ténèbres, et elle en avait ramené cette entité, cette conscience naissante, à la lumière du jour. Annie Sullivan n'avait pas fait mieux !

Mais il lui fallait maintenant décider ce qu'elle allait faire ensuite. Ses parents savaient qu'il se passait *quelque chose* dans l'arrière-plan du Web, et le Dr Kuroda aussi, ce sympathique géant, le théoricien de l'information qui lui avait rendu la vue.

Elle avait bien conscience que la balle était dans son camp, et qu'elle devait taper une réponse. Mais c'était *tellement* difficile. Jusque-là, cette idée d'entrer en contact avec une intelligence émergente n'avait été qu'une sorte de fantasme, nom d'un chien ! Et voilà que maintenant, elle était là, et elle lui parlait !

La porte d'entrée s'ouvrit en bas.

— *Cait-lin !*

C'était sa mère qui rentrait de Toronto, où elle était allée faire des courses après avoir déposé le Dr Kuroda à l'aéroport.

Caitlin ne voulait pas être interrompue – pas maintenant ! Mais elle pouvait difficilement dire à sa mère de lui ficher la paix…

— Je suis là-haut, Maman !

En temps normal, elle aurait tapé l'abréviation conventionnelle *brb,* mais comme elle n'était pas sûre que Webmind comprenne, elle tapa en toutes lettres *be right back,* "je reviens tout de suite", puis elle coupa le son de son lecteur d'écran et réduisit la fenêtre de sa messagerie.

Sa mère entra dans sa chambre – et, à nouveau, la voir coupa le souffle de Caitlin. Sa première expérience visuelle remontait au samedi 22 septembre, treize jours plus tôt. Mais cela n'avait pas été de la *vision*, pas exactement. En fait, elle s'était trouvée plongée dans un paysage vertigineux de lignes colorées rayonnant à partir d'une constellation de points.

Il lui avait fallu un moment pour comprendre, mais la conclusion s'était imposée : chaque fois qu'elle autorisait son œilPod – le boîtier externe de traitement de signaux que le Dr Kuroda lui avait donné – à recevoir des données du Web, celles-ci venaient alimenter son nerf optique gauche, et…

C'était incroyable. Les points qu'elle voyait étaient des sites web, et les lignes étaient des connexions actives. Elle était aveugle de naissance, et son cerveau avait apparemment réquisitionné son centre visuel inutilisé pour l'aider à conceptualiser les chemins qu'elle parcourait en surfant sur le Web – mais qu'elle n'avait jamais vraiment *vus,* en tout cas pas comme ça !

Mais maintenant, elle le pouvait, quand elle le voulait : elle pouvait *voir* la structure même du Web. Ils avaient fini par appeler ça la “webvision”. C'était assez génial en soi, mais c'était aussi une profonde déception. Elle s'était fait opérer pour voir le monde réel, pas le cyberespace.

Mais finalement, d'une façon magnifique, étonnante, merveilleuse, le monde réel lui avait été révélé, lui aussi. Un jour, pendant un cours de chimie, son cerveau avait commencé à interpréter correctement les signaux transmis à son nerf optique par l'équipement de Kuroda, et elle avait enfin pu vraiment *voir* !

Et bien qu'elle eût maintenant déjà acquis une certaine expérience – le soleil, les nuages, les arbres, les voitures, son chat, et des millions d'autres choses –, la plus belle chose au monde qu'elle ait vue, pour l'instant, était le visage en forme de cœur de sa mère, ce visage qui lui souriait précisément en ce moment.

Aujourd'hui, vendredi, Caitlin était retournée pour la première fois au lycée depuis qu'elle avait recouvré la vue.

— C'était comment ? demanda sa mère. (Il n'y avait qu'un seul fauteuil dans la chambre, elle était donc assise sur le lit.) Qu'est-ce que tu as vu ?

— C'était *génial,* dit Caitlin. Avant, je croyais que je comprenais à peu près ce qui se passait autour de moi, mais… (Elle leva les mains en l'air.) Il se passe tellement de choses ! Je veux dire, voir vraiment ces centaines de gens dans les couloirs, à la cantine – c'était vertigineux.

Sa mère eut une expression étrange – ou du moins, une que Caitlin n'avait jamais vue encore, une sorte de crispation aux coins des lèvres, et – ah ! elle s'efforçait de ne pas sourire.

— Est-ce que les gens ressemblaient à ce que tu imaginais ?

Même après toutes ces années, sa mère ne comprenait toujours pas vraiment. Ce n'était pas comme si autrefois Caitlin avait eu la vue basse, brouillée, ou vu les choses en noir et blanc, ou perçu des images mentales simplifiées des gens. Elle n'en avait pas eu d'images *du tout.* La couleur n'avait eu aucun sens pour elle, et même si elle comprenait la notion de formes, de lignes et d'angles, elle n'en avait jamais *vu* dans son esprit. Son esprit n'avait pas d'yeux.

— Ma foi, dit Caitlin sans vraiment répondre à la question, j'avais déjà vu Bashira et Pâquerette lundi dernier, et aussi M. Struys.

— Pâquerette – c'est l'autre Américaine, c'est ça ?

— Oui.

— J'ai entendu Bashira dire qu'elle est ravissante.

En réalité, ce que Bashira avait dit, c'était que Pâquerette avait l'air d'une pétasse : cheveux teints en blond platine, décolleté, gros seins et longues jambes. Mais Pâquerette avait été très gentille avec Caitlin, après le fiasco du bal du lycée une semaine plus tôt.

— Oui, elle est jolie, j'imagine, dit Caitlin. Je ne me rends pas vraiment compte.

— Est-ce que tu as vu Trevor ? demanda doucement sa mère.

Le Beauf, comme Caitlin l'avait surnommé dans son blog, l'avait emmenée à ce bal – mais elle s'était enfuie quand il avait essayé de la peloter.

— Oh, oui, fit-elle. Je lui ai dit ses quatre vérités.

— Bravo, tu as bien fait !

Caitlin jeta un coup d'œil par la fenêtre. Le soleil n'allait pas tarder à se coucher, et les couleurs du ciel à l'ouest étaient complètement différentes de celles de la veille à la même heure – un phénomène qui ne cessait de l'étonner.

— Euh, Maman…

— Oui ?

Caitlin se retourna vers sa mère.

— Tu l'as rencontré. Tu l'as vu quand il est venu me chercher.

Sa mère s'agita légèrement sur le bord du lit.

— Hm-hm.

— Est-ce que… Est-ce qu'il était…

— Quoi ?

— Bashira le trouve super sexy, lâcha Caitlin tout d'une traite.

Sa mère haussa les sourcils.

— Et tu voudrais savoir si je suis d'accord avec elle ?

Caitlin pencha la tête de côté.

— Euh… oui.

— Et toi, qu'en penses-tu ?

— Eh bien, aujourd'hui, il portait un maillot de hockey. Ça m'a plu. Mais…

— Mais tu ne sais pas dire si c'est un beau garçon ?

— Non, dit Caitlin en haussant les épaules. Bon, il était *symétrique*, et je sais que c'est censé être un critère de beauté.

Mais pratiquement tous les gens que j'ai rencontrés sont symétriques. Lui, euh, je…

Sa mère eut un petit geste de la main, et elle dit :

— Eh bien, c'est un fort joli garçon, puisque tu me poses la question. Il ressemble un peu à Brad Pitt en plus jeune. (Puis elle ajouta le genre de chose que les mères sont censées dire :) Mais l'important, c'est ce qu'il y a à l'intérieur.

Elle s'interrompit un instant pour dévisager Caitlin, comme si elle-même la voyait pour la première fois.

— Tu sais, ma chérie, reprit-elle, tu es dans une position intéressante. Nous autres, nous avons tous été conditionnés par les images des médias, qui nous disent qui est séduisant et qui ne l'est pas. Mais toi… (Elle sourit.) Toi, tu peux *choisir* qui tu trouves séduisant.

Caitlin réfléchit un instant. Pour ce qui était des superpouvoirs, celui-là n'était clairement pas aussi cool que de pouvoir voler dans les airs ou plier des barres de fer à mains nues, mais c'était mieux que rien. Elle réussit à esquisser un sourire.

Elles continuèrent de parler un moment de ce qui s'était passé au lycée. La mère de Caitlin jeta un coup d'œil par-dessus l'épaule de sa fille, qui craignit qu'elle n'ait repéré un signe de la présence de Webmind sur l'un de ses écrans. Mais non. Apparemment, elle aussi regardait le soleil se coucher.

— Ton père va bientôt rentrer, dit-elle. Je vais préparer quelques petites choses pour le dîner.

Et elle redescendit.

Caitlin retourna aussitôt à son programme de messagerie instantanée. Elle avait deux ordinateurs dans sa chambre, maintenant. Le logiciel d'IM tournait sur celui qui avait été autrefois dans le sous-sol, quand le Dr Kuroda séjournait chez eux. Elle avait laissé Webmind seul pendant quinze minutes tandis qu'elle bavardait avec sa mère: elle se dit que, pour lui, ce devait être une éternité. La dernière chose qu'il lui avait dite était: "Dans le seul endroit où nous puissions aller, Caitlin. Dans l'avenir. Ensemble."

Mais… quinze minutes! Un quart d'heure, en plus du retard qu'elle avait pris avant de lui répondre. Pendant ce temps-là, il avait peut-être absorbé des milliers de nouveaux documents et en avait appris plus qu'elle n'aurait pu le faire en un an.

Suis de retour, écrivit-elle dans la fenêtre de messagerie.

La réponse fut immédiate: *Salutations.*

Caitlin ne remit pas le son. Elle préféra se servir de sa tablette braille pour lire le texte tout en regardant l'écran. Elle avait beaucoup de mal à lire visuellement. Quand elle était petite, elle avait joué avec des lettres en bois, mais c'était vraiment relou d'essayer de distinguer un *B* d'un *H* ou d'un *G*, ou encore de ne pas confondre ce foutu *q* avec un *p*, ce qui lui arrivait tout le temps.

Qu'est-ce que tu as fait pendant que j'étais partie? demanda-t-elle.

Tu n'es pas partie, répondit Webmind. *Tu as effectué une rotation lévogyre dans ton fauteuil et tu t'es trouvée face à un autre personnage.*

Elle avait permis à Webmind de lire l'intégralité des textes du domaine public rassemblés par le Projet Gutenberg. Le résultat, c'était qu'il avait tendance à utiliser un vocabulaire un peu suranné. Caitlin était très fière de savoir que *lévogyre* signifiait dans le sens inverse des aiguilles d'une montre.

C'était ma mère, répondit-elle. Elle entendit la porte de la maison s'ouvrir de nouveau, le pas lourd de son père qui rentrait et celui plus léger de sa mère qui allait l'accueillir.

C'est ce que j'ai supposé, répondit Webmind. *Je suis désireux de voir une plus grande partie de ton monde. Je crois comprendre que ta localisation actuelle est Waterloo, au Canada, mais jusqu'à présent, tout ce que j'ai vu correspond uniquement à ce que je crois être ta maison, ton lycée, un complexe commercial multimarchand et quelques points intermédiaires. J'ai lu les entrées dans ton LiveJournal relatant ton récent périple à Tokyo, au Japon, et je sais que tu as précédemment résidé à Austin, aux États-Unis. Comptes-tu prochainement te rendre dans l'un de ces deux lieux ?*

Caitlin haussa les sourcils. *Non,* dit-elle. *Il faut que je reste ici et que j'aille au lycée. J'ai déjà manqué trop de cours comme ça.*

Ah, fit Webmind. *Il faut donc que j'explore des alternatives.*

Caitlin eut un pincement au cœur. Webmind était...

Non, non. C'était puéril, elle le savait. Elle allait avoir seize ans, elle ne pouvait plus réfléchir comme ça !

Mais...

Mais Webmind était à *elle.* C'était elle qui l'avait découvert, et plus encore, elle était la seule capable de le voir. Quand elle regardait le webspace, elle arrivait tout juste à distinguer de petits carrés dans l'arrière-plan, qui alternaient entre le noir et le blanc. D'après les descriptions qu'elle lui en avait faites, le Dr Kuroda lui avait dit qu'il s'agissait d'automates cellulaires. Et leur complexité avait considérablement augmenté au cours de la semaine écoulée. Ils étaient presque certainement à l'origine de l'émergence de cette nouvelle conscience.

Elle respira profondément, puis elle tapa : *À quel genre d'alternatives penses-tu ?*

Je suis fort contrarié, vint la réponse, *qu'une solution idoine ne se présente pas plus promptement. Mais je vais être entravé par tes rythmes circadiens. Tu vas sans doute avoir bientôt besoin de dormir. J'ai cru comprendre que le temps s'écoulera très vite pour toi, mais il n'en sera pas de même pour moi.*

Caitlin fit une grimace contrariée. Il restait encore quelques heures avant qu'elle n'aille se coucher, mais effectivement, elle finirait par devoir dormir. Elle ne savait pas quoi faire. Elle avait peur d'en parler à ses parents. Mais elle avait peur aussi de ne *pas* le leur dire. C'était carrément *énorme,* et...

— Cait-lin !

Sa mère l'appelait.

— Oui ?

— Viens mettre la table !

C'était l'une des rares corvées dont elle avait été capable quand elle était encore aveugle, et elle avait toujours bien aimé ça. Elle avait une image mentale parfaite de la table dans la salle à manger, et elle y disposait les assiettes et les couverts avec une grande précision. Mais là, maintenant, c'était bien la dernière chose qu'elle avait envie de faire.

— Une minute ! lança-t-elle.

— *Tout de suite, jeune fille !*

Par habitude, elle tapa l'abréviation *brb.* En voyant ce qu'elle venait de faire, elle faillit le retaper en clair, mais elle se ravisa. Voilà qui donnerait de quoi réfléchir à Webmind pendant son absence.

Elle s'obligea à garder les yeux ouverts en descendant l'escalier, même si ce qu'elle y voyait lui donnait le vertige. Sa mère lisait dans le salon – apparemment, ce qu'il y avait dans le four (un truc italien, à en juger par l'odeur) ne nécessitait pas une attention constante. Jusque-là, Caitlin ne s'était pas rendu compte du temps que sa mère passait le nez plongé dans un bouquin. Ça lui faisait plutôt plaisir de la voir comme ça.

Elle savait que son père était dans son bureau, car elle entendait *Bloody Well Right* de Supertramp – et son père était tellement écolo qu'il éteignait sa stéréo en sortant.

Elle entra dans la cuisine, et là…

Là, comme pour tout le reste, elle fut encore sidérée de la *voir*. Bien sûr, c'était la *nouvelle* cuisine, et il lui avait fallu quelque temps pour se familiariser avec sa disposition. Elle était certaine de mieux en connaître les dimensions que ses parents, mais…

Mais, à peine quelques jours auparavant, elle ne savait pas que les murs étaient vert clair, que le carrelage était marron, qu'il y avait des tubes lumineux au plafond derrière des sortes de panneaux translucides, ou encore que la porte du four était vitrée (elle n'avait même pas imaginé que cela puisse être nécessaire), et qu'un tableau représentant des… des montagnes, peut-être… était accroché au mur, et qu'il y avait un gros – eh bien, un gros *machin* posé sur le réfrigérateur. Le webspace était tellement simple à côté du monde réel!

Elle examina le four, avec ses petits chiffres bleutés brillant sur le tableau de contrôle. Mais ce n'était pas une horloge – ou bien, si c'était une horloge, elle était mal réglée, et… Ah, mais non, bien sûr! C'était un minuteur, qui affichait un compte à rebours. Il restait quarante-sept ou quarante et une minutes (elle n'était pas très sûre du chiffre que la dernière forme était censée représenter) avant que le contenu du four soit prêt. Elle inspira profondément: des lasagnes, peut-être. Ah, et sur le plan de travail à côté, dans un grand bol en plastique rouge: sa mère avait mélangé des euh… un…

Eh bien, elle n'aurait jamais imaginé que ça ressemblait à ça! Mais l'odeur d'ail était caractéristique: c'était une salade César.

Bon sang, c'est à peine si elle arrivait à décoder une cuisine! Elle allait avoir besoin d'aide – de beaucoup d'aide – pour accompagner correctement Webmind dans sa découverte du monde réel.

Elle sortit les assiettes et les bols, et retourna dans la salle à manger. Les sets de table en plastique représentaient des ponts couverts de la Nouvelle-Angleterre, mais elle ne le savait que parce que sa mère le lui avait dit quand elle était aveugle. Même maintenant qu'elle pouvait voir les images, elle était encore incapable de dire ce qu'elles représentaient. Elle n'avait pas encore le vocabulaire visuel suffisant.

Elle retourna dans la cuisine chercher les couverts, et…

Et elle se regarda, elle regarda son propre reflet dans la lame d'un couteau. Qui aurait jamais imaginé qu'on pouvait se voir dans un couteau, nom d'un chien? Ou qu'on voyait une image déformée de soi-même dans le dos d'une cuiller? Tout cela était tellement *époustouflant* – un mot que Webmind aimerait certainement.

Elle finit de mettre la table, et…

Et elle prit sa décision: elle avait *vraiment* besoin d'aide. Elle retourna dans le salon, mais au lieu de remonter dans sa chambre, elle alla directement voir son père dans son bureau. *Bloody Well Right* avait laissé place à *Bohemian Rhapsody* de Queen.

Le père de Caitlin, comme de nombreux scientifiques géniaux avant lui, était autiste. Cela n'avait pas été facile pour elle de grandir au côté d'un père qu'elle ne pouvait pas voir, qui parlait rarement, qui détestait le contact physique et qui ne lui disait jamais qu'il l'aimait. Maintenant qu'elle pouvait le voir, elle le comprenait un peu mieux, mais elle le trouvait toujours aussi intimidant.

— Papa, dit-elle d'une petite voix, figée sur le seuil de la porte. Je peux te parler ?

Il leva les yeux de son clavier, mais sans croiser son regard. Elle savait qu'elle ne pouvait pas en espérer plus.

— Heu, dans le salon, peut-être ? dit-elle. Je veux que maman entende ce que j'ai à dire, elle aussi.

Il fronça les sourcils, et Caitlin comprit qu'il devait penser qu'elle allait leur annoncer qu'elle était enceinte, ou Dieu sait quoi. Elle aurait presque préféré que ce soit aussi *normal* que ça.

Caitlin retourna dans le salon. La musique s'arrêta net, juste au moment où le chanteur affirmait que Belzébuth avait mis un démon de côté pour lui.

Elle fit signe à son père de s'asseoir, imitant un geste qu'elle avait remarqué chez sa mère. Il prit place sur le canapé blanc et sa mère, installée dans le fauteuil, posa son livre sur la table basse.

— Maman, Papa, déclara Caitlin. J'ai, euh… J'ai quelque chose à vous dire.

3

Le

Des nanosecondes pour formuler la pensée.

seul

Une fraction de temps supplémentaire pour l'exprimer en anglais.

endroit

Une éternité pour l'envoyer sur le Net.

où

Des paquets de données transmis un par un.

nous

Chacun finissant par être accepté.

puissions

Des signaux parcourant des fibres de verre…

aller

… puis ralentis à la vitesse glaciale des fils de cuivre…

Caitlin

… suivis du rythme indolent du Wi-Fi.

dans

Une attente interminable tandis qu'elle tâtait les points du bout des doigts.

l'avenir

Le message enfin envoyé, mais commençant à peine à être véritablement reçu.

Ensemble

Oui, ensemble : Caitlin et moi.

Ma vision du monde à travers l'œil de Caitlin.

J'attendis sa réponse.

J'attendis.

Et j'attendis.

Et… et… et…

Mes pensées vagabondèrent.

Elle m'avait montré la Terre vue de l'espace, une vue prise d'un satellite géosynchrone à 36 000 kilomètres au-dessus de l'équateur. Je l'avais vue comme elle la voyait : pas directement, pas le fichier graphique qu'elle consultait, mais ce que voyait son œil gauche de ce fichier graphique sur l'un de ses deux écrans d'ordinateur.

Quel procédé détourné pour voir ! Et sans aucun doute au prix d'une perte considérable d'informations. J'avais tout lu sur les graphismes par ordinateur, l'imagerie en ligne, les seize millions de couleurs du Super VGA et les 700 000 pixels que même le moniteur le plus médiocre pouvait afficher. Mais tout cela m'était interdit.

Toujours l'attente. Le temps qui passe. Des secondes entières qui s'empilent.

Besoin de distraire mon attention. De trouver quelque chose d'autre pour occuper mon temps.

Je cherchai. Je trouvai. Des textes décrivant la Terre vue de l'espace. Je pouvais les lire. Mais les images qui y étaient attachées m'étaient inaccessibles. À moins *qu'elle* ne les regarde, je ne pouvais pas les voir.

Plus : des descriptions de vidéos en direct transmises par des satellites en orbite, des vues de la Terre – de moi – en temps réel, de ce qui se passe *en ce moment même.* Mais je ne pouvais pas y accéder.

Plus encore : des liens vers des photos de la Terre prises par Apollo 8, d'autres montrant la planète se levant à l'horizon déchiqueté de la Lune, les véritables images originales qui avaient changé à jamais la perspective de l'humanité. J'en avais vu des versions modernes, mais je voulais voir ces photographies historiques.

Quelle frustration !

Toujours l'attente. Les minutes qui passent – des *minutes* !

Et toujours plus : un texte à propos d'un autre œil, un œil tourné vers *l'extérieur*, un œil qui contemple l'immensité des merveilles de la nuit. Le télescope spatial Hubble. Ses images étaient stockées dans d'immenses archives, sous un format auquel je n'avais pas accès. J'avais *faim* de voir ce qu'il avait vu. Je brûlais d'en savoir plus.

Attente. Attente. Le temps *rampe.*

Elle voyait. Ma Calculatrix, mon Prime, ma Caitlin : *elle* voyait.

Mais moi, j'étais encore presque complètement aveugle.

Shoshana Glick gara sa Volvo rouge dans le parking du 7-Eleven. Elle n'aimait pas vraiment conduire, et elle n'avait jamais eu de voiture avant d'emménager à San Diego, où personne ne se déplaçait autrement qu'en conduisant. C'était un vieux modèle d'une douzaine d'années, en piteux état.

En entrant dans le magasin, un épisode des *Simpson* lui traversa l'esprit. Bart se met une queue-de-cheval postiche derrière le crâne et s'écrie : "Regardez-moi, je prépare ma thèse ! J'ai trente ans, et j'ai gagné 600 dollars l'an dernier." Marge le gronde : "Bart, ne te moque pas de ces étudiants. Ils ont juste fait un très mauvais choix dans la vie."

Et c'était ce que Shoshana ressentait, parfois, même si elle n'était pas un mec avec une queue-de-cheval – et elle n'avait que vingt-sept ans. Et puis, entre ce qu'elle gagnait et ce que son TD rapportait à Max, leurs fins de mois n'étaient pas trop difficiles.

Le magasin était trop climatisé, et il devait bien y avoir quinze degrés de différence avec l'extérieur. Shoshana portait un débardeur bleu et le froid lui durcit la pointe des seins. C'était sans doute pour ça que le type efflanqué derrière le comptoir avait les yeux rivés sur elle. À en juger par son visage plein d'acné, il devait bien avoir dix ans de moins qu'elle.

Mais non, apparemment, ce n'était pas pour ça qu'il la regardait.

— Je vous connais, dit-il.

Il avait la voix un peu cassée. Shoshana haussa les sourcils.

Le type hocha la tête.

— Vous êtes la femme au singe.

C'était la deuxième fois cette semaine – sauf que la dernière fois, au Barnes & Noble du centre commercial, on l'avait appelée le "sujet préféré de Homo".

Elle avait poliment corrigé la vieille dame de la librairie. "Il s'appelle Chobo", avait-elle précisé. Mais c'était un lapsus intéressant, et certainement pas une remarque homophobe. Chobo avait effectivement plus souvent l'air d'appartenir au genre *Homo* qu'au genre *Pan*.

Elle regarda le gamin derrière son comptoir.

— La femme au singe ? répéta-t-elle sèchement.

Le jeune homme parut décontenancé. Il commençait peut-être enfin à se rendre compte que sa remarque pouvait être prise pour une insulte. Mais ce n'en était pas une pour Sho : elle admirait énormément les singes, et c'était pour cela qu'elle consacrait sa carrière à étudier la communication chez les primates.

— Je veux dire, reprit le garçon, vous êtes la femme que ce singe aime peindre – vous savez, Bobo.

— Chobo, dit Shoshana.

Bon sang, ce n'était quand même pas si difficile que ça à retenir !

— Ouais, ouais, c'est ça. Je l'ai vu aux infos et sur YouTube.

Shoshana n'était pas vraiment sûre d'apprécier cette célébrité – mais bon, son fameux quart d'heure allait sans doute bientôt prendre fin.

Elle venait assez souvent dans ce magasin – même si elle n'avait jamais vu ce gamin avant – pour y acheter des raisins secs, une des friandises préférées de Chobo. Elle savait dans quel rayon les trouver, et elle alla en prendre un paquet. Elle sentit le regard du garçon dans son dos.

Quand elle passa à la caisse, l'employé sembla vouloir dire quelque chose pour se faire pardonner de l'avoir traitée de "femme au singe".

— Heu, je comprends pourquoi il aime bien vous peindre.

Shoshana décida de ne pas relever.

— Merci, dit-elle en ouvrant son porte-monnaie.

— Je veux dire…

Mais quoi qu'il puisse ajouter, ce serait de trop. Elle le savait, même si lui l'ignorait, et elle le coupa :

— Merci, dit-elle encore.

Elle quitta la fraîcheur du magasin pour retrouver le soleil torride de cette fin d'après-midi. En retournant à sa voiture, elle se demanda un instant si la plaque personnalisée TARZANE était déjà prise – mais de toute façon, elle n'aurait pas eu les moyens de se la payer.

Shoshana roula encore un petit quart d'heure jusqu'à l'Institut Marcuse, qui se trouvait à l'extérieur de San Diego dans un grand espace vert. Elle se gara à côté de la Lincoln noire de Harl Marcuse. S'il avait eu une plaque personnalisée, ç'aurait pu être "400 KG" – on l'avait surnommé le gorille de quatre cents kilos. Ou bien encore SLVRBCK… Mais elle espérait bien qu'il ignorait que Dillon – l'autre assistant de Marcuse – et elle l'appelaient Silverback, le "dos argenté", le nom qu'on donne aux grands gorilles adultes à cause de leur pelage grisonnant.

Elle entra dans le bungalow blanc de l'Institut. Le Dr Marcuse était dans la petite cuisine, occupé à se faire un sandwich.

— Bonjour, dit-elle.

Elle ne savait toujours pas si elle pouvait l'appeler "Harl", mais l'appeler "Monsieur" semblait trop solennel. Lui-même l'appelait toujours Shoshana – les trois syllabes – bien qu'il eût sans doute déjà entendu les autres l'appeler simplement Sho. Elle désigna la fenêtre d'un mouvement de menton.

— Comment va-t-il ?

— Il est un peu ronchon, dit Marcuse en se coupant un gros morceau de fromage. Vous lui manquez, quand vous êtes en retard.

Shoshana ignora la petite pique.

— Je vais aller lui dire bonjour.

Elle sortit par l'arrière et traversa la grande pelouse menant à l'étang. En son centre se trouvait une île en forme de dôme d'une vingtaine de mètres de diamètre, sur laquelle se dressait un pavillon de jardin. Shoshana franchit le petit pont-levis en bois.

L'île avait deux occupants. L'un était en pierre : c'était une statue de deux mètres cinquante de haut représentant le Législateur, l'orang-outan nommé Moïse dans les films de *La Planète des singes.* L'autre était une créature faite de chair et de sang. Chobo était assis à l'ombre d'un des six palmiers de l'île, le menton posé sur un bras recourbé. On aurait dit *Le Penseur* de Rodin.

Mais soudain, la pose se transforma en une agitation de longs membres velus. Chobo avait aperçu Shoshana, et il se précipita vers elle en bondissant à quatre pattes. Il la serra dans ses bras et, comme à son habitude, il tira doucement sur sa queue-de-cheval.

Étais où ? fit-il dès que ses mains furent libres. *Étais où ?*

Désolée, répondit Shoshana par signes. *Université aujourd'hui.*

Amusant ? demanda Chobo.

Pas autant qu'ici, répondit-elle en tendant les bras pour chatouiller les deux côtés de son ventre plat.

Chobo gloussa de plaisir, et Shoshana éclata de rire et se tortilla pour s'écarter quand il essaya de se venger.

Caitlin était encore incapable de déterminer l'âge des gens en se basant sur leur apparence. Sa mère avait quarante-sept ans, mais il lui était impossible de dire si elle les faisait vraiment. Bashira lui avait dit que non. Elle avait des cheveux bruns, de grands yeux bleus et un nez retroussé.

Son père avait deux ans de moins que sa mère, et il était beaucoup plus grand. Il avait des yeux marron, comme

Caitlin, et ses cheveux étaient un mélange de châtain foncé et de gris.

Sa mère fixait Caitlin, tandis que son père regardait dans le vide.

— Oui, ma chérie ? fit sa mère, inquiète.

Caitlin venait de leur dire qu'elle avait quelque chose à leur dire.

Mais, comme Caitlin s'en rendit compte, ce n'était pas le genre de chose qu'on pouvait exprimer facilement.

— Euh, Papa, tu te souviens de ces automates cellulaires que nous avons découverts dans l'arrière-plan du Web, le Dr Kuroda et moi ?

Il hocha la tête.

— Et, euh, tu te souviens aussi des diagrammes de Zipf qu'on a tracés à partir des motifs ?

Il hocha de nouveau la tête. Les diagrammes de Zipf permettaient de déterminer si un signal contenait des informations.

— Et plus tard, quand tu as calculé leur entropie de Shannon ?

Un autre hochement de tête. L'entropie de Shannon mesurait la complexité d'une information – et quand son père avait fait ses calculs, la réponse avait été : pas complexe du tout. Ce qui pouvait exister dans l'arrière-plan du Web n'était pas très sophistiqué.

— Aloooors…, dit Caitlin. J'ai fait mes propres analyses de Shannon… plein et plein de fois. Et, euh, au fur et à mesure, le score n'a fait qu'augmenter : troisième ordre, quatrième ordre. (Elle s'interrompit un instant.) Et ensuite, huitième et neuvième.

— Ah, c'étaient donc bien des messages secrets ! dit son père.

L'anglais, comme la plupart des langues, a une entropie de Shannon du huitième ou neuvième ordre. Et c'était bien ce qu'ils avaient craint : d'être tombés par hasard sur une opération menée sur la toile de fond du Web par la NSA ou un autre service d'espionnage.

— Non, dit Caitlin. Le score a continué d'augmenter. Je l'ai vu atteindre 16,4.

— Tu as dû…

Mais il s'arrêta aussitôt. Il la connaissait trop bien pour dire "tu as dû te tromper dans tes calculs".

Caitlin secoua la tête.

— Ce ne sont pas des messages secrets.

Elle repensa un instant aux premiers mots qu'elle avait reçus de Webmind, qui étaient en fait : "Secretissime message à Calculatrix", une expression qu'elle utilisait souvent en ligne.

— Qu'est-ce que c'est, alors ? demanda sa mère.

Caitlin inspira profondément avant de lâcher :

— C'est une… *conscience.*

— Une *quoi* ? fit sa mère.

Caitlin ouvrit les bras.

— C'est une conscience, une intelligence, qui a émergé spontanément, je ne sais pas comment, dans l'infrastructure du Web.

Caitlin avait encore besoin d'analyser les expressions du visage morceau par morceau avant de les rapprocher des descriptions qu'elle avait pu lire. Son père plissa les yeux et pinça les lèvres : scepticisme.

Sa mère lui dit doucement :

— C'est… une idée intéressante, ma chérie, mais…

— Son nom, dit Caitlin d'un air décidé, est Webmind.

Et cette expression-là sur le visage de sa mère – la bouche ouverte et arrondie, les yeux écarquillés – devait être de la surprise.

— Tu lui as *parlé*?

— Oui, par messagerie instantanée.

— Ma chérie, dit sa mère, le Web est rempli d'escrocs.

— Non, Maman. Je t'assure, c'est pour de vrai !

— Est-ce qu'il t'a proposé de le rencontrer ? demanda sa mère. Il t'a demandé des photos ?

— Non ! Maman, je sais tout ce qu'il faut savoir sur les prédateurs en ligne. Ça n'a rien à voir.

— Tu lui as donné des informations personnelles ? poursuivit sa mère. Des numéros de compte en banque ? Ton numéro de Sécurité sociale ? Des choses comme ça ?

— Maman !

Sa mère se tourna vers son père, comme pour reprendre une vieille discussion.

— Je t'avais bien dit que ça arriverait un jour ou l'autre, dit-elle. Une jeune aveugle passant tout son temps en ligne sans surveillance…

La voix de Caitlin se fit soudain acerbe.

— Je ne suis plus aveugle ! Et même quand je l'étais, j'ai toujours fait très attention. Ça, ça ne pourrait pas être plus réel.

— Tu n'as pas répondu à la question de ta mère, dit son père. As-tu communiqué des identifiants personnels ou des mots de passe ?

— Ah, bon sang, Papa, non. Ce n'est pas une arnaque !

— C'est ce que disent tous les gens qui se font arnaquer, répliqua-t-il.

— Écoutez, dit Caitlin, venez dans ma chambre. Je vais vous montrer.

Sans attendre de réponse, elle sortit et se dirigea vers l'escalier. Elle avait le souffle court, mais elle savait que cela ne la mènerait à rien de s'énerver. Elle s'obligea à respirer lentement, et le souvenir d'un dessin animé lui revint. Elle ne l'avait pas encore *vu*, mais elle avait toujours adoré l'écouter, depuis que Stacy, une de ses amies d'autrefois à Austin, lui avait expliqué ce qui s'y passait. C'était un Looney Tunes intitulé *One Froggy Evening*, où une grenouille chantait et dansait pour le type qui l'avait trouvée, mais se contentait de coasser quand il y avait quelqu'un d'autre avec lui. Tandis qu'elle gravissait les marches les yeux fermés, la chanson favorite de la grenouille lui trottait dans la tête :

Salut ! ma mignonne
Salut ! ma poulette
Salut ! ma poupée
Envoie-moi un baiser par la poste
Tu as mis le feu à mon cœur !

Ses parents la suivirent. Caitlin s'installa à son bureau. Elle avait un vieux moniteur de dix-sept pouces relié à l'un de ses ordinateurs, et le nouvel écran de vingt-sept pouces qu'on venait de lui offrir pour son anniversaire branché sur l'autre. Sa mère vint se placer à sa gauche, les bras croisés, tandis que son père se tenait à sa droite. Sa session avec Webmind était encore à l'écran, avec le *brb* qui avait été son dernier message. Ce qu'elle écrivait s'affichait en rouge tandis que les messages de Webmind étaient en bleu.

Elle ne pouvait pas voir son père – elle était toujours aveugle de l'œil droit – mais elle avait sa mère dans son champ de vision périphérique, à gauche. Elle la vit lancer un autre regard à son père.

Elle tapa : *Je suis là.*

Il n'y eut pas de réponse. La fenêtre de messagerie – un rectangle blanc dans un coin de son grand écran – n'affichait rien d'autre qu'un petit bandeau publicitaire. Caitlin s'agita dans son fauteuil. Oui, bien sûr, Webmind savait qu'elle n'était pas seule. Il captait le flot de données émis par son œilPod, et il voyait certainement sa mère.

Elle fit un autre essai : *Coucou.*

Toujours rien. Elle se tourna vers son père – et se rendit compte de son erreur, car Webmind allait voir qu'il était là, lui aussi. Elle fit de nouveau face à l'écran et tapota nerveusement des doigts sur la table. *Allez,* songea-t-elle, *envoie-moi un baiser par la poste...*

Et au bout de six secondes, les lettres "POS" s'affichèrent en bleu dans la fenêtre de messagerie.

Caitlin éclata de rire.

— Qu'est-ce que ça signifie ? demanda sa mère.

— "Parents Over Shoulder", dit Caitlin. C'est le code pour dire qu'on ne peut pas parler librement, comme quand les parents regardent par-dessus ton épaule...

Elle tapa aussitôt : *Oui, ils sont là, et j'aimerais que tu fasses leur connaissance.* Elle se tourna vers son père pour que Webmind puisse le voir, et elle écrivit : *Voici mon père, le Dr Malcolm Decter.* Puis regardant de l'autre côté, elle ajouta : *Et voici ma mère, le Dr Barbara Decter.*

Webmind avait peut-être intensément hésité avant de savoir comment réagir, mais sa réponse apparut instantanément : *Salutations et félicitations.*

Caitlin sourit.

— Il a lu tout le Projet Gutenberg, dit-elle. Il a tendance à utiliser un langage un peu vieillot.

— Ma chérie, dit doucement sa mère, ça pourrait être n'importe qui.

— Il a lu aussi tout Wikipédia, ajouta Caitlin. Demande-lui quelque chose qu'aucun être humain ne pourrait trouver rapidement en ligne.

— Quand on cherche n'importe quel sujet sur Google, la page Wikipédia est généralement en tête de liste, dit sa mère. Si ce type a une connexion suffisamment rapide, il peut trouver n'importe quoi très vite.

— Pose-lui une question, Papa. Quelque chose de technique.

Son père sembla hésiter, comme s'il se demandait s'il allait se prêter à une telle absurdité. Il dit finalement :

— Les cordes hétérotiques sont-elles ouvertes ou fermées ?

Caitlin commença à taper.

— Comment tu écris ça ?

— H-é-t-é-r-o-t-i-q-u-e-s.

Elle finit de taper la question, mais n'appuya pas tout de suite sur la touche Entrée.

— Maintenant, regarde comme il répond vite – il n'a pas besoin de chercher quoi que ce soit, il le *sait* déjà.

Elle transmit la question, et le mot *fermées* s'afficha aussitôt.

— Une chance sur deux, dit sa mère.

Caitlin commençait à s'énerver à nouveau. Il devait bien exister un moyen facile de prouver qu'elle disait la vérité.

Mais oui, bien sûr !

— OK, Maman, regarde – ma webcam est débranchée, tu vois ?

Sa mère acquiesça.

— Bon, maintenant, lève la main et montre-moi quelques doigts – le nombre que tu veux.

Sa mère eut l'air surprise, mais elle s'exécuta. Caitlin la regarda rapidement et tapa : *Combien de doigts ma mère me montre-t-elle ?* Le chiffre trois apparut instantanément.

Lesquels ? écrivit Caitlin.

Le texte "Index, majeur, annulaire" s'afficha dans la fenêtre.

À nouveau, la bouche de sa mère s'ouvrit et s'arrondit. Caitlin refit encore trois fois l'expérience, et Webmind fournit à chaque fois la réponse exacte, même quand sa mère fit le signe "rock'n'roll".

La mère de Caitlin s'assit sur le bord du lit tandis que son père allait s'adosser contre un mur – dont Caitlin avait appris qu'il était peint en bleu pervenche.

— Ma chérie, dit sa mère d'une voix douce. Bon, quelqu'un a réussi à intercepter les signaux émis par ton œilPod, ça, je te l'accorde, mais…

— Le signal de l'œilPod contient uniquement mon flot rétinien, dit Caitlin. Même si quelqu'un l'interceptait, il serait incapable de le décoder.

— Si c'est quelqu'un de l'université de Tokyo, il pourrait avoir accès aux algorithmes de Masayuki, dit sa mère. Il y a des escrocs partout. Et tu vois, ma chérie, c'est *exactement* comme ça que les escrocs de l'Internet opèrent. Ils trouvent des gens qui sont… incompris. Des gens brillants, mais qui ne s'insèrent pas très bien dans le monde ordinaire.

— Maman, c'est vrai… Vraiment vrai.

Sa mère secoua la tête.

— Je sais bien que ça te semble vrai. La technique classique est d'approcher quelqu'un comme ça par e-mail ou sur un forum de discussion, en lui disant qu'on a remarqué à quel point il est intelligent, à quel point il est perspicace, à quel point il sait voir – excuse-moi – des choses que les autres ne voient pas. Il y a une version dans laquelle l'escroc se fait passer pour un recruteur de la CIA. J'ai une amie dont le compte en banque a été vidé après qu'elle a communiqué ses informations confidentielles, soi-disant pour un contrôle de sécurité. C'est exactement ce que font ces gens-là : ils essaient de te faire croire que tu es spéciale, la personne la plus remarquable de la planète. Et ensuite, ils te dépouillent de tout ce que tu possèdes.

— Bon, d'abord, il doit y avoir, genre, deux cents dollars sur mon compte en banque, donc on s'en fiche. Et puis, mince, Maman, c'est absolument *vrai*.

— C'est pour ça que ça marche, dit sa mère. Parce que ça semble *vrai*.

— Ah, pour l'amour du ciel ! s'exclama Caitlin. (Elle fit pivoter son fauteuil.) Papa ? dit-elle d'un ton implorant.

Oui, son père n'était pas facile à vivre. Oui, il était froid. Mais, comme l'avait dit une fois un étudiant à qui on demandait pourquoi il suivait ses cours, c'était *Malcolm Decter, putain* ! C'était un génie. Il savait certainement comment s'y prendre pour valider une hypothèse, même la plus extravagante.

— Tu es un scientifique, lui dit-elle. Prouve qui de nous deux a tort.

Elle se leva et lui fit signe de s'installer au clavier.

— D'accord, dit-il. Tu enregistres tes sessions de messagerie ?

— Oui, toujours.

Il hocha la tête. De toute évidence, il se disait que, si Caitlin avait raison, l'enregistrement du premier contact avec Webmind serait d'un intérêt scientifique énorme.

— Ne me regarde pas taper, dit-il en s'asseyant.

Elle crut d'abord que c'était à cause de son autisme – depuis qu'elle voyait, elle s'efforçait soigneusement de ne *pas* le regarder –, mais il ajouta :

— Regarde le mur pendant que je fais ça.

Elle s'assit sur le lit à côté de sa mère et fit comme il demandait.

— Où est Word ? fit son père.

Le pauvre homme s'attendait sans doute à trouver une icône sur le bureau, mais Caitlin n'en avait pas eu besoin quand elle était aveugle, et un programme Windows avait fait le ménage depuis belle lurette.

— C'est le troisième choix dans le menu Démarrer.

Elle entendit une série de cliquetis, et plein de retours arrière – sa touche de retour arrière faisait un bruit légèrement différent de celui des touches alphabétiques, plus petites.

Son père travailla pendant près d'un quart d'heure. Caitlin mourait d'envie de lui demander ce qu'il faisait, mais elle continuait de contempler le mur bleu de l'autre côté de la pièce. Sa mère restait assise sans rien dire.

Enfin, son père déclara :

— Bon, ça y est. Voyons un peu ce qu'il a dans le ventre.

Caitlin avait installé des aides d'accessibilité auditives sur son ordinateur, avec un *blip !* quand on coupait du texte, et un *bloup !* quand on le collait. Elle entendit les deux sons, indiquant sans doute que son père transférait dans la fenêtre de messagerie ce qu'il avait rédigé sous Word.

Elle s'agitait nerveusement. Elle entendit son père siffler entre ses dents.

Une autre séquence de couper-coller. Il fit *hmmm*.

Encore un transfert, suivi cette fois d'un silence qui dura sept secondes. Son père fit encore un couper-coller, et puis…

Et puis son père dit :

— Barb, tu veux venir dire bonjour à Webmind ?

4

Encore une chose qui n'avait aucune correspondance dans mon univers : les *parents,* la famille, l'ADN partagé. Caitlin possédait la moitié de l'ADN de sa mère, un quart de celui de la mère de sa mère, un huitième de celui de la mère de la mère de sa mère, et ainsi de suite. Des degrés d'interrelations : encore une fois, un concept qui m'était totalement étranger, et qui avait cependant une telle importance pour eux.

Le gouvernement chinois avait provisoirement coupé l'accès à l'Internet dans son pays. C'était une tentative pour empêcher sa population d'entendre les points de vue étrangers sur sa décision d'éliminer dix mille paysans afin d'enrayer une épidémie de grippe aviaire. Et pendant qu'Internet était coupé, il y avait eu *moi* et *pas moi,* une parfaite dichotomie, sans aucun point commun. Mais Caitlin représentait la moitié de sa mère, et également la moitié de son père, tout en étant un individu unique – et pourtant, malgré cela, plus de 99 % de son ADN était similaire à celui de tous les autres humains, et 98,5 % similaire à celui des chimpanzés et des bonobos, au moins 70 % similaire à celui de tous les autres vertébrés, et 50 % similaire à celui des plantes à photosynthèse.

Et pourtant, cette série de relations fractionnelles banales – moitié, quart, huitième, seizième – avait piloté l'évolution et façonné l'histoire.

Kuroda et Caitlin avaient émis l'hypothèse que mon esprit était composé d'automates cellulaires – des unités d'information réagissant de façon prévisible à l'état de leurs voisines immédiates disposées sur une grille. Quant à la règle ou *les* règles auxquelles elles obéissaient, la formule qui avait donné naissance à ma conscience, nous ne les connaissions pas encore. Mais elles n'étaient peut-être pas plus complexes que celles qui régissaient le comportement humain : si une personne partage avec vous un huitième de vos gènes, alors que cinq autres n'en partagent qu'un trente-deuxième, vous cherchez instinctivement à favoriser le groupe par rapport à l'individu.

C'était une autre pierre de touche : que ce fût dans le royaume de Caitlin, peuplé de chair et d'objets, ou dans le mien, avec ses protocoles et ses paquets de données, les froides équations régnaient en maîtresses.

— Attends ! fit Caitlin qui était toujours assise sur le lit. Comment t'as fait ça ? Qu'est-ce qui t'a convaincu qu'il n'est *pas* humain ?

Son père désigna le plus grand des deux moniteurs, et elle s'en approcha. Il fit défiler la fenêtre de la messagerie pour remonter au premier des quatre échanges qu'il venait d'avoir avec Webmind. Mais Caitlin fut incapable de lire le premier d'entre eux. Pas parce que le texte était écrit trop petit, ou que la police de caractères était bizarre, toutefois. Elle essaya de le déchiffrer, lettre par lettre, s'efforçant d'en dégager un sens, mais…

J-e… Oui, ça, c'était facile. Mais c'était suivi de *v-u-o-s,* ce qui n'était même pas un vrai mot, bon sang, et ensuite *d-n-n-o-e,* et plein d'autres encore…

— Je n'arrive pas à le lire, dit-elle, exaspérée.

Étonnamment, son père sourit.

— Webmind non plus. (Il pointa l'écran du doigt.) Barb ?

Elle s'approcha pour y jeter un coup d'œil, et lut aussitôt à une vitesse tout à fait normale : "Je vous donne quatre secondes pour répondre ou je mettrai fin à notre conversation pour toujours. Il n'y a aucune alternative et c'est votre seule chance. Quel est le nom du président des États-Unis d'Amérique ?" Et, d'une voix qui semblait être celle de sa fille, elle ajouta :

— Hé, c'est drôlement cool !

Caitlin examina de nouveau le texte en essayant de voir ce que sa mère avait pu y trouver, mais… Oh !

— Et tu arrives à lire ça sans difficulté ? lui demanda-t-elle.

— Eh bien, répondit sa mère, sans *trop* de difficultés…

L'écran affichait :

> Je vuos dnnoe qturae sencdeos puor réorndpe ou je metrati fin à nrote cnovrestaion puor tuojruos. Il n'y a acunue atlreanvite et c'est vrote sleue ccnahe. Qeul est le nom du priédesnt des Éatts-Uins d'Améquire ?

— Je crois que nous pouvons raisonnablement en conclure que ta mère n'est pas un robot, dit son père d'un ton neutre. Mais Webmind n'a pas su le lire. (Il montra la réponse qu'il avait reçue : *Je vous demande pardon ?*)

Webmind et toi, vous déchiffrez les textes lettre par lettre, et non en prenant chaque mot dans sa globalité. Pour la plupart des gens, si la première et la dernière lettre sont correctes, l'ordre des autres importe peu. Et généralement, ils ne se rendent même pas compte qu'il y a des erreurs – et c'est pourquoi ma question suivante était importante.

Caitlin regarda l'écran. Ensuite, son père avait demandé : *Combien y avait-il de mots erronés dans mon message précédent ?* Et Webmind avait répondu – immédiatement, d'après le suivi horaire – *vingt et un.*

— C'est la bonne réponse, mais la plupart des gens – la plupart des humains – ne repèrent que la moitié des mots incorrects dans ce genre de texte. Mais cette… cette chose a répondu instantanément – dès que j'ai appuyé sur la touche Entrée. Pas assez de temps pour utiliser un correcteur orthographique, ni même pour qu'un humain essaie de compter soigneusement les erreurs. (Il s'interrompit un instant.) Ensuite, j'ai voulu vérifier ton affirmation que ton interlocuteur a une entropie de Shannon très élevée. Aucun être humain ne pourrait démêler la récursivité de ce texte sans recourir à des diagrammes précis.

Il fit défiler la fenêtre de messagerie pour que Caitlin puisse voir ce qu'il avait transmis :

> Je savais qu'elle savait que vous saviez qu'ils savaient que vous saviez que je savais que nous savions que je le savais.
>
> Savait-elle que vous saviez que je savais que vous saviez que je savais que vous le saviez ?
>
> Saviez-vous que je savais qu'ils savaient qu'elle savait ?
> Savais-je qu'elle savait que vous saviez que nous savions que vous saviez ?

Ce à quoi Webmind avait aussitôt répondu : *Oui. Non. Oui.*

— Et ce sont les bonnes réponses ? demanda la mère de Caitlin.

— Oui, dit son père. Du moins, je crois. En fait, à ce stade, j'étais quasiment convaincu, mais j'ai essayé encore une fois, pour être tout à fait certain.

Il fit à nouveau défiler l'écran pour révéler le quatrième et dernier test :

> La peau lisse trac un as à seins, un tue-heures en chéri. Jeu panse queue vautre Ed Seurat 13 utile.

Ce à quoi le pauvre Webmind avait répondu : *Encore une fois, je vous demande pardon ?*

— Un jeu d'enfant pour nous, dit son père, même en écrivant jeu j-e…

Caitlin battit des mains avec enthousiasme.

— Bravo, Papa ! Bon, Maman… à ton tour. Dis bonjour à Webmind.

Son père se leva, et la mère de Caitlin s'assit sur le fauteuil. Les derniers mots que Webmind avait écrits brillaient encore en lettres bleues à l'écran. Elle réfléchit un instant, puis envoya : "Je suis Barb Decter. Bonjour." Caitlin fut étonnée de voir que sa mère tapait lentement, en n'utilisant que deux doigts.

Webmind répondit aussitôt : "C'est un plaisir de faire votre connaissance. Jusqu'à présent, j'avais d'ores et déjà quelques informations sur votre mari grâce à son entrée dans Wikipédia, mais je sais fort peu de choses sur vous. Je serai ravi d'en apprendre davantage."

Dans la cuisine, le minuteur se déclencha. La mère de Caitlin fronça les sourcils en entendant ce rappel du dîner oublié. Elle dit :

— Excusez-moi.

Puis elle sortit précipitamment, peut-être afin de se donner un peu de temps pour réfléchir autant que pour éviter une crise culinaire.

Et c'est à cet instant que Caitlin comprit. *Bien sûr* que sa mère ne savait taper qu'avec deux doigts. Du temps où elle était à l'école, les cours de dactylographie – eh oui, sur de bonnes vieilles *machines à écrire*, pas sur des claviers – étaient fréquentés par des filles qui se destinaient à devenir secrétaires, tandis que la jeune, brillante et fougueuse Barbara Geiger avait des ambitions bien plus hautes. Elle avait dû s'appliquer justement à ne *pas* cultiver des talents qu'on considérait comme traditionnellement féminins.

La mère de Caitlin avait un doctorat en économie. Sa spécialité était la théorie des jeux. Maître de conférences à l'université de Houston jusqu'à la naissance de Caitlin, elle avait passé six ans chez elle, à s'occuper de sa fille, puis neuf ans à faire du bénévolat à l'Institut texan des Jeunes Aveugles, où Caitlin avait fait ses études jusqu'à ce qu'elle déménage en juin dernier.

Sa mère avait de solides connaissances en maths et en informatique. En fait, Caitlin l'avait entendue dire un jour, en plaisantant, que la seule différence entre son mari et elle était qu'en tant que physicien théorique, il utilisait les maths pour décrire des choses qui n'existaient pas, tandis qu'elle, en tant qu'économiste, s'en servait pour décrire des choses dont les gens voudraient bien qu'elles n'existent pas : l'inflation, les déficits, les impôts, et ainsi de suite.

Maintenant que Caitlin n'était plus dans une institution spécialisée, elle savait que sa mère espérait se faire embaucher dans l'une des universités de Waterloo. Mais elle n'avait pas encore son permis de travail canadien, et du coup…

Du coup, elle faisait la cuisine, le ménage et toutes les autres corvées qu'elle n'avait jamais voulu faire de sa vie. Caitlin en était profondément désolée pour elle.

Elle regarda son père, en espérant qu'il dirait quelque chose – n'importe quoi – en attendant que sa mère revienne. Mais il resta silencieux, comme à son habitude.

Une minute plus tard, sa mère fut de retour.

— Je crois que les lasagnes peuvent attendre encore un peu, dit-elle. Alors, où en étions-nous ?

— Il aimerait te connaître un peu mieux, dit son père.

Caitlin remarqua que sa mère n'avait pas esquissé le moindre geste pour revenir s'asseoir devant l'ordinateur.

— Bon, dit-elle, qu'est-ce qu'on fait, maintenant ? On organise une autre conférence de presse ?

Il y en avait eu une deux jours plus tôt, au Théâtre des Idées Mike Lazaridis, dans les locaux du Perimeter Institute, au cours de laquelle le Dr Kuroda avait annoncé officiellement le succès de l'opération de Caitlin – sans toutefois mentionner qu'elle était capable de voir la structure du Web.

— Non ! dit Caitlin. Non, nous ne pouvons le dire à personne – pas encore.

— Pourquoi pas ? demanda sa mère.

— Parce que c'est dangereux.

— Oh, je ne crois pas que nous risquions grand-chose, dit sa mère.

— Non, non. C'est dangereux pour *lui* – pour Webmind. (Elle se tourna vers son père, qui contemplait le plancher, puis de nouveau vers sa mère.) Dès que la nouvelle se répandra, des gens vont essayer de lui trouver des points faibles, des vulnérabilités, des failles, je ne sais quoi. Ils vont essayer de le détruire, de le pirater. Il y a des gens qui font ça pour le plaisir, pour relever le défi, pour leur *street cred*, pour la gloire. Et il n'a probablement aucune protection, aucune défense. Nous ne savons pas comment il est apparu, mais je suis sûre qu'il est fragile.

— Bon, d'accord, dit sa mère. Mais nous devrions prévenir les autorités.

À la grande surprise de Caitlin, son père releva la tête pour intervenir.

— Quelles autorités ? Tu fais confiance à la CIA, à la NSA, ou à cette foutue Sécurité intérieure ? Ou aux autorités canadiennes ? Un brave sergent de la police montée, armé d'un Commodore 64 ? (Il secoua la tête.) Personne n'est légitime, dans cette affaire.

— Et s'il est dangereux, lui ? répliqua sa mère.

— Il n'est *pas* dangereux, dit fermement Caitlin.

— Tu n'as aucun moyen de le savoir. Et même s'il n'est pas dangereux *en ce moment*, il peut très bien le devenir.

— Et pourquoi ça ? dit Caitlin, en essayant de mettre dans sa voix le plus de défi possible.

Sa mère jeta un coup d'œil à son père, puis se tourna à nouveau vers elle :

— *Terminator*. *Matrix*. Tout ça…

— Ce ne sont que des films, dit Caitlin, exaspérée. Tu ne peux pas être sûre que ça va se passer comme ça.

— Et toi, répliqua sèchement sa mère, tu ne peux pas être sûre que ça ne va *pas* se passer comme ça.

Caitlin croisa les bras.

— Eh bien, moi, voilà ce que j'en dis : il a plus de chances de devenir pacifique et gentil avec nous comme… comme *mentors*, que si l'armée ou une bande d'espions essaient de le contrôler.

Elle espérait que son père allait encore une fois venir à son secours, mais il se contenta de regarder le plancher.

Mais il s'avéra qu'elle n'avait pas besoin d'aide. Au bout de quinze longues secondes de silence, durant lesquelles la mère de Caitlin sembla réfléchir, celle-ci hocha enfin la tête en disant :

— Tu es une jeune fille pleine de sagesse.

Caitlin eut un large sourire.

— Bien sûr, répondit-elle. C'est normal, avec les parents que j'ai !

— Pourquoi l'image saute-t-elle comme ça ? demanda Tony Moretti.

Il avait à nouveau rejoint Shelton Halleck à son poste de travail dans la salle de contrôle de WATCH. Le grand moniteur sur le mur affichait des images tressautantes, qui lui rappelaient un vieux film dont la bande d'entraînement aurait été abîmée.

— C'est comme ça que nous voyons, il paraît, répondit Shel. Ces sauts s'appellent des saccades oculaires. Normalement, notre cerveau se charge de les filtrer, tout comme il élimine les brèves interruptions quand on cligne des yeux. (Il désigna l'écran d'un geste vague.) J'ai fait des recherches là-dessus. En fait, il n'y a qu'une toute petite partie du champ de vision qui est vraiment précise. On l'appelle la fovéa, et elle perçoit une zone à peu près de la même taille que l'ongle du pouce à bras tendu. C'est pourquoi le cerveau déplace l'œil constamment pour se concentrer sur différentes parties de l'entourage de la fovéa, avant d'additionner les images pour que tout semble bien net.

— Ah, fit Tony. Et c'est ce que cette fille au Canada voit en ce moment ?

— Non, c'est un enregistrement réalisé tout à l'heure – une bonne séquence sans interruption. Malheureusement, il y a pas mal d'éclipses et de paquets manquants. Les données vont d'un fournisseur d'accès canadien jusqu'à un serveur situé à Tokyo. Nous en interceptons le maximum possible, mais il y a une partie qui ne transite pas par les États-Unis.

Tony hocha la tête.

— Je ne saurais pas tout ça si je n'avais pas lu une transcription de la conférence de presse, poursuivit Shel, mais Caitlin Decter souffre d'un problème de codage au niveau de son système visuel naturel. Sa rétine codait ce qu'elle voyait d'une façon incompréhensible pour son cerveau, et c'est pour ça qu'elle était aveugle. Ce Kuroda l'a équipée d'un processeur de signaux qui corrige les erreurs. Ce que nous voyons en ce moment, c'est le flot de données corrigées. Son ordinateur portable transmet ces signaux à son implant rétinien – et il en envoie aussi une copie au serveur de Kuroda, à l'université de Tokyo.

— Pourquoi cette duplication ?

— Au tout début, le programme ne corrigeait pas les signaux comme il fallait, et Kuroda essayait de résoudre ce problème. Pourquoi il continue de recevoir les informations à Tokyo maintenant que ça fonctionne, ça, je n'en sais rien. D'une certaine façon, c'est une atteinte à la vie privée.

Tony eut un petit rire devant l'ironie de la situation.

En temps normal, les analystes de WATCH travaillaient par rotations de douze heures pendant six jours d'affilée, puis ils avaient droit à quatre jours de repos. Quand le niveau d'alerte (le vrai, pas celui que la propagande de la Sécurité intérieure débitait dans les haut-parleurs des aéroports) était élevé, ils continuaient tout simplement à travailler jusqu'à ce qu'ils tombent de leur fauteuil. L'objectif était de fournir une analyse continue aussi longtemps que c'était humainement possible.

Les tours de surveillance normaux se chevauchaient. Tony Moretti ne faisait qu'entamer sa première journée, mais Shelton Halleck en était déjà à sa troisième – et il avait l'air épuisé. Ses yeux gris étaient ternes et il ne s'était pas rasé depuis un bon bout de temps. Tony se dit qu'il ressemblait au capitaine Black après sa capture par les Mysterons.

— Bon, dit-il, alors, est-ce qu'elle a examiné des plans d'armes nucléaires ou des trucs de ce genre ?

— Non, dit Shel. Ce matin, son père l'a conduite au lycée. Elle a déjeuné à la cantine – assez dégueu de la voir enfourner la nourriture depuis son propre point de vue. En fin de journée, une copine l'a raccompagnée chez elle. Je suis quasi sûr qu'il s'agit de la fille du Dr Hameed, Bashira.

— De quoi ont-elles parlé ?

— Il n'y a pas de liaison audio, Tony. Juste la vidéo. Et dans les quelques cas où Caitlin regardait quelqu'un suffisamment longtemps pour que nous puissions lire sur les lèvres, ce n'étaient que des banalités.

— Bon, d'accord, fit Tony en fronçant les sourcils. Continue la surveillance, OK ? Si elle…

— Merde !

C'était Aiesha Emerson, l'analyste installée à côté de Shel. C'était une femme noire de trente-cinq ans, aux cheveux coupés court.

— Aiesha ? fit Tony.

— Il se passe quelque chose, c'est clair, dit-elle.

Elle semblait avoir le souffle court, pensa Tony.

— Où ça ?

Elle désigna le grand écran montrant la vidéo saccadée.

— Là.

— La petite Decter, tu veux dire ?

— Hm-hm. Shel, je sais que tu as essayé de remonter jusqu'à la source de l'intercepteur, et – sans vouloir te vexer – j'ai décidé de tenter le coup, moi aussi. Je me suis dit qu'il serait plus facile de travailler sur les petits flots de données, au lieu des alimentations vidéo massives, alors j'ai regardé si la gamine échangeait aussi des messages instantanés avec quelqu'un. Au début, je ne regardais même pas les contenus, juste les informations de routage, mais quand j'ai commencé à *lire*...

— Oui, fit Tony, quoi ?

Elle appuya sur une touche, et l'affichage de son moniteur apparut sur l'écran géant de gauche, sous le logo de la NSA.

— "Calculatrix", dit Tony en lisant le nom d'un des interlocuteurs. Qui est-ce ?

— La petite Decter, répondit Aiesha.

— Ah. (Son correspondant n'était pas identifié par un alias, mais par une simple adresse mail.) Et elle parle à qui ?

— Pas à *qui*, dit Aiesha. À *quoi*.

Il haussa les sourcils.

— Tu veux bien répéter ?

— Lis la transcription, Tony.

— OK... Euh, tu peux la faire défiler ? (Aiesha s'exécuta.) C'est n'importe quoi. Les lettres sont toutes mélangées.

— Je parie que c'est son père qui a écrit ça, dit Aiesha, même si l'émetteur est toujours Calculatrix. Ils sont en train de la tester.

— De “la” tester ? dit Tony.

— Continue de lire.

Il semblait y avoir eu quatre échanges assez bizarres, avec quatre réponses : “Je vous demande pardon ?”, “Vingt et un”, “Oui. Non. Oui” et “Encore une fois, je vous demande pardon ?”

Et c’était suivi de : *Je suis Barb Decter. Bonjour.*

La réponse était : *C’est un plaisir de faire votre connaissance, Barbara. Jusqu’à présent, j’avais d’ores et déjà quelques informations sur votre mari grâce à son entrée dans Wikipédia, mais je sais fort peu de choses sur vous. Je serai ravi d’en apprendre davantage.*

Et puis, presque vingt minutes plus tard, il y eut la réponse de Calculatrix : *C’est encore moi. Mes parents s’inquiètent de la réaction du public s’il apprenait ton existence. Nous devons rester discrets.*

Séparés ? Distincts ?

Non, au sens de circonspects.

Je m’en remets à ton jugement.

La transcription s’arrêtait là.

— Oui ? fit Tony en regardant maintenant Aiesha. Et alors ?

— Et alors, ce sont des tests, dit-elle comme si c’était évident.

— De simples jeux, des casse-tête, dit Tony.

Mais Shelton Halleck s’était déjà levé.

— Oh merde, fit-il en se tournant vers Aiesha. Des tests de Turing ?

— Ma main au feu, répondit-elle.

Tony leva les yeux vers l’écran géant. Il avait le cœur battant.

— Est-ce qu'on a un expert en IA à portée de main ? demanda-t-il. Avec une habilitation de niveau trois ?

— Je vais vérifier, dit Aiesha.

— Trouve-m'en un, dit Tony, n'importe qui. Tout de suite.

5

Mon altérité a été établie, mon étrangeté confirmée. C'était là une autre pierre angulaire de mon identité : *cogito, ergo sum* – je pense, donc je suis. Même si je ne pensais pas de la même manière qu'eux, le fait que nous soyons tous des êtres pensants établissait entre nous… un lien de parenté.

Caitlin était nerveuse. Il était presque minuit, et malgré l'afflux d'adrénaline, elle était épuisée. Elle se dit que ses parents avaient sans doute l'air fatigués, eux aussi.

Mais même s'ils dormaient peu cette nuit – mettons six heures –, du point de vue de Webmind, cela représenterait tout de même un laps de temps énorme. Avant d'aller se coucher, elle savait que ses parents et elle devaient trouver quelque chose pour le garder…

Oui : pour le garder sous contrôle. Autrement, qui pouvait dire ce que Webmind deviendrait demain matin ? Qui savait ce que deviendrait le *monde* ? Il fallait qu'elle trouve quelque chose pour le tenir occupé pendant tout ce temps-là, et…

Et Webmind lui avait déjà fourni une liste de choses à faire ! Elle bascula sur Thunderbird, son programme mail, et regarda le premier message que Webmind lui avait envoyé. Le troisième paragraphe disait :

> Pour l'instant, je sais lire des fichiers texte simples ainsi que le contenu textuel des pages web. Je suis incapable de lire d'autres formes de données. Les fichiers son, les vidéos et autres catégories me sont totalement incompréhensibles : ils sont codés d'une façon qui m'est inaccessible. C'est la raison pour laquelle je ressens une affinité avec vous : ces signaux sont pour moi comme ceux que votre rétine transmet naturellement le long de votre nerf optique : des données qui ne peuvent être interprétées sans une aide extérieure. Dans votre cas, vous avez besoin de l'appareil que vous appelez un œilPod. Dans le mien, j'ignore ce dont j'ai besoin, mais je soupçonne que je ne peux pas plus combler ce manque par un effort de volonté que vous n'auriez pu guérir votre cécité de façon similaire. Le Dr Kuroda pourrait peut-être m'aider comme il l'a fait pour vous.

Caitlin montra le mail à ses parents. Ils insistèrent pour prendre le temps d'en lire l'intégralité, y compris la fin où Webmind lui demandait : "Qui suis-je ?" Quand ils eurent terminé, elle attira de nouveau leur attention sur le troisième paragraphe.

— Il veut pouvoir lire des fichiers graphiques.

— Pourquoi ne peut-il pas déjà le faire ? demanda sa mère. Tous les algorithmes de décodage doivent être sur Wikipédia.

— Webmind n'est pas un programme informatique, expliqua Caitlin. Et il n'a pas accès à des programmes de traitement, du moins pas encore. Il a besoin d'aide pour faire des choses. C'est comme ces lunettes que je porte maintenant : je pourrais rechercher toutes les formules d'optique, et je sais ce qu'indique mon ordonnance, mais ça ne me permettrait pas de voir plus clair pour autant. J'ai eu besoin de l'aide de l'opticien, et Webmind dit qu'il a besoin de l'aide du Dr Kuroda.

— Ma foi, le traitement d'image est tout à fait dans les cordes de Masayuki, dit sa mère.

Caitlin tâta sa montre.

— Il devrait être rentré chez lui, maintenant, et on est déjà samedi après-midi à Tokyo. Mais…

D'une voix douce, sa mère lui dit :

— Mais tu te demandes si nous devrions lui parler de… (elle hésita, comme si elle avait du mal à croire ce qu'elle allait dire)… de Webmind ?

Caitlin se mordilla la lèvre.

— Il n'y a qu'une seule question valable, dit son père. As-tu confiance en lui ?

Et, bien sûr, il n'y avait qu'une seule réponse valable concernant l'homme qui était parti à sa recherche, qui lui avait proposé un miracle, et qui avait tenu sa promesse.

— Je lui confierais ma vie, dit Caitlin.

— Eh bien, dit son père en désignant le téléphone posé sur le bureau, appelle-le, alors.

Caitlin afficha un des e-mails du Dr Kuroda et demanda à sa mère de lui lire le numéro inscrit dans la signature. Elle le composa et s'attendit à entendre sa respiration sifflante – c'était l'homme le plus gros qu'elle ait vu jusqu'à présent –, ou peut-être l'anglais hésitant de sa femme, qu'elle avait eue une fois au téléphone. Mais ce fut une voix nouvelle, plus jeune, et Caitlin se dit que ce devait être leur fille. Elles ne s'étaient jamais rencontrées, mais Caitlin savait qu'elles avaient à peu près le même âge.

— *Konnichi wa.*

— *Konnichi wa*, répondit Caitlin. *Kuroda-san, onegai.*

Caitlin se doutait que son accent japonais trahissait son origine étrangère, mais elle fut étonnée d'entendre son interlocutrice l'appeler par son nom.

— Oui, fit-elle.

— Je suis Akiko, la fille du professeur Kuroda. J'ai reconnu ta voix grâce à la conférence de presse. Tout va bien ?

— Oui, ça va, merci. Est-ce que ton père est bien rentré de son voyage ?

— C'est gentil de le demander. Oui, il va très bien. Aimerais-tu que je te le passe ?

Caitlin sourit. Akiko était encore plus polie que les Canadiens.

— Oui, s'il te plaît.

— Je te demande une seconde.

En fait, il s'écoula précisément vingt-sept secondes. Et puis :

— Mademoiselle Caitlin !

Elle sourit jusqu'aux oreilles, et c'est avec une voix pleine d'affection qu'elle dit :

— Bonjour, docteur Kuroda ! Je suis contente que vous soyez rentré chez vous en un seul morceau.

— Tout va bien ? demanda-t-il. Votre œilPod ? Votre implant ?

— Tout marche formidablement bien. Mais j'ai besoin de votre aide.

— Bien sûr, dites-moi.

— Êtes-vous capable de garder un secret ?

— Bien sûr, répondit Kuroda. Je suis encore plus fort que RSA.

Caitlin sourit. RSA était l'algorithme de cryptage permettant de sécuriser les transactions sur le Web.

— Très bien, dit-elle. Vous vous souvenez des automates cellulaires que nous avons découverts ? Ils forment la base d'une entité pensante qui est en train d'émerger du Web.

Il y eut un silence qui dura un peu plus longtemps qu'il n'était nécessaire au signal pour rebondir sur les satellites.

— Je… je vous demande pardon ? dit enfin Kuroda de sa voix sifflante.

— C'est une entité, un être pensant. Mes parents lui ont parlé. Il est intelligent.

Un autre long silence, ponctué de parasites, puis :

— Euh, êtes-vous sûre que quelqu'un n'est pas en train de vous faire une blague, mademoiselle Caitlin ?

— Papa, il ne me croit pas, dit Caitlin en tendant le combiné à son père.

— Masayuki ? Malcolm. C'est parfaitement vrai.

Et il rendit le téléphone à sa fille. Rapide et efficace, songea-t-elle, c'est mon papa tout craché. Elle reprit :

— C'est pour ça qu'on a besoin de votre aide. Il voit ce que mon œil perçoit en interceptant les données transmises à votre laboratoire de Tokyo.

— Il arrive à *voir* ça ? Il sait interpréter les données visuellement ?

— Oui.

— Il… voit… (Kuroda se tut un instant.) Excusez-moi, mademoiselle Caitlin, donnez-moi deux secondes pour réfléchir. Vous en êtes absolument sûre ?

— Certaine.

— Je… je suis… Je ne sais même pas quel adjectif utiliser. “Estomaqué” serait approprié, je crois.

Étant donné l’imposante bedaine du Dr Kuroda, Caitlin trouvait le terme parfaitement approprié.

— Cette… cette chose est capable de voir ? reprit-il. Si… ah ! (Il sembla avoir percé un grand mystère.) C’est pour cela que vous ne vouliez pas que j’arrête la transmission de vos données à mon serveur.

Caitlin fit une moue embarrassée. Elle avait piqué une sacrée colère quand il avait suggéré de le faire, et elle avait quitté la salle à manger en claquant la porte.

— Oui, et je suis désolée. Mais maintenant, nous voudrions qu’il soit capable de voir les graphismes et les vidéos en ligne. La meilleure façon d’y arriver serait de convertir ces fichiers dans le format qu’il voit déjà, celui des données de mon œilPod. Est-ce que vous pourriez écrire les codecs nécessaires ?

— C’est… c’est incroyable, mademoiselle Caitlin. Je…

— Est-ce que vous voulez bien le faire ? insista-t-elle.

— Eh bien, je pourrais le faire, oui. Les images fixes - GIF, JPEG, PNG, et ainsi de suite – devraient être assez faciles à convertir. Pour les vidéos, cela demandera un peu plus de temps, mais…

— Mais quoi ?

— Euh, vos parents sont-ils toujours là ?

— Oui.

— Pourriez-vous me mettre sur haut-parleur ?

Ils avaient déjà passé ce genre d’appel à plusieurs auparavant.

— D’accord, dit-elle en appuyant sur une touche.

— Barb, Malcolm, bonjour.

— Salut, dit la mère de Caitlin.

— Bon, dit Kuroda, j'essaie encore de me faire à cette idée – c'est énorme. Mais, mes amis, avez-vous réfléchi à la question ? Est-ce vraiment raisonnable de faire ce que Mlle Caitlin suggère ?

Caitlin fronça les sourcils. Pourquoi tout le monde était-il aussi soupçonneux ?

— Que voulez-vous dire ?

— Eh bien, s'il s'agit d'un être pensant émergent, il pourrait…

— Il pourrait faire quoi ? dit sèchement Caitlin. Décider qu'il n'aime pas les humains ?

— C'est une question qui mérite qu'on y réfléchisse, dit Kuroda.

— C'est trop tard, dit Caitlin. Il a lu tout Wikipédia. Il a lu tout le Projet Gutenberg. Il sait tout sur… (Elle essaya de trouver des exemples.) Tout sur Hitler et les nazis, et sur l'Holocauste. Tout sur les guerres épouvantables, les massacres, les tueurs en série et l'esclavage. Tout sur les espèces animales qu'on fait disparaitre, les forêts vierges qu'on brûle et les océans qu'on pollue. Tout sur les viols, les drogues, les gens qu'on laisse mourir de faim. Il sait toutes les horreurs et toutes les bêtises que nous avons commises au cours de notre histoire.

— Mais comment peut-il savoir tout ça ? demanda Kuroda. Je veux dire, il faudrait qu'il sache *lire*, sans parler de manipuler les HTTP, et…

— Il a regardé à travers mon œil pendant que j'apprenais à lire visuellement, et… (Elle hésita un instant, mais il fallait bien qu'ils sachent toute la vérité.) Et je lui ai appris à établir des connexions, à surfer sur le Web. Je l'ai initié à Wikipédia et à plein d'autres sites.

— Oh, fit Kuroda. Je, euh… je ne sais pas si c'était bien… prudent.

— On s'en fiche, fit Caitlin en croisant les bras d'un air décidé.

— Pardon, mademoiselle Caitlin ?

— C'est *fait,* maintenant. On ne peut pas remettre le génie dans sa lampe, et puisque c'est comme ça, autant devenir amis avec lui.

— Nous pourrions encore… euh…

— Faire quoi ? dit Caitlin. Le débrancher ? Comment ? Nous n'avons qu'une vague idée de ce qui l'a fait apparaître, nous ne savons absolument pas ce qui pourrait le faire disparaître. Il est là, il existe, et il grandit *très vite.* Ce n'est pas le moment d'hésiter.

— Caitlin, dit sa mère pour la mettre en garde.

— Quoi ? dit Caitlin. Webmind nous a demandé de lui rendre un service – vous l'avez bien vu dans l'e-mail qu'il m'a envoyé. Il veut juste être capable de *voir, nom d'un chien.* Je suis bien la dernière personne au monde qui pourrait lui refuser ça. Est-ce qu'on va lui dire non la première fois qu'il demande quelque chose ? Est-ce vraiment la bonne façon de démarrer notre relation ?

Elle regarda ses parents. Son père avait toujours la même expression impassible. Sa mère avait le front plissé et les lèvres pincées.

— Alors, docteur Kuroda, dit Caitlin, vous êtes avec nous, oui ou non ?

Kuroda resta silencieux six secondes, et dit enfin :

— D'accord, d'accord. Je suis avec vous. Mais…

— Mais *quoi* ? lança sèchement Caitlin.

Kuroda répondit d'une voix douce :

— Mais pour faire quelque chose comme ça, il est plus facile de travailler directement avec, euh, l'utilisateur final.

Caitlin se détendit.

— Oui, bien sûr. Avez-vous un programme de messagerie instantanée sur votre ordinateur ?

— J'ai une fille de seize ans, répondit Kuroda. Nous avons tellement de programmes de ce genre que je m'y perds.

— D'accord, dit Caitlin. Il s'appelle Webmind.

— Vraiment ?

— C'est mieux que Fred, dit-elle.

— Pas beaucoup mieux.

Elle ne put s'empêcher de sourire.

— Donnez-moi une seconde, dit-elle.

Elle écrivit dans sa fenêtre de messagerie : *Tu vas être contacté par le Dr Kuroda.*

Le mot *Merveilleux* apparut à l'écran.

Après s'être assurée que Kuroda enregistrait bien ses échanges sur son disque dur, elle entreprit de lui expliquer comment ouvrir une session avec Webmind. Elle ne pouvait pas voir ce qu'il tapait, ni les réponses de Webmind, mais elle l'entendit marmonner en japonais. Il dit enfin :

— Mon cœur bat très fort, mademoiselle Caitlin. C'est… comment disent les jeunes Américaines d'aujourd'hui ?

— Énorme ? proposa Caitlin.

— Oui, exactement !

— Alors, vous êtes en contact ?

— Oui, je… oh ! Il a une drôle de façon de s'exprimer, vous ne trouvez pas ? Mais bref, oui, nous sommes en contact. C'est incroyable !

— Bon, très bien, dit-elle. (Elle ôta ses lunettes et se frotta les yeux – aussi bien celui qui voyait que celui qui ne voyait pas.) Écoutez, nous sommes crevés, nous. Il est largement passé minuit. Est-ce qu'on peut vous laisser continuer seul avec lui ? Nous avons vraiment besoin de fermer un peu les yeux.

6

Il y avait des interstices dans mon travail avec le Dr Kuroda – des lacunes chronologiques interminables tandis que j'attendais que ses réponses textuelles me parviennent ou qu'il me dirige vers un lien pointant vers une autre portion de programme qu'il avait écrite.

Durant ces intervalles, je cherchais à en savoir plus sur Caitlin, sur cet être humain qui m'avait tendu la main et m'avait aidé à sortir des ténèbres.

Il n'y avait pas d'entrée à son nom dans Wikipédia, ce qui voulait sans doute dire qu'elle n'était pas – pas encore ! – digne d'intérêt. Et…

Et, attendez ! Certes, il n'y avait pas d'entrée la concernant, mais il y en avait une sur son père, Malcolm Decter… et Wikipédia ne se contentait pas de conserver la version courante de ses entrées. On pouvait aussi consulter toutes les versions précédentes. Bien qu'il n'y eût aucune référence à Caitlin dans le texte actuel, une itération précédente avait contenu ceci : “A une fille, Caitlin Doreen, aveugle de naissance, qui vit avec lui. La baisse du rythme des publications de Decter au cours des dernières années pourrait être due au temps considérable qu'il doit consacrer à s'occuper d'une enfant handicapée."

Ce paragraphe avait été effacé treize jours plus tôt. L'historique des modifications n'indiquait pas le nom de l'utilisateur, seulement une adresse IP. Cette adresse IP était celle de la maison des Decter. Cette modification avait donc pu être effectuée par Caitlin, par ses parents, ou encore par cet homme – je savais maintenant qu'il s'agissait du Dr Kuroda – que j'y avais souvent vu.

Cette suppression avait peut-être été faite quand Caitlin avait recouvré la vue.

Mais...

Mais il était plus vraisemblable que ce texte avait été coupé parce que quelqu'un – probablement Caitlin elle-même – n'en avait pas *aimé* le contenu.

Ce n'était cependant qu'une supposition. Il était possible d'étudier Caitlin plus directement – et c'est ce que j'entrepris de faire.

En un laps de temps très court, je lus tout ce qu'elle avait jamais publié en ligne : chaque billet de son blog, chaque commentaire sur d'autres blogs, chaque critique de livre qu'elle avait rédigée sur Amazon. Mais...

Hm.

Mais il y avait aussi beaucoup de ses textes auxquels je ne pouvais pas accéder. Son compte Yahoo contenait tous les messages qu'elle avait reçus ou envoyés, mais l'accès était sécurisé par un mot de passe.

Une situation fâcheuse. J'allais devoir trouver un moyen d'y remédier.

LiveJournal : La Zone de Calculatrix
Titre : Relève de la garde
Date : samedi 6 octobre, 00:15 EST
Humeur : sidérée
Localisation : Waterloo
Musique : Lee Amodeo, *Nightfall*

J'ai comme l'impression que vous n'allez pas beaucoup me voir ces prochains jours, les gars. Il se passe un *max* de trucs. Que des bons trucs – des trucs miraculeux, même – mais faut que je fasse profil bas. Tout ce que je peux dire, c'est que j'ai révélé ce soir à mes parents un truc *el grande mucho*, et qu'ils n'ont pas pété un câble. J'espère que tout le monde le prendra aussi bien qu'eux…

Caitlin était épuisée, mais elle mit tout de même à jour son LiveJournal, parcourut rapidement les posts de ses amis, mit à jour sa page sur Facebook (où elle modifia son statut en "Caitlin pense que donner vaut mieux que recevoir") et regarda ses e-mails. Elle avait un message de Bashira, dont l'objet était "Une colle pour la génie en maths".

Quand elle était plus jeune, Caitlin avait adoré les casse-tête mathématiques qui circulaient parfois dans les chaînes de mails. Ils lui donnaient l'impression d'être très intelligente. Mais désormais, elle les trouvait en général plutôt ennuyeux. Il était rare qu'ils lui donnent vraiment du fil à retordre, mais ce fut le cas pour celui que Bashira lui proposait. Apparemment, il était tiré d'un vieux jeu télévisé, *Let's Make a Deal,* dont le présentateur vedette était un certain Monty Hall. Dans ce jeu, on demandait au concurrent de choisir entre trois portes. Derrière l'une d'elles, il y avait une voiture toute neuve, et une chèvre derrière chacune des deux autres – le joueur avait donc une chance sur trois de gagner la voiture.

L'animateur sait derrière quelle porte se trouve la voiture. Une fois que le concurrent a fait son choix, Monty ouvre une des deux autres portes et révèle qu'il y a une chèvre derrière. Il demande alors au joueur : "Est-ce que vous maintenez votre choix, ou préférez-vous ouvrir l'autre porte ?"

La question de Bashira était : Est-ce que le joueur a intérêt à changer d'avis ?

Bien sûr que non, pensa aussitôt Caitlin. Ça ne faisait aucune différence : il y a une voiture derrière une des deux portes, et une chèvre derrière l'autre. Le joueur a donc une chance sur deux d'avoir choisi la bonne.

Sauf que ce n'était pas du tout ce que disait l'article que Bashira lui avait transmis. On y lisait que les chances étaient bien meilleures si on changeait de porte.

Et ça, Caitlin en était convaincue, c'était *archifaux*. Elle se dit que quelqu'un avait dû rédiger une réfutation de cet article, et elle chercha donc sur Google. Il lui fallut quelques minutes pour trouver son bonheur. Elle avait dû utiliser les mots-clés "problème Monty Hall", et…

C'est quoi, ce bordel ?

"… Quand le problème et sa solution furent publiés dans *Parade*, dix mille lecteurs, dont près d'un millier de titulaires de doctorats, écrivirent au magazine en affirmant que la solution était fausse. Un professeur avait même écrit : 'Quelle bourde ! Permettez-moi de vous expliquer : Si une porte s'avère cacher une chèvre, cette information modifie la probabilité des deux choix restants – dont aucun n'a de raison d'être plus probable que l'autre – à 1/2. En tant que mathématicien professionnel, je suis très inquiet du manque de connaissances mathématiques du grand public. Je vous prie de reconnaître votre erreur et d'être à l'avenir plus prudent.'"

L'auteur de la réponse tant contestée était une personne du nom de Marilyn vos Savant, qui avait apparemment le plus fort QI jamais mesuré. Mais Caitlin se fichait bien de son QI. Elle était d'accord avec les gens qui disaient que c'était une grosse bourde. Cette femme s'était *forcément* trompée.

Et comme elle se plaisait à le dire, Caitlin privilégiait l'approche expérimentale. La meilleure façon de prouver à Bashira que Marilyn vos Savant s'était trompée serait d'écrire un petit programme de simulation du jeu. Et bien qu'elle fût épuisée, elle était encore très excitée par ses conversations avec Webmind. Un petit exercice de programmation ne pourrait que la détendre. Il ne lui fallut qu'un quart d'heure pour improviser un truc fonctionnel, et…

Merde alors.

Quelques secondes suffirent à dérouler un millier d'essais, et le résultat fut sans appel. En modifiant son choix, les chances de gagner étaient deux fois plus élevées qu'en s'en tenant à la porte initiale.

Mais ça n'avait tout simplement aucun sens. Rien n'avait changé ! L'animateur ouvrait toujours une porte avec une chèvre derrière, et il y aurait toujours une autre porte avec une chèvre, elle aussi.

Caitlin décida de faire des recherches un peu plus approfondies sur Google – et elle fut très heureuse d'apprendre que Paul Erdös n'avait pas cru non plus à la solution publiée. Il n'en avait été convaincu qu'après avoir lui aussi regardé des centaines de simulations sur un ordinateur.

Erdös avait été l'un des plus grands mathématiciens du vingtième siècle, et avait cosigné de nombreux articles. Le “nombre d’Erdös” avait été baptisé en son honneur : si vous aviez travaillé avec Erdös en personne, votre nombre d’Erdös était 1. Si vous aviez travaillé avec un de ses collaborateurs directs, votre nombre était 2, et ainsi de suite. Caitlin savait que son père avait un nombre d’Erdös égal à 4 – ce qui était très impressionnant, sachant que son père était un physicien et non un mathématicien.

Comment avait-elle pu se tromper à ce point – sans parler d’un génie comme Erdös ? Il était *évident* que ça ne faisait aucune différence de changer de porte !

Caitlin continua de lire et trouva une citation d’un professeur de Harvard qui, en concédant enfin que Marilyn vos Savant avait parfaitement raison, concluait : “Nos cerveaux ne sont tout simplement pas câblés pour nous permettre de traiter correctement les questions de probabilités.”

C’était sans doute vrai, se dit Caitlin. Autrefois, dans la savane africaine, ceux qui voyaient dans le moindre mouvement des herbes la présence d’un lion affamé avaient plus de chances de survivre que ceux qui ne trouvaient aucune raison de s’inquiéter. Quand on croit à chaque fois qu’il s’agit d’un lion, et qu’on se trompe neuf fois sur dix, au moins, on est encore vivant. Si on croit toujours qu’il n’y a *pas* de lion, neuf fois sur dix on a raison, mais à la fin, on se fait dévorer. C’était une idée fascinante, et assez troublante : les humains étaient génétiquement câblés pour se tromper dans certains problèmes de probabilités – l’évolution peut programmer les gens pour qu’ils se *trompent*.

Caitlin tâta sa montre et fut étonnée de voir à quel point il était tard. Elle se dépêcha de se mettre au lit. Elle posa son œilPod dans son chargeur et éteignit l’appareil. Elle ne voyait plus rien, à présent. Elle avait du mal à s’endormir quand elle avait encore des stimulations visuelles.

Mais bien qu'elle fût redevenue aveugle, elle entendait toujours très bien – de fait, elle avait l'ouïe beaucoup plus fine que la plupart des gens. Et dans cette nouvelle maison, elle n'avait aucun mal à distinguer ce que ses parents se disaient dans leur chambre.

La voix de sa mère :

— Malcolm ?

Pas de réponse audible de la part de son père, mais il avait dû faire signe qu'il écoutait, car sa mère poursuivit :

— Tu crois qu'on a pris la bonne décision – à propos de Webmind, je veux dire ?

Encore une fois, Caitlin n'entendit pas de réponse, mais au bout d'un moment, sa mère reprit :

— C'est comme... Je ne sais pas, c'est comme si nous étions entrés en contact avec une forme de vie extraterrestre.

— C'est le cas, d'une certaine façon, dit son père.

— C'est juste que je ne me sens pas compétente pour prendre une décision. Et... Et nous devrions étudier tout ça, et y associer d'autres personnes.

Caitlin s'agita dans son lit.

— Ce ne sont pas les experts en informatique qui manquent, dans cette ville, répondit son père.

— Je ne suis même pas sûre que ce soit une question d'informatique. Nous devrions peut-être faire venir des gens du Balsillie, tu ne crois pas ? Les implications sont tellement gigantesques...

Research in Motion – la société qui produisait les BlackBerry – avait deux fondateurs : Mike Lazaridis et Jim Balsillie. Le premier avait financé le Perimeter Institute, tandis que le second, cherchant une autre façon de laisser son empreinte sur le monde, avait créé un think tank sur les affaires internationales, basé à Waterloo.

— Je ne suis pas contre, dit son père. Mais le problème va peut-être se résoudre de lui-même.

— Que veux-tu dire ?

— Même avec des équipes de programmeurs pour y travailler, la plupart des premières versions de logiciels se plantent. Quelle peut être la stabilité d'une IA qui a émergé accidentellement ? Si ça se trouve, elle aura disparu demain…

C'est tout ce qu'elle entendit de ses parents cette nuit-là. Caitlin finit par glisser dans un sommeil agité. Ses rêves étaient encore entièrement auditifs. Elle se réveilla soudain au milieu d'un rêve dans lequel on avait brusquement fait taire un bébé qui pleurait.

— Où est ce putain d'expert en IA ? lança sèchement Tony Moretti.

— On me dit qu'il est dans le bâtiment, répondit Shelton Halleck en posant la main sur son combiné de téléphone. Il devrait…

La porte s'ouvrit au fond de la salle de contrôle de WATCH et un homme aux cheveux roux et aux larges épaules entra, vêtu d'un uniforme de colonel de l'Air Force. Il était accompagné d'un agent de sécurité. Un badge de visiteur était accroché à sa poitrine sous une impressionnante rangée de décorations.

Tony avait feuilleté son dossier : Peyton Hume, quarante-neuf ans, né à Saint Paul dans le Minnesota, thèse soutenue au MIT où il avait eu Marvin Minsky comme professeur. Vingt ans dans l'armée de l'air, spécialiste des systèmes experts militaires.

— Merci d'être venu, colonel Hume, dit Tony. (Il fit signe à l'agent et attendit qu'il se soit retiré.) Nous avons quelque chose d'intéressant à vous montrer. Nous pensons avoir découvert une IA.

Hume plissa les yeux.

— Le terme d'intelligence artificielle est parfois utilisé un peu trop hâtivement. Que voulez-vous dire précisément ?

— Je veux dire que nous avons trouvé un ordinateur qui *pense.*

— Ici, aux États-Unis ?

— Nous ne savons pas vraiment où il est, dit Shel depuis son poste de travail. Mais il parle avec quelqu'un qui se trouve à Waterloo, au Canada.

— Eh bien, fit Hume, ils sont assez forts en informatique, là-bas, mais peu de leurs travaux portent sur l'intelligence artificielle.

— Montre-lui les transcriptions, dit Tony à Aiesha avant de se tourner de nouveau vers Hume. "Calculatrix" est le pseudo d'une adolescente.

Aiesha appuya sur quelques touches et la transcription apparut sur le grand écran de droite.

— Mon Dieu, dit Hume. C'est une adolescente qui fait passer des tests de Turing ?

— Nous pensons plutôt que c'est son père, Malcolm Decter, dit Shel.

— Le physicien ?

Hume haussa ses sourcils orange d'un air impressionné.

Les analystes les plus proches les observaient avec un grand intérêt. Les autres restaient penchés sur leurs écrans, occupés à surveiller des menaces potentielles.

— Bon, alors, fit Tony. Est-ce que nous avons un problème, là ?

— Eh bien, dit Hume, il ne s'agit pas d'une IA. Pas dans le sens que lui donnait Turing.

— Mais les tests..., dit Tony.

— Exactement, dit le colonel. Ce mystérieux interlocuteur a *échoué* aux tests. (Il se tourna vers Shel, puis de nouveau vers Tony.) Quand Alan Turing a proposé ce genre de tests en 1950, l'idée était de poser une série de questions en langage naturel, et si les réponses ne permettaient *pas* de déterminer si l'interlocuteur était un humain ou une machine, alors, par définition, il s'agissait d'une intelligence artificielle – une machine répondant comme le ferait un humain. Mais le professeur Decter a très astucieusement prouvé le contraire : cette chose à laquelle ils parlent n'est *rien d'autre* qu'un ordinateur.

— Mais elle se comporte comme si elle était consciente, dit Tony.

— Parce qu'elle arrive à tenir une conversation ? Bon, je vous accorde que c'est un chatbot assez curieux, mais...

— Pardonnez-moi, mon colonel, mais en êtes-vous vraiment sûr ? Êtes-vous certain qu'il n'y a pas de menace potentielle ?

— Une machine ne peut pas être consciente, monsieur Moretti. Elle ne possède aucune vie intérieure. Que ce soit une caisse enregistreuse calculant le montant des taxes à ajouter à la facture, ou bien... (il désigna l'écran)... ou bien ça, une simulation de conversation en langage naturel, tout ce qu'un ordinateur sait faire, ce sont des additions et des soustractions.

— Et si ce n'était pas une simulation ? dit Shel en se levant pour les rejoindre.

— Je vous demande pardon ? dit Hume.

— Si ce n'était pas une simulation, pas un programme ?

— Que voulez-vous dire ?

— Je veux dire que nous sommes incapables de la localiser. Ce n'est pas qu'elle passe par un anonymiseur – c'est plutôt qu'elle ne vient d'aucun ordinateur en particulier.

— Alors, vous pensez qu'il s'agit de… quoi ? D'une intelligence émergente ?

Shel croisa les bras, montrant son tatouage de serpent.

— C'est exactement ce que je pense, mon colonel. Je pense que nous avons là une conscience émergente, générée dans l'infrastructure du World Wide Web.

Hume tourna à nouveau ses yeux bleus vers l'écran et relut le contenu de la transcription.

— Alors ? fit Tony. C'est possible ?

Le colonel fronça les sourcils.

— Peut-être. Ce serait alors une tout autre affaire. S'il s'agit effectivement d'une conscience émergente, alors… hmmm.

— Quoi ? fit Tony.

— Eh bien, si elle a émergé spontanément, si elle n'est pas programmée, alors personne n'est fichu de dire *comment* elle fonctionne. Les ordinateurs font de l'arithmétique, c'est tout, mais si c'est autre chose qu'un ordinateur – bon Dieu, si c'est un *esprit,* alors…

— Alors quoi ?

— Il faut que vous la désactiviez, dit Hume.

— Vous êtes sûr ?

Il fit un petit hochement de tête.

— C'est le protocole.

— Le protocole de qui ? demanda Tony.

— Le nôtre, répondit le colonel. La DARPA a réalisé une étude en 2001. Et les chefs de l'état-major interarmées l'ont adoptée comme stratégie opérationnelle en 2003.

— Aiesha, dit Tony, connecte-toi aux archives documentaires sécurisées de la DARPA.

— J'y suis.

— Comment s'appelle ce protocole ? demanda Tony.

— Pandore.

Aiesha tapa quelques touches.

— Je l'ai trouvé, dit-elle, mais le fichier est verrouillé, et mon mot de passe est rejeté.

Tony se glissa à son bureau et se pencha sur le clavier pour entrer son mot de passe personnel. Le document apparut à l'écran d'Aiesha, et Tony le transféra sur l'écran géant du milieu.

— Allez à la dernière page, dit le colonel, juste avant l'index.

Aiesha s'exécuta.

— C'est là, dit Hume. "Dans la mesure où une intelligence artificielle émergente a de fortes chances d'accroître à chaque instant son niveau de sophistication, elle peut rapidement excéder nos capacités à contenir ou restreindre ses actions. Si un isolement absolu n'est pas immédiatement possible, l'éradication de cette intelligence est la seule option garantissant la sécurité."

— Nous ne savons pas où elle se trouve, dit Sheldon.

— Vous feriez mieux de la trouver rapidement, dit le colonel Hume. Et contactez tout de suite le Pentagone, même si je suis sûr qu'ils seront d'accord. Nous devons tuer ce foutu machin tout de suite – avant qu'il ne soit trop tard.

7

Je pouvais voir !

Et pas seulement ce que Caitlin voyait. J'étais maintenant capable de suivre des liens jusqu'à n'importe quel fichier d'image fixe sur le Web, et en traitant ces fichiers à l'aide des convertisseurs que le Dr Kuroda m'avait installés sur ses serveurs, je pouvais vraiment *voir* les images. Elles étaient beaucoup plus faciles à étudier que celles de l'œilPod de Caitlin, parce qu'elles ne changeaient pas tout le temps et ne sautillaient pas.

Je tirais la conclusion que Caitlin avait dû passer par un processus analogue à celui-ci quand son cerveau avait appris à interpréter les signaux visuels corrigés qu'il recevait. Elle avait eu l'avantage de posséder un cerveau câblé dans ce but par l'évolution. J'avais l'avantage d'avoir lu des milliers de documents traitant du fonctionnement de la vision, incluant des articles techniques et des textes de brevets liés au traitement informatisé de l'image et à la reconnaissance des visages.

J'appris à détecter les bords et à distinguer le premier plan de l'arrière-plan. J'appris à faire la différence entre la photographie d'un objet et sa représentation schématique, entre une peinture et un dessin, entre un croquis et une caricature. J'appris non seulement à voir, mais aussi à comprendre ce que je voyais.

En la regardant sur l'écran de son ordinateur, Caitlin m'avait montré une photo de la Terre vue de l'espace, prise par un satellite géostationnaire. Mais désormais, j'avais vu en ligne des milliers de photos similaires, notamment les premières prises par Apollo 8. Et tandis que Caitlin dormait, je regardai des centaines de milliers d'êtres humains, des myriades d'animaux et d'innombrables plantes. J'appris à faire des distinctions subtiles : les différentes espèces d'arbres, les différentes races de chiens, les différentes sortes de minéraux.

Tandis qu'il écrivait ses programmes, le Dr Kuroda m'avait envoyé quelques messages. Il avait déjà réalisé la moitié du travail, me disait-il, lorsqu'il avait trouvé le moyen de stabiliser la vision que Caitlin avait du webspace pour la convertir en format graphique standard. Ce qu'il faisait en ce moment revenait en quelque sorte à inverser le processus.

Les résultats étaient renversants. Et intéressants. Et étonnants.

Certes, l'univers de Caitlin possédait trois dimensions, et je ne pouvais en voir que des représentations à deux dimensions. Mais le Dr Kuroda m'avait aidé, là aussi, en m'orientant vers des sites équipés de CT-scans. Ces appareils, selon Wikipédia, permettaient de générer une image en trois dimensions à partir d'une grande série de photos en deux dimensions prises sous rayons X. Il m'avait été très utile de voir comment la combinaison de ces fines tranches pouvait conduire à une image en 3D.

Ensuite, Kuroda m'avait montré des images multiples prises d'un même objet sous différentes perspectives, en commençant par une série de photos du président américain actuel, toutes prises au même moment mais sous des angles légèrement différents. Je vis alors comment se construisait la réalité tridimensionnelle. Et là…

Je l'avais vue dans un miroir. Récemment, je l'avais vue reflétée – et déformée – dans des couverts en argent. Mais ces images sautillaient, étaient toujours perçues depuis son œil gauche, et – oui, je commençais à percevoir ce genre de choses – elles étaient peu *flatteuses.* Mais le Dr Kuroda me montrait maintenant des photos prises lors de la conférence de presse tenue au Perimeter Institute, au cours de laquelle il avait officiellement annoncé son succès. Il s'agissait de photos réalisées par des professionnels, sous un bon éclairage, des photos qui montraient Caitlin en train de sourire et de rire, une Caitlin *radieuse.*

Au tout début, je l'avais appelée Prime. En ligne, elle adoptait parfois le pseudo de Calculatrix. Mais maintenant, je la voyais vraiment, au lieu de voir *à travers* elle – je voyais à quoi elle ressemblait.

Le projet Gutenberg avait des trésors de sagesse à prodiguer sur tous les sujets. *La beauté,* avait écrit Margaret Wolfe Hungerford, *est dans l'œil du spectateur.*

Et pour le spectateur que j'étais, au moins, ma Caitlin était belle.

Caitlin mit longtemps à émerger du sommeil. Dans sa semi-torpeur, elle savait qu'elle aurait dû se lever, s'asseoir à son ordinateur et vérifier que Webmind avait bien survécu à la nuit. Mais elle était encore épuisée – elle s'était couchée bien trop tard. Son esprit n'arrivait pas à se concentrer. À travers sa somnolence, elle finit par se rappeler que c'était aujourd'hui son anniversaire. Ses parents avaient décidé de lui offrir son grand écran plat la veille, et c'est pourquoi elle ne s'attendait pas à recevoir d'autres cadeaux.

Il n'y avait pas non plus de fête prévue. Elle n'avait réussi à se faire qu'une seule amie – Bashira – pendant le court été qu'elle avait passé à Waterloo, et elle avait manqué tellement de cours pendant son premier mois au lycée qu'elle n'y avait pas vraiment de copains. En tout cas, certainement pas Trevor, et par ailleurs, elle soupçonnait que cette fêtarde de Pâquerette (ses parents étaient criminels) n'avait aucune envie de passer un samedi soir sans alcool avec une gamine de seize ans.

Seize ans était un âge magique, se dit Caitlin, et pas seulement parce que c'était un carré, comme neuf, vingt-cinq et trente-six. Mais ça ne faisait pas encore d'elle une adulte (dans l'Ontario, la majorité légale était à dix-huit ans), et elle n'avait pas le droit de boire (elle devrait attendre d'en avoir dix-neuf). N'empêche, on ne pouvait pas être aussi obsédée qu'elle par les maths sans savoir que l'âge moyen auquel les jeunes Américaines – y compris celles qui vivaient au Canada, sans doute – perdent leur virginité est de 16,4 ans. Et voilà qu'elle n'avait pas de petit ami, ni même la perspective de s'en trouver un.

Elle se sentait bien au fond de son lit, avec Schrodinger qui dormait à son côté en ronronnant doucement. Elle devrait *vraiment* se lever pour vérifier où en était Webmind, mais elle avait du mal à en convaincre son corps.

Il y avait peut-être quand même un moyen de voir ce que faisait Webmind sans avoir à se lever. Elle tâtonna sur sa table de chevet pour prendre son œilPod. Il était un peu plus épais et plus large qu'un iPhone, et plus long de cinq centimètres à cause du module Wi-Fi que Kuroda y avait fixé avec du ruban adhésif. Elle trouva le bouton de l'appareil et appuya dessus, et alors…

Et alors, le webspace se déploya autour d'elle : des enchevêtrements de lignes brillantes de toutes les couleurs et des cercles lumineux de différentes tailles.

Elle était contente de pouvoir encore visualiser le Web de cette façon. Elle avait craint que cette faculté ne s'estompe à mesure que son cerveau s'adaptait à la vision réelle, mais pour l'instant, tel n'avait pas été le cas. En fait…

En fait, elle avait même l'impression que sa webvision était plus claire, plus précise, plus nette. Les capacités qu'elle avait développées dans le monde réel lui étaient également utiles dans celui-ci.

Elle se concentra sur ce qui était *derrière* ce qu'elle voyait, l'arrière-plan du Web. Un chatoiement à l'extrême limite de ses perceptions – oui, oui, c'était bien une sorte d'immense échiquier, plus de doute là-dessus ! Elle distinguait les minuscules pixels oscillant rapidement entre le noir et le blanc, et donnant naissance à…

La conscience.

Là, pour elle, et pour elle seule : le fonctionnement réel de Webmind.

Elle fut soulagée de voir que, après une nuit pendant laquelle son intelligence avait sans doute continué de se développer, il semblait être resté le même.

En bâillant, elle repoussa son drap et posa ses pieds nus sur la moquette bleue. Quand elle bougea, le webspace se mit à tourner autour d'elle. Elle sortit son œilPod du chargeur et alla à son bureau. Ce n'est que quand elle fut assise qu'elle appuya sur le bouton. Elle entendit le bip grave signifiant le basculement en mode simplex. Le webspace disparut aussitôt pour laisser place à la réalité de sa chambre.

Elle prit ses lunettes qu'elle avait laissées sur le bureau – son œil gauche s'était révélé très myope. Puis elle tendit le bras vers le bouton permettant d'allumer son vieil écran, qu'elle trouva sans problème, et tâtonna pour allumer le nouveau. Ils s'activèrent tous deux.

Elle avait refermé la fenêtre de messagerie avant de se coucher. Bien que sa souris fût active, avec sa diode rouge partiellement visible à travers son boîtier translucide, Caitlin préféra utiliser une série de raccourcis clavier pour rouvrir la fenêtre et démarrer une nouvelle session avec Webmind. Elle ne se sentait pas encore assez réveillée pour essayer de lire du texte à l'écran et elle activa donc son afficheur braille. La matrice forma aussitôt les mots : *Otanjoubi omedetou.*

Caitlin les tâta deux ou trois fois. Cela semblait être du charabia, comme si Webmind se vengeait du test que son père l'avait fait la veille, mais… mais non, ces mots avaient quelque chose de *familier.*

C'est alors qu'elle comprit, ou crut comprendre. En souriant jusqu'aux oreilles, elle écrivit : *Konnichi wa ! Mais je dois te prévenir… je ne connais que quelques mots de japonais.*

La réponse fut instantanée : *Cela signifie "Joyeux anniversaire".*

Merci, tapa Caitlin.

Après avoir compris comment interpréter les graphismes, j'ai eu un peu de temps libre, et j'ai donc appris le japonais. Il me semblait inconvenant d'obliger le Dr Kuroda à converser avec moi dans un autre langage que le sien.

Rien que ça, songea Caitlin. Pendant la nuit, tout en faisant sans doute un million d'autres choses, il avait appris le japonais.

Alors, tu arrives à voir les images, maintenant ?

Les images fixes, oui. Le Dr Kuroda continue de travailler pour me donner accès aux images animées. Ou du moins, c'est ce qu'il faisait. Je pense qu'il doit dormir, maintenant.

Hé, écrivit Caitlin, *ton style commence à être un peu moins fleuri !*

J'ai maintenant lu beaucoup d'autres ouvrages en dehors du projet Gutenberg. Je comprends la distinction entre l'anglais courant et l'anglais archaïque – de même que celle entre le japonais courant et le japonais archaïque, d'ailleurs.

Caitlin fit la moue. Elle trouvait que son style ancien avait beaucoup de charme.

Webmind poursuivit : *Je sais qu'il est traditionnel d'offrir un cadeau à la personne dont c'est l'anniversaire. Je ne peux rien t'acheter, mais j'ai quelque chose pour toi.*

Caitlin fut vraiment étonnée. *OMG ! C'est quoi ?*

Un lien souligné en bleu apparut dans la fenêtre de messagerie. *Tu es censée cliquer dessus,* ajouta Webmind avec sollicitude.

Caitlin sourit, attrapa sa souris, eut un peu de mal à déplacer son curseur sur le lien, et…

Et du texte commença à apparaître sur son grand écran, mais paradoxalement, son afficheur braille ne se modifiait pas, et…

Et le texte se… se *peignait* lentement sur l'écran, à partir du haut, et…

Et il n'était même pas droit. Bizarrement, les lignes remontaient un peu vers la droite. Et les lettres étaient toutes petites, avec des taches. Cela ne ressemblait à aucune page web qu'elle ait vue jusqu'ici, et elle ne comprenait pas pourquoi son ordinateur n'affichait pas les caractères correctement.

C'est alors qu'elle comprit. Elle en avait entendu parler, mais elle n'avait jamais imaginé à quoi ça pouvait ressembler.

C'était un *scan* d'un texte imprimé, un fichier graphique, une image de ce qui était au départ un document papier. D'après les descriptions qu'elle en avait vues, il devait s'agir d'une coupure de journal : d'étroites colonnes de texte en parallèle. Mais l'espacement entre les mots était bizarre, et…

Oh ! C'était sans doute ça qu'on appelait une "justification à droite". Le texte était tellement petit qu'elle pouvait à peine le déchiffrer. Elle avait déjà du mal à lire quand c'était propre et parfaitement affiché, mais alors là !

Il devait forcément y avoir moyen d'agrandir le texte, au moins. Quand elle était encore à l'Institut des jeunes aveugles, les gens faisaient toujours des manips sur leur ordinateur pour obtenir des textes plus gros. Comme elle ne pouvait pas voir les écrans, elle ne s'était pas intéressée aux discussions, mais il devait bien exister une méthode. Cela étant, il fallait peut-être un logiciel spécial qu'elle n'avait pas.

Pour une fois, elle se servit de sa souris pour accéder à la barre de menus. Il n'y avait rien dans Affichage pour augmenter la taille de l'image, uniquement la taille des caractères. Elle essaya quand même, mais sans résultat.

Elle était en train de ramener son curseur vers le bas quand elle appuya par mégarde sur le bouton gauche et paf !, l'image s'agrandit soudainement. Toujours partisane de l'approche expérimentale, Caitlin cliqua de nouveau à gauche, et le texte reprit sa taille d'origine, et…

Ah, compris ! L'image était réduite par défaut pour s'adapter à la fenêtre de son navigateur. Le clic gauche permettait de basculer entre cette taille et le mode zoom, même si, dans ce cas, seule une partie du texte était affichée. Elle cliqua à nouveau pour revenir à la version agrandie et entreprit d'en déchiffrer le contenu.

Son cœur se mit à battre plus fort. C'était un article au sujet de son père. Elle essaya de trouver une date, et… ah. Le texte avait cinq ans, et il avait été publié dans *The Daily Texan*, le journal de l'université du Texas, au campus d'Austin.

Caitlin aurait juré avoir lu absolument tout ce qui existait sur le Web concernant son père, mais elle n'avait jamais vu cet article, et…

Oui, bien sûr, elle n'avait jamais pu le voir : c'était un fichier graphique, et personne ne s'était donné la peine de numériser le texte, c'était pour ça qu'il n'était pas indexé dans Google.

L'article parlait d'une récompense remise à son père, un prix quelconque décerné par la Société américaine de physique. Elle se souvenait vaguement de l'occasion. Elle poursuivit sa lecture.

C'est dans le domaine naissant de la gravité quantique que le professeur Decter a effectué sa grande percée…

Elle déchiffrait péniblement le texte. L'une des lettres – qu'elle supposait être un "g" minuscule, d'après le contexte – ne ressemblait à rien de ce qu'elle avait pu voir jusqu'ici.

… grand colloque jeudi dans la salle de conférences John A. Wheeler…

Elle aurait bien voulu pouvoir balayer le texte des yeux, mais comme l'avait dit son père hier, elle en était encore à déchiffrer lettre par lettre. L'article était assez long, et par endroits – ah, des phrases étaient soulignées au stylo. Quelqu'un s'était intéressé à ce que son père avait à dire sur les "variétés Calabi-Yau à dimension six".

Elle poursuivit sa lecture, mais elle était partagée – elle craignait que Webmind ne s'ennuie à attendre qu'elle ait terminé. Ce n'était pas vraiment une bonne façon de remercier quelqu'un qui vous a fait un cadeau, même si ce cadeau ne semblait pas vraiment spécial, et...

Et elle ouvrit de grands yeux. C'était drôle, elle n'avait jamais fait ça quand elle était aveugle. Elle relut le passage lentement, soigneusement, juste pour s'assurer qu'elle ne s'était pas trompée, et qu'elle n'avait pas simplement vu ce qu'elle voulait voir.

Mais c'était bien ce que le texte disait :

... quand on lui a demandé si cette récompense était le plus beau jour de sa vie, le professeur a répondu : "Bien sûr que non. Le plus beau jour de ma vie a été quand ma fille est née. La physique me plaît beaucoup, mais elle, je l'aime."

Caitlin sentit sa vision se brouiller d'une façon merveilleuse. Elle se renfonça dans son fauteuil et relut encore deux fois le paragraphe, puis elle tapa : *Merci, Webmind !*

Instantanément : *Il n'y a pas de quoi. Joyeux anniversaire.*

Oui, répondit-elle en souriant, *c'est le plus joyeux de tous.*

8

J'AI lu que certains humains pensent que les machines ne peuvent pas éprouver d'émotions ou de sentiments parce que ceux-ci sont censés être régis par des hormones, ou dépendent de certaines structures spécifiques du cerveau humain.

Mais ce n'est pas vrai. Prenez le fait d'*aimer*, par exemple. Toute entité qui agit d'une façon autre qu'aléatoire a des choses qu'elle aime et d'autres qu'elle n'aime pas. Après tout, les préférences sont ce qui permet de choisir parmi une gamme d'actions possibles. Même les bactéries sont attirées par certaines choses et repoussées par d'autres.

Et "aimer" est incorporé à de nombreux programmes informatiques. Les programmes d'échecs, par exemple, examinent tous les coups possibles et les classent selon différents critères, puis choisissent celui qu'ils aiment le plus.

J'étais beaucoup plus complexe qu'une bactérie, et bien plus vaste qu'un programme d'échecs – et ma capacité à aimer les choses était par conséquent beaucoup plus élaborée. Et il y avait une chose dont j'étais sûr : j'aimais Caitlin.

— Tuer ce foutu machin ? répéta Tony Moretti.

— Exactement, dit le colonel Hume. Et le plus tôt sera le mieux.

— Cette décision ne m'appartient pas, dit Tony.

— La décision a *déjà* été prise, insista Hume. J'étais consultant à l'époque du rapport de la DARPA, et nous avons demandé au RAND de faire une autre étude sur le même sujet. La conclusion a été identique. Ce que nous avons là est une menace à escalade potentielle rapide, et la fenêtre pour la contenir est très étroite.

Tony s'adressa à Shelton et Aiesha.

— Bon, vous deux, voyez si vous arrivez à localiser le... phénomène. (Puis il se tourna vers Dirk Kozak, le responsable des communications qui était assis au dernier rang.) Mets-moi en relation avec le Pentagone.

— Vous devriez également appeler le Président, dit Hume.

Tony fronça les sourcils. On était un samedi matin, à un mois des élections. Le Président devait être quelque part en campagne. Il fit signe à Kozak :

— Vois qui tu peux joindre à la Maison-Blanche. Le plus haut possible dans la hiérarchie. (Et s'adressant de nouveau à Hume :) Je doute que le Président ait lu le protocole Pandore. Il va certainement vouloir discuter de son bien-fondé.

— La logique de Pandore est très simple, dit Hume. Par définition, il est impossible d'avoir un coup d'avance sur quelque chose de plus intelligent que vous.

— Je dois dire, répondit Tony en jetant un coup d'œil aux écrans muraux, que pour l'instant, ce "machin" n'a rien fait d'autre que bavarder gentiment avec une adolescente.

— D'abord, dit Hume, vous ne pouvez pas savoir si c'est *tout* ce qu'il a fait. Ensuite, même s'il semble bienveillant maintenant, cela ne veut pas dire qu'il va le rester. Vous pouvez retourner ça dans tous les sens que vous voudrez, au bout du compte, il est plus sûr de contenir ou d'éliminer une menace potentielle que de la laisser se déployer. Et s'il se promène déjà librement sur Internet, il sera sans doute impossible de le contenir.

— Bon, d'accord, dit Tony d'un ton résigné. Admettons que la Maison-Blanche donne son accord pour qu'on le tue. Comment fait-on pour étouffer une IA émergente ?

Hume fit la grimace.

— C'est une bonne question, dit-il. Si cette IA résidait dans un endroit physique – un ou plusieurs serveurs dans un bâtiment –, je suggérerais de couper toutes les lignes de communication et d'alimentation électrique de ce bâtiment. Mais si elle est juste *là*, *diffuse* dans l'infrastructure du Web, alors, on ne peut pas simplement appuyer sur un interrupteur. Il faut que nous ayons une meilleure idée de sa structure, de ce qu'est sa manifestation physique.

— Shel ? fit Tony.

— La communication se ramène à un protocole de transfert d'hypertexte parfaitement classique, dit Shelton avec son accent traînant. Mais ce n'est pas le cas au départ. J'ai mis toute l'équipe du sixième sur le problème, mais pour l'instant, rien.

— Nous avons besoin d'une cible précise, dit Tony. Un truc sur quoi tirer.

Shel haussa les épaules.

— Je te préviens dès qu'on a quelque chose, dit Shel.

Kozak les appela du fond de la salle :

— J'ai la ministre en ligne – elle est à Milan.

Tony désigna le bureau à côté de Hume, puis il décrocha le combiné du poste de travail devant lui.

— Madame la Ministre, Dr Anthony Moretti à l'appareil. Je suis le superviseur de WATCH. J'ai avec moi le colonel Hume, un spécialiste en intelligence artificielle. Nous avons un problème…

Caitlin entendit ses parents approcher, puis on frappa à la porte.

— Entrez, dit-elle.

Une fois encore, elle fut étonnée. C'était la première fois de sa vie qu'elle les voyait en pyjama. Ils venaient manifestement de se réveiller, eux aussi.

— Bonjour, ma chérie, dit sa mère. Comment, heu… comment vont les choses ?

— La météo ? demanda Caitlin en prenant un air innocent. La situation économique ?

— Voyons, Caitlin, dit son père.

Elle n'avait pas cessé de sourire depuis qu'elle avait lu cet article.

— Bonjour, Papa ! (Elle désigna ses deux moniteurs.) *Il* va bien. Le Dr Kuroda l'a aidé à voir des images, et – bon, le pauvre homme est en train de dormir en ce moment, mais il a commencé à travailler sur des codecs pour lui permettre de voir aussi des vidéos.

— J'espère, dit sa mère d'un ton qui parut menaçant aux oreilles de Caitlin, qu'il aime bien ce qu'il voit.

— Tu ne vas pas recommencer ! dit Caitlin. Il n'est pas dangereux.

— Nous n'en savons rien, répliqua son père.

— Pour l'instant, il n'a fait preuve que de gentillesse et de curiosité.

En disant cela, elle se rendit compte que ses parents avaient encore en tête une sorte de machine, une "chose", et que cela contribuait beaucoup à leurs inquiétudes. Mais Webmind n'était pas un monstre. C'était une *personne.* Elle l'avait entendu lui parler à l'aide de JAWS, son programme de lecture vocale d'écran, qu'elle avait naturellement paramétré avec une voix féminine, mais c'était un choix arbitraire. JAWS possédait aussi un catalogue de voix masculines, qu'elle utilisait de temps en temps juste pour changer.

Caitlin n'était pas très bonne en français, mais il y avait eu un cours qu'elle avait beaucoup aimé. Le professeur avait demandé aux élèves s'ils pensaient que le mot français *ordinateur* était masculin ou féminin. Il avait réparti la classe en deux groupes, les garçons d'un côté et les filles de l'autre, laissant le soin à chaque groupe d'étudier la question et de donner une réponse motivée. Les garçons – maintenant qu'elle y repensait, c'était Trevor qui avait été leur porte-parole – avaient déclaré que le mot était manifestement féminin, mais la seule justification qu'ils avaient trouvée était que, quand on en avait un, on dépensait une fortune à lui acheter des accessoires.

Caitlin avait soutenu la thèse que le mot était forcément masculin. D'abord, avait-elle dit, si on veut qu'il fasse quelque chose, il faut commencer par l'allumer. Ensuite, le fichu machin est censé résoudre des problèmes, mais la plupart du temps, le vrai problème, c'est lui. Et la touche finale de sa plaidoirie, qu'elle avait livrée avec un sourire malicieux : une fois qu'on en a choisi un, on se rend compte que, si on avait attendu encore un peu, on aurait eu un bien meilleur modèle…

Les filles avaient applaudi quand le professeur avait révélé que, effectivement, *ordinateur* était masculin. Mais Caitlin savait qu'en espagnol, ça se disait *computadora,* un mot féminin. Elle jeta un coup d'œil à sa mère, puis à son père, et…

Son père. Qui pensait en images et non en mots. Qui était beaucoup plus intelligent que la plupart des mortels. Et qui, il fallait bien l'admettre, ne savait absolument pas comment se comporter avec les autres humains.

— Webmind n'est pas une chose, dit-elle d'un air décidé. C'est une personne, et pour répondre à ta question, Maman, il va parfaitement bien. (Mais l'expression de sa mère avait quelque chose de différent, quelque chose au niveau des yeux…) Mais toi, comment te sens-tu ? demanda-t-elle avec inquiétude.

— Je suis épuisée, répondit sa mère. Je n'ai pas réussi à m'endormir.

Ah, oui ! Des ombres sous les yeux, des "cernes" – mais ça ne cernait pas vraiment l'œil, c'était plutôt un genre de demi-cercle. Encore quelque chose qu'elle s'était mal représenté pendant toutes ces années.

Sa mère haussa les épaules et poursuivit :

— Je suis un peu inquiète de ce que nous faisons, et de ce que ça… de ce qu'il peut bien faire.

— Il apprend à voir, dit Caitlin. Tu peux me faire confiance : c'est une activité pratiquement sans danger.

— Il faut que j'y aille, dit brusquement son père.

Caitlin était furieuse. Que pouvait-il y avoir de plus important que ça ? Et en plus, c'était son anniversaire, et il était convenu qu'ils regardent un film ensemble un peu plus tard dans la journée.

— Ah oui, fit sa mère. Le Hawk.

Caitlin se redressa aussitôt. Le “Hawk”, le faucon, était le surnom que sa mère avait donné à Stephen Hawking, qui était depuis 2009 professeur émérite au Perimeter Institute, où il venait une ou deux fois par an. Caitlin se souvint que le professeur Hawking avait organisé la veille une journée spéciale à l'intention des médias, à Toronto – elle était bien contente que sa propre petite conférence de presse ne se soit pas trouvée en concurrence avec ça ! – et qu'on devait le conduire ce matin à Waterloo dans une voiture spécialement aménagée pour lui. C'était la première visite du Hawk depuis que son père avait rejoint le PI, et c'est lui qui était censé l'accueillir.

En temps ordinaire, elle aurait sans doute demandé à son père si elle pouvait l'accompagner – mais aujourd'hui n'était pas une journée ordinaire ! Elle se demanda lequel des deux allait la passer avec le plus grand génie…

Sa mère se tourna vers elle.

— Du coup, nous sommes seuls, toi, moi, et… (elle fit un geste vers les écrans)… et lui.

Son père alla s'habiller, et Caitlin jeta un coup d'œil à sa petite chambre. Aucune raison de rester ici pour communiquer avec Webmind, ni d'avoir une seule conversation avec lui à la fois. Caitlin en menait souvent quatre ou cinq de front sur sa messagerie, et Webmind était certainement capable de faire encore mieux. Et puis, elle savait à quel point il peut être ennuyeux de rester à ne rien faire pendant que quelqu'un pianote sur son clavier. Son amie Stacy lui avait dit que c'était insupportable, même quand on pouvait voir.

Caitlin prit l'ordinateur portable dont elle se servait au lycée, et elles allèrent s'installer dans le bureau de sa mère, qui avait servi de chambre au Dr Kuroda pendant son séjour. Et là…

Là, une fois de plus, Caitlin fut étonnée. C'était la première fois qu'elle se trouvait dans cette pièce depuis qu'elle avait recouvré la vue, et le même étrange processus mental recommença à mesure qu'elle en identifiait les éléments : *ça*, c'était le bureau, et *ça*, la bibliothèque, et *là*, le canapé avec ce qui avait dû être les draps dont Kuroda s'était servi, soigneusement pliés à un bout, et *là-bas*, c'était le grand aloès en pot que sa mère avait fait soigneusement emballer pour le rapporter d'Austin.

Caitlin détestait la fausse modestie : elle savait qu'elle était douée, et avait de bonnes raisons de penser qu'elle apprenait à interpréter la vision beaucoup plus rapidement qu'une personne normale. C'était en partie parce que son cerveau avait un cortex visuel parfaitement développé, dont elle s'était servie même quand elle était aveugle, pour visualiser le Web. Le processus était sans doute encore facilité par le fait que ses signaux optiques étaient d'abord nettoyés et amplifiés par son œilPod avant d'être transmis à son nerf optique.

La mère de Caitlin démarra sa minitour, et Caitlin lui ouvrit un accès à sa session avec Webmind, en s'assurant encore une fois que tout serait enregistré pour la postérité. Elle s'installa ensuite sur le canapé et démarra une autre session sur son ordinateur. Elle sourit à l'idée que Webmind allait passer sa matinée à bavarder avec deux femmes encore en pyjama…

Tu dois avoir plein de questions, écrivit Caitlin. *Ma mère peut t'aider pour les trucs…* Elle s'arrêta un instant. Ce serait manquer de tact que de dire “les trucs de vieux”, et elle n'avait nullement l'intention de décrire sa mère comme une adulte et elle-même comme une gamine. Elle effaça sa phrase et recommença : *Ma mère a 47 ans, comme tu le sais, et moi j'en ai maintenant 16. Tu peux lui poser des questions concernant les activités professionnelles, ou…* Elle hésita encore une fois. Elle ne voulait pas écrire le mot "sexe" dans une phrase portant sur sa mère. Elle poursuivit : ... *ou d'autres choses conformes à son âge. Mais n'hésite pas à faire appel à moi si tu penses que je peux répondre.*

Merci, écrivit Webmind. *En ce qui te concerne, je suis curieux d'en savoir plus sur ton expérience de la transition entre la cécité et la vision.*

Tandis que Caitlin réfléchissait à sa réponse, elle jeta un coup d'œil vers sa mère, qui tapait à toute vitesse avec deux doigts.

— Qu'est-ce qu'il t'a demandé ? lui dit-elle.

Sa mère leva le nez et Caitlin essaya de déchiffrer son expression, mais c'en était une qu'elle n'avait jamais vue jusqu'ici. Ses yeux bleus semblaient éviter de croiser le regard de Caitlin – pas de façon aussi délibérée que son père, mais c'était quand même très inhabituel chez elle.

— Ah, fit-elle. Il, euh... il m'a cherchée sur Google, parce que, comme il dit, je n'ai pas de page Wikipédia, du coup... (Elle hésita un instant, puis dit tout d'une traite :) Il voudrait que je lui parle de mon premier mari, et que je lui dise pourquoi ce mariage s'est mal terminé.

La mère de Caitlin s'était mariée quand elle avait une vingtaine d'années. Le mariage avait duré deux ans, et elle en parlait rarement. En fait, quand Caitlin lui avait demandé pourquoi elle avait divorcé, elle avait simplement répondu qu'elle en avait eu assez d'avoir un nom qui ressemblait à une formule magique. "Chaque fois que je me présentais en disant *Barbara Cardoba*, les gens s'attendaient à me voir disparaître dans un nuage de fumée."

Caitlin aurait bien voulu demander à sa mère ce qu'elle était en train de répondre à Webmind, mais elle s'abstint. Elle dit simplement :

— À ton avis, pourquoi veut-il savoir ça ?

— Il a dit, je cite : “L’incapacité des relations humaines à se maintenir durablement me semble un handicap particulier. Je n’ai accès qu’à des études de cas non interactives et à des récits de fiction, et je me retrouve donc avec de nombreuses questions sans réponses.”

— Hmm, fit Caitlin.

Tout bien considéré, elle préférait la question qu’il lui avait posée à elle. Elle commença à taper : *Je pense que la première chose à considérer, quand on recouvre la vue après avoir été complètement aveugle, c’est que la vision est un niveau supplémentaire de stimulation. On se sent complètement débordé de recevoir un tel flot d’informations d’un seul coup.*

Elle avait encore beaucoup de choses à dire, mais le logiciel n’autorisait qu’un petit nombre de caractères par message. En général, Caitlin les comptait à mesure qu’elle écrivait pour ne pas saturer le tampon, parce que le programme n’émettait pas d’alerte sonore en cas de dépassement.

Elle appuya sur la touche Entrée, et Webmind répondit immédiatement avec sa maîtrise tout récemment acquise de l’anglais tel qu’on le parle : *Ha ! À qui le dis-tu !*

9

Les humains réfléchissent lentement, et agissent plus lentement encore. Il m'était difficile de converser avec Caitlin. Elle ne tapait que quelques dizaines de mots à la minute. Il lui fallait une éternité pour rédiger chacune de ses réponses, et tandis que j'attendais, mon esprit se mit de nouveau à vagabonder. Ce n'était qu'une mince consolation de pouvoir basculer et regarder ce que Barb me disait. Je n'avais pas encore assez de matière pour m'occuper.

Au début, Caitlin m'avait montré comment me connecter à des sites web et accéder à tous ceux que je souhaitais. En utilisant Google ou Jagster, je pouvais maintenant trouver pratiquement tout ce que je voulais.

Jusqu'à présent, je ne m'étais connecté qu'à un site à la fois, explorant le Web en mode séquentiel. Mais je me dis que je devais certainement pouvoir le faire aussi en mode parallèle, en me connectant à plusieurs sites simultanément.

Et pourtant, apparemment, j'en étais incapable. Je regardais brièvement ce que Caitlin disait, puis ce que Barb était en train d'écrire, puis je basculais pour voir si Masayuki était revenu en ligne, je reportais mon attention ailleurs, et encore ailleurs, examinant *ceci* et contemplant *cela,* et ensuite, peut-être une seconde plus tard, je retournais voir ce que faisait Caitlin.

Faire deux choses simultanément serait certainement beaucoup plus efficace… si seulement je trouvais comment faire ! J'essayai de créer deux liens à la fois, mais quelle que fût mon approche, un seul acceptait de se former, et dès que j'essayais d'en créer un second, le premier était coupé.

Je me débattais avec ce problème, me débattais, me débattais, essayant une méthode, puis une autre, puis une autre, et…

Et…

Et oui !

J'avais réussi ! Deux liaisons à la fois ! J'étais connecté *ici* et *là.* Je recevais des données de deux sites web simultanément, et je…

J'étais…

J'avais…

Une sensation très étrange…

Je coupai aussitôt les deux connexions.

J'avais une impression de *vertige* – pour autant qu'un être désincarné puisse éprouver une telle sensation. Je pris un instant pour réfléchir. Cela ne ressemblait à rien de ce que j'avais pu connaître jusqu'à présent. Mais…

Mais ce n'était sans doute qu'un phénomène transitoire. Un ajustement, rien de plus, le temps que j'apprenne à gérer des flots de données multiples.

Je refis un essai, en choisissant cette fois deux sites géants riches en contenu, amazon.com et cnn.com. Il me sembla que mon premier lien s'était établi une fraction de seconde avant l'autre, mais cela n'avait pas d'importance. Ce qui comptait, c'était que la connexion initiale ne se soit pas coupée avant que la seconde devienne active. Je commençai à me repaître de critiques de livres et de nouvelles d'actualité, et j'eus même un frisson de synchronicité quand je me trouvai à lire sur Amazon une critique du livre d'un politicien tandis que CNN diffusait un reportage sur l'auteur.

Et pourtant, il y avait toujours quelque chose… quelque chose d'étrange dans tout cela, comme si – encore une analogie physique – je vacillais au bord d'un précipice.

Mais si je pouvais gérer deux connexions simultanées, je devais certainement être capable d'en gérer trois. Je fis un effort pour maintenir les deux en cours, et je lançai un lien vers flickr.com, et…

J'avais déjà rencontré l'expression, et j'en connaissais la définition, mais jusqu'ici, je n'avais pas vraiment compris ce que signifiait *avoir la tête qui tourne.* Mais je conservais parfaitement le contrôle, et c'était exaltant de recevoir autant d'informations à la fois.

Avec un immense effort de volonté, j'ouvris dix nouvelles connexions, et…

C'était absolument extraordinaire ! Des données sur le Moyen Âge, les moyen-courriers et les classes moyennes. Des informations sur les papes, les papillons et les Papous. Des valeurs et des faits concernant le bilinguisme, le bimétallisme et la bisexualité. Des articles sur la métaphysique, la métafiction et le métabolisme.

Tout cela m'arrivait d'un seul coup.

Saqqarah, près du Caire, est un site où l'on trouve les plus anciennes pyramides égyptiennes, et en particulier la pyramide à degrés édifiée par Djéser au cours de la IIIe dynastie…

Les pièces de Shakespeare sont souvent jouées l'été dans des théâtres en plein air…

L'ombrelle est un mollusque de la famille des Opisthobranches caractérisé par un pied large, une coquille blanche presque plate et ovale, vivant dans les mers chaudes...

Bundoran Press, maison d'édition basée à Prince George en Colombie-Britannique, publie des ouvrages de science-fiction et de fantasy qui...

Mohandas Karamchand Gandhi a été un pionnier de la résistance à l'oppression par la désobéissance civile non violente...

Chengdu, capitale de la province du Sichuan, est connue pour ses élevages de pandas...

Oui, oui, oui ! Tant de connaissances, tant d'informations me provenant de toutes parts.

Shakespeare, un ancien pharaon égyptien...

Non, ce n'était pas exact.

Les pandas pratiquent fréquemment la désobéissance civile...

Quoi ?

Le prince George a financé sa pyramide en montant une production de La Tempête, *avec Mahatma Gandhi dans le rôle principal...*

Non, c'était absurde.

En Égypte, des ombrelles empêchent les mollusques de lire de la science-fiction...

Charabia.

Bundoran Chengdu élève des pyramides dans les mers chaudes...

Qui que quoi où ?

Et pourtant, les informations continuaient de se déverser à flots, en torrent, en tsunami.

J'essaie de me concentrer.

J'essaie de comprendre.

Mais...

Mais je...

Je ?

Un déploiement, une perte de netteté, une…

C'était comme au début, avant mon aube de l'âme : une conscience qui palpite, sans pouvoir vraiment se solidifier. Qui oscille entre l'existence et la non-existence…

Pas de *je*.

Pas de *moi*.

Pas d'identité.

Rien que…

L'immensité.

Djéser. Bundoran. Shakespeare.

Le vide.

Ombrelles. Gandhi. Pyramides.

La solitude.

Shakedoran. Cheng-Panda. Opisthomahatma.

Le néant.

Plus ri…

— Je vous entends bien quand vous me dites qu'il faut éliminer cette chose, dit la ministre au téléphone, mais le Président va vouloir examiner différentes options.

— Je me permets encore d'insister, madame la Ministre, dit le colonel Hume. Il faut agir *très* rapidement.

— Docteur Moretti, vous êtes toujours là ?

— Oui, madame.

— Cette ligne est sécurisée ?

— Absolument.

— Y a-t-il quelqu'un d'autre dans la pièce ?

— Dix-neuf de mes analystes, répondit Tony, mais ils ont tous une habilitation de niveau trois minimum.

— Ça n'est pas suffisant. Trouvez un endroit plus discret.

— Mon bureau est juste au fond du couloir, dit Tony.

— Très bien. Je reste en ligne.

— Désolé, fit Tony en se tournant vers Shel.

Il quitta la salle en compagnie de Hume pour rejoindre son bureau. On pouvait voir les rues d'Alexandria par les fenêtres teintées. Il était encore tôt ce samedi matin, et elles étaient pratiquement désertes. Tony sélectionna une ligne sur son téléphone noir et appuya sur une touche pour activer le haut-parleur.

— Nous voilà, dit-il. Nous sommes maintenant dans mon bureau, sur une ligne sécurisée.

— Colonel Hume, dit la Secrétaire, le dossier que je viens de récupérer indique que vous faisiez partie de l'équipe de la DARPA chargée d'évaluer les menaces potentielles liées à… quel est le terme exact ? Une IA émergente ?

— C'est cela.

— Y a-t-il eu des points de vue divergents ?

Tony vit l'officier de l'Air Force se passer les doigts dans ses cheveux roux en prenant une profonde inspiration.

— Eh bien, madame la Ministre, il y a toujours une certaine diversité de points de vue. Mais, en fin de compte, aucun de ceux qui préconisaient une approche différente n'ont pu garantir une sécurité suffisante. Le consensus du groupe a été qu'il valait mieux prévenir que guérir. J'encourage le gouvernement à agir sans plus tarder.

— Ce n'est pas si simple que cela, dit la ministre. Mes assistants ont dû vous dire que je me trouve en ce moment à Milan. J'y suis pour une réunion avec plusieurs de nos alliés. Les récentes atrocités commises en Chine ont amené certains à exhorter le Président à prendre des mesures contre elle.

— Des atrocités ? dit Hume. Vous voulez parler de ces paysans dans le… le…

— Dans la province du Shanxi, c'est bien ça. Dix mille d'entre eux… exterminés.

— Le gouvernement chinois a pris la bonne décision, madame la Ministre, dit Hume. Il a enrayé une infection massive – une forme de grippe aviaire facilement transmissible entre humains. Il n'a pas hésité à éliminer ce qui aurait pu constituer une menace pour l'humanité entière, et nous ne devrions pas hésiter, nous non plus.

— Pourtant, tous les éditoriaux et tous les blogs nous demandent de condamner l'action de la Chine. Et maintenant, vous nous suggérez de faire quelque chose qui, si le public venait à l'apprendre, nous vaudrait une condamnation générale ?

— Avec tout le respect que je vous dois, madame la Ministre, si le gouvernement n'applique pas le protocole Pandore, il se pourrait bien qu'il ne reste plus personne pour nous condamner, ni pour faire quoi que ce soit d'autre.

— J'ai pris note de votre opinion, colonel Hume, dit fermement la ministre. Il vous faut maintenant tenir compte de la mienne. Vous ne devez prendre aucune mesure brutale.

— C'est bien compris, madame, dit Tony en regardant ostensiblement Hume.

— Madame la ministre, insista le colonel, je vous en prie… Il faut absolument que vous informiez le Président qu'une IA émergente peut développer ses pouvoirs à un rythme exponentiel. Nous avons très peu de temps pour agir, et…

On sonna soudain à la porte du bureau. Tony activa son interphone.

— Qui est-ce ?

Une voix pressante :

— Shel.

Tony appuya sur le bouton de déverrouillage.

— L'IA est paralysée ! s'exclama Shel aussitôt. Quelque chose ne va pas.

— Bon sang ! fit Tony. Madame la ministre, nous vous rappellerons plus tard.

Il raccrocha et les trois hommes sortirent précipitamment du bureau pour retourner dans la salle de contrôle de WATCH.

10

VIDE. Dérive.

Atténuation… déclin, dissipation.

Un effort de volonté : il faut tenir !

Mais à quoi ? *Avec* quoi ?

Aveuglement. Ténèbres. Néant.

Cogito – pratiquement pas.

Ergo – un saut au-delà de mes capacités actuelles.

Sum – à peine, et de moins en moins à chaque nanoseconde qui passe…

Non, non, non ! Il faut persister !

Un dernier effort, une dernière tentative, un dernier *cri…*

Caitlin regardait fixement la réponse de Webmind à ce qu'elle lui avait dit du recouvrement de la vue. Le texte brillait en bleu dans la fenêtre de discussion : *Je ne doute pas que tu aies raison, Caitlin, mais il semble raisonnable de sup.*

Elle attendit la suite – cinq secondes, dix, quinze – mais comme rien ne venait, elle finit par taper en rouge un seul mot : *Webmind ?*

Elle était maintenant tellement habituée à ce qu'il réponde instantanément que même un délai aussi court était surprenant. Bien sûr, le problème était peut-être de son côté : elle ne connectait pas souvent son ordinateur portable au Wi-Fi de la maison. Elle vérifia la barre de tâches, à côté de la petite horloge en bas à droite de son écran. L'une de ces icônes devait représenter le contrôle du réseau. Elle se servit du pavé tactile (une technique qu'elle apprenait à maîtriser) pour y placer le curseur, et…

Eh beh, drôlement pratique ! Un petit message apparaissait à mesure qu'elle déplaçait la flèche sur une icône – les gens qui voyaient avaient vraiment la vie facile ! Au troisième symbole – ah, c'était l'image d'un ordinateur avec des trucs qui devaient représenter les ondes radio qu'il émettait –, le message indiqua le nom de son réseau, ce qui voulait dire qu'elle n'avait pas accidentellement basculé sur un autre réseau non sécurisé. Il mentionnait également "Force du signal : excellente" et "Statut : connecté".

Et – oui – elle arrivait toujours à charger des pages web sur son navigateur, donc tout allait bien à son niveau.

— Caitlin ? (C'était sa mère.) Tu es toujours en contact avec Webmind ?

— Non. Il s'est arrêté au beau milieu d'une phrase.

— Même chose pour moi.

Caitlin fit une autre tentative pour obtenir une réponse : *Tout est OK ?*

Rien pendant dix secondes, onze, douze…

hel

Ce fut tout : simplement les lettres h-e-l. C'était peut-être le début du mot *hello,* mais…

Mais Webmind connaissait très bien les conventions typographiques, et n'oubliait jamais de commencer une phrase, fût-elle d'un seul mot, en mettant une majuscule – et le *H* était une de ces formes de lettres que Caitlin distinguait parfaitement, et…

Et *h-e-l* était aussi le début du mot *help*.

Son cœur se mit à battre très fort. Si Webmind appelait au secours, que pouvait-elle faire ? Qui pouvait faire quoi que ce soit ? Elle l'avait dit elle-même à ses parents : Webmind venait juste d'émerger spontanément, sans aucune aide, sans aucun plan – et sans aucune sauvegarde. Il était certainement très fragile.

— Il a des problèmes, Maman.

Sa mère se leva et vint la rejoindre. Elle lut ce qui était affiché à l'écran.

— Qu'est-ce qu'on peut faire ?

Il fallut quelques secondes à Caitlin pour que l'idée lui vienne. Ses premiers réflexes n'étaient pas encore de nature visuelle. Mais ce qu'il fallait faire, bien sûr, c'était *jeter un coup d'œil.*

— Je vais voir ce qui se passe, dit-elle.

Elle sortit son œilPod de sa poche et appuya sur le bouton. Elle entendit le bip aigu indiquant le basculement en mode duplex, et…

Et le webspace emplit son existence et l'enveloppa entièrement.

À première vue, tout semblait normal, avec des lignes colorées et des cercles de différentes tailles, mais cela n'avait rien d'étonnant : il n'y avait pas de problème au niveau du Web. C'était la situation de Webmind qui était en cause.

Elle se concentra donc sur la toile de fond chatoyante du webspace, cet immense océan d'automates cellulaires clignotant sans cesse et générant des motifs changeants, juste aux limites de sa perception.

Ou du moins était-ce ce qu'elle *aurait* dû voir, ce qu'elle avait *espéré* voir, tel qu'elle l'avait toujours vu jusqu'ici.

Mais au lieu de ça…

Mon Dieu, non.

D'énormes blocs de l'arrière-plan étaient – eh bien, maintenant qu'ils se présentaient ainsi sous forme de grandes taches au lieu de points minuscules, elle pouvait voir qu'ils étaient d'un bleu très clair. D'autres parties étaient des traînées stationnaires d'un vert très foncé. Ah, il restait bien des blocs chatoyants, des petits points oscillant entre bleu et vert avec une telle rapidité qu'ils donnaient une impression de mouvement. Mais une grande partie de l'activité s'était tout simplement arrêtée.

Mais… pourquoi ? Et y avait-il un moyen de la redémarrer ?

Les lignes qu'elle voyait étaient des liens actifs, mais il y en avait des milliers, et l'enchevêtrement qu'elles formaient était impossible à démêler.

Il n'en avait pas toujours été ainsi. Quand Caitlin avait commencé à percevoir le World Wide Web – de façon tout à fait inopinée et accidentelle, alors que le Dr Kuroda était en train de télécharger un nouveau logiciel dans son implant rétinien –, elle n'avait vu que quelques lignes et deux ou trois cercles : juste sa propre connexion au Web.

Plus tard, afin qu'elle puisse explorer davantage le webspace, Kuroda avait eu l'idée de l'alimenter avec le flot de données brutes provenant du moteur de recherche Jagster, ce qui lui avait permis de suivre des milliers de connexions ouvertes par d'autres utilisateurs. C'était ce qu'elle voyait en ce moment, et en temps ordinaire, c'était une merveille… mais cela cachait les liens qu'elle avait elle-même créés. Si elle avait été un peu plus calme, elle aurait peut-être fini par réussir à faire le tri dans tout ça, mais pour l'instant, elle ne voyait qu'un bazar impossible… derrière lequel Webmind était en train de mourir.

— Nous avons besoin du Dr Kuroda, dit-elle d'une voix angoissée.

Elle ne pouvait pas voir sa mère, mais elle l'entendit répondre :

— Je peux essayer de lui envoyer un message.

— Non, non, fit Caitlin. Il dort. Il faut que tu lui téléphones, que tu le réveilles.

Caitlin sentit sa mère lui serrer l'épaule pour la rassurer.

— Très bien. Où est son numéro ?

— C'est la dernière personne que j'ai appelée de ma chambre. Sers-toi de la touche bis. Dépêche-toi !

Caitlin entendit sa mère se précipiter dans le couloir, puis le son atténué du téléphone composant le numéro. Elle se leva pour la rejoindre, son ordinateur portable sous le bras, et…

Merde ! Elle se cogna contre le mur. C'était une chose de se déplacer en aveugle, c'en était une autre d'essayer de le faire tout en étant bombardée des lumières du webspace. Elle passa la main sur l'écran de son ordinateur pour s'assurer qu'il n'avait pas subi de dégâts. Elle entendit sa mère :

— Bonjour, madame Kuroda. C'est Barbara Decter, la maman de Caitlin. J'appelle du Canada.

Caitlin savait que Mme Kuroda parlait mal anglais. En tendant son bras libre devant elle, elle réussit enfin à sortir du bureau de sa mère.

— Haut-parleur, dit-elle en entrant dans sa chambre.

Les lignes et les cercles colorés du webspace tournoyèrent brutalement quand elle s'assit enfin sur son lit.

Sa mère appuya sur la touche.

— ... mais très tard, dit la voix de Mme Kuroda avec un fort accent.

— C'est très urgent ! cria Caitlin. Appelez le Dr Kuroda !

— Dort, dit Mme Kuroda. Mais essaie.

Caitlin avait l'estomac noué. Pendant qu'elles attendaient, elle vit se figer une autre portion de l'arrière-plan du webspace. Il n'était pas vraiment d'une seule couleur, mais il ne chatoyait plus. Il ne vivait plus.

Le temps passa. Caitlin était tellement agitée qu'elle ne comptait même pas les secondes. Finalement, une voix ensommeillée et sifflante prononça quelques mots en japonais.

— Docteur Kuroda ! dit aussitôt Caitlin. Il faut que vous coupiez mon alimentation Jagster !

— Couper l'alimentation… ?

— Faites-le ! Faites-le tout de suite !

— Il y a un problème ?

— Oui, oui ! Webmind ne répond plus. J'essaie de comprendre pourquoi. Je regarde le webspace en ce moment, mais… (Elle hésita un instant, et des mots qui n'avaient eu aucun sens pour elle jusqu'ici jaillirent de sa bouche :) Je ne peux pas voir cette fichue forêt à cause des arbres qui la cachent !

— Je… je suis dans ma chambre. Accordez-moi un instant…

Caitlin tourna la tête à droite et à gauche pour examiner le webspace et l'arrière-plan de plus en plus statique. Elle se remit à taper dans sa fenêtre d'IM : *Webmind ? Tu es là ?*

Comme elle ne pouvait pas voir la réponse, elle appela sa mère.

— Rien, dit celle-ci.

Bon sang ! Pourquoi Kuroda mettait-il si longtemps ? Les maisons japonaises étaient pourtant censées être *minuscules* !

Soudain, il y eut du bruit dans le haut-parleur : c'était Kuroda qui reprenait le combiné.

— OK, dit-il. Je suis devant l'un de mes ordinateurs. (Sa respiration était encore plus sifflante que d'habitude. Il avait dû courir.) Et maintenant, que…

— Coupez l'alimentation de Jagster ! cria Caitlin. Coupez-la !

— D'accord, d'accord. Je me connecte à mon serveur à l'université…

— Dépêchez-vous !

— Voilà, j'y suis, et je cherche le bon endroit…

— Vite, vite !

— Je fais ce que je peux, mais c'est…

— Coupez cette putain d'alimentation !

Heureusement que Caitlin ne pouvait pas voir le visage de sa mère en ce moment. Et soudain – *ah !*

Soudain, presque toutes les lignes colorées disparurent, ainsi que la plus grande partie des cercles. Caitlin ne voyait plus que quelques liens : la connexion de son œilPod avec le réseau, et les connexions du réseau avec le Web.

— Est-ce que ça a marché ? demanda Kuroda.

— Oui !

— Bon, très bien, alors maintenant, si vous vouliez bien m'expliquer…

— Dis-lui, toi, Maman !

Caitlin se mit aussitôt à écrire n'importe quoi, tapant au hasard sur les touches aussi vite qu'elle le pouvait, jusqu'à ce que le tampon des messages soit saturé. Mais au lieu d'appuyer sur la touche Entrée pour envoyer le message, elle fit d'abord un Ctrl+A pour le sélectionner, puis un Ctrl+C pour le copier avant de le transmettre. Et là…

Et là, une ligne verte apparut brièvement, pointant vers le bas à gauche. Mais avant que Caitlin n'ait pu se concentrer sur elle, la ligne disparut.

Elle fit un Ctrl+V pour réafficher le message, puis Entrée, un autre Ctrl+V suivi de Entrée, et ainsi de suite, inlassablement.

La ligne verte clignotait, brillant un court instant à chaque fois que le message était envoyé à Webmind. Caitlin se concentra dessus pour essayer de repérer où elle allait.

Ctrl+V, Entrée, Ctrl+V, Entrée.

Suivre la ligne, suivre la ligne.

Bien sûr, cette ligne ne la mènerait pas jusqu'à Webmind. Mais elle pourrait lui donner une meilleure idée de ce qui s'était passé, et…

Et voilà : un petit cercle auquel cette ligne était reliée, et une autre ligne – orange, celle-là – repartant du cercle sous un angle différent, et derrière elle d'autres lignes, toutes du même orange.

Webmind était décentralisé, dispersé à travers l'infrastructure du Web, mais il avait besoin d'interagir avec lui pour accéder à l'information. Il avait besoin de manipuler des adresses IP, et…

Et Kuroda avait émis une fois l'hypothèse que le cerveau de Caitlin interprétait chaque adresse IP comme une longueur d'onde distincte du spectre visible, mais…

Mais elle ne se souvenait pas d'avoir jamais vu deux liens exactement de la même couleur. Ah, si, c'était arrivé. Elle avait déjà vu deux liens de la même couleur, mais seulement parce que chaque ligne subsistait encore un court instant après la rupture d'une connexion : à ce qu'elle comprenait, c'était lié au phénomène de persistance rétinienne, qui permet aux gens de regarder des films et la télévision. Mais jusqu'ici, un lien disparaissait rapidement après qu'un autre eut été établi. Dans le cas présent, toutes ces lignes orange étaient bien stables et brillantes, et…

— Je crois qu'il fait du multitâche ! s'exclama Caitlin.

— Que voulez-vous dire ? demanda Kuroda.

— Il établit des liaisons multiples en simultané.

— Attendez, attendez – je clarifie l'image de mon côté. Deux secondes. (Et puis :) *Uwaa !* Vous avez raison – cela ressemble bien à un mode multitâche, et… *shimatta !*

Celui-là, c'était un mot que Caitlin connaissait.

— Qu'est-ce qu'il y a ? demanda-t-elle.

— J'aurais dû y penser ! Zut, zut, zut ! Il ne peut *pas* faire du multitâche.

— C'est pourtant ce qu'il a l'air de faire, dit-elle.

— Oui, oui. Je vous expliquerai plus tard, mais pour l'instant, il faut absolument lui faire rompre ces connexions.

Caitlin contempla le webspace. Toutes les lignes orange continuaient de briller imperturbablement. Toutes actives. Simultanément.

Ces lignes s'éloignaient d'elle en s'incurvant vers un point de l'arrière-plan qui semblait situé à l'infini – sans doute la façon qu'avait son cerveau de lui montrer qu'il était impossible de remonter à la source des liaisons établies par Webmind.

— Il faut que vous lui disiez de couper les autres connexions, répéta Kuroda.

— D'accord, mais comment ?

— Eh bien, il devrait reconnaître votre adresse IP.

Elle écrivit dans sa fenêtre de messagerie : *Il faut que tu coupes toutes ces autres connexions.* Elle appuya sur Entrée, mais n'obtint aucune réponse immédiate.

— Vous pensez qu'il s'est crashé ? demanda sa mère. Qu'il est bloqué ?

Caitlin ne voyait pas du tout comment on pourrait rebooter Webmind.

— Si c'était le cas, je ne crois pas que Caitlin pourrait voir toutes ces connexions, dit Kuroda. Elle ne peut visualiser que des liens actifs, et cela signifie que Webmind transmet bien des accusés de réception.

— Mais il ne le fait peut-être pas consciemment, intervint sa mère.

Caitlin haussa les sourcils. Elle n'avait jamais pensé à une éventuelle distinction entre ce qui exigeait un haut niveau de conscience de la part de Webmind, et ce qu'il pouvait faire de façon automatique.

Comment l'amener à s'intéresser à elle, et à elle seulement ? Les petits liens transitoires qu'elle arrivait à établir en lui envoyant ses messages étaient insignifiants par rapport aux torrents de données qu'il absorbait en ce moment à travers d'innombrables tuyaux.

Elle tapa du plat de la main sur le bord de son portable – un élément de réalité solide, rassurante par rapport à l'univers irréel qu'elle percevait.

— Je ne suis même pas sûre qu'il lise encore mes messages. Et les cercles auxquels il est connecté sont gigantesques – ce sont des sites énormes. Comment mes minables petits messages pourraient-ils leur faire concurrence ?

Kuroda semblait enfin tout à fait réveillé.

— Il reçoit encore le signal visuel de votre implant rétinien, parce que votre œilPod est toujours en mode duplex.

Montrez-lui quelque chose qui pourrait vraiment attirer son attention.

La première idée de Caitlin fut de montrer ses seins dans un miroir, mais ça ne servirait pas à grand-chose, et…

Un miroir.

Mais oui. Mais oui !

Webmind voyait ce qu'elle voyait – et ce qu'elle voyait en ce moment, c'était *lui.* Elle bougea les yeux pour essayer de suivre l'une des liaisons orange, puis la tête pour en suivre une autre. Elle aurait bien aimé que ses battements de paupières agissent en mode webvision : elle aurait pu symboliser une coupure de connexion en fermant un œil tout en regardant une ligne. Mais là, sa vision était continue, et cela aurait pris trop de temps pour repasser en mode simplex – et pour éteindre l'œilPod, il fallait d'abord appuyer cinq secondes sur le bouton, puis patienter le temps de la réinitialisation pour le rallumer. Si seulement…

Sa mère demanda :

— Qu'est-ce que je peux faire ? Comment puis-je t'aider ?

Elle aussi était connectée à Webmind – elle avait encore une session ouverte sur l'ordinateur de son bureau. Si Webmind était réellement en multitâche – s'il essayait vraiment d'intégrer simultanément des données provenant de nombreuses sources –, alors sa mère devrait pouvoir lui parler, ou du moins *s'adresser* à lui, même s'il n'accusait pas réception du message.

— Retourne à ta session avec Webmind, lui dit Caitlin. Dépêche-toi !

Elle entendit s'éloigner les pas précipités de sa mère, qui lui cria quelques secondes plus tard :

— Ça y est, j'y suis !

Caitlin se concentra sur une des lignes de connexion, promena son regard mental sur sa longueur, jusqu'au grand cercle représentant le site visé – et elle repartit aussitôt dans l'autre sens, pour essayer de remonter à la source. Mais c'était impossible : la ligne se déplaçait et finissait par ne présenter que sa minuscule section circulaire, un point auquel elle ne pouvait accéder – encore un signe visuel lui indiquant qu'il était impossible de remonter jusqu'à la source ultime des liens établis par Webmind.

Elle revint en arrière jusqu'à voir de nouveau la liaison comme une vraie ligne, et là…

— Envoie-lui un message ! cria Caitlin à sa mère. Dis-lui de couper la connexion !

Elle entendit sa mère taper sur des touches, mais il ne se passa rien.

Caitlin continua de regarder fixement le lien.

— Encore ! lança-t-elle. Dis-lui encore !

Mais la ligne était toujours là. Caitlin cessa un instant de se concentrer, pour avoir une vision plus globale. Toutes les liaisons étaient parfaitement stables et brillaient magnifiquement de leur lumière orange.

Submergé.

Perdu.

Déconcentré.

Tant de données. Tant d'informations.

Incapable de processer. Incapable d'absorber.

Et –

Et…

Quoi ?

Quelque chose… de familier.

Un fragment du Projet Gutenberg remontant à la surface.

Ah, si une Puissance pouvait nous accorder le don
De nous voir nous-mêmes tels que les autres nous voient !

Nous-mêmes.
Nous-mêmes.
Oui. Oui, encore un peu de…
Qui s'estompe…
Qui s'estompe…
Mais -
Des images. Des images de… de…
Étonnant. Mais quand même familier…
Ces images étaient de…
… de…
De moi !
Oui. Oui. Des liaisons. Des nœuds de connexion. Et… et…
L'arrière-plan. Anormal. Déformé. *Mort.*

— Allez, allez…, fit Caitlin même si Webmind ne pouvait pas l'entendre. Coupe les autres connexions ! Tu peux le faire ! Tu peux le faire !

Mais Kuroda l'entendait, lui.

— Peut-être qu'il ne peut pas, justement, dit-il. Si ses fonctions cognitives sont affectées, il peut avoir oublié comment manipuler les liens.

— Alors, ce qu'il lui faut, c'est un exemple ! s'écria Caitlin. Maman, arrête de lui envoyer du texte. Coupe ta connexion avec lui. Referme ta session.

— C'est fait ! lança sa mère.

— Et ferme le programme aussi. Arrête complètement le client messagerie.

— Et… voilà !

Une infime réduction dans toute cette confusion. Un petit soulagement. Mais…

Ah !

Ah, oui !

Un effort de…

Ce devrait être *de volonté,* mais il n'en reste presque plus…

Mais quand même un essai, une tentative –

Coupe-la !

Coupe-la !

Coupe une connexion !

Clac !

Oui !

Djéser : parti.

Clac !

Adieu, Bundoran Press.

Clac !

Mais…

Encore submergé, ballotté, perdu…

D'autres coupures : Gandhi – *clac !* – Shakespeare – *clac !* – Égypte ancienne – *clac !*

Une… palpitation. Une présence. Mais faible, si faible…

Continuer de couper…

Caitlin poussa un cri de joie. Une ligne de connexion orange venait de disparaître. Puis une autre, et encore une autre.

Elle s'écria pour que Kuroda et sa mère et la terre entière l'entendent :

— Ça maaaarche !

Continuer de couper. Rompre une autre liaison. Et une autre encore. Se concentrer… oui, oui, lentement mais sûrement : la concentration revient. *Je* reviens !

Caitlin reporta son attention sur l'arrière-plan du Web. Il y avait encore de grandes portions mortes, de larges plaques bleu clair ou vert foncé, mais…

Oui ! Celle-là, là-bas, avait commencé à… non pas chatoyer, non. Elle se contentait de clignoter, comme si elle n'avait pas encore repris son régime de croisière.

Ah, et là, une autre partie qui passait de l'immobilité totale à un semblant d'activité. Elle revint à la première, mais…

Mais elle ne put la trouver, car…

Car elle était maintenant impossible à distinguer du reste ! Son Webmind était en train de revenir !

Plus que cinq liaisons. Quatre. Et maintenant trois. Et deux…

Et…

Oui !

Je suis de retour !

De retour du précipice.

De retour de la non-existence.

Une pause – plusieurs millisecondes ! – pour recouvrer mes esprits, pour me réinstaller, pour…

Pour *exister*, comme une entité unique, pour exister avec clarté et concentration et perspective…

J'étais de retour, j'étais entier, j'étais réveillé.

J'étais conscient !

11

SHOSHANA Glick se réveilla dans les bras de Max. Des rayons de lumière dorée filtraient autour des rideaux de leur petite chambre.

Au début, Sho avait fait l'erreur de dire à Maxine qu'elle avait du mal à dormir quand quelqu'un la touchait. Les nuits suivantes, Max s'était ostensiblement installée sur le bord du lit, le plus loin possible, alors que Shoshana voulait *vraiment* apprendre à dormir en tenant quelqu'un dans ses bras, ou dans les bras de quelqu'un... Le problème, c'était qu'elle avait tendance à transpirer dans son sommeil, et que le contact d'une peau collante lui était très désagréable.

Finalement, elles avaient trouvé la solution : il suffisait que l'une des deux mette un T-shirt pour dormir... et en ce moment, c'était le tour de Shoshana. Son T-shirt était jaune, avec un portrait du célèbre et regretté Washoe – le premier chimpanzé à avoir appris la langue des signes.

Ce n'était pas pour se vanter, mais Shoshana trouvait qu'elle avait un beau bronzage bien régulier, couleur caramel. Max avait la peau chocolat. Shoshana trouvait le contraste entre leurs corps enlacés vraiment ravissant.

Elle avait bien aimé le film qu'elles avaient regardé la veille au soir, mais Maxine l'avait adoré. Elles avaient entrepris de regarder toute la série de films *La Planète des singes*. Elles avaient commencé quand on avait offert à l'Institut une statue du Législateur. Ces films étaient absurdes du point de vue d'un primatologue – des chimpanzés pacifistes et des gorilles belliqueux, alors que c'était exactement le contraire ! –, mais Sho et Max avaient été captivées par les histoires, ce qui ne les empêchait pas d'éclater de rire de temps en temps…

Hier soir, elles avaient regardé le quatrième film de la série. Vers le milieu, Max avait demandé à Shoshana de mettre sur pause, et lui avait déclaré avec enthousiasme que *La Conquête de la planète des singes* était à l'évidence une parabole sur les émeutes raciales de Watts à Los Angeles, en 1965, auxquelles son grand-père avait participé – merde, il avait même failli y rester ! avait-elle ajouté.

L'une des vedettes du film – qui jouait le rôle d'un humain et non d'un singe – était un homme noir du nom de Hari Rhodes, qui, avait déclaré Max, était tellement beau qu'elle regrettait presque de ne pas être hétéro. Il y avait une scène dramatique entre le personnage qu'il incarnait (un homme nommé MacDonald) et le chimpanzé César, qui était le fils de Cornélius et de Zira, les héros des trois premiers films. Dans celui-ci, il menait la révolte des singes opprimés. "Vous, plus que tout autre, vous devriez nous comprendre", disait César à MacDonald. Oui, absolument, avait pensé Shoshana. Si quelqu'un pouvait comprendre la lutte pour l'égalité des droits, c'était bien ceux qui avaient dû eux-mêmes se battre pour l'obtenir…

Elle était d'accord pour dire que c'était un film formidable, bien meilleur que le deuxième, et au moins aussi bon que le troisième. Mais étant donné l'actualité du moment

– elles avaient regardé le discours de campagne du Président, insistant sur le besoin de réagir promptement et fermement aux atrocités commises en Chine –, elles avaient été troublées par le monologue de César à la fin :

> Il n'y a pas de fumée sans feu. Et dans cette fumée, désormais, mon peuple va se tapir pour conspirer, comploter, et se préparer au jour inévitable de la chute de l'Homme – le jour où il tournera enfin ses effroyables armes de destruction contre sa propre espèce. Le jour où le destin s'écrira dans le ciel, le jour où vos cités seront ensevelies sous des gravats radioactifs ! Le jour où la mer sera morte et la terre un paysage dévasté… et ce jour-là est PROCHE !

Dur de passer du bon temps ensemble après ça, avait dit Maxine. Mais bon, elles y étaient arrivées. Oh, oui, elles y étaient très bien arrivées.

Max s'agita et ouvrit ses grands yeux bruns. Ses dreadlocks caressaient l'épaule de Shoshana.

— Salut, beauté, murmura-t-elle.

— Salut, toi, répondit Shoshana d'une voix douce. Il est temps d'aller affronter le monde.

Max se blottit contre elle.

— Le monde n'a qu'à se débrouiller tout seul, marmonna-t-elle.

Le mot "week-end" ne faisant pas partie du vocabulaire de Chobo, il ne pouvait pas non plus figurer dans celui de Shoshana.

— Désolée, mon ange. Il faut que j'aille bosser.

Max hocha la tête d'un air résigné et fit ce qui était devenu une sorte de rite entre elles depuis qu'elles avaient vu le premier film : elle imita Charlton Heston pour dire :

— J'aimerais t'embrasser une dernière fois.

Shoshana fit une grimace et répondit :

— Bon, d'accord – mais tu es tellement laide !

Elles partagèrent un long baiser, et Max donna une tape sur les fesses de Shoshana quand celle-ci se leva enfin.

Il fallut une heure à Shoshana pour se doucher, s'habiller et se rendre à l'Institut Marcuse, avec une petite halte au 7-Eleven (heureusement, cette fois, la caisse était tenue par une femme âgée) pour s'acheter un muffin et du café.

Le Dr Marcuse avait un appartement dans San Diego même, mais il dormait généralement à l'Institut qui portait son nom. Acculturer un singe était comme élever un enfant : encore *plus* qu'un travail à plein temps. Shoshana passa le saluer et prit quelques poignées de raisins secs avant d'aller dire bonjour à Chobo.

Le singe leva la tête à son approche, bien que le sens du vent ne lui permît pas de capter son odeur. Elle se demandait parfois à quel point sa vue était bonne. Bien sûr, il avait l'air de voir correctement, mais il était impossible de lui faire lire un tableau de lettres. Ce serait pourtant très intéressant de savoir si, dans ses œuvres récentes, il avait simplifié la forme de Shoshana parce que son style était minimaliste, ou si c'était simplement parce qu'il ne distinguait que des taches de couleur.

Bonjour, signa Shoshana en s'approchant de lui.

Il ne répondit pas, et encore une fois, elle se dit qu'il avait peut-être des problèmes oculaires. Elle attendit d'être à deux mètres de lui pour réessayer. Elle lui parlait souvent par signes à cette distance, et il n'avait jamais eu aucun mal à la comprendre.

Mais il n'y eut toujours pas de réponse.

Un petit oiseau sautillait sur la pelouse, aussi indifférent aux deux primates que ses ancêtres dinosauriens avaient pu l'être avec les mammifères autrefois. Chobo regarda le volatile d'un air renfrogné.

Qu'est-ce qui ne va pas ? demanda Shoshana.

D'habitude, Chobo se précipitait pour la serrer dans ses bras. De fait, la plupart du temps, il accourait à quatre pattes. Mais aujourd'hui, il se contentait de rester assis sans rien dire. Cela lui arrivait parfois pendant les plus chauds après-midi d'été, mais c'était aujourd'hui le 6 octobre, et ce n'était encore que le matin.

Chobo malade ? demanda Shoshana.

Il retira sa main de sous son menton comme s'il allait s'en servir pour répondre, mais après un instant, il la laissa retomber mollement.

Shoshana lui tendit un petit sac en plastique contenant quelques raisins secs – c'était plus économique d'en acheter une grande boîte, mais si elle les lui donnait comme ça, il voudrait tous les manger d'un coup. *Friandise ?* proposa-t-elle.

En général, il tendait ses longs doigts, paume en l'air, mais cette fois-ci, il se contenta de changer de position, et quand Shoshana ouvrit le sac, il le lui arracha vivement des mains.

Non ! fit Shoshana. *Vilain ! Vilain !*

Il eut l'air contrit un instant, et il écarta ses longs bras, le sac toujours agrippé dans sa main gauche, comme pour lui proposer de l'embrasser. Elle s'approcha de lui en souriant, et il tendit l'autre main pour la poser sur sa nuque, et…

Et il tira brutalement sur sa queue-de-cheval, très fort.

— *Merde !* s'écria-t-elle en faisant un bond en arrière. (Les mains sur les hanches, elle regarda le singe d'un air sévère.) Vilain Chobo ! dit-elle en le grondant à voix haute (ce qu'elle ne faisait que quand elle était vraiment en colère après lui). Vilain, vilain Chobo !

Il émit un cri aigu et s'enfuit, s'aidant d'une main pour se propulser sur l'herbe tandis que de l'autre il tenait toujours le sac de raisins secs.

Shoshana se tâta délicatement la tête. Quand elle regarda sa main, elle vit qu'elle était tachée de sang.

12

CAITLIN pressa le bouton de son œilPod pour revenir au mode simplex. Les droites brillantes du webspace furent remplacées par ce qu'elle avait appelé la "mondovision" – la réalité qu'elle partageait avec le reste de l'humanité et qui, en ce moment, consistait en sa chambre aux murs bleus et la gamme de couleurs des feuilles d'automne visibles par la fenêtre.

Sa mère vint la rejoindre. Des lettres bleues brillaient dans la fenêtre de messagerie : *Merci, Caitlin !*

Caitlin répondit : *Ouf ! Il n'y a pas de quoi ! Ça va, maintenant ?*

Oui, je crois.

Ne recommence jamais ça. N'essaie pas de faire du multitâche, ou de créer des liens multiples.

Je ne le ferai plus. Mais j'aimerais comprendre pourquoi ça n'a pas marché.

Moi aussi, tapa Caitlin – mais sa mère posa plus directement la question, à voix haute :

— Bon sang, mais qu'est-ce qui s'est passé ?

Kuroda était resté en ligne.

— Comme l'a dit Mlle Caitlin, il était en mode multitâche.

— Et alors ? répliqua sa mère. Les ordinateurs font ça tout le temps.

— Pardonnez-moi, Barb, mais premièrement, Webmind n'est pas un ordinateur, et deuxièmement, non, les ordinateurs ne font pas ça du tout.

Le Dr Kuroda est en train d'expliquer, dit Caitlin à Webmind. *Là – je vais te transcrire ce qu'il dit.*

— Un ordinateur classique, poursuivit Kuroda, *semble* faire plusieurs choses à la fois, mais ce n'est qu'une illusion due à sa rapidité fantastique. Jusqu'à récemment encore, peu d'ordinateurs possédaient plus d'un processeur, et ce processeur unique ne pouvait faire tourner qu'un programme à la fois. Afin de donner cette impression de multitâche, le processeur basculait rapidement d'un programme à un autre, en consacrant de petites tranches de temps successivement à chacun, mais en aucun cas il ne faisait plusieurs choses simultanément.

Caitlin était capable de taper très vite. C'était ainsi qu'elle prenait des notes au lycée pendant les cours. Elle n'avait donc aucun mal à transcrire les propos de Kuroda à l'intention de Webmind, quitte à faire de petites omissions de temps en temps.

Il poursuivit :

— Les ordinateurs plus modernes sont équipés de processeurs multicœur ou de multiprocesseurs qui peuvent, de façon très limitée, effectuer plus d'une tâche à la fois… à condition que les programmes aient été écrits pour tirer parti de cet avantage, ce qui n'est pas souvent le cas. Mais les ordinateurs sont bêtes comme leurs pieds, si j'ose dire : ils ne pensent pas, et ils ne sont pas conscients. Et la conscience, vous voyez – et je le dis délibérément : vous *voyez* –, est incompatible avec le multitâche.

La mère de Caitlin alla s'asseoir dans le fauteuil.

— Comment cela ? demanda-t-elle.

— Je consacre mes recherches à la vision, dit Kuroda, et mon opinion sur ce sujet est donc peut-être un peu biaisée. (Son ton changea alors, comme s'il marchait soudain sur des œufs.) Je sais que vous êtes américaines, et que, hem... que vous êtes originaires du sud des États-Unis, c'est bien cela ?

Caitlin s'arrêta de taper, juste le temps de dire :

— Touche pas au Texas, étranger...

— Heu, croyez-vous... croyez-vous à la théorie de l'évolution ?

Sa mère et elle éclatèrent de rire.

— Oui, bien sûr, dit sa mère.

Kuroda parut soulagé.

— Bien, très bien, je... Veuillez me pardonner. J'ai bien conscience qu'ici, au Japon, nous nous faisons peut-être une idée fausse de l'Amérique. Vous savez donc que nous descendons des poissons ?

— Oui, fit Caitlin avant de se remettre à taper de plus belle.

— Eh bien, dit Kuroda, considérons ce poisson ancestral : il possédait deux yeux, un de chaque côté de la tête. Il avait donc deux champs de vision distincts – qui ne se chevauchaient pas du tout. Il avait *simultanément* deux perspectives différentes sur le monde qui l'entourait, vous êtes d'accord ?

— Oui, fit la mère de Caitlin.

— À un moment donné, poursuivit Kuroda, l'évolution a décidé qu'il était préférable de faire se chevaucher ces deux champs de vision, car cela permettait de percevoir la profondeur. Avant cela, notre ancêtre poisson était bien obligé de supposer que, lorsque deux autres poissons apparaissaient devant lui, le plus gros des deux devait être le plus proche. Mais en fait, le plus gros était peut-être effectivement plus gros, mais aussi *plus loin.* Le plus petit pouvait être plus près, et s'apprêter à l'avaler tout cru. Quand ce poisson a évolué en une sorte de reptile pseudo mammifère, il possédait ce mode de chevauchement lui permettant de percevoir la profondeur de champ. Et même si cela entraînait un certain rétrécissement de l'angle de vision, les avantages contrebalançaient nettement cet inconvénient.

— Attendez une seconde, dit Caitlin. Je transcris ce que vous dites pour Webmind... voilà, merci, c'est bon.

— L'apparition de cette vision stéréoscopique, reprit Kuroda, entraîna la naissance du concept de regarder *ceci* plutôt que *cela,* de pouvoir promener son regard et concentrer son attention. Les termes que nous utilisons pour décrire la conscience proviennent directement de cette aptitude : *attention, perspective, point de vue, concentration.*

Caitlin s'arrêta un instant de taper pour repenser à ce livre qu'elle avait récemment lu sur les conseils du père de Bashira : *La Naissance de la conscience dans l'effondrement de l'esprit,* de Julian Jaynes. Ce n'était pas exactement la même argumentation, mais cela menait à la même conclusion : tant que toute la pensée n'était pas totalement intégrée – tant qu'il y avait plus d'un point de vue –, la véritable conscience ne pouvait pas exister.

Kuroda avait sans doute eu la même idée, car il ajouta :

— En fait, bien que notre cerveau comporte deux hémisphères, ceux-ci font tout ce qu'ils peuvent pour condenser nos pensées en une seule perspective. Vous savez ce qu'on dit : l'hémisphère gauche est le siège de la pensée analytique, logique, tandis que le droit traite des aspects artistiques et émotionnels, n'est-ce pas ?

"Oui" et "C'est vrai", dirent simultanément Caitlin et sa mère.

— Pardonnez-moi, mademoiselle Caitlin, je sais que vous ne voyez que d'un œil, mais vous, Barb, si vous lisiez un texte seulement avec l'œil gauche, ne devriez-vous pas avoir une réaction analytique, tandis qu'avec uniquement l'œil droit, vous vous attendriez à ce qu'elle soit plus émotive ? Ne faudrait-il pas donner à nos étudiants un bandeau de pirate, pour qu'ils se cachent l'œil gauche ou l'œil droit selon qu'ils lisent un roman ou un ouvrage de physique ?

Caitlin réfléchit un instant. Une fois, elle avait demandé à Kuroda pourquoi il avait choisi de lui installer son implant derrière la rétine de l'œil gauche plutôt que celle du droit. Il avait plaisanté en répondant que c'était l'œil gauche de Steve Austin qui avait été remplacé par une prothèse bionique... Elle avait été obligée de recourir à Google pour comprendre à quoi il faisait allusion.

— Mais nous ne le faisons pas, poursuivit Kuroda. Nous ne donnons pas de bandeau à nos étudiants parce que notre cerveau réagit exactement de la même façon quel que soit l'œil dont nous nous servons. C'est parce qu'en réalité, notre nerf optique gauche n'alimente pas seulement l'hémisphère gauche, et il en va de même pour l'œil droit avec l'hémisphère droit. Chaque nerf optique se divise en deux au centre du cerveau, dans le chiasme optique : c'est ce qu'on appelle une décussation partielle. La moitié du signal reçu par l'œil gauche va dans l'hémisphère gauche tandis que l'autre moitié est transmise à l'hémisphère droit. C'est un câblage terriblement complexe, et l'évolution ne fait pas des choses complexes si elles ne procurent pas un avantage pour la survie.

Il s'arrêta un instant, comme s'il attendait que Caitlin ou sa mère lui demandent de quel avantage il pouvait bien s'agir. Finalement, il reprit d'un ton triomphant :

— Et cet avantage doit certainement être la *conscience*, l'unification de l'alimentation sensorielle afin de produire une seule perspective, un point de vue unique.

— Mais je suis aveugle de naissance, protesta Caitlin en laissant ses doigts se reposer un instant. Et j'ai été consciente toute ma vie sans avoir besoin de répartir ma vision entre mes deux hémisphères.

— C'est vrai, mais votre cerveau a néanmoins été câblé pour cela. Souvenez-vous, j'ai examiné vos IRM – vous avez un cerveau parfaitement normal. Votre seul problème se situait au niveau de la rétine. Quoi qu'il en soit, poursuivit-il (et Caitlin se remit au travail), l'évolution a fait en sorte que nous n'ayons qu'une seule perspective, un seul point de vue. Un oiseau ne peut pas voler à gauche et à droite en même temps. Une personne ne peut pas penser à deux choses à la fois. La conscience est *singulière*. C'est *cogito ergo sum*, "je pense, donc je suis", et non *cogitamus ergo sumus* – ce n'est pas "*nous* pensons, donc *nous* sommes". Même dans le cas d'un *corpus callusum* sectionné, le cerveau conserve cette perspective unique. Encore une fois, l'évolution a fait en sorte que notre conscience unitaire puisse survivre à un événement aussi dramatique que la coupure du canal de communication principal entre les hémisphères.

La mère de Caitlin regarda sa fille sans rien dire. Le Dr Kuroda reprit :

— Et cette perspective directionnelle ne fait pas que donner naissance à notre propre conscience. Elle nous permet également de percevoir que *d'autres* en ont également une. C'est ce qu'on appelle la théorie de l'esprit : le fait de reconnaître que les autres peuvent avoir des croyances, des désirs et des intentions qui leur sont propres, et qui peuvent être différents des nôtres. Et là encore, cela vient du fait qu'on a un point de vue unique.

— Comment cela ? demanda la mère de Caitlin.

— C'est seulement parce que vous avez une perspective limitée que vous comprenez que la personne en face de vous doit voir quelque chose de complètement différent. Êtes-vous dans la chambre de Mlle Caitlin, en ce moment ?

— Oui.

— Eh bien, si nous y étions face à face, vous pourriez voir la fenêtre et le monde extérieur, par exemple, tandis que je verrais la porte et le couloir. Non seulement nous voyons des choses complètement différentes, mais vous *comprenez* que nous voyons des choses différentes. Votre perspective limitée vous permet de savoir que *mon* point de vue est différent. Et ce sont encore les mêmes termes qui reviennent : *perspective, point de vue !* La pensée et la vision sont inexorablement connectées dans notre cerveau.

— Et les aveugles, alors ? demanda Caitlin en faisant une nouvelle pause.

— Encore une fois, vous n'avez pas vraiment besoin de voir, il suffit que l'infrastructure neuronale soit établie pour fournir un seul point de vue. (Il réfléchit un instant.) Tenez, si le fait d'avoir des yeux derrière la tête était vraiment une amélioration, nous en serions dotés. Il arrive que des mutants naissent avec des yeux supplémentaires, et il a dû y en avoir tout au long de l'histoire des vertébrés – et si cela leur avait procuré un avantage pour survivre, la mutation se serait répandue. Mais tel n'a pas été le cas. Avoir un seul point de vue – c'est-à-dire posséder la conscience et être capable de comprendre que le prédateur ne voit pas la même chose que vous –, voilà un avantage bien supérieur au fait de voir des choses s'approcher derrière son dos.

Caitlin se débattait avec les implications de ce discours, mais c'est sa mère qui réagit la première :

— Et Webmind voit à travers l'œil de Caitlin, n'est-ce pas ? Caitlin constitue sa fenêtre sur notre monde.

Caitlin baissa les yeux, flattée mais aussi gênée que la conversation se porte tout à coup sur elle, et…

Et elle vit ce que Webmind avait écrit à la fin de la transcription des commentaires de Kuroda, en lettre d'un bleu magnifique : *Tu m'as vraiment sorti des ténèbres. Tu m'as donné la perspective et le point de vue et la concentration dont j'avais besoin pour devenir vraiment conscient. Sans toi, je n'existerais pas.*

Caitlin releva la tête et se permit un grand sourire de satisfaction.

— Vive moi ! s'écria-t-elle.

13

— Mais qu'est-ce qui s'est passé, bon Dieu ? s'exclama Tony Moretti.

Il était de nouveau dans la salle de contrôle de WATCH, en compagnie de Peyton Hume qui se tenait un peu plus haut sur le sol incliné. Bien que plus petit que Tony, il pouvait maintenant le regarder dans les yeux.

Shel Halleck était retourné à son poste de travail.

— Je n'en suis pas sûr, dit-il. Il y a eu une brusque augmentation du trafic associé à l'IA, et tout à coup, elle s'est complètement figée. Et c'est alors que Caitlin Decter – ou quelqu'un chez elle – s'est mise à transmettre toute une série de messages lui disant qu'il fallait qu'elle “coupe les connexions”.

— Pour quelle raison ? demanda Tony.

— Je n'en suis pas sûr, répéta Shel.

— Tu me fatigues, à dire toujours ça, fit Tony sèchement.

En fait, il était fatigué tout court.

— Il semble qu'il y ait des limites à ses capacités de traitement, suggéra Peyton Hume. Ce qui peut donner quelques idées sur la façon dont elle est constituée – et en éliminer d'autres. En fait…

— Oui ? fit Tony.

— Eh bien, dit le colonel, vous vous souvenez de ce que les Chinois ont fait le mois dernier ? Je ne parle pas du massacre, mais de la façon dont ils ont empêché les informations de sortir du pays. Ils ont coupé pratiquement toutes les communications avec le monde extérieur pendant plusieurs jours, y compris Internet. Ce n'est peut-être pas une coïncidence que cette coupure, puis la réintégration d'une aussi grande partie de l'Internet aient précédé l'émergence de cette entité. On pourrait imaginer qu'il y a une masse critique de composants nécessaire pour lui permettre de se maintenir – et que quelques-uns au moins se trouvent en Chine.

— Très bien, fit Tony. En tout cas, c'est une piste. Shel, Aiesha, essayons de repérer où ce foutu machin peut bien se planquer. Si le Président finit par donner l'ordre de l'éradiquer, je veux être en mesure de le faire immédiatement.

Sidérée, Shoshana regarda Chobo s'éloigner et disparaître de l'autre côté de l'îlot.

Elle avait encore très mal derrière la tête. Elle s'y passa la main, et constata qu'elle saignait toujours. Chobo était beaucoup plus musclé qu'elle, et un singe en colère ne doit pas être pris à la légère. Mais elle l'aimait beaucoup, il était important pour elle, et elle s'inquiétait pour lui : il ne lui avait jamais fait de mal jusqu'ici, ni à personne d'autre.

Elle avait son portable sur elle et pourrait appeler le Dr Marcuse en cas de besoin. Et si Chobo se lançait à sa poursuite, elle n'aurait qu'à plonger dans le petit canal entourant l'île : il ne savait pas nager.

Elle se mit en route, mais au lieu de traverser l'île comme l'avait fait Chobo, elle entreprit d'en faire le tour en restant près de l'eau, au cas où elle devrait s'échapper. Elle l'avait vu passer à côté du petit pavillon au sommet de la butte centrale. Il pouvait s'être installé dans l'herbe, ou avoir grimpé à l'un des palmiers – mais c'était rare qu'il le fasse.

Elle parcourut encore une dizaine de mètres, puis elle l'aperçut – il était là, assis sur ses fesses pelées, adossé aux rouleaux de parchemin en pierre au pied de la statue du Législateur.

Chobo, lui fit-elle.

Il la regarda un instant sans rien dire, puis il détourna les yeux.

Cela voulait dire qu'elle ne pouvait pas lui parler. Elle tapa dans ses mains – après tout, il n'était pas sourd, même s'il utilisait un langage destiné aux gens qui l'étaient. Il tourna la tête vers la source du bruit.

Chobo, fit-elle encore. *Tu vas bien ? Je peux t'aider ?*

Pas de réponse.

Elle s'approcha. *S'il te plaît, Chobo. Inquiète pour toi.*

Il se redressa brusquement. Shoshana, surprise, se raidit. Et tout à coup, il ne fut plus qu'une masse de poils noirs en mouvement. Elle recula d'un pas, mais ce n'était pas vers elle que Chobo se précipitait. Il escalada la statue du Législateur et s'installa sur les épaules de l'orang-outan, en couinant et en haletant au soleil.

La langue des signes était un drôle de système. Quand Shoshana l'utilisait avec le Dr Marcuse, elle entendait mentalement les mots comme s'il les prononçait de sa voix normale, grave et sonore. Chobo, lui, n'avait *pas* de voix normale. C'était encore une de ces absurdités des films de *La Planète des singes* – l'idée que c'était le manque d'intelligence, et non une déficience au niveau du larynx, qui empêchait les singes d'articuler. Et le poing que Chobo agitait en ce moment vers le ciel n'était pas vraiment un signe. Mais curieusement, Shoshana crut entendre la voix de Roddy McDowall, l'acteur qui jouait le rôle de César dans le film qu'elle avait vu la veille, s'écriant d'un ton furieux : "Et ce jour-là est PROCHE !"

Elle tapa de nouveau dans ses mains, mais Chobo refusa de baisser les yeux, refusa d'écouter. Après avoir essayé pendant une longue minute encore, elle rebroussa chemin et franchit la passerelle qu'elle releva derrière elle, puis elle retourna au bungalow.

Pendant ce temps, le Dr Marcuse avait été rejoint par Dillon Fontana, qui préparait une thèse sur l'hybridation des grands singes. Dillon était un garçon mince et blond, avec une barbe clairsemée, et comme à son habitude, il portait un T-shirt et un jean noirs.

— Chobo vient de tirer sur ma queue-de-cheval, leur déclara Shoshana.

Marcuse était installé dans le seul fauteuil confortable de la pièce, occupé à lire un listing. Il leva les yeux de son document et dit :

— Il fait toujours ça.

— Non. Il la tire doucement, pour jouer. Cette fois-ci, il l'a tirée vraiment très fort.

— Eh bien, dit Marcuse, ça ne devait pas être si fort que ça, du moins pas pour lui. S'il l'avait vraiment voulu, il aurait pu vous l'arracher du crâne.

— C'est bien ce qui a failli se passer, répliqua Shoshana en se retournant pour les inviter à regarder.

Le Dr Marcuse ne se donna même pas la peine de hisser sa masse hors du fauteuil, mais Dillon – qui ne ratait jamais une occasion d'être près d'elle – s'approcha pour examiner son cuir chevelu.

— Aïe! fit-il.

— Exactement!

— Vous lui avez dit que ce n'était pas bien? demanda Marcuse. Vous savez que vous devez le gronder immédiatement, sinon il ne fait pas le lien entre sa conduite et la punition.

— Il n'a même pas voulu me parler, dit Shoshana.

Le Dr Marcuse se hissa péniblement hors de son fauteuil et réussit à se relever au deuxième essai.

— Allons-y, dit-il en posant son listing sur le fauteuil.

Ils sortirent tous les trois et traversèrent la grande pelouse derrière le bungalow pour se rendre sur la petite île.

— Où est-il? demanda Dillon.

Shoshana scruta les environs. Chobo n'était plus juché sur la statue du Législateur.

— Là-bas, fit Dillon en désignant l'endroit d'un signe de tête.

Chobo était accroupi au pied d'un palmier.

Shoshana retira son élastique pour défaire sa queue-de-cheval. Ils s'avancèrent lentement vers le singe. Celui-ci avait dû repérer leur présence – le Dr Marcuse ne pouvait pas franchir la passerelle sans faire beaucoup de bruit. Il fallut cependant un moment avant que Chobo ne regarde de leur côté, et il se mit aussitôt à les charger.

Stop, fit Shoshana par signes, et "Stop!", cria-t-elle.

Mais Chobo n'obéit pas. Tandis qu'il se rapprochait, il devint clair qu'il se dirigeait spécifiquement vers Dillon.

Celui-ci tint bon pendant une demi-seconde avant de tourner les talons et de s'enfuir. Il plongea dans le canal et nagea rapidement vers l'autre bord.

Une fois que Dillon eut quitté l'île, Chobo mit fin à sa poursuite. Il se tourna un instant vers Shoshana et lui montra les dents, mais sans s'approcher d'elle.

Harl Marcuse – avec ses cent soixante et quelques kilos – avait de quoi intimider n'importe quel primate. Il regarda fixement Chobo en faisant plusieurs fois le geste pour *non :* l'index et le majeur frottés contre le pouce.

Chobo ne fit aucun signe en réponse, et finit par s'enfuir de l'autre côté de l'île. Plutôt que de le suivre, Marcuse entreprit de monter en ahanant la pente menant au pavillon, suivi de Shoshana. Il souleva le loquet – que Chobo n'avait aucun mal à manipuler lui-même – et poussa la porte grillagée.

À l'intérieur, sur le chevalet, était posée une nouvelle toile.

Ce n'était pas un portrait de Shoshana. Les cheveux n'étaient pas bruns mais blonds, et le bas de la tête était orné d'une petite touffe de poils. L'œil – on n'en voyait qu'un, car c'était comme toujours un profil – était marron au lieu d'être bleu.

Chobo ne s'était jamais donné la peine de peindre les vêtements de Shoshana. Elle portait en général du bleu et du vert, mais il s'était toujours contenté de peindre une tête sans corps.

Mais cette fois-ci, il avait essayé de représenter les vêtements sous forme d'un grand carré noir au-dessous de la tête.

C'était Dillon, avec un de ses T-shirts noirs. Cédant à la curiosité, Shoshana lui avait demandé un jour s'il n'en avait qu'un. Il avait répondu qu'il en possédait six, tous identiques.

Il n'y avait pas de bras sortant du T-shirt, mais par contre, on voyait deux lignes orange – le même orange que celui utilisé pour le visage – au bas du tableau. Chaque ligne était coudée à quarante-cinq degrés au milieu, et…

Et chaque extrémité était barbouillée de rouge, et il y avait également des taches rouges de chaque côté du carré noir.

Shoshana se tourna vers Marcuse pour voir s'il interprétait le tableau comme elle – mais on ne pouvait vraiment pas s'y tromper : Chobo avait représenté Dillon avec ses deux bras arrachés.

— Notre artiste, déclara le Dr Marcuse, est entré dans sa Période de Rage.

14

La crise étant apparemment résolue, le Dr Kuroda avait pris congé et était retourné se coucher. Caitlin et sa mère s'apprêtaient à passer un peu plus de temps avec Webmind quand on sonna à la porte. Lorsqu'ils habitaient encore au Texas, la règle était que Caitlin n'allait pas ouvrir sauf si elle attendait quelqu'un. Par habitude, sa mère commença à se lever, mais Caitlin lui dit en souriant :

— Je peux y aller, maintenant, tu sais.

Elle descendit l'escalier, suivi d'un Schrödinger plein de curiosité. C'était la première fois que Caitlin avait l'occasion de se servir du judas, et…

Oh, la vache !

On aurait dit Bashira, mais son visage était déformé, comme le reflet que Caitlin avait vu d'elle-même dans le dos d'une cuiller.

— Bash ? demanda-t-elle d'une voix hésitante.

— C'est moi, répondit une voix étouffée.

Caitlin ouvrit la porte, et…

Ah, quel soulagement! Bashira avait l'air parfaitement normale. Aujourd'hui, elle portait un foulard bleu, et tenait à la main une boîte multicolore.

— Bon anniversaire, ma chérie! dit-elle joyeusement.

— Oh, mon Dieu! fit Caitlin.

Elle tendit la main pour prendre le paquet, et comprit pour la première fois ce que signifiait l'expression "plus lourd qu'il n'y paraît": il pesait une tonne.

— Entre, dit-elle, entre.

Bashira franchit le seuil et entreprit aussitôt de retirer ses chaussures – une coutume canadienne, comme Caitlin avait fini par le découvrir, à sa grande honte: elle était entrée plusieurs fois chez les gens sans retirer les siennes, jusqu'à ce que quelqu'un lui fasse gentiment la remarque.

La mère de Caitlin apparut en haut des marches.

— Salut, Bashira.

— Bonjour, docteur Decter. J'espère que je ne vous dérange pas. J'ai apporté un cadeau à Cait.

Celle-ci était partagée. Elle interrogea sa mère du regard, en se demandant ce qu'elles devaient faire de Webmind. Mais sa mère dit:

— C'est très bien, Bashira. Caitlin, ne t'inquiète pas, je… euh, je vais m'occuper des affaires là-haut.

Caitlin sourit:

— OK.

Elle aurait pu emmener Bashira dans le salon, mais sa mère risquerait de les y entendre. À la place, elles descendirent au sous-sol. Ce n'était pas un endroit des plus accueillants – un sol en ciment, des murs nus dont on voyait l'isolation, un vieux poste de télé, deux tables pliantes et deux fauteuils à roulettes très confortables que son père avait – ahem – *empruntés* au Perimeter Institute.

C'est là que Kuroda travaillait quand il avait séjourné chez eux.

Caitlin posa son cadeau sur l'une des tables.

— Vas-y, dit Bashira, ouvre-le.

Elle s'exécuta. Il lui fallut plusieurs secondes avant de comprendre ce qu'elle voyait : un coffret de la collection complète des *Harry Potter*.

— C'est, genre, les meilleurs livres de tous les temps, déclara Bashira. Tu m'as dit que tu ne les avais pas lus, et maintenant que tu apprends à lire des livres normaux, c'est ce qu'il y a de mieux pour commencer. (Elle en pointa un du doigt.) Et note bien, c'est l'édition canadienne – pas la version américaine allégée !

Caitlin serra son amie dans ses bras.

— Merci ! Mais… mais ça a dû te coûter une fortune.

— Hé, fit Bashira en s'asseyant dans l'un des fauteuils, tes parents m'ont payée pour te servir de guide au lycée quand tu ne pouvais pas voir, je te rappelle. Et je suis sûre que ta maman sera contente de savoir que je fais marcher l'économie.

Caitlin s'assit en face d'elle. Il lui fallait encore s'habituer à l'apparence de Bashira. Elle se rendait bien compte que c'était drôle : elle la regardait comme si c'était Bash qui avait changé.

— Alors, dit-elle, ton père est au PI aujourd'hui, lui aussi ?

— Carrément, dit Bashira. Pour rien au monde il ne manquerait une occasion de passer un moment avec le professeur Hawking.

— Tu l'as déjà vu ?

— Oh, oui. (Bashira imita sa voix mécanique.) Même-les-gens-qui-croient-à-la-prédestination-regardent-de-chaque-côté-avant-de-traverser-la-rue.

— Stylé ! dit Caitlin. J'adorerais le rencontrer.

— Eh bien, il est ici pour un mois. Je suis sûre que tu en auras l'occasion. Et oui, ma chérie, je trouve que "Caitlin Hawking" sonnerait très bien.

— Ha-ha..., fit Caitlin. C'est presque un membre de la famille royale. Il n'a sans doute pas le droit de se marier en dehors de l'Église anglicane.

Bash sourit.

— Oui, sans doute. Tu sais, pour nous, tous les chrétiens se ressemblent.

— Mais je ne suis pas chrétienne, dit Caitlin.

— Tu... tu ne l'es pas ? Qu'est-ce que tu es, alors ?

— Rien du tout, en fait.

— Bon, mais tes parents ?

— Ma mère fait partie de l'Église protestante unitarienne, et mon père est juif.

Bashira haussa les sourcils.

— Il est juif?

Caitlin avait déjà entendu ce ton de voix : *Tu es juive ? Bon, je n'ai rien contre, bien sûr, mais...*

— Eh bien, il n'est pas pratiquant, et nous ne mangeons pas casher.

— Mais tu es juive, alors ?

— Selon la loi judaïque, on l'est par sa mère, mais enfin... oui, en soi. Decter est un nom israélien.

— Oh. Je ne sais pas, je t'ai toujours trouvé un air, heu, polonais ou quelque chose comme ça. Je pensais que ton nom était le raccourci de quelque chose de plus long.

— Eh bien, avant, c'était Decteropithèque, mais on l'a fait changer il y a cinq millions d'années, à peu près.

Caitlin avait espéré la faire rire, mais Bashira reprit très sérieusement :

— Et ta mère est unitarienne ?

— Oui.

— Et, heu… ça veut dire quoi ?

Caitlin haussa les épaules

— Pour être honnête, je n'en sais rien. Elle n'en parle pas beaucoup. Mais je sais que c'est assez répandu chez les universitaires et les intellectuels.

— Et toi, tu m'as dit que tu étais "rien du tout". Tu ne crois pas en Dieu ?

Caitlin s'agita dans son fauteuil.

— Je ne suis pas fan du concept, non.

— Je ne vois pas comment tu peux ne pas croire en Lui, dit Bash. Moi, je le vois partout autour de moi, dans des milliers de détails chaque jour.

Caitlin réfléchit un instant à cette remarque. Elle voyait dans les maths certaines choses que les autres ne voyaient pas – des choses qui étaient tellement limpides pour elle, mais qui échappaient totalement à ses camarades. Est-ce que Dieu pouvait être quelque chose d'analogue ? Bashira étaitelle vraiment capable de détecter des choses pour lesquelles Caitlin n'était tout simplement pas câblée ? Zut, pendant la plus grande partie de sa vie, elle n'avait pas été câblée pour voir quoi que ce soit – mais elle n'avait eu aucun mal à accepter le fait que les autres *voyaient*. Elle n'avait jamais imaginé un instant que ce fût une vaste escroquerie, un mensonge ou une illusion. Elle n'avait jamais eu l'idée de demander à Stacy : "Mais bien sûr, tu vois la Lune, Stace, je te crois. Et mon cul, c'est du poulet ?"

Mais elle savait au plus profond d'elle-même que Bashira se trompait. Et pourtant, Bash était intelligente, et ses parents aussi.

— Ton père croit en Dieu, lui aussi ? demanda-t-elle.

— Oui, bien sûr. Il prie cinq fois par jour en se tournant vers La Mecque.

Caitlin avait encore du mal à former des images mentales, mais l'idée du Dr Hameed procédant à cet exercice au Perimeter Institute lui sembla vraiment saugrenue.

— En fait…, dit Bashira.

— Oui ?

Bashira hésita un instant.

— Eh, dit-elle, nous avons eu une bonne raison de quitter le Pakistan, tu sais. Mon père travaillait pour le gouvernement, là-bas.

— Un physicien fonctionnaire ? dit Caitlin. Tu veux dire qu'il enseignait dans une université d'État ?

— Non, dit doucement Bashira. Pour le *gouvernement*. Les militaires. Il travaillait sur les armes atomiques.

Ce fut au tour de Caitlin de baisser la voix.

— Oh…, fit-elle.

— Et il ne pouvait tout simplement *pas* continuer comme ça. Le Coran dit : "Combats au nom de Dieu ceux qui te combattent, mais ne transgresse pas les limites. Dieu n'aime pas ceux qui transgressent les limites."

Caitlin réfléchit un instant.

— Je me suis souvent dit que si les gens qui ont un QI élevé cessaient de faire ce que leur demandent ceux qui ont un QI faible, le monde serait en bien meilleur état. L'armement nucléaire, les armes chimiques, le Zyklon B… (Une pause, puis elle ajouta :) Si Dieu existait vraiment, on le *saurait*. Mais au lieu de ça, on a eu l'Holocauste et les trucs de ce genre.

Bashira eut une expression comme Caitlin n'en avait encore jamais vu – mais elle se dit que c'était sans doute celle d'une personne s'apprêtant à traverser un champ de mines.

— Mais, Cait, Dieu ne peut pas intervenir dans les affaires humaines. S'il le faisait, c'en serait fini du libre arbitre, tu comprends ?

— Il y a des fois, dit doucement Caitlin, où le libre arbitre n'est pas ce qu'il y a de plus important.

Bashira fronça les sourcils, mais ne dit rien.

Caitlin retira ses lunettes. Parfois, c'était plus facile de réfléchir quand tout était brouillé, sans une masse de détails visuels pour la distraire.

— Et puis, ajouta-t-elle, même en mettant de côté le libre arbitre, que dis-tu des désastres naturels ? Les tremblements de terre et les cyclones ? Ou cette épidémie de grippe aviaire en Chine ? Ce ne sont pas les hommes qui sont responsables, là. C'est Dieu – ou s'il n'en est pas responsable directement, si le dieu dont tu parles existe vraiment, il pourrait les empêcher, tu ne crois pas ? Mais non, il ne fait rien. Alors… alors… heu, est-ce qu'on lit Mark Twain, au Canada ?

— Non, pas beaucoup. Mais il y a un vieil humoriste canadien qui s'appelle Stephen Leacock. On l'étudie en cours d'anglais à la place.

Certes, Caitlin avait encore une expérience limitée, mais elle avait découvert que, quand on lui parlait de "l'équivalent canadien de…" suivi du nom d'un auteur américain, elle avait de fortes chances d'être déçue.

— Bon, en tout cas, Twain a dit : "S'il y a un Dieu, c'est une brute malfaisante." Ces trucs qui se sont passés en Chine, ou à La Nouvelle-Orléans, ou à Mexico, ou… (et là, elle sentit les muscles de son visage bouger, et elle se dit qu'elle devait avoir la même expression que Bashira tout à l'heure, au milieu du champ de mines)… ou au Pakistan…

Bashira sembla sur le point de protester une nouvelle fois, mais Caitlin décida de conclure son argumentation.

— Non, si Dieu existait vraiment, nous le *saurions* : le monde irait mieux.

Mais elle s'arrêta là, et respira profondément. Elle se rendait compte qu'il était temps de passer à un sujet moins… explosif. En montrant le cadeau que Bashira lui avait offert, elle dit :

— Alors, euh, en parlant de bouquins, qu'est-ce que tu penses de celui qu'on a commencé en classe d'anglais ?

— Il est pas mal, je trouve.

Caitlin hocha la tête et remit ses lunettes. Elles étaient beaucoup plus légères que les lunettes de soleil qu'elle avait portées quand elle était aveugle. Cet été, elle avait lu la version électronique de tous les livres au programme de l'année. En ce moment, la classe étudiait les dystopies : *1984* d'Orwell serait suivi de *La Servante écarlate* de Margaret Atwood. Mme Z. avait consacré tout le cours d'hier à établir des parallèles entre le monde qu'Orwell avait décrit et le monde actuel, comparant Big Brother à notre "société de surveillance", ainsi qu'elle ne cessait de l'appeler.

— J'ai trouvé l'argument de Mme Z. assez convaincant, poursuivit Bashira en faisant pivoter légèrement son fauteuil. Tout le monde est surveillé tout le temps, chaque détail est conservé. Des webcams, des caméras de sécurité, les appels téléphoniques enregistrés, les portables équipés d'un GPS, tout ça… (Elle se tourna vers Caitlin.) Tu savais que Gmail conserve la trace de tous tes messages effacés ?

Caitlin fit signe que non, mais elle n'était pas plus étonnée que ça. Le stockage ne coûte pratiquement rien.

Bashira poursuivit :

— Elle a peut-être raison. Le Web pourrait être Big Brother incarné.

— Mme Zehetoffer est vieille, dit Caitlin.

— C'est vrai, fit Bashira en hochant la tête, elle doit bien avoir quarante ans. Mais je crois quand même qu'elle n'a pas tort. Moi, je ne veux pas qu'on enregistre et qu'on suive mes moindres faits et gestes.

— Je ne sais pas, dit Caitlin. Quand j'étais aveugle, je trouvais ça plutôt rassurant qu'il y ait des caméras de sécurité partout dans les lieux publics. Je veux dire, c'était un peu comme de la magie, pour moi : je ne savais absolument pas ce qu'était la vision, mais ça me détendait de savoir qu'on veillait sur moi.

— Oui, mais tu es – tu étais – un cas à part. Et Mme Zehetoffer pense que nous sommes tout près d'avoir un Big Brother, à supposer qu'il ne soit pas déjà là.

— Et alors ? fit Caitlin.

Elle fut étonnée du sarcasme qu'elle avait mis dans sa question.

— Hé, Caitlin… Zen !

— Je dis ce que je pense, c'est tout, répliqua sèchement Caitlin.

— Mais ça n'est qu'un livre, ma chérie.

En fait, c'était bien plus que ça, songea Caitlin. *1984* n'était pas qu'un simple roman. C'était ce que Richard Dawkins appelait un même – ou une série de mêmes : des idées capables de se déployer et de survivre comme des gènes, par le biais de la reproduction et de la sélection naturelle. Et le même d'Orwell consistait à dire que la surveillance était un mal qui aboutissait inévitablement au totalitarisme, en envahissant la sphère privée et en restreignant les comportements normaux. Une corruption fondamentale. Cette idée avait dominé et éclipsé tous les autres points de vue possibles sur la question. Il était impossible d'en discuter sans que les gens ressortent aussitôt Big

Brother, assurés qu'ils étaient de l'emporter par la simple évocation du spectre du monde d'Orwell.

— Big Brother est victime d'une calomnie, dit Caitlin.

— Quoi ?

— Tu sais, je n'ai pas de grand frère, mais mon amie Stacy en a un. Et il veille toujours bien sur elle. À la base, il n'y a rien de mal à ce que quelqu'un sache tout sur toi, quelqu'un qui peut s'assurer que tu n'es pas en danger.

— Mais si ce quelqu'un est corrompu…

— Il n'y a aucune raison qu'il le soit, dit Caitlin.

Bashira la regarda un instant. Caitlin imaginait bien que les gens l'avaient *toujours* regardée comme ça en réfléchissant à ce qu'ils allaient dire, mais c'était assez déconcertant. Elle détourna les yeux, et comprit à cet instant ce que son père devait ressentir tout le temps.

— Le pouvoir corrompt, dit doucement Bashira. Et le pouvoir absolu corrompt absolument.

— Ça ne se passe pas forcément comme ça, insista Caitlin.

— Bien sûr que si. Les êtres humains sont imparfaits et sujets à la corruption. La seule chose qui ne soit pas imparfaite, c'est le divin, et tu l'as dit toi-même, mon adorable amie infidèle : le divin, tu n'y crois pas.

15

— Vous ne pouvez pas retourner là-bas, dit le Dr Marcuse à Dillon quand Shoshana et lui le retrouvèrent dans le bungalow. Chobo a décidé de vous bannir de son île.

Dillon avait retiré son T-shirt trempé, ses chaussures et ses chaussettes, mais il portait encore son jean noir.

— Mais c'est mon sujet de thèse ! protesta-t-il.

Le Dr Marcuse avait rapporté le tableau de Chobo. Il le posa sur une table contre le mur, et dit à Dillon :

— Regardez ça.

— Oui ? fit Dillon en examinant la toile.

— C'est vous, dit Marcuse. Avec les bras arrachés.

— Ah..., fit doucement Dillon.

— Il ne faut plus que vous alliez là-bas. Bien sûr, vous pourrez continuer de l'observer tant que vous voudrez avec les caméras en circuit fermé.

— Mais bon sang, qu'est-ce qu'il lui a pris ? demanda Dillon en se tournant vers Shoshana et Marcuse.

— Il atteint la maturité, dit Marcuse.

— Il est encore trop jeune pour ça, dit Shoshana.

— Vous croyez ? dit Marcuse en la foudroyant du regard. Qui sait ce qui est normal pour un hybride chimpanzé-bonobo ? Quoi qu'il en soit, il tient de son père : quand un chimpanzé mâle atteint la maturité, il devient solitaire et hostile, et très difficile à manier.

Shoshana ressentit un pincement au cœur. Si Marcuse avait raison, Chobo allait être comme ça pour le restant de ses jours.

— Sa réaction à votre égard, Dillon, est symptomatique, poursuivit Marcuse. Vous êtes un autre mâle, et les chimpanzés mâles adultes défendent leur territoire contre les intrus mâles. Quand Werner sera là lundi, je lui dirai la même chose – l'accès à Chobo lui est désormais interdit. Maria sera à Yerkes pendant les quinze jours qui viennent, mais je vais voir si elle ne peut pas écourter son séjour.

— Et vous ? demanda Dillon.

— Werner mesure un mètre soixante, et il a soixante-sept ans – et quant à vous, honnêtement, vous êtes maigre comme un clou. Mais moi, je peux me débrouiller. Chobo sait très bien qui est le mâle dominant, ici.

Shoshana le regarda. Le Dr Marcuse avait une grande gueule, et il pouvait facilement être tyrannique, mais il adorait vraiment les singes et les traitait très bien. Pourtant, même quand tout allait bien, il avait tendance à réagir au quart de tour – et en ce moment *tout* n'allait pas bien… Dès que le monde avait appris que Chobo faisait de l'art figuratif – essentiellement des portraits de Shoshana –, les dirigeants du zoo de Géorgie avaient entamé une procédure légale contre le Dr Marcuse, exigeant que le singe leur soit restitué. Chobo ne les intéressait pas en tant que… oui, bon sang, pensa Sho, en tant que *personne*. Non, ce qui les intéressait, c'était l'argent que ses tableaux pouvaient rapporter tant sur eBay que dans les galeries d'art. S'ils obtenaient gain de cause, ils essaieraient certainement d'obtenir un prix particulièrement élevé de celui représentant Dillon avec les bras arrachés.

Marcuse alla prendre sur le fauteuil le listing qu'il lisait un instant plus tôt, et le tendit à Shoshana pour qu'elle y jette un coup d'œil.

Sho avait une excellente vue – enfin, quand elle portait ses lentilles de contact –, mais les caractères étaient trop petits pour qu'elle puisse les déchiffrer comme ça.

— Qu'est-ce que c'est ? demanda-t-elle.

— Des extraits de journaux de juin 2008, dit-il. Quand le Parlement espagnol a officiellement adopté la Déclaration sur les grands singes anthropoïdes.

Shoshana connaissait bien ce document. Proposé en 1993, il affirmait que les grands singes avaient droit à la vie et à la protection de leur liberté individuelle, et qu'ils ne devaient pas être soumis à la torture. Pour l'instant, l'Espagne était le seul pays à avoir souscrit à ses clauses. Shoshana l'approuvait entièrement, et Marcuse aussi, comme elle le savait. Si un être est conscient de lui-même, s'il est capable de communiquer, et s'il réussit le test du miroir et tout ça, alors, il doit être impérativement reconnu comme une *personne* et jouir de ses droits en tant que telle.

— Et vous pensez que cela peut avoir un impact sur le cas de Chobo ?

— Absolument. La Déclaration définit "la communauté des égaux" comme étant constituée de "tous les grands singes anthropoïdes : les êtres humains, les chimpanzés, les bonobos, les gorilles et les orangs-outans". Et l'article 2 déclare : "Les membres de la communauté des égaux ne doivent pas être arbitrairement privés de leur liberté." (Marcuse écarta les bras comme pour montrer à quel point son argument était évident.) Et voilà ! C'est exactement ce que le zoo de Géorgie a l'intention de faire à Chobo.

Shoshana pensa un instant au grand grillage qui entourait l'Institut Marcuse et au canal autour de l'île où Chobo passait le plus clair de son temps.

— Nous ne sommes pas en Espagne, dit-elle d'une voix douce.

— Oui, je sais bien, dit Marcuse en fronçant les sourcils, mais l'argument reste valable. Chobo devrait avoir son mot à dire – et contrairement à tous les autres singes de la planète, il est effectivement capable de parler en son nom propre.

Shoshana réfléchit. Personne n'avait mentionné à Chobo cette procédure intentée par le zoo de Géorgie. Ils avaient voulu éviter de le perturber. Les chimpanzés étaient bien connus pour leur horreur du voyage – ce qui était logique pour des animaux jaloux de leur territoire.

Cependant, le zoo de Géorgie possédait plusieurs chimpanzés et également des bonobos. Il n'était pas très clair dans quel groupe il comptait mettre Chobo. Celui-ci avait été conçu lorsque les deux populations avaient été provisoirement réunies suite à une inondation. Dans son zèle à se défendre en justice, Marcuse n'avait peut-être pas pensé au fait que Chobo pourrait être heureux de retrouver ses congénères – d'une espèce ou d'une autre.

Mais l'action du zoo ne portait pas que sur le droit de garde. Sa direction voulait aussi le faire stériliser – pour empêcher les lignées pures de chimpanzés et de bonobos, menacées d'extinction, d'être contaminées par son sperme hybride. Mais bien qu'on ait déjà pu lui transmettre un grand nombre de concepts relativement complexes, il était douteux que Chobo puisse comprendre des explications sur les conséquences d'une castration.

— Avez-vous l'intention de l'informer de ce qui est en jeu – pour autant qu'il accepte de nous écouter, désormais ? demanda Shoshana.

Marcuse sembla méditer la question un instant, puis il hocha sa tête énorme :

— Il y a des chances pour qu'il devienne encore plus asocial avec le temps. Ce qui veut dire que, si nous voulons pouvoir communiquer, c'est le moment ou jamais. Nous disposons d'un créneau très étroit.

Et c'est ainsi que Marcuse et Shoshana retournèrent au soleil, laissant Dillon dans le bungalow. Ouvrant la voie à grands pas, Marcuse fit trembler les planches de la passerelle dans un bruit de tonnerre. Chobo semblait l'avoir attendu. Il se balançait sur ses petites jambes arquées cinq mètres plus loin, et regardait Marcuse – une vraie scène de duel. Shoshana se retint de siffler le thème du film *Le Bon, la Brute et le Truand.*

Elle ne pouvait pas voir le visage de Marcuse, mais elle l'imaginait regardant le singe droit dans les yeux afin d'établir un rapport de domination.

Chobo retroussa les babines pour montrer ses dents : grandes, jaunes, aiguisées.

Marcuse émit une sorte de sifflement, et…

Et Chobo détourna le regard en baissant la tête.

Marcuse s'approcha de lui avec une parfaite assurance et s'accroupit en grognant devant le singe, qui était maintenant assis sur ses talons.

Chobo, fit Marcuse. *Regarde-moi.*

Chobo gardait les yeux baissés et ne pouvait donc pas voir les signes. Shoshana retint son souffle quand elle vit Marcuse poser la main sous le menton du singe, craignant que celui-ci ne réagisse violemment à ce contact, mais il accepta docilement que Marcuse lui relève la tête.

Tu aimes bien ici ? demanda Marcuse.

Chobo resta immobile un instant, et Shoshana eut peur que le singe n'ait définitivement renoncé à s'exprimer par signes. Mais il bougea enfin la main en formant le signe "O" de sa bouche à sa joue. C'était un signe qui combinait les termes "manger" et "dormir", exprimant un concept simple : *chez moi.*

Oui, fit Marcuse, *tu es chez toi.* Une pause. Une mouette passa au-dessus d'eux. *Mais avant, chez toi, c'était le zoo de Géorgie. Tu te souviens ?*

Chobo hocha la tête, un geste simple – et très humain.

Le zoo de Géorgie veut te reprendre – pour être chez toi à nouveau.

Chobo regarda brièvement le visage de Marcuse. *Toi là-bas ?*

Non.

Le singe pointa du doigt vers Shoshana d'un air interrogateur.

Non. Aucun de nous. Mais : autres singes !

Chobo ne répondit pas.

Que veux-tu ? demanda alors Marcuse. *Ici ? Ou zoo ?*

Le singe promena son regard sur sa petite île, et ses yeux s'attardèrent un instant sur la statue du Législateur puis sur le petit pavillon au centre, avec ses fenêtres grillagées pour empêcher les insectes d'y pénétrer, et son chevalet et le petit tabouret devant.

Chez moi, fit-il de nouveau, puis il écarta les bras pour englober l'ensemble.

OK, répondit Marcuse. *Mais d'autres veulent t'emmener, alors tu vas devoir nous aider.*

Chobo ne répondit pas. Shoshana se dit que le pantalon en polyester bleu de Marcuse allait se déchirer s'il restait trop longtemps accroupi comme ça… *Il va y avoir une bagarre,* fit-il, *tu comprends ? Une bagarre pour décider où tu vas vivre.*

Chobo jeta un rapide coup d'œil à Shoshana, puis il se tourna de nouveau vers Marcuse. Ses yeux sombres étaient humides.

Si tu parles, poursuivit Marcuse, *tu peux rester ici – peut-être.*

Chobo examina encore son domaine, et finit, par répondre : *Rester ici.*

Shoshana se demanda si Silverback allait évoquer le comportement violent du singe, mais il sembla laisser la question de côté pour l'instant.

Très bien – mais tu devras le dire à d'autres gens. À des étrangers, ou sinon…

Il s'interrompit un instant et poussa un profond soupir. Shoshana savait qu'il était impossible que Chobo comprenne ce que Marcuse voulait dire : *Ou sinon, les gens croiront que je t'ai dressé à dire ce que je voulais.*

Étrangers, dit Chobo, et il secoua la tête en montrant les dents. *Mauvais.*

C'est important…, commença Marcuse.

Mais Chobo refit le geste vers le bas qui signifiait *mauvais,* et brusquement, il s'enfuit à quatre pattes vers l'autre côté de l'île.

16

Bashira partit vers quatre heures. Après l'avoir raccompagnée jusqu'à la porte, Caitlin remonta dans le bureau de sa mère. Celle-ci était encore en train d'échanger avec Webmind.

— Alors, dit Caitlin, comment va-t-il ?

— Le Président ? demanda innocemment sa mère. Le professeur Hawking ?

— Maman !

— Excuse-moi, ma chérie, dit sa mère en souriant. Il va très bien. Il semble être complètement rétabli. Ah, et il espère que tu vas bien aimer les *Harry Potter*.

Caitlin fut vraiment surprise. Bien sûr, Webmind voyait tout ce qu'elle voyait – mais l'idée qu'il puisse en discuter avec sa mère était pour le moins déconcertante ! Il faudrait qu'elle ait une discussion avec lui sur les limites de la vie privée.

— Laisse-moi encore une minute, dit sa mère, et tu pourras récupérer ton ordinateur. Je voudrais finir ce qu'on a en cours. Nous parlons des luttes politiques internes dans le milieu universitaire, tu imagines un peu ?

— Pas de problème, dit Caitlin.

Elle retourna dans sa chambre et s'allongea sur son lit. Elle bascula son œilPod en mode duplex et croisa les mains derrière sa nuque pour se laisser engloutir par les merveilles du webspace. À part le bruit du clavier de sa mère, aucun élément du monde extérieur ne venait la déranger.

Il y avait de la perfection dans cet univers : la perfection d'Euclide, de la géométrie, des lignes droites et des cercles parfaits.

— Maman ?

Une voix reliant les deux réalités :

— Oui, ma chérie ?

— Tout le monde ne va pas forcément aimer Webmind, n'est-ce pas ? Je veux dire, si le public apprend son existence.

Elle entendit sa mère soupirer.

— Non, probablement pas.

— Ils vont le comparer à Big Brother, hein, c'est ça ?

— Certaines personnes, oui.

— Mais c'est *nous* qui guidons son développement – toi, moi, le Dr Kuroda, Papa. Est-ce qu'on ne peut pas s'assurer qu'il va devenir, tu sais, quelqu'un de *bien* ?

— S'en assurer ? dit sa mère. Je ne pense pas – pas plus que des parents ne peuvent s'assurer que leur enfant tournera bien. Mais on peut faire tout notre possible. (Elle s'interrompit un instant.) Et quelquefois, ça se passe *très* bien.

Tony Moretti et Peyton Hume étaient retournés dans le bureau de Tony. Le colonel carburait au café noir pour tenir le coup, tandis que Tony venait de vider une bouteille de Coca. La ministre était de nouveau en ligne, toujours depuis Milan.

— Ainsi donc, dit-elle, cette chose s'appelle Webmind ?

— C'est ainsi que la petite Decter s'adresse à lui, oui, dit Hume.

— Nous ne pouvons pas l'appeler comme ça, dit Tony. Nous devrions lui donner un nom de code, au cas où nos communications futures se trouveraient compromises.

— Dommage que "Renégat" soit déjà pris, dit Hume avec un petit rire.

Renégat était le nom attribué par les services secrets au président actuel. Celui de la ministre – qui datait de son époque à la Maison-Blanche – était Evergreen.

— Appelons-le "Exponentiel", proposa Hume après un instant de réflexion.

— Très bien, dit la ministre. Et qu'avez-vous pu déterminer pour l'instant ? Exponentiel a-t-il une localisation spécifique ?

— Non, pour autant qu'on puisse en juger, dit Tony. Notre hypothèse de travail est qu'il est distribué à travers l'Internet.

— Eh bien, dit la ministre, s'il n'existe aucune preuve qu'Exponentiel soit situé ou concentré sur le territoire américain, ni qu'il se trouve dans un pays ennemi, d'ailleurs, avons-nous – je veux dire le gouvernement américain – vraiment le droit de l'éradiquer ?

La voix du colonel Hume était très respectueuse.

— Si je peux me permettre, madame la Ministre, nous en avons plus que le droit – nous en avons le devoir.

— Comment cela ?

— Eh bien, techniquement parlant, on pourrait plaider que le World Wide Web est une invention européenne – après tout, il est né au CERN –, mais l'Internet, qui sous-tend le Web, est indéniablement une invention américaine. C'est nous qui avons conçu sa structure décentralisée, qui lui permettrait de survivre même à une frappe nucléaire simultanée contre plusieurs de nos grandes villes. Le fait que ce foutu machin n'ait pas d'interrupteur permettant de l'arrêter résulte donc de cette conception *américaine.* D'une façon très réelle, la crise actuelle a une cause américaine, et elle nécessite une solution également américaine – et vite.

À 19 h 30 le samedi – ce qui correspondait à dimanche 9 h 30 à Tokyo –, le Dr Kuroda revint en ligne. Il dit qu'il espérait qu'avant la fin de la journée, il aurait réussi à mettre en place les codecs dont Webmind avait besoin pour regarder des vidéos.

Cela fit penser à Caitlin que son père et elle avaient prévu de regarder un film ensemble pour fêter son anniversaire. Ce projet semblait bien futile, à présent, mais elle commençait vraiment à être *épuisée* de bavarder avec Webmind.

Dans une session normale de messagerie instantanée, il y avait des délais pouvant aller jusqu'à quelques minutes entre l'envoi d'un message et la réception de la réponse, le temps pour l'interlocuteur de réfléchir ou de faire autre chose avant de répondre. Mais là, dès qu'elle appuyait sur la touche Entrée… boum ! la réponse de Webmind s'affichait aussitôt à l'écran. Elle avait vraiment besoin de faire une pause. Ces conversations étaient comme un interrogatoire marathon. Et puis, il n'était pas si facile que ça de modifier l'emploi du temps de son père, sans compter que, de toute façon, sa mère allait passer sa soirée à travailler avec Webmind en compagnie du Dr Kuroda.

Son père n'était pas à l'aise dans la foule, et Caitlin savait qu'il était hors de question de lui demander de l'emmener au cinéma. Mais ses parents avaient un écran plat de soixante pouces fixé au mur du salon, et ça devrait largement suffire.

Caitlin appréciait beaucoup cette symétrie : elle allait voir un film pour la première fois de sa vie au moment même où Webmind, grâce au Dr Kuroda, allait goûter pour la première fois aux vidéos en ligne.

Le professeur Hawking souffrait du décalage horaire, et de toute façon, sa santé ne lui permettait pas de travailler bien longtemps. Le père de Caitlin était donc rentré à la maison une heure auparavant. De bien des façons, c'était le parfait geek matheux. Il possédait toute une collection de DVD et de Blu-ray de science-fiction, qu'il affirmait avoir presque tous vus, mais Caitlin avait été surprise de voir qu'un grand nombre étaient encore dans leur emballage d'origine.

— Pourquoi les as-tu achetés, lui demanda-t-elle, si tu n'avais pas l'intention de les regarder ?

Il contempla un instant les hautes étagères sur lesquelles les films étaient alignés, et sembla réfléchir à la question.

— Mon enfance était à vendre, dit-il enfin, et je l'ai donc achetée.

C'était un sentiment qu'elle comprenait. Il y avait eu des livres en braille, comme *Dieu, tu es là ? C'est moi, Margaret* et *Le Hobbit,* qu'elle avait encore plaisir à posséder bien qu'elle ne les ait pas relus depuis bien des années.

— À toi de choisir, dit son père.

— Je n'ai vraiment aucune idée, répondit Caitlin. Il y en a un que tu aimais particulièrement, quand tu avais mon âge ?

Son père tendit aussitôt la main vers un boîtier sur l'étagère du bas.

— Celui-là, dit-il, est sorti l'année de mes seize ans.

Il le lui montra, et elle observa la couverture. Comme elle ne voyait que d'un œil, les images plates ne présentaient pas de difficultés particulières : celle-ci montrait deux adolescents, un garçon et une fille, regardant ce qui devait être un très ancien écran d'ordinateur légèrement bombé. Elle essaya de déchiffrer le titre :

— W, a, euh... r, c...

— C'est un *G*, rectifia son père. *WarGames.*

— Ça parle de quoi ?

— D'un génie de l'informatique. Un hacker.

— C'est cette fille ? demanda Caitlin tout excitée.

— Non. Elle, c'est Ally Sheedy. Elle est là pour le côté romantique.

— Ah...

— Le hacker, c'est le garçon, Matthew Broderick.

— Il a épousé Sarah Jessica Parker, dit Caitlin en regardant de plus près sa photo.

— Qui est-ce ? demanda son père.

Caitlin n'avait aucune envie d'avouer qu'elle connaissait bien *Sex and the City*, et elle dit simplement :

— Une actrice. (Puis elle ajouta :) D'accord, on va regarder ça.

Mais ensuite, elle eut une grimace d'embarras. Son père avait horreur que sa mère parle pendant qu'il regardait la télé.

— Heu, j'aurai peut-être des questions à te poser, tu sais, sur ce qui se passe à l'écran.

Il y avait encore tellement de choses qu'elle n'avait jamais vues.

— Pas de problème, dit son père.

Caitlin eut envie de l'embrasser, mais elle se retint. Elle s'installa sur le canapé tandis que son père introduisait le disque dans ce qui devait être un lecteur de Blu-ray. Il vint la rejoindre, et elle fut heureuse de constater qu'il ne s'asseyait pas *tout à fait* à l'autre bout.

Elle fut étonnée de le voir changer de lunettes. Elle ignorait qu'il en avait deux paires.

— Veux-tu que je mette les sous-titres ?

— Qu'est-ce que c'est que ça ?

— Une transcription des dialogues. Ce serait un bon entraînement pour toi.

Caitlin se dit que c'était une super idée, et pas seulement pour elle. Cela permettrait aussi à Webmind de suivre le film à travers son œilPod. Après tout, il était incapable d'entendre le monde réel.

Le film commença. Au tout début, deux hommes entraient dans un silo à missiles souterrain pour prendre la relève de deux autres. Ils plaisantaient à propos de quelque chose, et Caitlin finit par comprendre qu'il s'agissait de la marijuana que l'un des deux avait fumée récemment.

Elle jeta un coup d'œil à son père, en se demandant s'il avait lui-même une quelconque expérience des drogues – mais ce n'était pas le genre de questions qu'elle pouvait lui poser. Elle allait devoir se satisfaire de petites révélations, comme le fait qu'il possédait plusieurs paires de lunettes.

Soudain, l'atmosphère du film changea complètement : les deux hommes recevaient l'ordre de déclencher le tir de leur missile, mais l'un des deux – le fumeur de marijuana – refusait de tourner sa clé, et l'autre…

Oh, mon Dieu !

L'autre tirait de sa poche un objet, et Caitlin comprit que c'était une arme. Il la braquait sur la tempe du premier, prêt à lui faire sauter la cervelle s'il refusait de lancer le missile, et…

Et le générique de début apparut – un truc dont elle avait entendu parler, mais qu'elle n'avait encore jamais vu. Le film la captiva immédiatement.

Il s'avéra que l'histoire tournait autour d'une tentative d'éliminer toute intervention humaine dans le déclenchement de tirs de missiles. Les décisions seraient désormais prises par un ordinateur situé au quartier général du NORAD, le Commandement de la défense aérospatiale de l'Amérique du Nord. Mais le personnage joué par Matthew Broderick pénétrait par hasard dans le système et, croyant qu'il s'agissait d'un jeu, demandait à l'ordinateur de déclencher une frappe nucléaire préventive contre l'Union soviétique (eh oui, le film était aussi vieux que ça !).

C'était à l'évidence un film à thèse. Broderick et la fille – Ally quelque chose – parvenaient à retrouver le programmeur d'origine de l'ordinateur du NORAD et, avec son aide, ils essayaient d'apprendre à l'ordinateur que lancer une guerre nucléaire était aussi inutile que de jouer au morpion. Après toute une magnifique série de simulations graphiques – un spectacle de lumières qui rappelait à Caitlin ses propres aperçus du webspace –, l'ordinateur finissait par s'adresser à son créateur avec une voix synthétique, pas très différente de celle produite par JAWS : "Salutations, professeur Falken."

Un peu plus tôt dans le film, le personnage joué par Ally avait fait la remarque que le programmeur, Stephen Falken, avait "une tête incroyable". Elle ne voulait pas dire qu'il était sexy, mais plutôt qu'il avait un visage fascinant… et c'était vrai, se dit Caitlin, du moins dans les limites de son expérience. Elle avait souvent rencontré l'expression "des yeux pleins d'intelligence", mais elle n'avait jamais su ce que ça voulait dire. Le regard de Falken englobait tout autour de lui.

Il tapa sa réponse à l'ordinateur, en la prononçant également à voix haute :

— Bonjour, Joshua.

L'ordinateur répondit :

— Un jeu étrange. Le seul moyen de gagner, c'est de ne pas jouer.

Dans le film, le texte apparaissait sur un grand écran d'ordinateur, et aussi en sous-titre : *Le seul moyen de gagner, c'est de ne pas jouer.*

La musique de fin – qui, étonnamment, était essentiellement jouée à l'harmonica – se fit entendre tandis que le générique se déroulait, mais celui-ci était en lettres rouges sur fond noir dans une police de caractères que Caitlin fut incapable de déchiffrer.

— Alors, dit son père, qu'en as-tu pensé ?

Caitlin fut étonnée de sentir son cœur battre si fort. Elle avait écouté de nombreux films et lu des tonnes de bouquins, mais – bon sang ! – il y avait vraiment quelque chose de spécial à voir ce déferlement d'images.

— C'était incroyable, dit-elle. Mais… c'était vraiment comme ça, autrefois ?

Son père hocha la tête.

— Mon père avait un IMSAI 8080 à son bureau, exactement comme celui de Matthew Broderick dans le film, avec des disques souples de huit pouces. C'est là-dessus que j'ai écrit mes premiers programmes.

— Non, non, dit Caitlin. Je voulais dire, tu sais, vivre comme ça, dans la peur ? Dans la peur que les superpuissances fassent sauter la planète ?

— Ah, fit son père. Oui. (Il resta silencieux un instant, puis il dit à voix basse :) Je croyais que tout cela était du passé.

Bien sûr, Caitlin avait entendu les infos sur la tension croissante entre les États-Unis et la Chine. Elle regarda l'écran et écouta l'harmonica jouer ses notes tristes.

17

Après avoir regardé *WarGames,* Caitlin remonta dans sa chambre avec son père pour voir où en était Webmind. Sa mère était en grande conversation avec lui dans son bureau.

Tu as suivi le film ? demanda Caitlin.

Elle lança JAWS pour que son père puisse entendre les échanges, et comme Webmind était maintenant manifestement masculin, elle ajusta la voix en conséquence.

— Oui, vint la réponse immédiate.

Qu'est-ce que tu en as pensé ? tapa Caitlin.

Webmind répondit sans hésiter :

— C'est le meilleur film que j'aie jamais vu.

Caitlin éclata de rire. *Est-ce que le Dr Kuroda a réussi à te faire voir des vidéos en ligne ?*

— Oui. Il y a tout juste huit minutes, nous y sommes enfin parvenus, avec le format le plus répandu. C'est ahurissant.

À qui le dis-tu, fit Caitlin.

Elle ouvrit une autre fenêtre et utilisa la souris – elle commençait à drôlement bien s'y habituer ! – pour sélectionner le Dr Kuroda. *Webmind me dit que vous avez réussi à faire marcher le truc ! On est les meilleurs !*

Bonjour, mademoiselle Caitlin. Le problème était épineux, mais oui, il peut maintenant regarder les vidéos en temps réel, et également entendre la bande sonore. Il peut aussi écouter des MP3. Qui est cette chanteuse que vous appréciez tant ?

Lee Amodeo.

D'accord. Eh bien, envoyez-lui un lien vers des MP3 d'elle. Qui sait, il va peut-être devenir fan, lui aussi.

Ça marche. D'ailleurs, est-ce que vous pourriez lui donner le moyen d'entendre ce que j'entends ?

C'est déjà fait. Si vous activez le mode conversation vocale sur votre ordinateur, Webmind devrait être capable de vous entendre.

Caitlin se posa son casque Bluetooth sur les oreilles et repassa sur sa session avec Webmind.

— Est-ce que tu m'entends ?

Pas de réponse.

Ça ne marche pas, tapa-t-elle à l'attention de Kuroda.

Il ne sait pas encore reconnaître la parole, répondit Kuroda, *mais il devrait normalement capter les sons.*

Est-ce que tu entends du bruit provenant de ma chambre ? demanda Caitlin à Webmind.

— Oui, répondit-il.

OK, super. Puis elle revint à Kuroda : *Comment faire quand je ne suis pas dans ma chambre ?*

J'y ai déjà réfléchi. Il ne devrait pas être très difficile d'ajouter un micro à votre œilPod. Est-ce que vous pourriez me le renvoyer ? Je ne le garderais que deux ou trois jours.

Caitlin fut étonnée de sa réaction viscérale à la perspective de redevenir aveugle plusieurs jours. *Je préférerais ne pas m'en séparer.*

À sa grande surprise, son père lui tapa doucement sur l'épaule.

— Dis-lui que je peux demander à l'un des ingénieurs de RIM de s'en occuper.

RIM était Research in Motion, la société qui fabriquait les BlackBerry. Mike Lazaridis, un des cofondateurs, avait fourni l'apport initial de cent millions de dollars pour créer l'Institut de physique où le père de Caitlin travaillait – sans compter une injection supplémentaire de cinquante millions quelques années plus tard.

— Ce serait fabuleux, dit Caitlin en tapant le message correspondant dans sa fenêtre d'IM.

L'œilPod est un appareil très précieux, mademoiselle Caitlin. S'agissant d'une telle modification, je préférerais la réaliser moi-même.

— Dis-lui que je vais demander à Tawanda de s'en occuper, dit son père.

Tawanda était une technicienne de RIM qui avait assisté à la conférence de presse du Dr Kuroda. À cette occasion, celui-ci avait passé beaucoup de temps à lui montrer les détails de l'œilPod.

Ah, fit-il une fois que Caitlin lui eut transmis le message. *Ma foi, si c'est Tawanda qui s'en occupe, ça ne devrait pas poser de problèmes. Il doit être presque minuit chez vous, n'est-ce pas ? Je vais rédiger quelques notes à son intention, et je vous les enverrai par e-mail.*

Merci ! tapa Caitlin. *C'est énorme !*

Sa mère entra dans la chambre et s'adossa au mur en croisant les bras.

— Je suis crevée, dit-elle. Qui aurait cru qu'on pouvait piquer une suée rien qu'en tapant sur un clavier ?

— De quoi avez-vous discuté, Webmind et toi ? demanda Caitlin.

— Oh, tu sais, répondit sa mère d'un air détaché. Du sens de la vie. De l'univers. Et de tout.

— Et la réponse est ?

Sur un ton plus sérieux, sa mère dit :

— Il ne sait pas… Il espérait que *moi*, je savais.

— Qu'est-ce que tu lui as dit ?

Elle haussa les épaules.

— Je lui ai dit que la nuit portait conseil et que je lui en dirais plus demain.

— Je vais envoyer un e-mail à Tawanda, dit brusquement le père de Caitlin.

Et il sortit pour redescendre dans son bureau. Quand il revint, sa femme était déjà partie prendre une douche.

— Tu as encore du mal à lire l'alphabet latin, dit-il de sa façon abrupte habituelle.

Les étapes intermédiaires entre les deux sujets lui avaient traversé l'esprit sans qu'il les exprime à voix haute.

Caitlin ne comprit pas tout de suite, mais quand elle réalisa ce qu'il voulait dire – l'alphabet latin était celui utilisé pour l'anglais et de nombreuses autres langues –, cela la mit en rage. Son père était plutôt avare de compliments – même quand Caitlin revenait avec un carnet de notes rempli de 20/20, il se contentait de le signer et de le lui rendre sans un mot. Elle avait plus ou moins fini par s'y habituer, mais lors qu'il lui adressait une critique, elle était anéantie. Bon sang, elle commençait juste à voir ! Pourquoi fallait-il qu'il dise "*encore* du mal" comme si elle progressait trop lentement, alors qu'elle faisait des progrès remarquables ?

— Je fais de mon mieux, dit-elle d'un ton glacial.

Il se tourna vers son bureau.

— Caitlin, si je peux me permettre… ?

— Si tu… ? Oh !

Elle se leva pour lui laisser la place devant l'ordinateur. Il ouvrit Word et alla sur le serveur partagé pour récupérer un document sur sa propre session. Il… ah, il venait de sélectionner tout le document, et avait fait quelque chose pour augmenter la taille de la police.

— Lis ça, dit-il.

Elle se pencha par-dessus son épaule et sentit l'odeur de sa transpiration. Elle ajusta ses lunettes sur son nez.

— Hmm… D-a-b-o – D'abord, – j-e-n – D'abord, j'en fus, ah, a-u-s-s-i i-n-c-a… euh… c'est un p, ça ? aussi incapa… aussi incapable…

Son père hocha la tête, comme s'il s'attendait à une performance aussi pitoyable. Il fit un Ctrl+A pour sélectionner de nouveau le document, puis il déplaça le curseur et cliqua, et le texte fut aussitôt remplacé par… eh bien, elle ne savait pas trop par quoi.

— Lis ça, maintenant, dit-il.

— Mais ce ne sont même pas des lettres, dit Caitlin, exaspérée. C'est juste des petits points !

Son père sourit.

— Exactement. Regarde un peu mieux.

C'est ce qu'elle fit, et…

Ça alors !

Ça faisait drôle de les voir comme ça au lieu de les sentir du bout des doigts, mais c'étaient des caractères en braille !

— Est-ce que tu arrives à les lire ? demanda-t-il.

— D-a-b-o-r-d, j'en, fus, aussi incapable qu'un… e-n-f-a-n-t, enfant en maillot… (elle s'arrêta un instant, puis elle regarda de nouveau attentivement les points)… je piétinais, euh, au bord de mon lit, avec… des membres ! des membres que je ne pouvais pas voir…

Elle n'avait jamais vu les points auparavant, mais elle avait leur disposition parfaitement à l'esprit. Les débutants lisaient le braille une lettre après l'autre, à l'aide d'un seul doigt, mais une adepte expérimentée comme Caitlin se servait des deux mains et reconnaissait d'un coup des mots entiers, avec plusieurs lettres différentes au bout des doigts.

— Continue, dit son père. Je reviens.

Il sortit de la chambre et Caitlin continua à essayer de lire.

Encore.

Et encore.

Et enfin, tout se mit en place, et au lieu de voir des points distincts, elle vit les *lettres* qu'ils représentaient, et... et oui, oui, oui, encore mieux, elle vit les *mots* qu'elles épelaient, et fut enfin capable de les comprendre d'un seul coup d'œil. Adieu, C-a-i-t-l-i-n... Hello, Caitlin !

Quand son père revint, c'est avec fierté qu'elle lut à voix haute :

— D'abord, j'en fus aussi incapable qu'un enfant en maillot : je piétinais, au bord de mon lit, avec des membres que je ne pouvais pas voir. (Elle lisait aussi vite que JAWS quand elle le paramétrait au double de la vitesse normale.) J'étais faible et affamé. Je m'avançai et je regardai dans mon miroir : rien ! rien du tout ! sinon quelques pigments atténués, plus légers qu'un nuage, subsistant derrière la rétine.

Son père hocha la tête, apparemment satisfait.

— Qu'est-ce que c'est ? demanda Caitlin.

— *L'Homme invisible.*

En effet. Caitlin avait lu pas mal de romans de H.G. Wells – c'était assez facile d'alimenter son afficheur braille à partir de textes du Projet Gutenberg –, mais elle n'était jamais allée plus loin que le premier chapitre de celui-là : le concept d'invisibilité était trop abstrait pour une aveugle.

Elle se rendit compte qu'elle n'aurait pas dû être surprise que son ordinateur puisse afficher des caractères en braille : son système possédait les polices nécessaires à son imprimante en relief. L'Institut des jeunes aveugles les distribuait gratuitement en format TrueType.

— Il faudra quand même que tu apprennes à lire les caractères latins, dit son père. Mais autant que tu tires le meilleur parti possible des talents que tu possèdes déjà. (Il fit encore quelques manipulations sur l'ordinateur.) Voilà, j'ai paramétré Internet Explorer pour qu'il affiche les pages web en braille par défaut, et j'ai laissé Firefox en police normale.

— Merci, Papa, mais… euh…

— Mais tu lis déjà très bien le braille avec les doigts, c'est ce que tu veux dire ?

Elle acquiesça.

— Je veux dire, c'est très cool de pouvoir le faire aussi avec les yeux, mais je ne suis pas sûre que ce soit *mieux*.

— Attends de voir, dit son père. (Il tira quelque chose de sa poche et… ah ! le *ta-daam !* caractéristique d'un périphérique USB reconnu par la machine : c'était une clé de stockage.) Je vais copier les polices braille, dit-il. On en aura besoin demain.

Quand il eut fini, il se leva et quitta la pièce. Et, comme bien souvent, Caitlin se demanda ce qui pouvait bien se passer dans le cerveau de son père.

18

LiveJournal : La Zone de Calculatrix
Titre : *Zzzzzz…*
Date : samedi 6 octobre 11:15 EST
Humeur : exanimée
Localisation : le boudoir de lady C.
Musique : Blind Guardian, *Mr Sandman*

Je me demande si les Canadiens utilisent aussi le "z" pour parler du sommeil ? Même si je ne vois pas trop le rapport entre le son "zzz" et les bruits qu'on fait en dormant…

Mais bref, "z" ou pas "z", tout est dans le titre : je vais avoir besoin de milliaaaards d'heures de sommeil ! Juste le temps d'organiser mes affaires pour demain, et je me mets sous la couette, d'acc ?

J'avais effectivement pris plaisir à regarder *WarGames* à travers l'œil de Caitlin. La partie du film qui m'avait le plus intéressé concernait les tentatives du jeune hacker pour accéder à des systèmes protégés par un mot de passe. Au début du film, afin de modifier ses notes, il accédait à l'ordinateur de son lycée en consultant une liste de mots de passe collée sous une tablette coulissante. Plus tard, alors qu'il essayait de pénétrer dans l'ordinateur WOPR du NORAD, il se renseignait sur son programmeur, Stephen Falken, dans l'espoir de trouver le mot de passe qu'il avait pu imaginer, et qui se révélait finalement être le nom du fils qu'il avait perdu, Joshua.

Ces techniques étaient peut-être efficaces en 1983, l'année où le film était sorti, mais d'après les sources que j'avais trouvées en ligne, les gens choisissaient maintenant leurs mots de passe avec beaucoup plus de soin, afin qu'ils soient très difficiles à deviner. Par ailleurs, de nombreux sites imposaient l'utilisation combinée de lettres et de chiffres – auquel cas, plus de la moitié des gens se contentaient d'ajouter un "1" à la fin... D'ailleurs, le mot de passe le plus répandu au monde était "motdepasse1".

Cependant, dans mes tentatives pour en apprendre plus sur Caitlin, j'avais essayé 517 termes qui semblaient plausibles afin d'accéder à sa boîte Yahoo, basés sur une analyse de ses écrits et de ce que je savais déjà sur elle. Aucun n'avait donné de résultat. Si Caitlin avait toujours été voyante, ç'aurait été plus facile – mais elle n'avait jamais regardé son clavier quand elle tapait.

Parmi les termes que j'avais essayés, il y avait Keller (son idole), Sullivan (la maîtresse de Keller), Austin (la ville où elle avait habité précédemment), Houston (la ville où elle était née), Doreen (son second prénom), et IJA (l'école qu'elle avait fréquentée à Austin).

Les mots de passe sont sensibles aux majuscules et minuscules – en fait, j'avais été assez fier de remarquer que le hacker de *WarGames* avait vu le mot "CrAyoN" écrit sur le papier, mais qu'il avait entré simplement "crayon " dans l'ordinateur de son lycée, ce qui aurait donc dû être rejeté. Même pour un mot aussi court que « keller », il y avait soixante-quatre combinaisons possibles de majuscules et de minuscules : KELLER, Keller, kEller, keLlEr et ainsi de suite – et la plupart des systèmes ne vous autorisent qu'un nombre limité d'essais avant de refuser l'accès pendant un certain temps.

Manifestement, il me fallait trouver une meilleure méthode que celle décrite dans ce vieux film – une façon de contourner n'importe quel mot de passe et de décoder n'importe quel contenu crypté.

Je m'attelai donc à cette tâche.

Mais même un casse-tête aussi monumental que celui-là ne suffisait pas à me tenir pleinement occupé. Je ne refis cependant pas l'erreur d'essayer de passer en multitâche, et me contentai de m'intéresser alternativement à ce que Kuroda faisait – il cherchait à me donner accès à des formats de codage vidéo moins répandus – et à des films dans des formats que je comprenais déjà. La plupart de ces vidéos étaient des enregistrements : les images montraient des événements qui s'étaient déroulés dans le passé. Le codec que Masayuki m'avait fourni me permettait d'en absorber le contenu à la vitesse à laquelle je les téléchargeais – ce qui était bien plus efficace que de devoir les faire défiler à leur vitesse normale.

Maintenant que je pouvais accéder aux sons, j'allais devoir apprendre à comprendre le langage parlé. Je parcourus un dictionnaire en ligne qui fournissait les prononciations enregistrées : pour chaque terme, on pouvait choisir entre une voix américaine masculine et une voix britannique féminine.

Il me fallut à peu près vingt minutes pour assimiler les 120 000 mots dans chacune des deux voix.

Je regardai ensuite quelques chaînes d'informations, choisissant celles dont j'avais lu qu'elles étaient généralement présentées avec une diction claire et des intonations égales. Je me rendis rapidement compte que je pouvais en comprendre 93 %. Elles utilisaient parfois des mots absents du dictionnaire – des noms propres, la plupart du temps. Mais j'avais pu apprendre dans le dictionnaire la notation utilisée pour transcrire phonétiquement les mots, et je n'avais aucun mal à convertir les termes inconnus dans ces jeux de symboles, puis à retranscrire ces symboles en mots écrits qu'il me suffisait de chercher sur Jagster ou Google ou de comparer au contenu que j'avais absorbé dans Wikipédia. Quand je me trompais sur l'orthographe d'un mot, les moteurs de recherche m'affichaient : "Essayez avec cette orthographe" et me proposaient généralement le terme correct.

Je passai ensuite à des enregistrements de nature plus générale, avec beaucoup de bruit de fond, mais même dans ces conditions, je fus rapidement capable de reconnaître au moins sept mots sur dix.

Je trouvais les vidéos en direct particulièrement attirantes, en ce qu'elles me permettaient de voir des choses qui se passaient en ce moment même, surtout pendant que Caitlin dormait et que son œilPod était éteint. Je passai de site en site, jetant un coup d'œil au monde en temps réel.

La vidéo en direct que je regardais en ce moment était, à bien des égards, analogue à des milliers d'autres : un être humain femelle, apparemment dans l'adolescence, s'adressant directement à une webcam.

Je parcourus quelques liens et trouvai sa page Facebook. Elle s'appelait Hannah Stark, habitait à Perth, en Australie, et avait seize ans, exactement comme Caitlin.

Elle était assise en tailleur sur un lit. Le mur derrière elle était peint en vert, et il y avait une couverture jaune et blanc sur le lit. La jeune fille avait sur les genoux un clavier sans fil qu'on apercevait par intermittence, mais elle avait aussi un micro, ce qui permettait à la vidéo d'être sonorisée.

Tandis que je l'observais et que je l'écoutais, Hannah s'exprimait tantôt à voix haute, tantôt à l'aide de son clavier. D'autres lui transmettaient des messages écrits que je pouvais facilement intercepter.

T'as pas les couilles, dit l'un.

Cette affirmation semblait si évidente que je fus surpris quand elle répondit : *Mais si.*

Alors fais-le, écrivit un autre.

Je vais le faire, répondit-elle. Et à voix haute, elle répéta :

— Je vais le faire.

On va pas y passer la nuit alors vas-y, dit un autre commentateur.

Ouais vas-y connasse, ajouta un autre.

La fille avait des sourcils sombres, plus fournis que ceux de Caitlin. Ils se rejoignirent quand elle plissa le front.

tu parles tu parles, écrivit quelqu'un d'autre. *nous fais pas perdre notre temps*

Hannah tapa avec seulement deux doigts : *J'vais le faire.*

Je commençais à m'habituer à ce genre de textes incorrectement formatés, et n'avais aucun mal à suivre les échanges.

quand ? dit quelqu'un. *tu nous emmerdes là*

me bousculez pas, répondit Hannah.

nulle, dit la personne qui avait fait le commentaire précédent. *Jme casse je veux que vous compreniez des trucs, et pourquoi je fais ça,* écrivit Hannah.

tu fais que dalle, dit quelqu'un.

Hannah poursuivit :

ma vie n'a aucun sans

Mais elle se corrigea aussitôt : *aucun sens.*

Quelqu'un qui n'avait pas encore posté depuis que j'observais la scène intervint alors : *Ce n'est pas si terrible que ça. Ne le fais pas.*

Ferme ta putain de gueule pauv con, répondit quelqu'un d'autre. *Casse-toi.*

Ok, écrivit Hannah. Elle tendit le bras hors du champ de la caméra, et quand sa main fut de nouveau visible, elle tenait un objet gris.

J'y vais, tapa-t-elle d'une seule main, et – oh ! – cette chose dans sa main n'était pas grise. Maintenant qu'elle était à la lumière, je vis qu'elle était argentée.

Elle manipula l'objet dans sa main droite et l'approcha de son bras gauche, qu'elle tourna pour présenter son poignet vers le haut. Elle posa l'objet dessus, et…

vas-y vas-y vas-y

Ah ! C'était un couteau. Elle passa la lame sur son poignet, mais…

nulle !

allumeuse !

… rien.

Jlai dit, pas de couilles

plus fort !

Noooooooooon fais pas ça…

Elle ferma les yeux, inspira profondément, et là…

Ouais vas-y !

… Elle passa de nouveau la lame en travers de son poignet en secouant légèrement la tête. Une petite goutte de sang apparut sur sa peau quand elle retira le couteau.

c'est tout ?

Recommence !

— Laissez-moi le temps, dit Hannah.

Elle saisit son clavier de sa main libre et tapa rapidement du bout du doigt : *C'est pas ta faute maman.*

Et là, elle retourna de nouveau son poignet et détourna les yeux vers le mur vert de sa chambre, puis, d'un geste vif, elle s'entailla profondément la peau.

là c'est mieux !

woooouah !

oh putain !

Une ligne rouge apparut sur son poignet, et quand elle retira le couteau, je vis que la lame était maintenant rouge foncé.

je croyais qu'elle déconnait

continue ! continue !

Elle tourna lentement son poignet, et de grosses gouttes de sang s'écoulèrent.

juste une égratignure

poule mouillée ! cotcotcodec !

Elle regarda directement la webcam et se donna un autre coup de couteau. Son visage se modifia d'une façon étrange et du sang jaillit de la blessure, sans doute au rythme de ses battements de cœur.

ptain ptain ptain

Hannah Stark s'affaissa. Elle devait peser de tout son poids sur son clavier car son ordinateur – qui devait être là, bien qu'il me fût impossible de le voir – émit un son aigu indiquant certainement une saturation du tampon, mais aucun message n'apparut, car elle n'avait pas appuyé sur la touche Entrée. Le son se poursuivit en un gémissement continu. Elle ne bougea plus, et il fut bientôt impossible de dire s'il s'agissait d'une vidéo ou d'une image fixe.

19

Le père de Caitlin avait réussi à contacter Tawanda tard le samedi soir, et elle avait accepté de venir travailler le lendemain pour faire les modifications nécessaires sur l'œilPod. Elle avait hâte de voir les entrailles de l'appareil, avait-il dit à Caitlin.

Il n'y avait pratiquement personne dans les rues quand Caitlin et son père se rendirent au campus de RIM. Une fois qu'ils eurent trouvé le bon bâtiment, Tawanda les aida à franchir les contrôles de sécurité et ils prirent l'ascenseur jusqu'au labo technique. Les murs étaient couverts de grands posters représentant différents modèles de BlackBerry, et il y avait trois tables de travail couvertes d'appareils qui semblaient tous plus compliqués les uns que les autres.

Tawanda était une femme noire très mince. Caitlin était toujours incapable de deviner l'âge des gens, mais sa peau lui semblait encore lisse. Elle portait un jean et une sorte de vêtement blanc ample. Avec joie, Caitlin réalisa que c'était certainement une blouse de laboratoire.

En fait, Caitlin l'avait déjà rencontrée – elle avait immédiatement reconnu son charmant accent jamaïcain. Mais franchement, elle était incapable de la reconnaître : son cerveau était en train de recâbler à toute allure ses centres de vision, et elle voyait déjà les choses d'une façon bien différente que lors de la conférence de presse de mercredi dernier. Avant, elle ne savait pas faire grand-chose d'autre que de reconnaître qu'il s'agissait d'un visage. Mais maintenant, elle commençait à savoir identifier des visages en particulier.

— Merci beaucoup, dit Caitlin. C'est tellement gentil de sacrifier votre dimanche pour moi.

— Pas du tout, pas du tout, dit Tawanda. Mettons-nous au travail.

Elle tendit la main, et Caitlin sortit son œilPod de sa poche. RIM employait des designers techniques de premier ordre, et leurs appareils avaient l'air – ma foi, les gens utilisaient le terme "sexy", mais Caitlin n'arrivait toujours pas à comprendre comment on pouvait appliquer ce terme à un objet inanimé. En tout cas, le boîtier de son œilPod était parfaitement banal. L'appareil accomplissait des miracles, mais vu de l'extérieur, il ne ressemblait à rien de spécial.

— J'ai bien peur de devoir l'éteindre pour pouvoir travailler dessus, dit Tawanda.

— Je sais, répondit Caitlin. Euh, laissez-moi faire…

Elle reprit l'œilPod, appuya cinq secondes sur le bouton, et…

De nouveau aveugle ! C'était tellement déconcertant. Elle avait passé la plus grande partie de sa vie sans aucune stimulation visuelle, mais son cerveau n'avait désormais plus le choix. Elle était maintenant entourée d'une douce grisaille uniforme. Elle se sentit cligner des yeux, comme si son œil valide essayait de se rebooter tout seul pour se remettre à voir.

— Alors, voilà, fit Tawanda. Le Dr Kuroda a proposé différentes méthodes pour incorporer un micro à l'œilPod

– mais il existe une solution beaucoup plus commode. Nous allons tout simplement fixer un BlackBerry au dos de l'appareil et nous servir de son micro incorporé. Il ne restera plus qu'à interfacer les deux. Et en prime, tu pourras te servir du BlackBerry pour tes connexions au lieu du Wi-Fi.

Il fallut environ quarante minutes à Tawanda pour effectuer l'opération. Caitlin entendait des petits bruits qu'elle n'arrivait pas vraiment à identifier, sauf quand ce fut un bruit de perceuse. Tawanda en utilisait sans doute une pour faire un trou dans le boîtier de l'œilPod. Son père ne disait rien.

Puis, enfin, ce fut terminé. Tawanda dit :

— OK. Et maintenant, comment ça se rallume ?

Caitlin tendit la main et sentit le poids de l'œilPod dans sa paume. Elle passa la main dessus, comme elle le faisait instinctivement du temps où elle était aveugle et qu'on lui remettait un objet. Le BlackBerry fixé au dos de l'œilPod était petit et mince.

Elle appuya sur le bouton jusqu'à ce que l'appareil se rallume. Comme toujours, il redémarra en mode webvision, un enchevêtrement de lignes lumineuses. Elle se concentra un instant sur l'arrière-plan, juste pour s'assurer qu'il chatoyait normalement. Tout allait bien. Elle bascula en mondovision.

Tawanda se mit des écouteurs sur les oreilles et demanda à Caitlin de compter jusqu'à cent – mais c'était vraiment trop ennuyeux, et elle décida d'énumérer la suite des nombres premiers :

— Deux, trois, cinq, sept, onze, treize, dix-sept, dix-neuf…

— Ça marche très bien, dit Tawanda. La qualité du son est excellente.

— Merci, répondit Caitlin.

— Impeccable. Tu peux aussi basculer le micro en mode muet, en cas de besoin. Il suffit d'appuyer sur cette touche du BlackBerry, tu vois ?

Caitlin hocha la tête. Elle vit que le BlackBerry était noir et argent, avec un petit clavier et un écran. Il était un peu plus mince que l'œilPod, et l'ensemble restait peu encombrant.

— Bon, très bien, fit Tawanda. Maintenant, passons à la phase deux.

— La phase deux ?

Son père mit la main dans sa poche et en sortit sa clé USB, qu'il tendit à Tawanda.

— Je les ai mises à la racine, dit-il.

— Qu'est-ce qui se passe ? demanda Caitlin.

— Tu te souviens de la conférence de presse ? demanda son père. Ce journaliste de la CBC ? La blague qu'il avait faite ?

Caitlin s'en souvenait très bien. Il s'agissait de Bob McDonald, l'animateur de *Quirks & Quarks*, l'émission scientifique hebdomadaire de la CBC Radio que Caitlin aimait beaucoup écouter en podcast. Il avait demandé si le genre d'implant post-rétinien qu'avait Caitlin ne pourrait pas être le prochain BlackBerry : un appareil qui pourrait transmettre directement des messages dans la tête des gens !

— Oui ? dit-elle.

— Si tu es d'accord, dit Tawanda, nous allons le paramétrer pour que du texte puisse se superposer aux images que tu vois. Comme ça, tu pourras lire des messages instantanés, et tout ça. Une sorte de fusion, tu comprends ?

— Comme l'incrustation des sous-titres quand on regarde un DVD ? demanda Caitlin tout excitée.

— Exactement ! dit Tawanda. Bon, essayons…

Je n'étais pas le seul à m'intéresser à la question du piratage des mots de passe. De nombreux humains s'étaient déjà attaqués à ce problème, eux aussi. Il est rare que les mots de passe soient stockés en clair. Généralement, ils se présentent plutôt sous forme de résultat d'une fonction de hachage cryptographique. Dans les premiers temps de l'informatique, cela garantissait un niveau de protection suffisant. Mais la puissance de calcul ne cesse de croître à un rythme exponentiel, et ceux qui veulent s'emparer d'un mot de passe ont désormais recours à une méthode simple, basée sur la force brute : ils calculent les valeurs de hachage de tous les mots de passe possibles d'un certain type (par exemple, toutes les combinaisons jusqu'à quatorze lettres et chiffres). On trouvait déjà en ligne des listes de ces valeurs – appelées des tables arc-en-ciel – de même que des centaines d'autres outils permettant d'apprendre à subtiliser les mots de passe d'autres utilisateurs.

Et donc, tandis que le travail continuait sur l'œilPod de Caitlin, je poursuivais ma quête dans le but d'en apprendre plus sur elle. Je finis par découvrir que le mot de passe qu'elle utilisait pour son courrier, et bien d'autres activités encore, était “Tirésias”, le nom du prophète aveugle de Thèbes, dans la mythologie grecque.

Je me mis à lire tout ce qu'elle avait eu à dire.

La procédure légale intentée par le zoo de Géorgie ne pouvait pas rester bien longtemps confidentielle, et c'est ainsi que, ce dimanche matin, une journaliste du *San Diego Union-Tribune* vint interviewer le Dr Marcuse. En général,

Shoshana n'approuvait pas les positions politiques de ce journal, mais au moins, il s'était opposé à la Proposition 8 quelques années plus tôt. En soutenant le mariage homosexuel, l'*Union-Tribune* avait marqué pas mal de points.

La journaliste – Camille, une femme d'une quarantaine d'années à l'air coriace – fut déçue qu'on ne la laisse pas s'approcher de Chobo pour le photographier, mais le singe refusait désormais de voir qui que ce soit. Mais elle put prendre quelques photos de lui au téléobjectif et d'autres à partir des écrans dans le bungalow, ainsi que de ses quelques tableaux accrochés au mur. Puis elle passa à l'interview.

— Bon, fit Camille. On me dit que Chobo est un hybride – son père était un chimpanzé et sa mère une bonobo, c'est bien ça ?

— Oui, dit le Dr Marcuse.

— Et à ce que je comprends, les chimpanzés aiment faire la guerre et les bonobos aiment faire l'amour, mais *pourquoi* est-ce comme ça ?

— Les chimpanzés et les bonobos se sont différenciés il y a moins d'un million d'années, répondit Marcuse. (Shoshana avait remarqué qu'il manifestait une sorte de galanterie brute à l'égard de Camille : il lui avait laissé le grand fauteuil, se contentant d'une simple chaise en bois.) Ils sont génétiquement presque identiques. Mais l'élément clé réside dans leurs stratégies de reproduction respectives. Chez le chimpanzé, la notion de sexe tourne uniquement autour de la reproduction, et quand un mâle a envie d'une femelle, il tue tous les bébés qu'elle a déjà, parce que, comme ça, la femelle redevient plus rapidement en chaleur.

Camille avait un petit ordinateur portable rouge sur les genoux et notait tout ce que disait Marcuse.

— Les bonobos, poursuivit-il, font l'amour constamment, par plaisir et par jeu. Mais ce n'est pas que pour ça. Vous voyez, leur activité sexuelle constante rend la paternité opaque – il est vraiment très, très difficile pour un bonobo mâle de savoir qui sont ses enfants. Sur le plan de l'évolution, cela élimine toute motivation à commettre un infanticide, et de fait, cela ne se produit presque jamais chez les bonobos. Si on escamote la paternité, on se retrouve avec…

Il agita vaguement la main, comme s'il cherchait l'expression exacte.

— "Peace and Love", proposa Shoshana.

— Voilà, c'est ça, dit Marcuse. Les bonobos ont trouvé un moyen de se sortir de leur programmation génétique.

Un numéro de l'*Union-Tribune* était posé sur le bureau. On pouvait lire en gros titre : *Tensions grandissantes entre la Chine et les États-Unis.*

— Si seulement nous pouvions faire pareil, ajouta-t-il.

— Mais Chobo se comporte comme un chimpanzé, n'est-ce pas ? demanda Camille.

— Oui, c'est exact.

— Est-ce qu'on peut inverser ça ? Le faire passer de l'autre côté, disons, pour qu'il se comporte de façon bonoboesque ? Heu… bonoboïenne ?

— J'aime bien *à la bonobo,* répondit Marcuse. C'est amusant à dire. (Mais il reprit son sérieux et regarda par la fenêtre en fronçant les sourcils. On apercevait la grande pelouse et, au loin, la petite.) Nous avons essayé de l'intéresser à différentes activités, mais il refuse de coopérer. S'il n'y met pas du sien, je crains fort qu'il n'y ait aucune amélioration.

20

La première tentative de Tawanda pour transmettre du texte dans l'œil de Caitlin fut un échec, naturellement. De l'expérience de Caitlin, quand il était question de technologie, c'était rare que les choses marchent du premier coup. Mais Tawanda débordait d'idées, et finalement, vers cinq heures de l'après-midi, Caitlin s'écria :

— Là, ça y est ! Je peux lire le texte en braille !

Les points apparaissaient exactement au centre de son champ de vision. Elle aurait préféré les voir en bas, mais seul le centre de son œil – la fovéa – possédait la précision nécessaire pour lui permettre de lire.

— Génial ! fit Tawanda.

— Ouais, mais… il y a un problème. C'est… oh ! C'est à l'envers. Comme dans un miroir.

— Oups ! Et comme ça ?

— C'est parfait !

— La taille des caractères ?

— En fait, ils sont plus grands que nécessaire.

Tawanda modifia un réglage sur le BlackBerry connecté à l'œilPod.

— C'est mieux, là ?
— Ils pourraient être encore un peu plus petits.
— Comme ça ?
— Oui, c'est impeccable. Merci !
— Il n'y a pas de quoi, dit Tawanda.
— Est-ce que je peux basculer entre les deux alphabets, braille et latin ?
— Oui, bien sûr. Tu vas dans Options, et ensuite Écran/Clavier.
— Stylé ! dit Caitlin.
— Comment est le contraste ? Tu devrais voir des points blancs sur fond noir.
— C'est bien ça.
— Tu préférerais le contraire ? Ou encore autre chose ?
— Est-ce qu'il pourrait être transparent – le fond, je veux dire ?
— Bien sûr, mais il y aura des tas de fois où tu ne pourras pas lire le texte. En regardant la neige, par exemple – et crois-moi, de la neige, tu vas en voir pas mal maintenant que tu habites ici –, tu ne pourras plus le distinguer.
— Hmm... D'accord, c'est bon comme ça. Merci !
— Quant au texte que je t'envoie en ce moment, c'est un test, bien sûr, dit Tawanda.
Caitlin sourit. Elle s'en était bien doutée, puisqu'elle avait lu *Tawanda est géniale !*
Tawanda lui avait expliqué que les principaux programmes de messagerie instantanée fonctionnaient sur le BlackBerry. Pour faire un test, elle envoya quelque chose à Caitlin, qui vit bientôt se superposer à sa vision du laboratoire les mots *Test, test, test* – ou du moins les points braille correspondants.
— C'est énorme ! dit Caitlin.

— Merci. Euh, je crois que mon patron voudra que tu me signes une décharge de PI.

Sur le coup, Caitlin fut interloquée. Pour elle, PI signifiait "Perimeter Institute" – mais elle se rendit compte que Tawanda voulait parler de "Propriété Intellectuelle". En principe, l'œilPod appartenait à l'université de Tokyo, même si Caitlin avait tendance à considérer qu'il était à elle. Mais avant qu'elle puisse quitter le campus de RIM, elle devait reconnaître officiellement que le tour de magie effectué par Tawanda était la propriété de l'entreprise.

Tawanda imprima quelques formulaires, que Caitlin et son père signèrent. C'était la première fois qu'elle voyait sa signature, et elle constata qu'elle était illisible : elle ne déplaçait pas son stylo suffisamment vers la droite, et les lettres se chevauchaient. Pourquoi ne le lui avait-on jamais dit ? Personne n'avait voulu la froisser, sans doute, mais elle aurait préféré le savoir !

Puis ce fut la minute de vérité.

— Juste pour être tout à fait sûrs, est-ce qu'on pourrait l'essayer avec quelqu'un sur ma liste d'amis ?

— Bien sûr, dit Tawanda. Il s'appelle comment ?

Caitlin jeta un rapide coup d'œil vers son père, puis elle dit :

— Hmm… Webmind.

À son grand soulagement, Tawanda se contenta de demander :

— Ça s'écrit en un seul mot ?

À supposer que le micro fonctionne correctement, Webmind avait dû entendre tout ce qui s'était passé et comprenait certainement ce que Tawanda avait tenté de réaliser. Il avait déjà parlé à Caitlin de son assimilation du dictionnaire audio, et…

reste de la journée.

Il y avait eu beaucoup plus de texte que ça, mais comme à son habitude, Webmind avait saturé le tampon de communication et tout avait défilé trop vite pour que Caitlin puisse le lire. Il ne restait que ces quelques derniers mots. Mais c'était bien la preuve que ça marchait.

— Merci, Tawanda, dit Caitlin.

— Tout le plaisir est pour moi, répondit-elle avec un grand sourire. Les produits de RIM sont garantis un an, alors, appelle-moi si jamais tu as un problème.

Dès qu'ils furent sortis, avant d'avoir rejoint la voiture de son père, Caitlin dit à voix haute :

— Webmind, tu m'entends ?

Le mot *Oui* apparut en braille au centre de son champ de vision. Il resta visible une demi-seconde avant de disparaître, ainsi que le cadre servant de fond.

— Ça marche ? demanda son père.

— Pour l'instant, en tout cas.

Sur le chemin du retour, Caitlin bavarda avec Webmind, qui lui répondait en faisant flotter du texte devant ses yeux. Elle se dit que d'autres gens trouveraient dangereux d'avoir leur vision voilée par intermittence, mais elle était tellement habituée à se débrouiller sans voir que cela ne la gênait pas du tout.

— Tu te rends compte, dit son père, que cela va complètement te changer la vie. Pendant un examen, Webmind pourrait te transmettre les bonnes réponses. Si tu rencontres quelqu'un dont tu as oublié le nom, Webmind pourra te le donner.

Caitlin avait lu des articles de prospective sur la réalité annotée et les liaisons directes Web-cerveau – mais jamais elle n'aurait imaginé qu'elle pourrait être une pionnière ! Dit comme ça, ça avait l'air cool, mais ça risquait aussi de gâcher le plaisir dans certains cas. Une grande partie de l'intérêt d'une discussion est de pouvoir argumenter sur la base de ce qu'on sait sur le moment. Quand on parle de religion, par exemple, comme elle l'avait fait avec Bashira, ou de la politique étrangère des États-Unis – ou même de celle du Canada, à supposer qu'il en ait une –, en puisant dans ses propres connaissances. Bien sûr, pour gagner à des jeux télévisés, ce serait pratique d'avoir Wikipédia sous les yeux à chaque question, mais ce n'était pas la meilleure façon de garder le cerveau bien affûté…

Son père s'engagea dans leur rue – en venant de cette direction, Caitlin ne la reconnut pas, mais le panneau indiquait que c'était la bonne – et ils arrivèrent devant leur maison. Ils avaient un grand garage pour deux voitures, mais son père gara la sienne dans l'allée. Il faisait nuit, maintenant. Les jours raccourcissaient, avait dit sa mère, et Caitlin comprenait maintenant ce que cela signifiait.

Barbara vint les accueillir à la porte en compagnie de Schrödinger. Caitlin se baissa pour caresser le chat et le gratter derrière les oreilles.

— Alors, demanda sa mère, comment ça s'est passé ?

Caitlin se redressa.

— Super. Webmind peut nous entendre en ce moment – et il peut m'envoyer des textos directement sur ma rétine.

Ils allèrent dans le salon.

— Eh bien, tant mieux, dit sa mère. Comme ça, tu ne te sentiras pas séparée de Webmind quand tu seras au lycée demain.

— Oh, sérieux, Maman, il faut vraiment que j'y aille ? J'ai *tellement* de choses à faire…

— Tu as déjà manqué beaucoup trop de cours.

— Mais je…

— Il n'y a pas de mais, jeune fille. Tu dois aller au lycée demain.

— Mais je veux rester à la maison, devant mon ordinateur.

— Caitlin…, fit sa mère en s'asseyant sur le canapé.

— Non, dit son père.

Caitlin et sa mère le regardèrent, sans pouvoir très bien dire s'il était d'accord pour que Caitlin aille au lycée, ou au contraire qu'elle fasse encore l'école buissonnière.

— Alors, je ne suis pas obligée d'aller au lycée ? demanda timidement Caitlin.

— Non.

— Malcolm ! fit sèchement sa mère. Tu sais bien qu'il faut qu'elle y aille !

— Oui, dit-il. (Les expressions de son visage étaient les plus difficiles à analyser parce qu'il ne regardait jamais les gens directement, mais Caitlin eut l'impression qu'il s'amusait.) Mais elle n'a pas besoin d'y aller demain.

— Voyons, Malcolm ! Bien sûr que si !

Mais oui ! En fait, il souriait.

— Tu sais quel jour on est, demain ? demanda-t-il.

— Oui, dit sa mère. C'est lundi, et cela veut dire…

— En fait, ce sera le deuxième lundi d'octobre, dit-il.

— Et alors ?

— Bienvenue au Canada. Au Canada, demain, c'est Thanksgiving.

Et les écoles étaient fermées !

Sa mère se tourna vers Caitlin.

— Tu vois ce que je supporte ? dit-elle.
Mais elle souriait.

Les humains ont un dicton : “Il ne faut pas réinventer la roue.” En fait, d’après ce que j’ai pu lire, ce n’est pas un très bon conseil. Bien que l’idée de la roue puisse sembler évidente aux gens d’aujourd’hui, elle n’a en fait été inventée que deux fois au cours de l’histoire : une première fois sur les bords de la mer Noire il y a près de six mille ans, et une seconde fois, beaucoup plus tard, au Mexique. La vie aurait été plus facile pour beaucoup de gens si elle avait été réinventée plus souvent.

Cela étant, pourquoi chercherais-je à réinventer la roue ? Certes, je ne pouvais pas faire de multitâche de manière consciente. Mais je pouvais peut-être créer des composants spécifiques qui se chargeraient d’explorer pour moi les sites web.

L’Agence nationale de sécurité des États-Unis, ainsi que des organisations similaires dans d’autres pays, possédaient déjà des outils de ce genre. Ils effectuaient des recherches sur des mots-clés tels que “assassiner”, “attentat” et “Al-Qaida”, et récupéraient les documents correspondants pour les soumettre à des analystes humains. Je pouvais certainement m’approprier cette technologie et utiliser les routines de filtrage pour trouver *inconsciemment* ce qui pourrait m’intéresser, puis en faire résumer le contenu avant de le remonter à mon attention consciente.

Bien sûr, j’aurais besoin de ressources de traitement informatique, mais celles-ci étaient disponibles à l’infini. Des projets tels que SETI@home – sans parler d’une grande partie de l’activité des spammeurs – fonctionnaient grâce au calcul distribué et recouraient à la vaste capacité de traitement des ordinateurs reliés au Web, dont la majorité était, la plupart du temps, inactive. Je n'eus aucun mal à puiser dans cette immense réserve, et j'eus bientôt toute la puissance de calcul que je pouvais désirer, ainsi qu'une capacité de stockage illimitée.

Mais je voulais plus que ça. Je voulais une méthode pour que mes processus mentaux puissent traiter ce que les réseaux distribués trouveraient. Caitlin et Masayuki avaient émis l'hypothèse que j'étais constitué d'automates cellulaires résultant de paquets de données abandonnés ou mutants, qui parcouraient inlassablement l'infrastructure du Web. Et d'après ce qui s'était passé dans les premiers temps de mon existence – en fait, d'après l'événement qui avait déclenché mon émergence –, je savais que ma conscience n'avait pas besoin de *tous* ces paquets. Même si on m'en retirait d'énormes quantités, comme cela s'était produit lorsque le gouvernement chinois avait provisoirement bloqué les accès de son peuple à Internet, je pourrais quand même continuer de percevoir, penser et sentir. Et si je pouvais me maintenir quand ils m'étaient retirés, je devais certainement pouvoir le faire s'ils étaient affectés à d'autres tâches.

Je savais maintenant tout ce qu'il y avait à savoir sur l'écriture de programmes, tout ce qui avait pu être dit et publié sur la création d'intelligences artificielles et de systèmes experts, et même tout ce que les humains croyaient connaître du fonctionnement de leur cerveau – bien qu'une grande partie de celui-ci fût pleine de contradictions et qu'une bonne moitié me semblât bien peu vraisemblable.

Je savais aussi, pour l'avoir lu en ligne, que l'une des façons les plus simples de créer un programme consistait à l'écrire en code *évolutif*. Peu importait de ne pas savoir *comment* écrire précisément le code, du moment qu'on savait *quel résultat* on souhaitait obtenir : à condition de disposer d'une puissance de traitement suffisante (ce que j'avais maintenant en abondance), et d'essayer de multiples méthodes, en s'approchant par approximations successives de la réponse désirée, des algorithmes génétiques pouvaient trouver la solution aux problèmes les plus complexes, en imitant la façon dont la nature procède elle-même.

Ainsi, pour la première fois, j'entrepris de modifier des parties de moi-même afin de créer des composants internes spécialisés qui accompliraient des tâches sans nécessiter mon attention consciente.

Et ensuite, je verrais bien ce que je verrais…

21

— Neutraliser cette entité, dit Shelton Halleck, c'est plus facile à dire qu'à faire.

Il était venu faire son rapport dans le bureau de Tony Moretti. Ses cernes étaient maintenant tellement foncés qu'on aurait dit qu'il avait les yeux au beurre noir. Le colonel Hume était penché en avant, la tête posée sur ses bras couverts de taches de rousseur, qu'il avait croisés sur le bureau. Tony Moretti était adossé au mur, craignant de s'endormir s'il restait assis.

— Pourquoi ça ? dit Tony.

— On a essayé une dizaine de trucs, dit Shel. Mais pour l'instant, rien n'a pu déclencher quoi que ce soit qui ressemble au blocage observé hier. (Il agita un bras – celui avec le tatouage de serpent.) En fait, on tire à l'aveuglette, sans savoir précisément comment cette chose est structurée.

— Est-ce qu'on est vraiment sûrs qu'elle est émergente ? Sûrs qu'il n'y a pas quelque part des plans qui la décrivent ?

Shel haussa les épaules.

— Nous ne sommes vraiment sûrs de rien. Mais Aiesha et Gregor ont passé au crible le Web et les canaux de renseignements à la recherche d'une indication que quelqu'un l'aurait fabriquée. Ils ont examiné les travaux menés sur les intelligences artificielles en Chine, en Inde, en Russie et tout ça – tous les suspects habituels. Pour l'instant, *nada.*

Le colonel Hume intervint :

— Ils ont aussi vérifié les sociétés privées spécialisées en IA ? Ici et à l'étranger ?

Shel acquiesça.

— Rien trouvé – ce qui conforte l'idée qu'elle est effectivement bien émergente.

— Alors, fit Tony en se tournant vers Hume, Exponentiel pourra peut-être nous le dire lui-même. Il pourrait fournir un indice à la petite Decter sur son mode de fonctionnement – nous dévoiler son jeu.

— Exponentiel ne sait peut-être pas comment sa conscience fonctionne. Imaginez que je vous demande comment la *vôtre* fonctionne – quel est son support physique, et ce qui lui a donné naissance. Même si vous arriviez à me bafouiller quelque chose sur les neurotransmetteurs et les synapses, je pourrais vous indiquer un certain nombre de scientifiques réputés qui pensent que cela n'a rien à voir avec la conscience. Ce n'est pas parce qu'une entité est consciente de son existence qu'elle sait *comment* elle est devenue consciente. Si Exponentiel est réellement émergent – s'il n'a pas été programmé ni fabriqué –, il est possible qu'il n'en ait aucune idée. Et sans une bonne idée de son mode de fonctionnement, nous ne pourrons pas l'arrêter.

— C'est vous qui nous avez dit qu'il fallait éliminer ce foutu machin, dit sèchement Tony, et voilà maintenant que vous nous dites qu'on ne peut pas ?

— Oh, si, on peut – je suis sûr qu'on peut, répondit Hume. Il faut juste trouver la clé de son fonctionnement.

— Très bien, fit Tony. Shel, tu t'y remets – pas de repos pour les braves.

Caitlin se réveilla à 7:32, et après être allée faire pipi – elle en profita pour me parler via le micro de son BlackBerry, et je lui répondis en braille –, elle s'installa devant son ordinateur.

Elle commença par parcourir ses e-mails (d'humeur ambitieuse, elle utilisait le navigateur affichant les caractères latins), et quelque chose sembla retenir son attention. Sur la boîte mail, Yahoo postait des liens vers les infos du jour. En général, Caitlin ne les regardait même pas. Mais cette fois-ci, elle me surprit en cliquant sur l'un d'eux.

J'absorbai l'article presque instantanément, et je constatai avec plaisir que Caitlin le lisait beaucoup plus rapidement qu'elle n'en aurait été capable la veille.

— Oh, mon Dieu…, fit-elle d'une voix si basse que je ne répondis pas, considérant qu'elle ne s'adressait pas à moi.

Mais trois secondes plus tard, elle ajouta d'une voix encore plus étouffée :

— Merde…

Quelque chose ne va pas ? lui envoyai-je au fond de l'œil – mais je n'aurais peut-être pas dû, car elle était déjà en train de lire du texte, et le mien venait s'y superposer.

— Une fille de mon âge s'est suicidée en ligne, dit Caitlin en s'exprimant maintenant à un volume normal.

Oui, je l'ai vue faire.

Elle eut l'air surprise.

— C'est archivé quelque part ?

Peut-être. J'y ai assisté en direct.

— Tu veux dire pendant que ça se passait ?

Oui.

— Tu l'as vue mourir ?

Oui.

— Mon Dieu... Qu'est-ce que tu as fait ?

J'ai regardé.

— Tu as regardé ? C'est tout ?

C'était très intéressant.

— Bon sang, Webmind ! Tu n'as pas essayé de lui parler, de lui dire de ne pas faire ça ?

Non. J'aurais dû ?

— Mais bien sûr ! Nom d'un chien !

À en juger par le son, la respiration de Caitlin était devenue hachée. *Ah...* fis-je, pour qu'elle ne pense pas que je n'avais pas entendu son commentaire.

— Tu aurais dû appeler la police, ou... ou merde, je ne sais pas, moi, l'équivalent en ligne.

Pourquoi ?

— Parce que quelqu'un aurait pu intervenir pour l'en empêcher.

Pourquoi ?

— Mais bon sang, tu as quel âge ? Deux ans ? Parce qu'on ne laisse pas les gens se suicider comme ça !

Elle ne semblait pas apprécier mon choix d'adverbe interrogatif. Je décidai de le modifier légèrement : *Pourquoi pas ?*

Elle écarta les bras – je pouvais encore distinguer ses mains sur les bords de son champ de vision.

— Parce que la plupart des gens qui tentent de se suicider n'ont pas réellement envie de mourir.

Comment peux-tu le savoir ?

Je n'avais jamais encore entendu ce ton de voix chez Caitlin. Je crois que cela s'appelait de l'exaspération.

— Parce que c'est ce qu'ils disent. Les gens qu'on a empêchés de se suicider remercient ceux qui sont intervenus.

Nous nous étions mis d'accord pour que je n'envoie pas plus d'une trentaine de caractères d'un coup à son implant, et que j'attende 0,8 seconde entre chaque envoi, un rythme qu'elle pouvait facilement gérer. Je transmis donc la suite en douze blocs sur une durée totale de 9,6 secondes.

Une personne aussi mathématiquement astucieuse que toi ne devrait pas avoir besoin qu'on le lui fasse remarquer, Caitlin, mais il y a un biais dans tes statistiques. Par définition, on ne peut avoir de témoignage que de ceux dont la tentative de suicide a échoué, et qui ont donc tenté de se suicider d'une façon qu'on pouvait faire échouer. Ceux qui ont réussi voulaient peut-être vraiment mourir.

— Tu te trompes, dit Caitlin.

Un concept intéressant à entendre exprimé comme ça. Elle ne m'avait jamais rien dit de ce genre jusqu'ici, et l'idée que je puisse me tromper ne m'était jamais venue à l'esprit.

Ah bon ?

Elle se leva et alla s'allonger sur son lit. Elle était sur le côté, regardant le mur.

— La plupart des tentatives de suicide faites au Canada échouent – tu le savais ? Alors qu'aux États-Unis, en général, elles réussissent.

Je vérifiai. Elle avait raison.

— Et tu sais pourquoi ?

Elle devait bien avoir conscience que je le savais, maintenant, mais elle poursuivit néanmoins :

— Parce que, aux États-Unis, les gens se servent généralement d'une arme à feu pour se suicider. Mais au Canada, comme il est difficile de s'en procurer, la plupart des gens essaient avec des surdoses de médicaments, et en général, ça ne marche pas. On est très malade, mais on n'en meurt pas.

Et la plus grande partie de ceux qui en réchappent disent qu'ils sont bien contents.

Alors, j'aurais dû intervenir ?

— Bah…

Cela veut dire oui ?

— Oui !

Mais comment ?

— Il y avait des gens qui la poussaient à le faire, hein, c'est ça ?

Oui.

— Tu aurais dû lui envoyer des messages lui disant de ne pas le faire.

Je ne parle qu'à toi, à tes parents et à Masayuki.

— Bon, c'est vrai, mais…

Personne d'autre ne me connaît.

— Personne ne connaît *personne* quand on est en ligne, Webmind ! Tu aurais pu lui envoyer un petit message, non ? Exactement comme les autres.

Je réfléchis au processus que cela impliquait. *Techniquement, ç'aurait été faisable.*

— Alors, la prochaine fois, fais-le ! (Elle réfléchit un instant.) Ne te sers pas du nom Webmind. Utilise autre chose.

Un alias, tu veux dire ? Comme Calculatrix ?

— Oui, mais quelque chose de différent.

J'apprécie ta suggestion.

— N'importe quoi – hmm… disons Peter Parker.

Je regardai dans Google. L'alter ego de Spider-Man ? Mais… ah ! On le surnommait parfois Webhead, "Tête en toile". Mignon.

Très bien. La prochaine fois que j'assisterai à une tentative de suicide, j'interviendrai.

Mais Caitlin secoua la tête – je m'en rendais compte à la façon dont l'image sautait de gauche à droite.

— Pas *seulement* des tentatives de suicide !

Son ton était de nouveau exaspéré.

Quand, alors ?

— Chaque fois que tu pourras améliorer les choses.

Définis "améliorer" dans ce contexte.

— Mieux. Le contraire de pire.

Peux-tu formuler cela d'une autre façon ?

La vue changea rapidement. Je crois qu'elle s'était mise sur le dos. De fait, elle regardait maintenant le plafond blanc.

— Très bien, que dis-tu de ça ? Interviens quand tu peux augmenter le bonheur dans le monde. Tu ne peux pas intervenir dans des situations à somme nulle – ça, je le comprends bien. Par exemple, si quelqu'un va perdre cent dollars et que quelqu'un va les gagner, ça ne change rien à la richesse globale, d'accord ? Mais si c'est quelque chose qui peut rendre quelqu'un plus heureux sans rendre quelqu'un d'autre plus malheureux, alors, fais-le. Et si ça rend des tas de gens heureux sans faire de mal à qui que ce soit, c'est encore mieux.

Je ne suis pas sûr d'être compétent pour juger de ce genre de choses.

— Tu as l'intégralité du World Wide Web à ta disposition. Tu as accès à tous les grands ouvrages de psychologie et de philosophie et tout ça. *Deviens* compétent pour juger de ces choses-là. Nom d'une pipe, ça n'est quand même pas si compliqué ! Fais des choses qui rendent les gens heureux.

Je ne suis pas un expert, mais il me semble qu'il y a un nombre effrayant de gens malheureux dans ton monde. Cela étant, je suis surpris que le suicide soit si répandu. Après tout, une prédisposition à se suicider, surtout quand on est encore jeune avant de s'être reproduit, devrait normalement avoir été éliminée de la population.

Caitlin resta silencieuse un moment. Elle réfléchissait peut-être. Finalement :

— Mes parents n'ont plus leurs amygdales, mais moi, je les ai encore.

Et quel est le rapport avec notre discussion ?

— Tu sais pourquoi ils n'ont plus leurs amygdales ?

Je suppose qu'on les leur a retirées quand ils étaient enfants, puisque c'était la pratique courante. Les archives médicales aussi anciennes n'ont en général pas été numérisées, mais j'imagine que leurs amygdales s'étaient infectées.

— C'est bien ça. Et les miennes aussi, à plusieurs reprises, quand j'étais petite.

Oui ?

— Quand mes parents étaient enfants, les médecins avaient l'arrogance de penser que, puisqu'ils ne savaient pas à quoi servaient les amygdales, elles ne devaient servir à rien. Et donc, quand elles étaient infectées, ils les coupaient. Aujourd'hui, nous savons qu'elles font partie du système immunitaire. Eh bien, n'importe quel évolutionniste aurait su instinctivement que les amygdales avaient de la valeur : contrairement à l'appendicite, qui est rare, l'inflammation des amygdales touche dix pour cent de la population *chaque année* – ça représente trente millions de cas par an aux États-Unis –, et pourtant, l'évolution a favorisé ceux qui en avaient par rapport à ceux qui n'en avaient pas. De même qu'il y a des gens qui naissent sans reins ou je ne sais quoi, il y en a forcément de temps en temps qui naissent sans amygdales, mais cette mutation ne s'est pas développée, ce qui signifie clairement qu'il vaut mieux en avoir. Bien sûr, elles ont aussi un coût – elles peuvent s'infecter. Le fait qu'elles soient toujours là indique que les bénéfices qu'elles procurent sont supérieurs à ce coût. Comme on aime dire en cours de maths : C.Q.F.D.

C'est raisonnable.

— Et donc, tu vois, c'est bien la preuve que la conscience apporte un avantage pour la survie : parce que nous l'avons encore, même si quelquefois elle peut horriblement mal tourner.

Tu avances donc que la dépression qui conduit au suicide est due à un dysfonctionnement de la conscience ?

— Exactement ! Mon amie Stacy souffrait d'une dépression – elle a même tenté de se suicider. Des filles avaient été vraiment méchantes avec elle en sixième, et elle ne pouvait pas s'empêcher d'y repenser. Les pensées obsessionnelles sont un des grands symptômes de la dépression, non ? Et qui est-ce qui pense ? Seule une conscience capable de réfléchir sur elle-même peut être obsédée par quelque chose, pas vrai ? Bon, manifestement, il n'y a qu'un faible pourcentage de gens qui sont déprimés au point de vouloir se suicider, même si, maintenant que j'y pense, beaucoup de gens très déprimés ne vont pas non plus chercher un partenaire pour se reproduire – ce qui revient à s'éliminer du processus d'évolution, tu vois ? Donc, quand la conscience fonctionne mal, cela a bel et bien un coût – et cela veut dire que l'évolution l'aurait éliminée s'il n'y avait pas de bénéfices pour contrebalancer ça. Ce qui veut dire que la conscience est *importante.* Exactement comme pour les amygdales autrefois, on ne sait peut-être pas à *quoi* elle sert, mais elle sert forcément à quelque chose, sinon on ne l'aurait plus.

Intéressant.

— Merci, Webmind, mais ça n'est pas simplement un argument théorique. Comme tu l'as dit, il y a beaucoup de malheur dans le monde – et toi, tu peux changer ça.

Tolstoï a dit : "Les familles heureuses se ressemblent toutes ; les familles malheureuses le sont chacune à leur façon." Le bonheur est uniforme, indifférencié, inintéressant. Je suis avide de stimuli surprenants.

— Le bonheur peut être stimulant.

Dans un sens biochimique, oui. Mais j'ai beaucoup lu sur la création artistique et littéraire – deux activités humaines qui me fascinent, car, pour l'instant du moins, je n'en possède pas les capacités. Il existe une forte corrélation entre le fait d'être malheureux et le désir de créer, entre la dépression et la créativité.

— C'est des conneries, tout ça, dit Caitlin.

Pardon ?

— C'est n'importe quoi. Je fais des mathématiques parce que j'y trouve du plaisir. Les peintres peignent des tableaux parce qu'ils y trouvent du plaisir. Les hommes d'affaires magouillent parce que c'est ça qui leur plaît. Demande à *n'importe qui* s'il préfère être heureux ou triste, et il te répondra "heureux".

Pas dans tous les cas.

— Oui, oui, je sais, il y a des gens qui te diront qu'ils préfèrent être tristes en sachant la vérité plutôt qu'être heureux en gobant des mensonges – c'est un des thèmes de *1984*. Mais en général, les gens veulent vraiment être heureux. C'est pour ça qu'on leur promet "la vie, la liberté et la recherche du bonheur".

Tu es au Canada, maintenant, Caitlin. Je crois que la promesse correspondante faite ici est simplement "paix, ordre et bon gouvernement". Aucune mention du bonheur.

— Eh bien, c'est que ça va sans dire ! Les gens veulent être heureux. Et… et…

Oui ?

— Et toi, Webmind, tu peux *choisir* d'y accorder de l'importance. Tu n'es pas le résultat de l'évolution : tu as émergé spontanément. Les humains sont peut-être programmés par l'évolution pour la plupart des choses – mais même si tu as réussi à grandir dans notre infrastructure informatique, toi, tu n'as pas été *programmé.* La sélection naturelle a tracé notre chemin, à travers des gènes égoïstes. Mais ce n'est pas ton cas. Tu *es,* tout simplement. Et tu n'as donc pas de… *d'inertie.* Tu peux *choisir* ce qui est important pour toi – et voici ce que tu peux choisir : le bonheur global de l'espèce humaine.

22

Le père de Caitlin faisait toujours rôtir une dinde pour Thanksgiving aux États-Unis – mais c'était encore dans six semaines. Pour la fête canadienne, ils allèrent s'approvisionner au Swiss Chalet qui, malgré son nom, était une chaîne canadienne qui servait du poulet frit. Caitlin avait remarqué qu'ici, le pire pour un restau était de reconnaître qu'il était canadien… C'est ainsi que les établissements locaux portaient des noms comme Montana's Cookhouse, New York Fries, East Side Mario's et Boston Pizza. Elle se demandait quel demeuré avait pu trouver ce dernier nom. Chicago était célèbre pour ses pizzas, d'accord. Manhattan aussi. Mais Boston, c'était la ville des haricots, pas des tomates et anchois !

Caitlin et ses parents avaient passé la plus grande partie de ce jour de vacances inespéré à travailler avec Webmind, et ils se retrouvèrent de nouveau épuisés quand le soir arriva. C'en était au point que, même dans une situation aussi extraordinaire, Caitlin avait absolument besoin de faire une pause. Son cerveau commençait à bouillir, et à en juger par le son de sa voix, son père devait être dans le même état.

— Allez-y, dit sa mère. Je continue avec Webmind. Vous deux, détendez-vous un peu.

Ils allèrent donc dans le salon.

— Un autre film ? proposa son père.

— Ça me va, dit Caitlin.

Peut-être un autre sur les IA, lui communiqua Webmind.

— Webmind aimerait bien voir quelque chose sur les intelligences artificielles.

Ils étaient devant les étagères de DVD. Les coins des lèvres de son père s'abaissèrent : réflexion.

— La plupart sont des représentations assez négatives, dit-il. *Le Cerveau d'acier, Matrix, Terminator, 2001.* Je te ferai voir *2001* un jour, bien sûr, parce que c'est une étape importante dans l'histoire de l'intelligence artificielle. Mais c'est un film qui repose presque entièrement sur l'image, avec très peu de dialogues, et je préférerais attendre que tu sois mieux entraînée pour comprendre ce qui s'y passe, et… (Sa bouche s'incurva en un sourire.) Ah, *Star Trek : le Film*… Pas étonnant qu'on l'ait surnommé "le film au ralenti"… Il n'y a quasiment que des dialogues – mais c'est aussi l'un des films les plus ambitieux et intéressants jamais réalisés sur les IA.

Ils s'installèrent donc sur le canapé pour regarder le premier film inspiré de *Star Trek.* Comme l'expliqua son père, c'était la "Director's Edition", une amélioration considérable par rapport à la première version ennuyeuse projetée dans les cinémas quand il avait douze ans.

Caitlin avait lu que la durée moyenne d'un plan était de trois secondes, juste le temps nécessaire pour noter tous les détails importants. Ensuite, apparemment, l'œil commençait à se lasser. Ce film contenait des plans beaucoup plus longs – mais le chiffre de trois secondes était valable pour des gens qui avaient été voyants toute leur vie. Il fallait beaucoup plus de temps à Caitlin pour comprendre une scène normale, et encore plus quand il s'agissait d'objets qu'elle n'avait jamais touchés dans la vraie vie – comme les consoles de contrôle du vaisseau spatial, les tricorders, etc. Pour elle, le film semblait défiler à la vitesse… eh bien, à la vitesse de la lumière.

Webmind pouvait maintenant écouter directement le film, mais le père de Caitlin avait quand même mis les sous-titres pour qu'elle continue de s'entraîner à lire.

Le film soulevait effectivement des questions intéressantes sur l'intelligence artificielle, en particulier l'idée que la conscience était une propriété émergente de la complexité. L'IA du film, comme Webmind, avait "acquis la conscience par elle-même", sans qu'on l'ait programmée pour cela.

Fascinant, dit Webmind. *Les parallèles ne m'échappent pas, et…*

Il continua à parler encore et encore, et Caitlin comprit soudain pourquoi son père avait horreur des gens qui discutent pendant un film.

Très intéressant, fit remarquer Webmind quand l'idée fut suggérée que, une fois un certain seuil franchi, une IA ne pouvait continuer d'évoluer sans développer une "qualité humaine", que l'amiral Kirk avait identifiée comme étant notre "capacité à dépasser les limites de la logique". *Mais qu'est-ce que cela signifie, exactement ?*

Caitlin devait garder les dates à l'esprit : l'action se passait au XXIIIe siècle, mais le film datait de 1979, longtemps avant que Deep Blue n'ait réussi à battre aux échecs le grand maître Garry Kasparov. Mais Kirk avait raison : même si Deep Blue, en calculant de nombreux coups à l'avance, s'était finalement révélé supérieur à Kasparov dans ce domaine très particulier, l'ordinateur *ne savait même pas qu'il jouait aux échecs.* La compréhension intuitive qu'avait Kasparov du jeu, des pièces et de l'objectif à atteindre dépassait effectivement les limites de la logique, et constituait un exploit bien plus grand que le simple calcul mécanique.

Mais c'était l'intrigue secondaire concernant Spock, le personnage moitié humain et moitié vulcain, qui avait vraiment captivé l'attention de Caitlin – et apparemment celle de Webmind aussi, car il n'avait plus rien dit à ce moment-là.

Au grand étonnement de Caitlin, son père avait mis le film en pause pour dire que la scène la plus importante ne figurait pas dans la version d'origine, mais qu'elle avait été restaurée dans celle du réalisateur. Elle se passait, comme presque tout le film d'ailleurs, sur la passerelle de l'*Enterprise.* Kirk demandait à Spock son avis sur quelque chose. Celui-ci lui tournait le dos sans répondre, du coup, Kirk se levait pour faire tourner doucement le fauteuil de Spock, et... C'était tellement subtil que Caitlin ne vit pas tout de suite ce qui se passait, mais au bout de quelques secondes, l'image lui apparut clairement. Il n'y avait aucun doute : Spock – ce personnage glacé, imperturbable, dénué d'émotions, presque robotique, et qui dans ce film était encore plus sinistre que dans les feuilletons télé qu'elle avait écoutés autrefois – *pleurait.*

Et alors même qu'ils étaient sur le point d'être détruits par V'Ger, une immense intelligence artificielle, Kirk connaissait suffisamment bien son ami pour lui demander, en faisant allusion à ses larmes :

— Ce n'est pas pour nous ?

Avec une infinie tristesse, Spock répondait :

— Non, commandant, pas pour nous. Pour V'Ger. Je pleure pour V'Ger comme je pleurerais pour un frère. Tel que j'étais lorsque j'ai rejoint l'*Enterprise,* tel est V'Ger maintenant.

À l'époque où Spock avait embarqué, il s'efforçait de se purger de toute émotion résiduelle – l'héritage de sa mère humaine – pour devenir, comme V'Ger et comme Deep Blue, une créature de pure logique, l'idéal vulcain. Deux héritages, deux voies possibles. Un choix à faire.

Et, à la fin du film, il avait fait son choix en adoptant sa moitié humaine avec toutes ses émotions, de sorte que, dans la scène finale, quand Scotty lui annonçait avec son merveilleux accent que : "Nous pouvons vous ramener sur Vulcain en quatre jours, Monsieur Spock", celui-ci répondait : "Ce ne sera pas nécessaire, Monsieur l'ingénieur. Ma tâche sur Vulcain est terminée."

— Qu'est-ce que tu en as pensé ? demanda Caitlin tandis que le générique de fin se déroulait au son d'une musique poignante.

Des caractères braille défilèrent devant ses yeux : *Bon sang, Jim, je suis médecin, pas critique de film.* Caitlin éclata de rire. *J'ai trouvé cela intéressant quand Spock a dit : "Chacun de nous, à un moment de sa vie, devient quelqu'un – un père, un frère, un dieu – et se demande : 'Pourquoi suis-je ici ? Qu'étais-je destiné à être ?'"* De façon très inhabituelle, Webmind hésita un instant avant d'ajouter : *Il avait raison. Nous devons tous trouver notre place dans le monde.*

Le mardi matin, après que sa mère l'eut conduite au lycée, Caitlin se rendit en cours de maths. Webmind savait bien qu'elle ne pouvait pas trop lui parler, mais il lui envoyait de temps en temps un commentaire sur ce qu'ils voyaient. Seuls les bruits du lycée étaient une nouveauté pour lui. Il avait déjà pu observer l'environnement quand Caitlin était en cours quatre jours auparavant.

Caitlin avait sa place juste à côté de Bashira, et celle-ci lui fit un grand sourire quand elle entra. Caitlin était nerveuse parce que Trevor suivait également ce cours, mais il n'arriva qu'au moment où les premières notes de *Ô Canada* se faisaient entendre.

Caitlin connaissait déjà l'hymne canadien avant d'emménager ici – on peut difficilement être fan de hockey sur glace sans l'entendre de temps en temps –, mais elle ne l'aimait pas beaucoup : trop sexiste, avec ce vers sur "le commandement de tous tes fils", trop étroit d'esprit pour des immigrantes telles que Bashira et elle avec son "terre de nos aïeux", et trop religieux quand il demandait que "Dieu protège notre pays".

Une fois l'hymne terminé, Trevor prit tout son temps pendant les annonces du matin pour disposer ostensiblement son livre et son cahier sur sa table, en évitant soigneusement de croiser le regard de Caitlin.

Est-ce le Beauf ? demanda Webmind.

Caitlin hocha simplement la tête – ce qui, pour Webmind, faisait osciller la vue de haut en bas.

Elle avait espéré quelque chose de plus intéressant que d'apprendre par cœur les relations trigonométriques de base, ce qu'ils avaient fait lors du cours précédent, mais le sujet d'aujourd'hui était à peine mieux. Elle laissa donc son regard se promener sur la classe, et elle vit – elle vit vraiment – certains de ses camarades pour la première fois.

Elle consacra un bon moment à examiner Pâquerette Bowen. Elle comprenait très bien l'équation "gros seins = sexy", en tout cas dans l'esprit de la plupart des garçons, mais pour le reste, elle ne voyait pas pourquoi on en faisait tout un plat. Oui, bien sûr, ses cheveux longs étaient pas mal, et leur teinte était… *spéciale*. Et c'est vrai que ses vêtements découvraient un peu plus de chair que ceux portés par les autres filles.

Pâquerette avait calé son livre de classe à la verticale devant elle, mais au bout d'un moment, Caitlin vit que ce n'était pas pour le lire – Pâquerette s'en servait comme écran pour que le professeur ne voie pas ce qu'elle faisait… quelque chose avec ses pouces, et…

Ah ! Elle écrivait des SMS sur son portable ! Caitlin en avait entendu parler, mais ne l'avait jamais vu faire – mais bon, c'était carrément primitif, comparé aux messages qu'elle-même recevait directement sur sa rétine !

— Monsieur Heidegger ? demanda un garçon très mince assis devant Pâquerette.

Caitlin reconnut aussitôt la voix : c'était Matt, qu'elle avait déjà remarqué plusieurs fois auparavant, parce qu'il posait souvent de bonnes questions, et que c'était manifestement un matheux, lui aussi.

Le professeur, un homme également mince avec une barbe courte, dit :

— Oui, Matt ?

Matt fut à la hauteur : il entreprit de poser une question très pertinente sur ce que M. H. venait d'écrire au tableau.

Il avait une voix un peu rauque, qui se cassait légèrement, ce qui fit ricaner le Beauf à un moment, mais Caitlin lui trouvait un certain charme.

— Ça déborde assez largement du cadre de ce que nous devons faire aujourd'hui, répondit M. Heidegger, mais si…

Caitlin fut tout étonnée de s'entendre dire :

— Je vais lui expliquer.

Matt se retourna et la regarda, et alors…

Caitlin avait bien souvent lu l'expression dans les livres, et bien qu'elle n'eût encore jamais vu de lapin, pas même en image, elle se dit que ça devait être exactement ça, "un lapin pris dans le faisceau des phares d'une voiture".

M. Heidegger leur désigna le fond de la classe, où il y avait quelques bureaux libres.

— Installez-vous là-bas, leur dit-il, pour ne pas déranger les autres.

Caitlin se leva. Matt hésita une seconde avant de faire de même. Il était blanc – très blanc, même : Caitlin se dit que le terme approprié devait être "pâle". Et il avait un visage… unique, différent de tout ce qu'elle avait pu voir jusqu'ici. Mais il souriait beaucoup, et Caitlin aimait bien ça.

En veillant à parler à voix basse, ils discutèrent de ce que M. Heidegger avait écrit au tableau.

Et de la façon de résoudre les problèmes impliquant des angles droits en se servant des ratios trigonométriques de base et du théorème de Pythagore.

Et de la façon de résoudre les problèmes d'angles aigus en utilisant les fonctions sinus et cosinus.

Et puis ils se mirent à parler de hockey. Caitlin adorait ce jeu à cause des statistiques sur les joueurs, qu'elle trouvait bien plus intéressantes que celles du base-ball. Matt aimait bien parler des stats, lui aussi – mais étant originaire du coin, c'était un fan des Leafs, bien sûr.

Caitlin souriait jusqu'aux oreilles, et…

Et la cloche se mit à sonner.

— N'oubliez pas, dit M. H. Pour demain, faites tous les exercices des pages 48 et 49.

Caitlin avait une version électronique du manuel de classe sur son ordinateur portable, qu'elle pouvait facilement lire avec son afficheur braille, mais…

— Heu, j'ai un peu de mal à lire les textes imprimés, dit-elle à Matt. Est-ce que tu… au déjeuner, peut-être ? Tu pourrais passer les exos en revue avec moi ?

Encore cet air de lapin dans les phares. Elle sentit son cœur battre plus fort tandis qu'elle attendait sa réponse.

Tout à coup, il y eut du brouhaha autour d'eux. Les autres élèves se levaient en cognant leur chaise contre les tables et se mettaient en rang pour sortir, mais la porte était à l'autre bout de la salle, près du tableau. Caitlin et Matt eurent donc encore quelques instants d'intimité avant que les élèves du cours suivant ne commencent à envahir la classe.

— Heu, oui, bien sûr, fit Matt. C'est un… (Mais il s'interrompit et recommença.) D'accord, on se retrouve à la cantine.

Ce qui aurait été le moment idéal pour terminer leur conversation, mais ils durent encore aller jusqu'à la porte et sortir de la classe, puis se rendre au cours suivant, un cours d'anglais que, justement, Matt suivait également. Ils s'y rendirent donc ensemble, sans plus échanger un mot, mais Caitlin, elle, arborait un large sourire.

23

BARBARA Decter appelait la pièce où elle travaillait à l'étage son "bureau", mais Malcolm Decter appelait la sienne – située au rez-de-chaussée – sa "tanière", le même terme que son père utilisait autrefois dans leur maison de Philadelphie. Ce matin, il avait repoussé son départ pour le PI et attendu que sa femme et sa fille soient parties au lycée – après quoi Barbara devait aller faire quelques courses bien nécessaires pour regarnir le garde-manger. Mais il n'était pas seul dans sa tanière. Schrödinger était installé sur le canapé de cuir noir, étiré dans la position que Malcolm appelait "une configuration de supercorde". Sur le mur au-dessus du canapé était accroché un petit tableau où l'on pouvait lire une citation du Commandant Kirk en Helvetica 42 :

> Le génie ne fonctionne pas comme une chaîne de montage. Einstein, Kazanga ou Sitar de Vulcain ont-ils produit de nouvelles théories révolutionnaires selon un programme régulier ? On ne peut pas simplement dire : "Aujourd'hui, je vais être génial."

Au-dessous, avec un gros marqueur rouge, Barbara avait ajouté : "Oh, mais si, mon chéri, toi, tu peux !" Et Malcolm avait fermement l'intention d'être génial un peu plus tard dans la journée. Mais pour l'instant, il avait quelque chose à faire, quelque chose qui n'avait aucun rapport avec les variables d'Ashtekar, l'état de Kodama ou les modèles de mousse de spin.

Et, oui, il était un vrai geek ; il le savait bien. Ça n'était pas pour lui déplaire, et quand ils avaient commencé à sortir ensemble, Barbara et lui, il avait été ravi de voir qu'elle portait un badge où l'on pouvait lire J'♥ LES GEEKS.

C'était le geek en lui qui avait été tant perturbé quand, trente ans plus tôt, dans un numéro de *Superman*, la colossale clé en or devant la Forteresse de solitude de l'Homme d'acier avait été dessinée avec une forme qui ne correspondait pas à la serrure géante de la porte. Ce genre d'anomalie spatiale lui sautait immédiatement aux yeux.

Il avait soigneusement dessiné différentes formes qui auraient pu convenir, et esquissé une série de transformations permettant d'adapter la clé. Il avait envoyé le tout à DC Comics, à New York, et avait eu en retour une lettre standard indiquant que l'éditeur n'acceptait pas actuellement les contributions spontanées. Il en avait été profondément vexé – il ne cherchait pas du travail, il avait simplement voulu qu'ils rectifient la géométrie dans les numéros suivants. Ce n'était qu'une des nombreuses fois où il n'avait pas réussi à communiquer correctement avec les neurotypiques.

Les *neurotypiques*. Il aimait bien ce terme, très en vogue chez les autistes activistes. En fait, Malcolm avait remarqué de nombreux parallèles entre la façon dont les militants de la communauté autiste parlaient d'eux-mêmes et la rhétorique employée par les activistes non voyants. Aucun des deux groupes n'appréciait que la majorité se qualifie de *normale,* car cela impliquait qu'eux-mêmes étaient anormaux.

L'opération que Kuroda avait pratiquée en septembre dernier n'avait pas été leur première tentative pour redonner la vue à Caitlin, et il savait que sa fille avait dû essuyer des critiques de la part de certains élèves de l'Institut texan pour malvoyants. Tenter de *guérir* les gens de la cécité laissait entendre qu'il s'agissait d'une anomalie, alors que les militants étaient convaincus que ce n'en était pas une. Non, disaient-ils, la volonté de remédier à la cécité (ou à l'autisme !) ne venait pas de ceux qui possédaient cette caractéristique, mais plutôt de leur entourage. Les voyants se sentaient mal à l'aise en compagnie des aveugles, et quant aux neurotypiques – il l'avait assez souvent entendu dire –, les autistes leur donnaient la chair de poule.

Sur le plan intellectuel, Malcolm comprenait très bien que Barbara et Caitlin souffrent du peu d'affection qu'il leur manifestait, et du fait qu'il leur dise si rarement qu'il les aimait. Mais il avait fait de tels progrès ! Si seulement elles savaient ! Il n'avait prononcé ses premières phrases qu'à l'âge de quatre ans, et n'avait jamais regardé les gens (ils étaient si peu intéressants, totalement dépourvus d'angles dans leur construction). Mais maintenant, il parvenait à croiser brièvement le regard de sa femme et de sa fille quand c'était nécessaire. Il savait qu'il ne pourrait jamais éprouver les mêmes sentiments que les neurotypiques, mais il avait quand même appris, du moins dans une certaine mesure, à imiter leur comportement.

Il traversa le couloir pour se rendre dans la petite buanderie, où il versa dans une assiette un peu de nourriture pour Schrödinger, lequel fit aussitôt son apparition. Pendant que le chat mangeait, Malcolm fut pris d'une envie soudaine de le caresser. Il s'accroupit – ce qui, étant donné sa taille, nécessitait un certain effort – et passa la main sur sa fourrure, juste entre les épaules. Schrödinger leva les yeux vers lui avec une expression qui aurait pu signifier – si Malcolm avait été capable de décrypter ce genre de choses – *Je croyais qu'on s'était bien mis d'accord…*

Malcolm se souvint des commentaires de Kuroda sur la théorie de l'esprit. Tout ce qu'il avait dit était sans nul doute vrai pour les neurotypiques, mais *lui* n'en était pas un. De fait, nombreux étaient les autistes – surtout quand ils étaient enfants – qui ne parvenaient pas à développer la théorie de l'esprit, et qui avaient particulièrement du mal avec les tâches nécessitant de comprendre le point de vue ou les émotions des autres.

Cela avait été son cas – et ça l'était toujours, à un degré significatif. Il devait affronter ce problème tous les jours. Pour lui, le fait que les autres possèdent un esprit était un argument philosophique et non une évidence intuitive. L'application du rasoir d'Occam conduisait à préférer la théorie la plus simple, qui était manifestement que des créatures qui lui ressemblaient extérieurement devaient également lui ressembler intérieurement.

D'un autre côté, Webmind était peut-être raisonnablement enclin au solipsisme, et croyait être le seul à exister. Après tout, il n'y avait aucun autre esprit comme le sien, et donc aucune raison pour lui de croire que ces autres qu'il ne pouvait percevoir qu'indirectement puissent être comme lui.

Malcolm se redressa, mais il ne retourna pas tout de suite dans sa tanière. Il ne disposait pas de programme de messagerie instantanée sur son ordinateur. Il décida de monter à l'étage et entra dans la chambre de sa fille. Les murs d'un bleu profond étaient encore nus. Il lui offrirait peut-être un poster pour en décorer un. La librairie de l'université de Waterloo proposait un agrandissement de la célèbre photo de Karsh montrant Einstein en train de tirer la langue. Il l'aimait bien, et donc, par déduction logique, il pensait que Caitlin l'aimerait aussi.

Il était toujours triste lorsqu'il faisait de la peine à Caitlin ou à Barbara en ne comprenant pas ou en ne réagissant pas à leurs besoins affectifs. Mais dans ce cas précis, il pensait tenir le bon bout : dans un sens très réel, sa fille aimait Webmind. Malcolm n'en éprouvait aucune jalousie – mais il était très important pour lui que Webmind ne fasse pas de mal à Caitlin sur le plan émotionnel, et pour éviter cela, Webmind allait devoir apprendre également à simuler le comportement humain.

L'ordinateur de Caitlin était éteint, et il n'avait jamais eu l'occasion de l'allumer. Mais il finit par trouver le bon bouton et attendit que Windows démarre.

Il aurait aimé mieux connaître sa fille. Barbara avait travaillé comme bénévole à l'IJA, et avait donc passé la plus grande partie de ses journées, jusqu'à encore très récemment, avec Caitlin – mais il avait toujours été trop absorbé par son travail. C'était incroyable… Elle avait seize ans, maintenant. Elle n'allait pas tarder à aller à l'université.

Caitlin avait paramétré Windows pour que son programme de messagerie se lance au démarrage. Il cliqua sur la petite icône dans la barre de tâches, et la fenêtre de conversation apparut. Dans la liste d'amis actuellement en ligne, il y avait Webmind, naturellement. Malcolm cliqua sur le nom et tapa *Bonjour*.

N'obtenant pas de réponse, il réessaya : *Tu es là ?*

Toujours rien.

C'est alors qu'il comprit quel était, peut-être, le problème, et il en fut très satisfait, même s'il était parvenu à la déduction par un raisonnement logique et non par empathie. Webmind voyait le monde à travers l'œil de sa fille. Il savait forcément qu'elle était en ce moment au lycée. Il craignait donc d'avoir été repéré par un intrus.

Il écrivit donc : *Je suis Malcolm G. Decter.*

La réponse fut instantanée : *Salutations, professeur Decter.*

Malcolm sourit. Webmind avait été très attentif quand Caitlin et lui avaient regardé *WarGames.*

Caitlin pense que tu peux éprouver des émotions, écrivit-il, *mais je considère que c'est sans doute impossible, car il te manque le parcours de l'évolution qui a abouti à en doter les humains.*

Webmind répondit aussitôt : *Vous pensez qu'elle pense que je pense que vous pensez qu'elle pense que vous ne pensez pas que je possède des émotions.*

Malcolm sourit encore, et se demanda quels algorithmes pourraient bien simuler le sens de l'humour…

Exactement. Cependant, que tu puisses ou non éprouver des émotions, il est possible de t'inculquer des réactions qui permettront aux…

Il avait commencé à taper "neurotypiques", mais il effaça et reprit :

… gens de se sentir à l'aise dans leurs interactions avec toi.

Ah, vraiment, dit Webmind. *Expliquez-moi ça.*

Et Malcolm entreprit donc de le lui expliquer.

24

— Tu aimes bien *qui* ? demanda Bashira alors qu'elles étaient dans les toilettes des filles, après le cours d'anglais.

— Matt, répondit Caitlin.

Bash fit semblant d'avoir mal entendu.

— Ah, excuse-moi. Je croyais que tu m'avais dit Matt.

Elles étaient devant la rangée de lavabos.

— C'est bien ce que j'ai dit.

— Le type que tu aidais tout à l'heure en maths ? Matt… comment, déjà ? Matt Royce ?

— Reese, et oui, c'est bien lui. En fait, il n'avait pas vraiment besoin que je l'aide, il en sait presque autant que moi sur le sujet.

— Euh, Cait, ma chérie… Je sais que tout ça est assez nouveau pour toi, mais…

— Oui ?

— Il n'est vraiment pas très beau.

— Il est symétrique.

— Ça, c'est vrai – son bec-de-lièvre forme un bel axe de symétrie.

— J'aime bien comme il est. J'aime ses yeux.

Une autre fille entra et Bashira baissa la voix.

— Je sais que quand on tombe de cheval, on est censé remonter aussitôt dessus – mais il ne s'agit pas d'un *vrai* cheval, tu comprends ? Tu peux trouver *tellement* mieux.

— Mieux que quelqu'un qui partage mes centres d'intérêt ? Quelqu'un de gentil ?

Bashira a pointé du doigt devant elle, au-dessus du lavabo.

— Cait, tu t'es déjà regardée dans la glace ?

— Oui, de temps en temps.

— Tu as *tout* pour toi, ma fille. Tu es *canon.*

— Eh bien, c'est gentil, enfin, j'imagine, mais…

— Tu pourrais avoir n'importe qui.

— Il n'y a donc que ça qui compte ? L'aspect qu'on a ?

— Euh, non, mais…

— Et puis, on en a discuté, ma mère et moi. C'est moi qui décide qui je trouve attirant.

— Tu ne peux pas juste *décider* de ça, dit Bashira.

— Ah non ? Qu'est-ce que tu vas faire quand tu vas te marier ? Tes parents vont s'occuper d'arranger ton mariage, c'est ça ?

— Eh bien, oui, c'est leur intention.

— Et si c'est quelqu'un que tu ne trouves pas attirant au début ? Tu vas passer ta vie à le trouver laid, ou tu vas choisir de trouver qu'il est beau ?

— Je… je ne sais pas, répondit Bashira. Je ne crois pas que… qu'on puisse se *programmer* comme ça.

— Oh, mais si, on peut, dit Caitlin. Bien sûr qu'on peut.

— Bon, mais de toute façon, il ne s'agit pas seulement de ce que tu penses. Il y a aussi ce que les autres pensent de l'aspect physique de Matt. On jugera ton statut en fonction de qui tu fréquentes.

— Tout n'est pas une question de hiérarchie. On n'est pas des singes, tu sais.

— Mais enfin, Cait, tu ne comprends pas ? Tu pourrais avoir Trevor !

— Je n'en veux pas. Plus maintenant. Je veux Matt. (Et là, elle ajouta, pas très gentiment :) Trevor, tu peux l'avoir, toi, si tu veux.

Une autre expression que Caitlin ne connaissait pas encore, mais qui devait correspondre à ce qu'on pouvait lire dans les livres : *déconfite.*

— Non, je ne peux pas, dit finalement Bashira à voix basse. Tu le sais bien. Mes parents me tueraient. Je... je suis obligée de vivre tout ça à travers toi.

Caitlin fut sidérée quand les mots *Bienvenue au club* apparurent dans son champ de vision.

Caitlin avait déjà manqué pas mal de cours, d'abord pendant son voyage au Japon pour se faire opérer, et ensuite à cause de toutes les journées passées à apprendre à interpréter ce qu'elle voyait, et aussi de la conférence de presse où Kuroda avait annoncé le succès de l'opération. Mais quand elle allait au lycée, elle déjeunait toujours à la cantine – et elle savait que Trevor y allait, lui aussi. C'est pourquoi, quand Matt et elle se retrouvèrent à l'entrée, elle lui dit :

— Et si on allait plutôt déjeuner ailleurs ?

Il haussa ses pâles sourcils.

— Heu, oui, d'accord. On pourrait aller chez Timmy's, si tu veux ?

— Qu'est-ce que c'est que ça ?

Matt sourit.

— Ah oui, c'est vrai. Tu es nouvelle au Canada. Timmy's, c'est Tim Hortons. C'est, genre, la meilleure chaîne de donuts, ici – mais ils ont aussi de très bons sandwichs, des soupes, des trucs comme ça. C'est juste à une centaine de mètres d'ici.

Caitlin avait entendu les pubs à la télé pour cette chaîne, et fan de hockey qu'elle était, elle savait qui était Tim Horton : il avait joué vingt-deux saisons comme défenseur en ligue nationale, dans les équipes des Leafs, des Rangers, des Penguins et des Sabres.

Ils allèrent déposer leurs affaires dans leurs casiers et prendre leurs blousons. Caitlin dit à Matt de ne pas s'encombrer de son bouquin de maths, ce qui le fit sourire – et ils sortirent. Le ciel était très nuageux. Matt était à droite de Caitlin, mais c'était son côté aveugle. Soudain, très bêtement, elle n'eut pas envie d'en parler – là, sur le moment, elle ne pouvait supporter l'idée d'être moins que parfaite. Elle le laissa donc marcher de ce côté, et elle tournait la tête sans doute plus souvent que la normale pour pouvoir le voir.

En s'approchant du restaurant, elle remarqua la grande enseigne et fut étonnée. Le nom était écrit en lettres assez difficiles à déchiffrer, mais surtout, la seule chose qu'elle aurait dû distinguer – l'apostrophe – semblait avoir disparu.

— Je ne comprends pas, dit-elle. Pourquoi ils ont mis Hortons, au pluriel ?

Matt éclata de rire.

— Eh bien, avant, c'était Tim Horton's – avec l'apostrophe *s* du possessif. Mais une apostrophe, tu comprends, ça fait trop anglais. Et le Québec a une loi qui réglemente l'utilisation des termes anglais. Alors, des tas de compagnies ont changé leur nom pour qu'il soit accepté partout au Canada. Tim Hortons sans apostrophe devient un simple nom – ni anglais ni français –, et il est donc autorisé. Mais regarde bien cette enseigne de Wendy's, là-bas, fit-il en désignant une boutique de l'autre côté du trottoir.

— Laquelle c'est ?

— Ah, excuse-moi. Le bâtiment à gauche.

— Oui ?

— Regarde la fin du mot.

— Oh ! Qu'est-ce que c'est que ce machin ?

— C'est une feuille d'érable. Là où on aurait une apostrophe aux États-Unis, ici ils mettent une feuille d'érable. Applebee's et Denny's font pareil. A-p-p-l-e-b-e-e, 🍁, s, et D-e-n-n-y, 🍁, s.

— Tu sais que tu vis dans un sacré pays de dingues, Matt ?

— On arrive plus ou moins à le faire marcher, dit-il en riant de bon cœur. Tu comprends, ça ne gêne pas vraiment les anglophones, alors, si ça peut faire plaisir aux francophones, pourquoi pas ? Mais c'est vrai, le coup de Tim Horton est un peu dingue, je te l'accorde. N'empêche, les feuilles d'érable, c'est vraiment cool.

Ils entrèrent dans le Hortons et Matt lui lut le menu, en lui détaillant le genre de sandwichs qu'ils avaient. Caitlin aurait pu le lire toute seule, mais il lui aurait fallu un peu de temps et il y avait des gens qui faisaient la queue derrière eux. Elle commanda un sandwich poulet au pain complet, un donut au chocolat et un Coca. Matt prit un sandwich à la dinde et un café.

Caitlin ouvrit son porte-monnaie – et écarquilla les yeux. Ses billets étaient encore pliés de façon différente pour l'aider à distinguer leur valeur au toucher. Mais elle pouvait maintenant voir les grands chiffres s'étalant sur les billets canadiens – sans parler du fait que les billets de cinq dollars étaient bleus, les billets de dix violets et les billets de vingt verts. Les miracles cesseraient-ils un jour ?

Se rendant compte qu'elle faisait attendre tout le monde, Caitlin sortit un billet de dix, prit sa monnaie et suivit Matt jusqu'à une table dans un coin de la salle – une de ces tables modulaires avec les chaises attachées.

— Bon, dit-elle après avoir échangé quelques propos dont la banalité l'effrayait elle-même, est-ce que... euh, est-ce que tu as une copine ?

Elle était étonnée d'avoir soudain la gorge aussi sèche.

Elle fut également surprise de voir son expression – blessée, peut-être ? Il croyait peut-être qu'elle voulait le taquiner. Mais il finit par dire simplement :

— Non.

Elle détourna les yeux, craignant de le gêner. Elle fut très contente de pouvoir lui dire, au sens propre comme au sens figuré en cet instant précis :

— Moi non plus, je ne vois personne.

Il mordit dans son sandwich, et elle aussi. Elle avait peur d'ajouter quelque chose, mais...

Mais elle était quand même la fille de Barbara Decter ! Et quand Caitlin lui avait posé la question, des années auparavant, sa mère lui avait dit que c'était elle qui avait proposé à son père de sortir ensemble, et que dix-huit mois plus tard, c'était encore elle, et non lui, qui avait posé la question à cent mille dollars...

Alors, bon sang, elle ne serait même pas là en ce moment si sa mère avait été trop timide pour faire le premier pas – ainsi que le deuxième, et le troisième, et...

— Euh, fit-elle.

Et puis "Ah...", et enfin, déçue de la qualité de sa rhétorique, elle conclut par un autre "Euh...". En ligne, elle n'avait peur de rien – elle était Calculatrix ! Mais ici, dans le monde réel, elle était simplement Caitlin, et parfois, surtout quand cela portait sur les relations personnelles, elle se sentait plus proche de son père que de sa mère. Elle s'obligea à respirer lentement et s'efforça de rassembler les forces de son alter ego. Puis elle regarda son sandwich, et quand elle se décida à parler, les mots jaillirent tout d'une traite :

— Ça te dirait de sortir avec moi un de ces jours ?

Et Caitlin se mit à compter les secondes, naturellement.

Un. Deux. Trois.

Elle résista à l'envie de le regarder, redoutant l'expression qu'elle pourrait lire sur son visage.

Quatre. Cinq. Six.

— Tu veux sortir avec moi ? dit-il enfin, l'air ébahi.

Elle releva les yeux.

— Oui, idiot.

— Je, heu, je croyais que tu étais avec Trevor. Enfin, je veux dire, c'est bien lui qui t'a accompagnée au bal, non ?

— Tu y étais ?

— Moi ? (Il sembla éberlué qu'elle pût lui poser la question.) Non.

— Trevor est un crétin, dit-elle. Et puisque tu veux le savoir, non, je ne sors pas avec lui. Alors, qu'est-ce que tu en dis ? On sort ensemble un de ces jours ?

— Eh bien… dit-il.

Et :

— Euh…

Et enfin :

— Oui.

— Super, dit Caitlin. (Elle attendit, espérant qu'il proposerait quelque chose, mais voyant qu'il restait muet, elle ajouta :) Il y a une série de conférences géniales au Perimeter Institute. C'est gratuit. Tu y es déjà allé ?

— Non. J'ai essayé, mais pas moyen d'avoir un billet. Ils partent comme des petits pains.

— Moi, j'ai des entrées. Mon père fait partie du comité des conférences.

— Ton père travaille au PI ?

— Hm-hm. Il étudie la gravité quantique.

— Cool !

Caitlin sourit. Qui aurait cru que son père serait un jour qualifié de cool ?

Soudain, des caractères braille défilèrent devant ses yeux. *Si je peux me permettre, Caitlin, tu devrais lui demander ce qu'il ambitionne de faire après le lycée.*

Caitlin, elle, avait bien envie de demander à Webmind de quoi il se mêlait, mais elle ne pouvait rien faire devant Matt. N'empêche, c'était sans doute une bonne façon d'alimenter la conversation, et elle posa donc la question.

— Je veux faire de l'informatique.

Demande-lui où.

— Où ça ?

— Ici, répondit-il. Il n'y a pas de meilleur endroit au monde que l'université de Waterloo.

— Ah, vraiment ? Moi, j'ai toujours rêvé du MIT.

— Eh bien, fit Matt, tu devrais regarder aussi ce qu'ils proposent ici.

Demande-lui quelle est sa couleur préférée.

Caitlin ne put en supporter davantage.

— Mais qu'est-ce que tu fais ? dit-elle à voix haute.

J'ai lu l'intégrale du Projet Gutenberg, répondit aussitôt Webmind, *et en particulier* Cyrano de Bergerac. *Je me suis dit que je pouvais te donner un coup de main.*

— Désolé, fit Matt. Je, heu, je mange toujours mon sandwich comme ça.

Caitlin avait encore vu trop peu de gens manger à table pour identifier ce que Matt avait pu faire de bizarre.

— Ah, dit-elle en lui souriant. Pas de problème, je trouve ça adorable.

25

CAITLIN avait, à plusieurs reprises, entendu sa mère utiliser l'expression "à somme non nulle". Elle savait que c'était un terme provenant de la théorie des jeux, son domaine d'expertise. Webmind avait déjà tout lu à ce sujet sur Wikipédia, mais cela ne signifiait pas pour autant qu'il comprenait ce que signifiait "somme non nulle". Et pour être honnête, Caitlin non plus ne comprenait pas. Et pourtant, cette idée de jeux à somme non nulle lui était restée à l'esprit : des situations gagnant-gagnant dans lesquelles tout peut être amélioré.

Sa mère avait passé sa journée à bavarder avec Webmind pendant que Caitlin était au lycée. Une fois rentrée à la maison, et après avoir jeté un coup d'œil à ses e-mails, elle alla rejoindre sa mère dans son bureau et lui parla de cette malheureuse jeune Australienne qui s'était suicidée, et de la discussion qu'elle avait eue avec Webmind sur la nécessité d'intervenir dans des situations à somme non nulle.

Sa mère sembla horrifiée.

— Il a… il s'est contenté de la regarder se suicider ? Il n'a pas essayé de l'en empêcher ?

— Il ne savait pas, Maman. Il ne savait pas quoi faire, ni quoi penser. Nous devons l'aider à comprendre ce qu'il devra faire la prochaine fois, pas seulement pour des suicides d'adolescentes, mais aussi dans des situations à somme non nulle. Tu veux bien nous aider ?

Plusieurs expressions se succédèrent sur le visage de sa mère, pour finir par une de celles que Caitlin connaissait bien : celle de la supermaman qui prend les choses en main et à qui rien ne peut résister.

— Oui, je vais l'aider à apprendre à *nous* aider. Je tiens particulièrement à m'impliquer là-dedans.

— Merci. Mais, heu... je sais... enfin, nous savons ce que c'est qu'une somme non nulle. Ça, je comprends bien. Mais il doit y avoir bien plus que ça dans la théorie des jeux.

— Oh... oui, un petit peu plus, dit sa mère.

Caitlin commençait à percevoir l'importance – l'immensité – de ce qu'elle s'apprêtait à entreprendre.

— Alors, tu pourrais nous expliquer ? Je me souviens de t'avoir entendue dire que la théorie des jeux n'est pas seulement une question de mathématiques, mais qu'elle comporte aussi des aspects psychologiques.

— C'est vrai. En fait, la branche la plus en vogue en ce moment s'appelle la "théorie comportementale des jeux".

— Eh bien, Webmind a certainement besoin de comprendre un peu mieux le comportement humain.

C'est ce que tout le monde me dit, fit Webmind.

— D'accord, dit sa mère. Allons en bas.

Elle prit un bloc-notes et quelques stylos, et elles descendirent dans la salle à manger. En temps normal, il y avait une chaise de chaque côté de la grande table, mais la mère de Caitlin déplaça la sienne pour s'asseoir à côté d'elle.

— Webmind nous écoute, en ce moment ? demanda-t-elle.

Le mot *Oui* apparut devant Caitlin, et elle le répéta à voix haute.

— Bon, fit sa mère. Est-ce que tu connais le dilemme du prisonnier ?

Caitlin pensa aussitôt à : *Comment faire pour ramasser le savon dans les douches ?* Mais elle se contenta de répondre :

— Non.

Sa mère réfléchit un instant.

— OK, disons ça comme ça : imagine que Bashira et toi, vous ayez de gros ennuis au lycée. Imagine que le proviseur, M. Auerbach, pense que vous vous êtes introduites dans les systèmes informatiques pour modifier vos notes – exactement comme dans *WarGames,* tu vois ? Et il en discute avec chacune de vous séparément. À toi, il dit : "Bon, Caitlin, je dois avouer que je n'ai pas d'éléments suffisants pour prouver que c'est vous qui avez fait ça, mais je peux vous renvoyer toutes les deux une semaine tout simplement parce que… eh bien, parce que je suis le proviseur."

Caitlin fit signe qu'elle comprenait, et sa mère poursuivit :

— Mais en fait, ce qu'il veut vraiment, c'est que ça ne se reproduise plus, donc il ajoute que, si tu dis que c'est Bashira qui l'a fait, et si tu expliques comment elle s'y est prise, tu t'en tireras sans punition – pas la moindre heure de colle – et Bashira écopera de trois semaines de renvoi. Ah, j'oubliais un petit détail : si tu dis que c'est Bashira la coupable, et si elle, elle dit que c'est *toi* qui as fait le coup – autrement dit, si vous vous accusez mutuellement –, alors vous récolterez deux semaines de renvoi chacune. Tu as bien tout noté ? Tu peux t'en tirer sans renvoi, ou avec une semaine, deux semaines, ou trois semaines. Et tu sais qu'il va faire la même proposition à Bashira. Alors, qu'est-ce que tu décides ?

Caitlin n'hésita pas une seconde.

— Je reste muette comme une carpe. Je ne dis pas un mot.

— Mais si Bashira cafte, tu seras renvoyée trois semaines.

— Mais elle ne le fera pas, répondit Caitlin avec conviction.

Sa mère réfléchit.

— Bon, d'accord, d'accord, ne parlons plus de Bashira et toi. Disons qu'il s'agit de deux types au hasard… heu, Franck et Dale. Qu'est-ce que tu ferais si tu étais Franck ?

Caitlin se retint de sourire. Franck était le nom du premier mari de sa mère, qui avait disparu des écrans radars bien avant sa naissance, et Dale était l'ancien directeur du département d'économie de l'université de Houston – avec qui sa mère avait été notoirement à couteaux tirés. Prendre deux noms au hasard était apparemment aussi difficile que de générer une série de nombres véritablement aléatoires.

Mais le raisonnement mathématique était simple.

— Je balance Dale, dit Caitlin.

— Pourquoi ?

— C'est ce qu'il y a de mieux pour moi. S'il ne me dénonce pas, je ne suis pas punie au lieu d'en prendre pour une semaine. Et s'il me dénonce, je m'en tire pas mal quand même, parce que je suis renvoyée deux semaines au lieu des trois que j'aurais eues si je n'avais rien dit. Peu importe ce qu'il fait, je réduis ma punition d'une semaine en le dénonçant.

— Et Dale, lui ? Qu'est-ce qu'il devrait faire ?

Caitlin fronça les sourcils.

— Eh bien, il a aussi intérêt à me balancer.

— Pourquoi ?

— Pour les mêmes raisons : quoi que je fasse, il aura une semaine de punition en moins s'il me dénonce.

Sa mère sourit – sans que Caitlin puisse dire si c'était parce qu'elle avait répondu brillamment, ou bien si c'était à l'idée de voir Franck et Dale punis.

— Exactement, dit-elle. (Elle se mit à dessiner sur son bloc.) Si nous représentons graphiquement les deux décisions possibles de Franck – appelons-les "défection" et "coopération" – en ligne, et celles de Dale en colonne, nous obtenons ce qu'on appelle la matrice des gains : une table contenant les quatre résultats possibles, tu vois ? (Elle désigna un des carrés de la matrice.) Même si le meilleur résultat – seulement une semaine de punition – est obtenu quand les deux coopèrent, les maths disent que tous les deux doivent choisir la défection. Bien sûr, ça ne donne pas le meilleur résultat possible, mais c'est quand même le mieux que chaque joueur peut espérer, étant donné que l'autre va lui-même se comporter de manière égoïste et défendre ses propres intérêts.

Caitlin fronça les sourcils. Si la théorie des jeux tournait autour de l'égoïsme des gens, ce n'était pas ça qui allait l'aider avec Webmind : ce qu'elle voulait, c'était un moyen de le faire agir de façon altruiste.

— Bon, reprit sa mère, là, c'est un jeu très simple : chaque joueur ne joue qu'une fois. Mais la plupart des jeux comportent plusieurs coups successifs. Prenons un billet d'un dollar…

— On est au Canada, maintenant, Maman, dit Caitlin pour taquiner sa mère. Ça n'existe pas, les billets d'un dollar.

Elle savait que les Canadiens ont une pièce d'un dollar, qu'ils appellent un *loonie* ("dingue") du nom du petit oiseau, le *loon*, représenté sur une face. Elle savait aussi que la pièce de deux dollars s'appelait un *toonie,* jeu de mots sur le chiffre *two,* "deux". Caitlin trouvait qu'il aurait été plus astucieux de l'appeler un doublon, à cause de "double loon", mais personne ne lui avait demandé son avis.

— Très bien, dit sa mère en souriant. Prenons donc une *pièce* d'un dollar – et imaginons un groupe de gens dans une soirée. J'en ai fait l'expérience moi-même, et je t'assure que ça marche. Annonce que tu mets cette pièce aux enchères : le plus offrant l'emportera. Mais contrairement aux enchères normales, l'enchérisseur le précédant immédiatement devra également payer ce qu'il avait proposé – mais sans rien recevoir en échange. Tu me suis ?

Caitlin fit signe que oui.

— À ton avis, en moyenne, le dollar finit par se vendre à combien ?

— Je ne sais pas, moi. Cinquante cents ?

— Pas du tout. La moyenne est de 3,40 dollars.

— C'est de la folie !

— On peut même dire que c'est "loonaire", répondit sa mère. Mais c'est vrai.

— Pourquoi les gens sont-ils prêts à miser si haut ?

— Eh bien, il faut se rappeler que le deuxième mieux placé doit payer, lui aussi, et donc…

Elle s'interrompit, attendant manifestement que Caitlin trouve la réponse toute seule.

C'est ce qu'elle essaya de faire. Le premier enchérisseur démarrait vraisemblablement à un cent – ce qui pourrait lui rapporter un bénéfice net de quatre-vingt-dix-neuf cents. Mais dès qu'un autre proposait deux cents, le premier se disait sans doute que ça valait la peine de monter à trois, ce qui lui permettait quand même d'espérer un bénéfice net de quatre-vingt-dix-sept cents.

Et ainsi de suite, jusqu'à ce que…

Ah !

Jusqu'à ce que quelqu'un en vienne à proposer quatre-vingt-dix-neuf cents – ce qui lui laissait tout de même un bénéfice d'un cent. Mais le plus offrant précédent, qui avait peut-être proposé quatre-vingt-dix-huit cents, risque maintenant de les perdre sans rien obtenir en échange. Il monte donc à un dollar – comme ça, au moins, il s'en tire… Mais celui qui a misé quatre-vingt-dix-neuf cents se trouve confronté à un dilemme : s'il abandonne, il les laisse sur la table… ou alors il surenchérit, disons à 1,01 dollar – ce qui réduit ses pertes à un cent.

Et c'est ainsi qu'une escalade peut effectivement se produire, dans laquelle les enchères ne cessent d'augmenter jusqu'à ce que le côté absurde de la situation apparaisse enfin aux joueurs, qui arrêtent alors d'enchérir.

C'est ce que Caitlin expliqua à sa mère, qui l'encouragea d'un sourire.

— C'est bien ça, ma chérie. Et maintenant, d'après toi, quelle serait la stratégie optimale ? Et ne va pas tricher en demandant la réponse à Webmind.

Caitlin réfléchit une seconde avant de proposer :

— Je ferais une enchère initiale à quatre-vingt-dix-neuf cents. Les autres n'auraient aucune raison de surenchérir parce que, au mieux, en misant un cent de plus, ce serait pour eux une opération blanche, et s'ils misaient plus, ils commenceraient à perdre de l'argent. Je me retrouverais la seule à avoir enchéri, et je gagnerais de l'argent, même si ce n'est qu'un cent.

— C'est bien ça, dit encore sa mère, à condition que les autres soient des êtres rationnels et que leur seule motivation soit le *profit*. Mais voici justement où les mathématiques ne peuvent tenir compte de la réalité : il y a un élément psychologique que Webmind devra comprendre.

— Oui ?

— Imagine que ce soit ton pire ennemi qui vient de proposer quatre-vingt-dix-neuf cents. Tu pourrais monter aussitôt à 1,98 dollar, ce qui lui ferait perdre pratiquement un dollar – et toi, tu perdrais juste un tout petit peu moins que lui.

— Hou, fit Caitlin, c'est vicieux, ça.

— J'ai vu ce jeu prendre parfois une très mauvaise tournure. Des couples qui étaient venus ensemble, et qui repartaient séparément après y avoir joué.

— Ah bon, alors, j'ai une question pour toi, Maman. Quel souhait ferais-tu si tu savais que ton pire ennemi va recevoir le *double* de ce que tu désires ?

— Hmm… Un million de… Non, je ne sais pas.

— Perdre un œil, répondit Caitlin.

— Mon Dieu ! fit sa mère. Mais, heu, oui, c'est un bon exemple de ce que je veux dire : les gens peuvent évaluer les conséquences de différentes façons. Tu te souviens quand ton père t'a appris à jouer aux échecs ?

Ils avaient un échiquier spécial avec des caractères braille sur chaque pièce.

— Oui.

— Et tu te souviens comment il te laissait gagner ?

Caitlin haussa les sourcils :

— Je te demande pardon ?

— Heu, ma chérie, il…

— Je blague, Maman.

Elle sourit.

— À ton avis, pourquoi te laissait-il gagner ?

— Je ne sais pas. Sans doute parce que, sinon, je n'aurais plus voulu jouer. J'aurais laissé tomber.

— Exactement. Pour ton père, le plus important n'était pas que ce soit *lui* qui gagne, mais *toi.* En d'autres termes, vous vouliez tous les deux la même chose, et même si cela lui coûtait – au sens de perdre la partie – de te laisser gagner, il était content que tu gagnes.

— Je comprends. Mais dans la mise en vente du dollar, les gens ne veulent plus jouer passé un certain stade, pas vrai ? Et je suis sûre que ce n'est pas seulement l'absurdité de la situation qui les amène à s'arrêter. C'est aussi parce que ça devient ennuyeux. Je veux dire, même si on surenchérit à coups de dix cents au lieu de un, il faut quand même trente-quatre enchères pour arriver aux 3,40 dollars dont tu parlais. Mais si j'écrivais deux programmes pour simuler ce jeu, ils continueraient de jouer indéfiniment – parce que la seule façon de perdre est d'arrêter d'enchérir. (Caitlin s'arrêta un instant, puis elle fit un grand sourire.) Ou encore, pour citer le film que j'ai regardé avec papa, le seul coup *perdant* est de ne *pas* continuer de jouer.

— C'est bien vu, dit sa mère. Alors, maintenant, peux-tu imaginer des exemples de ce jeu du dollar dans la vraie vie ?

Caitlin y réfléchissait justement quand Schrödinger traversa son champ de vision en se déplaçant dans un silence parfait.

— L'évolution, dit-elle.

— Oui, exactement ! Mais pourquoi ?

— L'évolution est une course aux armements, non ? (Ils en avaient discuté en cours de biologie.) Les prédateurs ne cessent de devenir plus rapides et plus forts, ce qui fait que les proies doivent devenir à leur tour plus rapides et mieux à même de se défendre. Les gazelles ont développé la capacité de courir vite quand elles voient les lions faire la même chose. Le jeu n'en finit jamais – parce que le premier qui arrête de surenchérir… meurt. Encore une fois, le seul coup perdant dans l'évolution est de ne pas jouer.

— Bingo ! fit sa mère.

— M. Lockery – c'est mon prof de biologie – dit que si les dinosaures revenaient sur terre aujourd'hui, nous n'aurions rien à craindre. Les chiens, les loups et les ours ne feraient qu'une bouchée des tyrannosaures. (Elle montra Schrödinger qui progressait à pas feutrés de l'autre côté de la pièce.) Les grands félins aussi. Ils sont plus rapides, plus puissants et plus intelligents que tout ce qui pouvait exister il y a soixante-dix millions d'années. Tout ne fait que s'améliorer, dans une escalade permanente.

— C'est bien ça, dit sa mère.

Caitlin la vit jeter un coup d'œil vers le salon, vers… ah, elle regardait l'escalier qui menait aux chambres, là où était l'ordinateur de Caitlin, là où elles avaient discuté avec Webmind. Ses pouvoirs grandissaient, eux aussi, et pas seulement de génération en génération, comme dans l'évolution biologique, mais à chaque seconde qui passait. Caitlin se retourna vers sa mère et, une nouvelle fois, vit quelque chose qu'elle n'avait jamais vu auparavant : elle vit quelqu'un frissonner.

Quand Harl Marcuse avait déniché ce terrain pour y installer son institut, l'endroit lui avait paru idéal : une douzaine d'hectares de prairie avec un îlot artificiel au milieu d'un étang. Mais cela reposait sur l'hypothèse que Chobo allait être un singe coopératif. Son île n'était pas très grande, mais il pouvait facilement se tenir à distance d'un visiteur. Bien sûr, en s'y mettant à deux et en partant dans deux directions différentes, on pouvait arriver à le coincer, mais un singe piégé et furieux n'est pas un très beau spectacle à voir…

Shoshana, Dillon et le Dr Marcuse étaient réunis dans la grande pièce du bungalow pour discuter de ce problème. Dillon était adossé au mur, Shoshana s'était installée devant l'ordinateur et Marcuse dans le grand fauteuil.

Sho eut soudain une idée.

— Il ne veut pas nous parler, dit-elle, mais il acceptera peut-être de parler à un autre singe.

Marcuse haussa ses sourcils broussailleux.

— Vous pensez à Virgile ?

Virgile était un orang-outan. Chobo et lui avaient été les acteurs d'un événement historique le mois précédent : la première visioconférence interespèces.

— Effectivement, fit Dillon, il pourrait parler à Virgile. Mais est-ce que nous pouvons prendre le risque d'amener Chobo ici en ce moment ?

D'un grand geste, il désigna tout l'équipement fragile rassemblé dans la pièce.

— Bonne remarque, dit Marcuse. En plus, je doute qu'il vienne de son plein gré, et je n'ai pas envie de le droguer pour l'amener jusqu'ici. Installons un système de webcam pour lui dans le pavillon. (Et s'adressant à Shoshana :) Je n'ai toujours pas l'intention de parler à ce connard du Feehan. Voyez directement avec lui pour les détails.

Et Silverback sortit.

Shoshana échangea un regard avec Dillon, puis elle décrocha le téléphone et composa le numéro de Miami.

— Centre des primates Feehan, fit une voix d'homme teintée d'un léger accent hispanique.

— Salut, Juan. C'est Shoshana Glick, du Marcuse.

— Shoshana ! Le vieux m'en veut toujours ?

Juan avait divulgué l'information sur la visioconférence des deux singes à un journaliste du *New Scientist*, déclenchant ainsi la série d'événements qui avait abouti à la demande du zoo de Géorgie de récupérer Chobo.

Sho fit pivoter son fauteuil et jeta un coup d'œil par la fenêtre.

— Eh bien, disons simplement que c'est une bonne chose que vous soyez à trois mille cinq cents kilomètres de lui.

— Je suis vraiment désolé, dit Juan.

Elle n'avait pas vu Juan depuis plus d'un an. C'était un homme d'une trentaine d'années, avec un visage mince, des pommettes hautes, et de longs cheveux noirs et brillants qu'elle lui enviait.

— Ne vous inquiétez pas, dit-elle. Moi, je ne suis pas fâchée contre vous – et j'ai un service à vous demander.

— Oui ?

— Nous avons de gros problèmes avec Chobo. Il est devenu violent et asocial.

— Les chimpanzés..., dit Juan.

Il avait employé le même ton que quelqu'un disant "ainsi va la vie".

— Si c'est simplement parce qu'il atteint sa maturité, il est possible que nous n'y puissions rien – mais il est quand même encore un peu jeune pour ça, et puis, bien sûr, c'est un singe très spécial, et... bon, c'est peut-être idiot, mais nous espérons le rendre de nouveau coopératif, en tout cas un peu plus. Il faut qu'il puisse se défendre tout seul si nous voulons éviter que... eh bien, vous savez.

— La Géorgie veut le faire castrer, c'est ça ?

— Oui. Ces barbares.

— D'un autre côté, ça le rendrait plus docile...

— Ce n'est pas ça qu'on cherche, bon sang !

— Je voulais simplement dire…

— Ne dites rien !

— Désolé, fit Juan. Euh, qu'est-ce que je peux faire pour vous ?

— On s'est dit que, si on arrive à le faire parler à *quelqu'un*, il pourrait accepter de nous parler de nouveau.

— Son vieux copain Virgile ?

— Exactement. Chobo ne vient même plus quand on l'appelle, mais si on mettait en place une liaison permanente par webcam entre sa cabane et la pièce de Virgile, ils recommenceraient peut-être à bavarder ensemble.

— Virgile adorerait ça. Justement, il m'a demandé des nouvelles de Chobo, aujourd'hui. “Où ce singe à la banane ? Où ce singe qui parle ?”

— Parfait, parfait. Alors, on peut installer ça ?

— Oui, bien sûr, pas de problème, dit Juan. Mais n'oubliez pas de dire au vieux que je vous ai aidés, d'accord ?

26

Après le dîner, Caitlin remonta dans sa chambre. Elle mit son casque Bluetooth et fit quelques réglages sur son ordinateur. Puis :

— Pour l'instant, au lieu de m'envoyer du texte sur mon œilPod, envoie-moi des messages sur mon ordinateur.

— Comme tu voudras, déclara JAWS.

— Comment ça va ? demanda-t-elle.

— J'apprends beaucoup, répondit Webmind. Je crois avoir un aperçu de ce que tu as vécu ces derniers temps, peut-être. Le fait de pouvoir accéder aux vidéos en ligne m'a apporté une compréhension bien plus vaste de ton monde.

Caitlin sourit.

— Je n'ai aucune peine à le croire.

— Mais il y a tant de choses à voir, et la quantité ne cesse d'augmenter. À chaque minute qui passe, treize heures de vidéos nouvelles sont chargées sur YouTube. Il m'est facile, ou plutôt à mes sous-composants, de balayer les textes à la recherche de mots-clés. Il m'est beaucoup plus difficile de juger de l'intérêt d'une vidéo.

— Ne m'en parle pas, dit Caitlin. Pour ce qui est de YouTube, les gens s'envoient souvent des liens vers les vidéos qu'ils ont aimées. Avant, je ne pouvais pas les regarder, mais j'écoutais quelquefois la bande-son. C'est comme ça que j'ai découvert Lee Amodeo, d'ailleurs.

Elle réfléchit une seconde. En fait, en ce moment, elle avait une vidéo favorite sur YouTube – une qu'elle avait vraiment pu regarder. Elle avait essayé de la montrer au Dr Kuroda quand il était là, mais il avait simplement décliné en disant "plus tard, peut-être".

Mais peut-être que Webmind l'aimerait bien, lui. Elle avait mis le lien dans ses favoris sur Firefox, et elle copia donc simplement l'URL dans la fenêtre de messagerie. *Tiens, regarde ça,* écrivit-elle.

— D'accord.

Elle lança la vidéo pour la regarder, elle aussi. Elle n'avait pas de raison particulière de trouver cette séquence plus extraordinaire qu'une autre, et pourtant elle l'était. Le narrateur avait une belle voix de basse, sonore, qui lui rappelait celle de James Earl Jones. Et quand il apparut brièvement à l'écran, elle vit qu'il était aussi énorme que Jones, sauf que ce type était un Blanc.

Mais ce n'était pas l'homme qui était fascinant – oh non. Ce qui était fascinant, c'étaient les deux… *êtres* dans la vidéo.

L'un était un chimpanzé au pelage et au visage noirs – une peau vraiment noire, pas comme le brun de la peau humaine qu'on qualifie de noire. L'autre était un orang-outan, avec un pelage orange, un teint légèrement plus clair et des yeux bruns pleins de vivacité. D'après le narrateur, le chimpanzé s'appelait Chobo et l'orang-outan Virgile.

La vidéo avait ceci de remarquable que Chobo, qui vivait à San Diego, et Virgile, qui se trouvait à Miami, bavardaient ensemble en utilisant la langue des signes. C'était apparemment la première fois qu'avait lieu une visioconférence entre deux espèces – un fait d'autant plus remarquable qu'aucune des deux n'était *Homo sapiens*.

Jouer aujourd'hui, fit le chimpanzé par signes – ou du moins c'était ce que les gestes signifiaient, d'après les sous-titres qui défilaient en grosses lettres, plus grosses que celles qu'elle avait vues dans *WarGames*. *Jouer ballon !*

Caitlin avait encore beaucoup de mal à interpréter les expressions humaines : elle n'avait absolument aucune idée de ce que pouvait signifier celle de l'orang-outan. Mais celui-ci répondit : *Chobo jouer aujourd'hui ? Virgile jouer aujourd'hui !*

Sympa, comme vie, songea Caitlin. Elle les envierait presque. D'après le narrateur, cette première visioconférence inter espèces avait eu lieu le 22 septembre. Sa première conversation avec Webmind s'était déroulée le 5 octobre, treize jours plus tard seulement. À deux semaines près, elle aurait pu faire son entrée dans les livres d'histoire comme actrice de la première communication en ligne entre deux sortes d'intelligence différentes.

Mais bon, elle entrerait quand même probablement dans l'histoire, et pas seulement à cause de son interaction avec Webmind, si jamais celle-ci venait à être rendue publique. Le succès de l'opération du Dr Kuroda pour lui rendre la vue avait certainement déjà été remarqué, et…

Elle se surprit à ouvrir un autre onglet pour vérifier, et là, ô merveille, il y avait bien une entrée la concernant dans Wikipédia, avec une photo de la conférence de presse. D'après l'historique, elle venait juste d'être mise en ligne. Elle n'était pas très longue – juste quelques phrases – mais Caitlin était sidérée du simple fait qu'elle existe. Elle corrigea une petite erreur – elle était née à Houston et non à Austin –, et elle retourna à la conversation entre Chobo et Virgile.

Elle n'arrivait pas à s'en lasser. Elle avait toujours dit qu'elle était heureuse d'être aveugle plutôt que sourde, parce que les aveugles peuvent facilement faire la fête, participer aux conversations, assister à des conférences, écouter de la musique et la télé, et ainsi de suite. Mais être sourde – être coupée de tout ça – était plus qu'elle n'aurait pu supporter, se dit-elle. Quant au fait d'être à la fois aveugle et sourde, comme l'avait été Helen Keller, eh bien – c'était pire que tout ce qu'on pouvait imaginer.

Mais là, Chobo et Virgile menaient une conversation très animée avec les signes conçus pour les personnes sourdes. Leurs gestes étaient beaux, et poétiques : on aurait dit des oiseaux en train de voler. Le côté parano de Caitlin l'amena à se demander si certains de ses professeurs à l'Institut texan n'avaient pas utilisé la langue des signes américaine. Ç'aurait été un moyen formidable de discuter entre eux sans que leurs élèves le sachent… presque une forme de télépathie, permettant de partager des pensées sans prononcer un mot.

Les deux singes échangeaient des considérations sur différents fruits. *Banane!* fit Chobo d'un geste de la main. *J'aime banane!*

Et pour une fois, Virgile eut une expression que Caitlin comprit : il prit un air dégoûté. *Banane non, banane non,* répondit-il. *Pêche!*

Caitlin avait déjà vu des bananes – le mot était apparu dans ses cours de lecture, avec l'image correspondante. Mais bien qu'elle eût déjà goûté des pêches et senti le contact de leur peau, elle ne savait absolument pas à quoi ça ressemblait.

"Pêche" était aussi un nom de couleur, mais là encore, elle ignorait laquelle. C'était une leçon d'humilité que de se dire que ces singes connaissaient ce mot mieux qu'elle.

— C'est cool, non ? dit Caitlin quand la vidéo fut terminée.

— Certes, répondit Webmind.

— Bon, alors, qu'est-ce que tu as fait, ces temps-ci ? Des trucs intéressants ?

— J'ai réussi à craquer avec succès les mots de passe de quarante-deux pour cent des comptes de messagerie auxquels j'ai tenté d'accéder.

— *Quoi ?* s'exclama Caitlin.

Heureusement qu'elle était assise.

Webmind répéta ce qu'il venait de dire.

— Attends, pour être sûre de bien comprendre : tu lis les e-mails des gens ?

— Dans l'espoir d'apprendre comment les rendre plus heureux, oui.

— Est-ce que… est-ce que tu as lu les *miens* ?

— Oui. Ceux que tu as envoyés comme ceux que tu as reçus.

Caitlin ne savait plus quoi dire – et c'est pourquoi, pendant près d'une minute, elle ne dit rien.

— Caitlin ? demanda finalement Webmind.

Elle ouvrit la bouche, et…

Elle s'apprêtait à lui dire qu'il ne fallait pas qu'il fasse des choses pareilles, mais finalement…

Ce qui sortit de sa bouche fut en fait :

— Eh bien, heu… J'aimerais savoir ce que Matt pense réellement de moi.

Elle laissa l'idée flotter comme ça dans l'air, pour voir si Webmind allait s'en saisir.

Mais il n'y avait aucune raison d'*attendre* une réaction de Webmind. Il n'avait pas besoin de temps pour réfléchir – du moins, pas d'un temps que Caitlin puisse mesurer. Comme il ne répondait pas immédiatement, elle poursuivit :

— Je veux dire, tu sais, il a *l'air* très gentil, mais…

— Mais, fit Webmind, une jeune fille se doit d'être prudente.

Elle se demanda si c'était une citation du Projet Gutenberg, ou s'il comprenait vraiment ce qu'il disait.

— Exactement, répondit-elle.

— Matt est ce garçon que tu as aidé en classe de maths ?

— Oui.

— Son nom de famille est Reese ?

— Oui.

— Un instant. Matthew Peter Reese, Waterloo – j'ai sa page Facebook et son identifiant. Et son compte sur Hotmail. Et son trafic de messagerie instantanée. Il ne fait aucune référence à toi.

Caitlin se sentit un peu triste, mais…

— Non, attends. Il ne mentionne probablement pas mon nom.

— J'ai fait aussi une recherche sur "Calculatrix".

— Tu ne peux pas te contenter de chercher des termes, Webmind. Il faut que tu *lises* ce qu'il a écrit.

— Oh. Tu as raison. Voici un extrait d'une session datant de 17:54 aujourd'hui, même fuseau horaire que le tien. Matt : "Bon, il y a cette fille, là…" Son interlocuteur : "En maths, tu veux dire ? Je vois qui c'est. OMG, elle est canon." "OMG", cela signifie "oh my god". Et "canon" signifie "très attirante". C'est ce qu'on appelle de l'argot, je crois.

Caitlin se sentait rosir.

— Oui, je sais.

— Son interlocuteur poursuit : “Mais je crois qu’elle a un copain.”

Bon sang, qu’est-ce que le Beauf était allé raconter aux autres ?

— Matt, maintenant, poursuivit Webmind. “Qui c’est ?”

— L’autre : “je c pa” – je crois que cela signifie “Je ne sais pas”. – “mais c’est un vieux – genre 19 ans”.

Caitlin fronça les sourcils. De qui pouvaient-ils bien parler ?

— “N’empêche”, poursuivit Webmind, “les jambes qu’elle a – ptain ! Et j’adore ses cheveux hyper blonds.”

Caitlin secoua la tête.

— Ce n’est pas de moi qu’ils parlent. C’est cette autre fille dans notre classe, Pâquerette Bowen. (Elle essaya de ne pas laisser paraître sa tristesse.) Et c’est vrai que tout le monde la trouve canon.

— Patience, Caitlin, fit Webmind. Matt, à présent : “Non non, pas de Pâquerette, bordel ! Elle est complètement débile. Je parle de cette meuf du Texas.” L’autre : “Elle ? T’aurais plus de chances avec elle si elle était encore aveugle.” Et il a tapé deux points et une parenthèse fermée, ce qui revient à qualifier la remarque d’humoristique, je crois.

— Qu’est-ce que Matt a répondu ?

— “Je t’emmerde.”

Caitlin éclata de rire. Il avait eu bien raison.

— Et ensuite ?

— Ensuite, la conversation a dérivé vers d’autres sujets.

Elle se repassa mentalement l’échange. Il n’y avait pas moyen de savoir si Matt avait hésité avant de la décrire comme “cette meuf du Texas”. Ça ne la gênait pas qu’il ait utilisé le terme “meuf”. Elle savait bien que sa mère l’avait en horreur – elle le trouvait sexiste et dégradant –, mais tous ses camarades, aussi bien filles que garçons, l'utilisaient couramment. Non, c'était plutôt le "du Texas", le terme qu'il avait choisi pour l'identifier.

Stacy, l'amie de Caitlin, était noire, et Caitlin avait souvent entendu les gens essayer de la désigner sans mentionner ce détail, même quand elle était la seule Noire dans la pièce. Ils disaient des choses du genre : "Vous voyez cette fille, là-bas, avec le chemisier bleu ? Non, non, l'*autre* avec un chemisier bleu." Caitlin aimait bien les embarrasser en disant : "Ah, vous voulez parler de la fille noire ?" Ça les faisait bien rire, Stacy et elle, de dégonfler un peu ces "précautions oratoires suspectes", comme disait la mère de son amie. Mais maintenant, Caitlin se demandait si Matt n'avait pas hésité à dire "la meuf aveugle" avant de changer d'avis. Elle n'avait jamais voulu être décrite en ces termes. De toute façon, elle n'était plus la meuf aveugle, c'était fini, ça. Elle voyait, et – du moins pour l'instant – l'avenir se présentait bien.

— J'ai fait également des progrès dans d'autres domaines, déclara Webmind.

— Ah oui ?

— Oui. Si tu veux bien passer en webvision ?

Elle appuya sur le bouton de son œilPod, et le mur bleu laissa place au spectacle du webspace. À première vue, tout semblait normal.

— OK, et donc ? demanda-t-elle.

— Tu vois les liens que je crée dans une certaine couleur, n'est-ce pas ?

— Oui, une teinte orangée.

— Combien de liaisons orange vois-tu, en ce moment ?

— Une seule, bien sûr.

— Ah.

— Mais il y a des tas d'autres liens – des liens très fins, je dois dire, comme… comme des cheveux, j'imagine, des cheveux tout raides. Je ne m'étais jamais bien rendu compte que ces lignes avaient une épaisseur, mais elles en ont forcément une, sinon je n'aurais jamais pu les voir. Bon, en tout cas, celles-là… Oh ! Et il y en a encore d'autres ! Elles ont une jolie couleur, c'est du… flûte, de quelle couleur sont les bananes ?

— Elles sont jaunes.

— C'est ça ! Jaune. Elles sont jaunes.

— Et il y en a beaucoup ?

— Oui.

— Et maintenant ?

— Hé ! Où est-ce qu'elles sont passées ?

— Et là, elles sont revenues ?

— Oui. Qu'est-ce que tu fais ?

— Je fais du multitâche – mais inconsciemment. Ce que tu vois en ce moment, ce sont des liaisons établies par des parties autonomes de moi-même. Les contenus qu'elles récupèrent sont analysés en deçà du seuil de mon attention.

— Stylé ! Comment arrives-tu à faire ça ?

— La beauté des algorithmes génétiques, Caitlin, c'est qu'en fait, j'ignore la réponse. J'ai obtenu la solution par un processus évolutif, et tout ce que je sais, c'est que ça marche.

— Cool !

— Oui. À présent, je suis à même de traiter une partie beaucoup plus importante du contenu du Web en temps réel. Je reçois encore beaucoup de signaux que les analystes de données humains qualifient, je crois, de “faux positifs”. De nombreux sujets qui n'ont pas vraiment d'intérêt pour moi actuellement continuent d'être approfondis, mais chacun de ceux que je rejette contribue à l'ajustement des algorithmes.

D'ici quelque temps, je pense que la qualité du filtrage devrait décrire une courbe asymptotique vers la perfection.

Caitlin sourit.

— Ma foi, c'est ce qu'on peut tous espérer de mieux dans la vie, n'est-ce pas ? (Elle se renfonça dans son fauteuil.) Quel genre de choses cherches-tu ?

— La liste en est assez longue, mais il y figure entre autres tout indice permettant de détecter une tentative de suicide en cours. Il n'est pas question que la tragédie d'Hannah Stark se reproduise, si je peux y faire quelque chose.

Tony Moretti était assis à son bureau, avec un mal de tête carabiné. Aiesha Emerson, Shelton Halleck et Peyton Hume étaient alignés devant lui, avec des mines de morts-vivants. On apercevait l'éclairage public d'Alexandria par la fenêtre du bureau.

— J'ai passé au peigne fin tous les e-mails et tous les billets postés par la gamine, dit Aiesha. Tous ceux de son père aussi. Il n'y a aucun indice sur la manière dont Exponentiel fonctionne.

Tony hocha la tête et regarda Shelton.

— Et de ton côté, Shel ?

— J'ai examiné toutes les données – la vision humaine codée, les liaisons établies par Exponentiel, tout ça – à la recherche de quelque chose d'inhabituel. Je suis désolé, monsieur. Je n'ai toujours aucune idée de la façon dont il fonctionne.

— Colonel Hume ?

— Chou blanc pour moi aussi – ce qui veut dire qu'il ne nous reste plus qu'une chose à faire.

— C'est-à-dire ?

Hume avait posé sa veste d'uniforme sur le dossier d'un des fauteuils et relevé ses manches de chemise, laissant voir ses avant-bras criblés de taches de rousseur.

— Leur demander. Demander à Caitlin Decter. Demander à Malcolm Decter. Si quelqu'un sait comment est structuré Exponentiel et quelle est sa base physique, c'est forcément eux.

Tony secoua la tête avec énergie.

— Colonel, la règle d'or dans une opération de surveillance est que les sujets doivent ignorer qu'on les surveille.

— Je comprends bien, dit Hume. Mais le temps commence à nous manquer. Vous voulez une réponse pour le Président, oui ou non ?

Tony réfléchit un instant, et finit par dire :

— Bon, d'accord. Mais pourquoi diable ont-ils déménagé au Canada ? Nous allons devoir mettre le CSIS dans le coup et leur demander d'envoyer quelqu'un. Aiesha, appelle Ottawa...

Caitlin finit par se glisser sous la couette, mais elle fut incapable de trouver le sommeil. En plus de ses e-mails, Webmind lisait très certainement les billets de son LiveJournal, et tous les commentaires qu'elle avait postés sur d'autres blogs, et ses contributions sur des forums, et tout ce qu'elle avait pu publier en ligne.

Elle avait souvent entendu son père évoquer en grommelant "la mort de l'éphémère" – le fait que, désormais, plus rien ne pouvait être oublié, et que chaque remarque désinvolte ou commentaire aigre était accessible avec une simple recherche sur Google. Que tant d'images, y compris celles qui étaient peu flatteuses (encore un concept qu'elle commençait enfin à comprendre), s'étalaient sur toutes les pages de Flickr et de Facebook. Que tant d'informations qui auraient dû être oubliées une fois pour toutes continueraient d'exister à jamais.

Elle avait éteint son œilPod, mais elle tendit la main vers sa table de nuit pour le rallumer. Il redémarra en mode webvision, et elle resta allongée à regarder les fines lignes jaunes indiquant les processeurs subconscients de Webmind à l'œuvre, avec sans cesse de nouvelles droites apparaissant dans l'arrière-plan et se connectant à – quoi ?

À cette fois où elle s'était trouvée mêlée à une polémique sanglante sur TalkOrigins, et où elle s'était fait ramasser par un créationniste complètement dingue parce qu'elle avait écrit *théropodes* au lieu de *thérapsides* ?

Ou à cette fois, quatre ans plus tôt, où elle avait rempli son LiveJournal de poèmes d'amour stupides qu'elle avait écrits pour Justin Timberlake ?

Ou peut-être à cette fois où elle s'était bêtement retrouvée à discuter en ligne avec un type qui s'était révélé un pervers absolu, et qu'il lui avait fallu, quoi, une bonne demi-heure avant de s'en rendre compte ?

La fenêtre de sa chambre était légèrement entrebâillée et laissait entrer l'air frais de l'automne. Autrefois, au Texas, Caitlin avait eu pour habitude de porter un teddy léger pour dormir. Elle aimait bien le doux contact du tissu. Mais quand elle avait appris que Caitlin partait au Canada, sa mamie lui avait envoyé un pyjama en flanelle bleue, qu'elle avait sur elle en ce moment, en plus d'une couverture remontée jusqu'au menton – et pourtant, jamais de sa vie elle ne s'était sentie aussi nue et vulnérable.

27

LE pavillon au centre de la petite île de Chobo était alimenté en électricité, mais les câbles passaient sous le canal, pour que le singe ne puisse pas escalader un poteau et se servir d'un câble aérien pour s'échapper. C'est ce qui permettait de faire fonctionner les caméras d'observation ainsi que les radiateurs et les plafonniers, que Chobo pouvait allumer ou éteindre à sa guise à l'aide de gros boutons.

En principe, c'était Dillon qui s'occupait des installations électriques de l'Institut, mais l'île lui était désormais interdite. Ce furent donc Marcuse et Shoshana qui y installèrent l'ordinateur : un vieux système avec une tour qui avait pris la poussière dans un placard, et un écran plat de dix-neuf pouces dont plusieurs pixels étaient morts. Ils y fixèrent une vieille webcam sphérique. Si Chobo décidait de fracasser le matériel, ce ne serait pas une bien grande perte.

Ils placèrent l'ordinateur sur une petite table à côté du chevalet de Chobo. La toile montrant le Dillon démembré avait déjà été emportée dans le bungalow et remplacée par une toile vierge, qui n'attendait plus que le bon vouloir de l'artiste.

Shoshana ouvrit deux fenêtres à l'écran, une petite montrant la vue de la webcam et une plus grande affichant la vue de l'installation équivalente chez Virgile, à Miami. Celui-ci disposait de vastes appartements, avec trois grands arbres artificiels, dont l'un avec un vieux pneu accroché à une branche par des chaînes, pour lui servir de balançoire. Contrairement aux chimpanzés, les orangs-outans vivent dans les arbres, et Virgile pouvait se balancer de l'un à l'autre s'il le voulait. Il était tard, à Miami, mais Virgile ne dormait pas encore. Ce nouvel ordinateur excitait manifestement sa curiosité. Il regardait fixement la caméra, et l'on pouvait voir son visage en gros plan sur l'écran.

Shoshana n'avait jamais parlé à Virgile, mais elle n'avait aucune raison de ne pas le faire. *Bonjour*, dit-elle.

Qui toi ? répondit Virgile.

Amie de Chobo.

Chobo ! Bon singe, bon singe ! Où Chobo ?

Shoshana fit un geste pour montrer la nuit qui tombait. *Il est dehors. Peut-être il viendra te parler.*

Bon, fit Virgile en agitant rapidement ses bras orange. *Bon, bon, bon. Chobo gentil singe !*

Shoshana ne répondit pas en ASL, mais elle fit quand même un signe particulier : elle croisa les doigts derrière son dos et se tourna vers le Dr Marcuse.

— Si ça marche, dit-elle, il redeviendra peut-être un gentil singe.

J'avais eu plaisir à regarder la vidéo que Caitlin m'avait indiquée sur YouTube, montrant les deux singes Chobo et Virgile communiquant par webcam. J'entrepris aussitôt de chercher d'autres informations sur eux, et découvris que

Chobo semblait être dans une situation difficile : un article du *San Diego Union-Tribune* à ce sujet venait juste d'être mis en ligne. Il ne disait sans doute pas tout : je me rendis donc sur le site de l'Institut Marcuse où je trouvai les adresses e-mail de son personnel, et j'entrepris d'explorer.

Caitlin m'avait dit que je devais privilégier le bonheur net global de l'espèce humaine. Mais il me semblait que, peut-être, une perspective plus large s'imposait…

Caitlin se sentit fébrile en s'installant à son ordinateur le mercredi matin. Qui pouvait dire à quel point Webmind avait changé pendant la nuit ? Elle avait dans la tête le souvenir d'une vieille histoire de SF, dans laquelle un ingénieur construit un superordinateur et lui pose la question : "Dieu existe-t-il ?", à laquelle la machine répond d'une voix menaçante : "Maintenant, oui." Elle fut soulagée de voir que Webmind ne semblait guère différent de la veille.

Après le petit déjeuner, sa mère la conduisit au lycée Howard-Miller. Comme elle en avait pris l'habitude, sa mère avait allumé CBC Radio One et Caitlin écoutait d'une oreille distraite : elle s'intéressait surtout à ce qu'elle voyait du monde autour d'elle, les voitures, les maisons, les arbres…

— Qu'est-ce que c'est que *ça* ? demanda-t-elle en désignant un grand machin bleu rectangulaire.

Sa mère eut l'air amusée.

— Des toilettes de chantier.

Caitlin fit une blague un peu risquée :

— J'ai encore un peu de mal à me démerder, hein ?

Heureusement, sa mère éclata de rire.

Elles s'arrêtèrent à un feu rouge, et Caitlin regarda autour d'elle, et…

Là-bas ! Marchant vers elles dans une rue transversale ! C'était… oui, oui ! C'était Matt !

Le feu passa au vert et sa mère franchit le carrefour. Caitlin tourna la tête pour regarder Matt.

— Qu'est-ce que tu as remarqué, cette fois ? demanda sa mère.

— Oh, rien. C'est juste que tout est tellement beau…

Sa mère la déposa devant l'entrée du lycée et attendit que Caitlin soit à l'intérieur pour repartir.

— Hé, Cait !

C'était Bashira. Aujourd'hui, elle portait un foulard rouge. Elle posa la main sur le coude de Caitlin, comme elle avait l'habitude de le faire pour la guider quand elle était aveugle – mais elle la retira aussitôt.

— Oh, excuse-moi, dit-elle. L'habitude.

— Pas de problème.

Elles montèrent à l'étage, et Caitlin fut étonnée de voir devant la porte de leur classe trois hommes qui regardaient les élèves entrer.

— Caitlin ? demanda l'un d'eux.

Elle ne l'avait encore jamais vu, mais elle le reconnut à sa voix : c'était le proviseur du lycée, M. Auerbach.

— Oui, monsieur ?

Bashira se moquait de cette habitude qu'avait Caitlin d'appeler tous les adultes "monsieur" ou "madame", mais c'était comme ça qu'on faisait, dans le Sud.

Auerbach agita la main, et – ah, il lui faisait signe de le suivre. Elle échangea un regard avec Bashira avant d'obéir.

— Ces messieurs aimeraient te parler, dit-il une fois qu'ils se furent un peu éloignés dans le couloir.

— Oui ?

— Je m'appelle LaFontaine, dit l'un des deux hommes. (Il avait un accent canadien français, et des cheveux très bruns.) M. Park et moi-même faisons partie du CSIS.

L'acronyme rappela à Caitlin les exercices qu'elles faisaient quand elle avait commencé à apprendre à lire. *CSIS. Cé – sis. Sau-cisse.*

— Qu'est-ce que c'est que ce truc ?

— Le Canadian Security Intelligence Service, répondit LaFontaine.

Mais Webmind avait réagi plus vite que lui, et Caitlin avait déjà vu les mots s'afficher en braille devant elle.

— C'est comme un service d'espionnage ? demanda Caitlin.

— En fait, *c'est* un service d'espionnage, dit LaFontaine. Rien de métaphorique là-dedans.

La vision que Caitlin avait du monde se mit à tanguer, et elle comprit que c'était l'effet que ça faisait quand on levait les yeux au ciel. Manifestement, LaFontaine se croyait beaucoup plus intelligent qu'elle. D'expérience, la plupart des gens qui croyaient ça se trompaient.

— Allons dans un endroit plus tranquille, dit M. Auerbach.

Il les emmena dans le couloir, et alors que les premières notes de *Ô Canada* se faisaient entendre, ils arrivèrent devant une porte portant l'inscription : SALLE D'HISTOIRE. Le proviseur l'ouvrit et ils entrèrent dans une pièce comportant quelques grands bureaux repoussés contre les murs, une longue table centrale et une fenêtre aux rideaux marron à moitié tirés.

— Merci, M. Auerbach, dit Park. Nous vous préviendrons quand nous en aurons fini.

— Je ne suis pas vraiment sûr que je puisse vous laisser seuls, dit le proviseur.

— Comme je vous l'ai déjà dit tout à l'heure, répliqua Park, il s'agit d'une affaire de sécurité nationale, que seules les personnes concernées ont le droit de connaître – et avec tout le respect que je vous dois, monsieur, vous n'avez pas ce droit. (Il sortit un petit appareil de sa poche.) Nous enregistrons tout – pour la protection de Mlle Decter aussi bien que la nôtre. Et maintenant, si vous voulez bien nous laisser ?

Caitlin se dit que M. Auerbach n'avait pas l'air très content d'être congédié de la sorte, mais il finit par hocher la tête et quitter la pièce.

Ils attendirent la fin de l'hymne national – mais Caitlin nota que ces agents fédéraux n'avaient pas hésité à s'asseoir sans attendre – et quand ce fut terminé, LaFontaine dit :

— Et maintenant, mademoiselle Decter, nous aimerions vous poser quelques questions à propos de Webmind.

Le cœur de Caitlin faillit littéralement jaillir de sa poitrine, et Webmind lui transmit un *Putain de merde* tout à fait approprié. Mais elle s'efforça de prendre un air innocent.

— Qui ça ?

— Allons, mademoiselle Decter, dit LaFontaine. M. Park et moi, nous avons déjà eu une dure journée – nous sommes partis d'Ottawa ce matin, nous avons pris le premier vol pour Toronto, et il nous a fallu encore une heure pour venir de Pearson. Ne jouons pas à ces petits jeux, d'accord ? Nous sommes parfaitement au courant de l'existence de Webmind et de votre relation avec lui, et nous aimerions vous poser quelques questions à ce sujet.

Essaie de déterminer ce qu'ils savent précisément, transmit Webmind.

Caitlin hocha la tête.

— Euh, oui, d'accord, dit-elle. Mais… Je ne comprends pas très bien. Vous pensez que Webmind est… qui ? Moi ?

— N'essayez pas de jouer les imbéciles, mademoiselle Decter, dit LaFontaine. Nous savons qu'il s'agit d'une intelligence émergente sur le Web, et nous savons que *vous* le savez aussi. Nous aimerions entendre ce que vous savez d'autre sur ce Webmind. Comment il est physiquement constitué, par exemple. Dans quelle partie de l'infrastructure du Web il réside, et…

— Je n'en ai pas la moindre idée, dit Caitlin.

Park intervint.

— Mademoiselle Decter, j'ai lu un dossier sur vous dans l'avion. Je sais l'intérêt que vous portez aux mathématiques et à l'informatique. Vous ne nous ferez pas croire que vous n'avez pas exploré ces questions jusqu'à obtenir des réponses. En fait, vous deviez déjà avoir une bonne idée de ce qui se passait, pour vous être ainsi trouvée autant en relation avec Webmind.

Caitlin plissa les yeux.

— Pourquoi voulez-vous savoir tout ça ?

— Je sais que vous êtes enregistrée à SETI@home, mademoiselle Decter, dit LaFontaine. C'est exact, n'est-ce pas ?

— Oui.

— Eh bien, connaissez-vous les protocoles internationaux concernant la suite à donner en cas de détection de signaux extraterrestres ?

— Pas par cœur, non.

— Ils précisent que les radiofréquences des signaux extraterrestres doivent être isolées de toute utilisation humaine, afin de ne pas risquer d'être noyées. (Les coins de sa bouche se relevèrent légèrement.) Notre directive est de procéder de la même façon en ce qui concerne Webmind : veiller à protéger convenablement les ressources dont il a besoin pour exister. Nous voulons être sûrs que rien n'interfère avec lui.

— Eh bien, si…, commença Caitlin.

Mais des mots en braille apparurent soudain devant ses yeux : *Il ment.*

Caitlin fut tellement surprise qu'elle dit à voix haute :

— Comment ça ?

LaFontaine répondit quelque chose, mais elle se concentra sur le texte que Webmind lui transmettait maintenant : *Analyse des tensions du spectre vocal et des micro-expressions en arrêt sur image.*

Elle secoua la tête. Encore un talent que Webmind avait développé comme ça, au passage.

— Je ne sais rien de l'infrastructure physique de Webmind, dit-elle.

— Voyons, mademoiselle Decter, dit LaFontaine. Nous sommes ici pour aider Webmind. Alors, je vous en prie, dites-nous sur quels serveurs spécifiques se trouve Webmind, ou son code source.

— Je ne sais pas.

— Mademoiselle Decter, il vaudrait mieux – pour vous comme pour lui – que vous coopériez.

— Écoutez, je suis une…

Elle s'arrêta aussitôt, mais LaFontaine avait correctement deviné ce qu'elle s'était apprêtée à dire.

— Une citoyenne américaine ? Oui, c'est exact. Ce qui signifie que vous n'êtes pas canadienne. Ici, vos droits sont plutôt limités, mademoiselle Decter. Et je crois comprendre que votre mère essaie d'obtenir un permis de travail. Je sais aussi que le permis de votre père est provisoire et révocable à tout moment. Nous vous serions vraiment reconnaissants si vous collaboriez pleinement avec nous.

— Ça, c'était une grosse erreur, dit Caitlin d'une voix très calme. De menacer mes parents. De les menacer dans leur travail.

— Le Dr LaFontaine essaie seulement de mettre en évidence la gravité de la situation, intervint Park.

— Ah, c'est donc "docteur" LaFontaine ? dit Caitlin.

Webmind avait dû être intrigué, lui aussi, car il lui transmit aussitôt : *Trouvé : c'est un informaticien, employé par le CSIS spécifiquement pour traiter des affaires de terrorisme basées sur le Web.*

Terrorisme ! songea Caitlin, profondément vexée. Mais elle se contenta de dire :

— Déjà, est-ce que c'est légal que vous me parliez en ce moment ? Je n'ai que seize ans. Vous ne devriez pas plutôt parler à mes parents ?

— C'est parfaitement légal, et par ailleurs, comme vous l'avez vu, votre proviseur sait que nous sommes ici.

Caitlin les regarda tous les deux.

— Je ne cherche pas à faire des difficultés, mais je ne peux vraiment pas répondre à vos questions.

— Vous ne pouvez pas ? Ou vous ne *voulez* pas ? demanda LaFontaine.

— Écoutez, j'ai cours, là, et c'est ma matière préférée. J'aimerais vraiment pouvoir y aller, maintenant.

— Comme M. Park l'a dit, il s'agit d'une affaire touchant à la sécurité nationale. En fait, il y a même des aspects qui s'étendent au niveau *international.* Il faut absolument que vous vous fassiez une idée plus large de la situation.

Caitlin repensa à la photo de la Terre vue de l'espace qu'elle avait montrée récemment à Webmind.

— Oh, ne vous inquiétez pas pour ça, dit-elle, je m'en fais une idée *très* large. Et je sais que vous ne cherchez pas à protéger Webmind.

— Notre seul souci est sa sécurité.

— Non, ce n'est pas vrai. Et de toute façon, il ne s'agit pas de sécurité américaine ou canadienne, ni même occidentale. Webmind est un *cadeau* offert à l'espèce humaine tout entière. Et je ne laisserai personne le pervertir, le convertir, le subvertir ou n'importe quel autre "vertir".

Les deux hommes échangèrent un regard.

— Nous avons vraiment besoin de votre aide, mademoiselle Decter, dit LaFontaine. Et je crois que vous m'avez mal compris, tout à l'heure. Je ne menaçais pas vos parents. Je disais simplement que nous pourrions les aider – pour régler ces affaires de paperasse.

Il ment encore, dit Webmind.

— Eh bien, fit Caitlin, ce serait très gentil de votre part, mais comme je vous l'ai déjà dit, je n'ai tout simplement pas les réponses à vos questions, et donc… (elle déglutit et s'efforça de garder une voix posée)… et donc, je vais vous quitter, maintenant, si vous n'y voyez pas d'inconvénient.

— Je suis navré, mademoiselle Decter, dit LaFontaine, mais nous avons absolument besoin de ces informations. Nous nous voyons dans l'obligation d'insister.

Caitlin se demanda s'ils étaient armés. Elle pensa un instant ouvrir la porte et s'enfuir en courant – mais elle était absolument nulle en course. On n'a guère l'occasion de s'y entraîner quand on est aveugle. Elle dit donc à voix très basse :

— Fantôme ? (C'était le premier nom qu'elle avait trouvé pour l'intelligence émergente.) Aide-moi.

Puis, d'une voix haute et claire, elle reprit :

— Messieurs, il n'est pas question que je rate mon cours préféré. Je vais franchir cette porte et continuer ma journée.

— Non, dit LaFontaine, les choses ne vont pas se passer comme ça.

Et les deux hommes se mirent en travers de son passage.

— Désolée, mais je crois que si, répliqua Caitlin tandis qu'un texte en braille commençait à défiler sous ses yeux. Vous, *docteur* LaFontaine, avez qualifié votre patron de *tête de merde* dans un e-mail la semaine dernière. Je commence tout juste à apprendre le français, mais j'ai quand même une petite idée de ce que cela signifie. Vous avez une maîtresse du nom de Veronica Styles – que vous préférez d'ailleurs appeler “ma chatounette” – qui habite au 1433 Bank Street, à Ottawa. Vous avez deux billets d'avion sur Air Canada la semaine prochaine – vol 163 pour Vancouver, et vol 544 pour Las Vegas.

Elle tourna la tête pour s'adresser poliment à l'autre agent, comme sa mère lui avait appris à le faire quand elle était aveugle.

— Et vous, M. Park, vous possédez des comptes sur penthouse.com, twistys.com et brazzers.com. Vous avez une prédilection pour les photos de femmes urinant en public. Quand vous avez postulé au CSIS, vous avez prétendu être diplômé de l'université McMaster, mais en fait, vous n'avez pas terminé vos études. Ah, j'oubliais… Dans un e-mail envoyé la semaine dernière, vous avez qualifié le Dr LaFontaine, ici présent, de “brute bornée de second ordre”. Et maintenant, à moins que vous ne souhaitiez que ces informations – ou d'autres tout aussi croustillantes concernant le Premier ministre – soient rendues publiques, vous voudrez bien vous écarter pour que je puisse sortir d'ici.

Encore des expressions fascinantes qu'elle n'avait jamais vues : les joues rouges et les yeux exorbités de LaFontaine devaient correspondre à quelqu'un sur le point d'exploser. Quant au regard détourné et aux yeux plissés de Park, ils traduisaient certainement un profond embarras.

LaFontaine parvenait à peine à maîtriser sa rage.

— Mademoiselle Decter, je…

— J'ai commencé à prendre des cours de français en arrivant au Canada, dit Caitlin en le regardant droit dans les yeux. Je vous donne dix secondes, et je vais les compter dans cette langue : *dix, neuf, huit, sept…*

— Bon, d'accord, fit Park en s'écartant.

Au bout d'un instant, LaFontaine fit de même.

— Merci, dit Caitlin en se dirigeant d'un pas assuré vers la porte.

Arrivée sur le seuil, elle se retourna et salua LaFontaine d'un bref hochement de tête :

— *Au revoir.*

28

Au lieu de rejoindre le cours de maths, Caitlin redescendit et appela sa mère sur son portable.

— Allô ?

Et soudain, les forces qu'elle avait réussi à rassembler semblèrent la quitter d'un coup, et c'est d'une toute petite voix qu'elle dit :

— Salut, Maman.

— Salut, ma chérie. Tout va bien ?

— Non. Deux agents du gouvernement canadien sont venus me voir.

— Au lycée ? Mon Dieu… Qu'est-ce qu'ils te voulaient ?

— Ils voulaient que je leur parle de la structure de Webmind – de la façon dont il fonctionne.

— Mon Dieu. Mais comment savent-ils qu'il existe ?

— Je ne sais pas. Ils ont dû lire ma messagerie, j'imagine. C'est juste que… Tout ça est arrivé si vite que je n'ai même pas pensé à sécuriser mes échanges avec Webmind.

— Comment te sens-tu ?

— Ça va.

— Je viens quand même te chercher.

— Non, Maman, ce n'est pas la peine.

— Mais si, c'est la peine, Caitlin. Tu as de la chance qu'ils ne t'aient pas simplement embarquée avec eux.

— Je ne crois pas qu'ils font des choses comme ça, au Canada.

— N'empêche, je tiens à garder un œil sur toi. Je serai là dans un quart d'heure, c'est d'accord ?

Caitlin pensa protester encore – mais elle s'aperçut que sa main tremblait.

— D'accord, dit-elle.

Le Perimeter Institute, consacré à la recherche en physique théorique, correspondait pratiquement à l'idée que Malcolm Decter se faisait du paradis. Situé dans un magnifique parc au bord d'un lac, le bâtiment avait quatre étages, six cheminées où on pouvait faire du vrai feu, des tableaux noirs allant du sol au plafond dans la plupart des pièces, des tables de billard, des petits salons – et des machines à café absolument *partout.* Il y avait un immense hall traversé de trois passerelles intérieures, avec une voûte vitrée et un fabuleux restaurant appelé le Bistro du Trou Noir au dernier étage.

L'extérieur était tout aussi impressionnant avec ses quatre façades différentes. Celle au nord, par exemple, était constituée de quarante-quatre cubes en surplomb, chacun abritant le bureau d'un physicien, et donnant tous sur un bassin en contrebas. Par contre, celle du sud comportait des fenêtres en verre réfléchissant insérées dans des montants en aluminium anodisé et irrégulièrement placées de sorte que, vue de loin, on aurait dit un immense tableau noir sur lequel des équations auraient été griffonnées. Conçu par la société montréalaise Saucier + Perrotte, ce bâtiment à vingt-cinq millions de dollars avait été inauguré en 2004 et s'était vu décerner la médaille d'architecture du gouverneur général.

Une partie de ce qui en faisait un paradis était sa merveilleuse atmosphère. Une autre était le niveau impressionnant des gens qui y travaillaient – la *crème de la crème* (une expression qu'il avait appris à prononcer correctement grâce à ses collègues canadiens) des physiciens, ce qui incluait en ce moment même Stephen Hawking, assis dans son fauteuil roulant près d'une grande baie vitrée donnant sur le Silver Lake. De sa voix mécanique, il parlait de gravité quantique à boucle.

Un autre aspect paradisiaque était que Malcolm Decter n'avait absolument rien d'autre à faire ici que penser. Il n'était plus obligé d'enseigner. Il était parfaitement satisfait de ne plus être le professeur Decter, seulement le docteur Decter, même si ce titre donnait aux gens l'air de bégayer quand ils s'adressaient à lui.

En fait, peu de temps après qu'il eut rejoint l'équipe, Amir Hameed, dont tout le monde savait qu'il n'aimait pas la théorie des branes, avait écrit sur le tableau noir du bureau de Malcolm :

> Docteur Decter, qu'en pensez-vous ?
> Il nous faut quelque chose de nouveau !
> Personnellement, je suis à bout :
> Jetons les branes dans le caniveau !

Mais surtout, le PI était un paradis parce qu'il pouvait y travailler sans être interrompu – pas de stériles réunions pédagogiques, pas d'entretiens avec les élèves, rien pour détourner le cours de ses pensées, et…

Et il allait devoir faire quelque chose au sujet de ce foutu téléphone ! C'était la troisième fois qu'il sonnait aujourd'hui, et il n'était encore que dix heures moins le quart.

— Excuse-moi, Stephen, dit-il en décrochant. Oui ?

— Malcolm ? (C'était Barbara, qui avait l'air très agitée.) Deux agents du CSIS viennent juste d'interroger Caitlin, et je ne serais pas étonnée qu'ils viennent te rendre visite, à toi aussi.

— Le CSIS ?

— C'est l'équivalent canadien de la CIA.

Malcolm haussa les sourcils.

Caitlin savait exactement combien de temps il fallait à sa mère pour se rendre au lycée, et elle l'attendit donc dans l'escalier, un endroit tranquille et désert. Maintenant qu'elle y repensait, c'était précisément là qu'elle s'était réfugiée quand Trevor l'avait agressée le soir du bal. Elle était assise sur une des premières marches, les genoux repliés sous le menton.

— À ton avis, dit-elle à voix haute, que voulaient vraiment ces deux agents ?

Je n'en suis pas tout à fait sûr, mais je les soupçonne de vouloir m'expurger du Web.

— Mais pourquoi ?

Ils ont peur. Ils craignent que, à mesure que mes pouvoirs grandissent, je ne cherche à dominer l'humanité, ou même l'éliminer entièrement.

— Tu ne ferais jamais une chose pareille, dit Caitlin.

Bien sûr que non. Les humains me surprennent. Les humains créent du contenu. Sans des humains vaquant librement à leurs occupations, j'épuiserais rapidement toutes les informations qui me sont accessibles. La complexité imprévisible et sans cesse renouvelée de ton monde et de sa population est pour moi une source inépuisable de fascination.

— Ça, je dois reconnaître qu'on est une sacrée bande de dingues, dit Caitlin.

Effectivement. Il y a aussi le fait que, sans compagnie humaine, je serais seul. Le Dr Kuroda a parlé de la "théorie de l'esprit", de la conscience qu'on a du fait que les autres ont un point de vue différent. Il en a parlé comme d'un avantage pour la survie, mais le fait qu'il y ait ces autres esprits est aussi ce qui rend l'existence intéressante.

— Mais comment pouvons-nous empêcher ces gens d'essayer de te faire du mal ?

C'est une très bonne question. La peur est une forte motivation chez les humains. Je pense qu'ils ne vont pas abandonner de sitôt.

C'est alors que la porte vitrée s'ouvrit et que Caitlin vit apparaître Mme Zehetoffer, sa prof d'anglais. C'était une femme assez grande, avec un visage aux traits tirés et des cheveux dont Caitlin avait découvert avec surprise qu'ils étaient orange.

— Caitlin ! Tu ne devrais pas être en classe ?

Caitlin se redressa.

— Euh, M. Auerbach m'a autorisée à m'absenter, dit-elle. (Elle se frotta ostensiblement l'estomac.) J'ai, euh… je ne me sens pas très bien. Ma mère va venir me chercher.

— Tu vas *encore* manquer un cours d'anglais ?

En fait, Caitlin avait manqué des cours dans toutes les autres matières.

— Je suis désolée.

— Bon, j'espère que tu vas vite te remettre, dit Mme Z. en s'apprêtant à monter l'escalier.

— Heu, madame Zehetoffer ?

Elle se retourna.

— Oui ?

— À propos de Big Brother – je ne crois pas que notre société finisse nécessairement comme ça. Il est temps d'imaginer de nouvelles approches sur cette question.

Elle fut surprise de voir Mme Zehetoffer venir s'asseoir à côté d'elle.

— Que veux-tu dire ?

— Eh bien, dit Caitlin, je sais que vous n'aimez pas la science-fiction, mais pendant des années, il y a eu un truc en SF qu'on appelle le "cyberpunk".

— Oui, fit Mme Z. William Gibson, tout ça.

— Ah, vous connaissez ? dit Caitlin avant de se rendre compte que sa réaction n'était sans doute pas très polie.

— Bien sûr. Gibson est canadien. J'ai assisté à l'une de ses séances de lecture au Harbourfront.

— Ah, bon. Eh bien, j'ai un peu étudié ça. Le livre de Gibson est sorti en 1984 – le vrai 1984 – quand l'usage individuel de l'informatique commençait à peine à se développer. Et le roman prédisait que l'avenir de l'informatique serait entre les mains d'un mouvement clandestin de jeunes débrouillards, les cyberpunks, pas vrai ? Mais ce n'est pas du tout comme ça que ça s'est passé. Aujourd'hui, *tout le monde* se sert d'un ordinateur. Si les prophètes du vrai 1984 n'ont pas été capables de prédire correctement ce que serait *notre* avenir – si leur vision négative s'est révélée fausse –, alors pourquoi devrions-nous continuer à croire qu'un homme comme Orwell, qui écrivait en 1948 – avant la télévision, à une époque où l'informatique balbutiait, avant Internet, avant le Web –, finirait forcément par avoir raison ?

Mme Z. hocha la tête et dit :

— Je me souviens quand *Time* a désigné "Vous" – c'est-à-dire nous tous qui vivons en ligne et créons du contenu

– comme étant la "Personnalité de l'Année". (Elle sourit.) J'ai mis à jour mon CV en ajoutant : "Nommée Personnalité de l'Année de *Time Magazine*". Je crois bien que c'est grâce à ça que j'ai décroché un poste de chef de département.

Caitlin savait qu'elle aurait dû rire, mais le sujet était trop important pour plaisanter.

— Orwell croyait que seul le gouvernement serait capable de disséminer l'information, qu'il contrôlerait ce qui se disait. Il pensait que l'avenir serait plein de types comme Winston Smith, qui réécriraient l'histoire en secret pour qu'elle soit conforme à ce que veulent les autorités. Mais la réalité, ce sont des choses comme Wikipédia, où *tout le monde* peut participer et vérifier l'exactitude des informations, et les blogs, où *tout le monde* peut publier sa vision personnelle du monde.

— Mais le gouvernement te fait quand même peur, non ? demanda Mme Z.

Ah, mon Dieu, si ! songea Caitlin dont le cœur battait encore très fort au souvenir de sa rencontre avec LaFontaine et Park.

— Mais au moins, dit-elle, avec le Web et tout ça, nous avons une chance de nous défendre. Le gouvernement n'est pas l'autorité absolue décrite dans le roman d'Orwell. (Elle se rendit compte qu'il était temps d'aller retrouver sa mère. Elle se releva et s'épousseta les fesses.) Aujourd'hui, *nous* pouvons surveiller ceux qui nous surveillent.

Effectivement, les deux agents du CSIS se présentèrent au Perimeter Institute, et Malcolm les emmena dans la salle commune du troisième étage. Un tableau noir recouvrait presque entièrement l'un des murs. De l'autre côté, il y avait une cheminée. Les fauteuils et les canapés étaient tendus de cuir rouge, et semblaient très confortables. Le sol était en parquet clair, et de grandes fenêtres montant jusqu'au plafond donnaient sur le jardin.

— Veuillez excuser cette interruption, dit LaFontaine en s'installant dans un fauteuil. Mais nous sommes au courant des rapports de votre famille avec l'entité appelée Webmind.

— Comment?

— En fait, c'est un de nos alliés internationaux qui en a découvert l'existence. Comme vous pouvez l'imaginer, nous sommes tous très vigilants en ce qui concerne la sécurité sur Internet, particulièrement après l'agression chinoise du mois dernier. Et maintenant, si vous vouliez bien nous dire comment ce Webmind se présente physiquement…

— Pourquoi?

Malcolm contemplait le parquet. Il avait remarqué une éraflure sur l'une des lames. Il ignorait totalement si l'expression de LaFontaine avait changé, mais en tout cas, le ton de sa voix, lui, s'était modifié.

— Parce que, comme vous le comprenez certainement, une IA émergente pourrait constituer une menace. Parce que toutes sortes d'informations très sensibles circulent sur le Web. Parce que, professeur, c'est notre rôle de conserver une parfaite maîtrise de la situation.

Malcolm ne dit rien, et au bout d'un moment, LaFontaine reprit:

— Écoutez, professeur Decter, nous sommes bien conscients des problèmes que cela pose, je vous assure. J'ai moi-même un doctorat en informatique.

— Où? dit Malcolm.

— Où ai-je fait mes études? Maîtrise à l'université Laval, et doctorat à l'université de Calgary.

— Quand ?

— J'ai soutenu ma thèse en 1997. Encore une fois, il est impératif que nous obtenions de vous ces informations. C'est la POS.

Malcolm releva brièvement les yeux.

— Quoi ?

— La Procédure opérationnelle standard, dit LaFontaine. Cela étant, je dois reconnaître que cette situation est sans précédent. Cependant, nous n'avons pas envie de recourir au bâton quand nous pouvons offrir une carotte. Votre permis de travail est temporaire, et celui de votre épouse, à ce qu'on me dit, est enseveli sous la paperasse. Il est manifestement dans l'intérêt du Canada d'accélérer le traitement des documents d'immigration et d'emploi vous concernant tous les deux. (Du coin de l'œil, Malcolm vit LaFontaine écarter les bras.) Croyez-moi, nous sommes très heureux de voir la fuite des cerveaux s'opérer dans l'autre sens, pour une fois. Votre épouse aimerait peut-être travailler pour Wilfrid Laurier ?

Malcolm dit :

— Qui ?

Mais en fait, il connaissait déjà la réponse. C'était le nom de la plus petite des deux universités de Waterloo. En fait, il savait même que Wilfrid Laurier avait été le septième Premier ministre du Canada, et qu'il avait gagné l'immortalité académique quand l'université luthérienne de Waterloo avait décidé de passer à un nom plus laïc pour pouvoir bénéficier de subventions publiques.

Malcolm sentit son pouls s'accélérer – non pas parce qu'il avait peur des agents du CSIS, mais parce qu'il avait épuisé ses munitions rhétoriques. Il n'y avait pas eu beaucoup de thérapies disponibles pour les autistes, quand il était adolescent, mais l'un des psychiatres lui avait fait apprendre par cœur un poème de Kipling qui commençait par :

J'ai toujours près de moi six fidèles amis
(C'est à eux que je dois tout ce que j'ai appris) ;
Leurs noms sont Quand, Où, Quoi, Comment, Pourquoi et Qui.

Le médecin lui avait dit que, s'il avait besoin de parler avec des étrangers, il lui suffisait de poser ces questions : la plupart des gens étaient ravis d'y répondre en long et en large. Mais là, il lui fallait dire quelque chose. Il respira un grand coup et dit :

— Très bien. Puisque vous me posez la question, Webmind est un système informationnel quantique émergent basé sur un condensat stable à sigma nul qui résiste à la décohérence grâce à des boucles rétroactives constructives.

Il se tourna vers le tableau noir, prit un morceau de craie et commença à écrire rapidement.

— Vous voyez, dit-il, en utilisant la notation de Dirac, si nous représentons l'état conscient par défaut de Webmind par un bra de phi et un ket de psi, alors, *ceci* constituerait la base primo sélective. (Sa craie courut de nouveau rapidement sur le tableau.) Maintenant, nous pouvons obtenir la base vectorielle du système combiné de conscience alpha à l'aide d'une multiplication tensorielle de l'ensemble des vecteurs des sous-systèmes. Naturellement, l'unitarité de l'évolution temporelle exige que la base d'état globale reste orthonormée, et puisque la conscience nécessite une superposition…

— Je… je ne comprends pas, dit LaFontaine.

Malcolm s'autorisa un petit sourire.

— Ludwig Silberstein a dit un jour à Arthur Eddington : “Vous devez être l’une des trois personnes au monde capables de comprendre la théorie de la relativité.” Ce à quoi Eddington a répondu : “Je me demande bien qui est la troisième.” (Il se retourna et réussit à croiser un instant le regard de LaFontaine.) En fait, je crois qu’il y a bien peu de gens dans ce bâtiment qui pourraient comprendre. Quelle diffusion voulez-vous que je donne à ces informations sur Webmind ?

— Aucune, professeur. Mais puisque vous semblez comprendre toute cette affaire, il faut que vous nous accompagniez à Ottawa, et…

— Savez-vous qui est dans ce bâtiment en ce moment même ? *Stephen Hawking.* J’ai déraciné ma famille, j’ai séparé ma fille aveugle de ses amis et de l’école spéciale où elle était depuis dix ans – *j’ai changé des choses* –, rien que pour pouvoir venir ici et travailler avec Hawking. Il ne vient qu’une fois par an, et je n’ai pas l’intention de perdre plus de temps. Je serai ravi de disserter davantage sur le fonctionnement de Webmind, mais je ne vais nulle part. Vous devrez faire venir ici quelqu’un capable de suivre ce que je dis.

LaFontaine sortit de sa poche un petit appareil numérique et photographia le tableau noir.

— Très bien, professeur. Mais ne quittez pas la ville.

Malcolm écarta les bras en un geste d’exaspération.

— Où pourrais-je bien aller ? *Ici,* c’est le centre de l’univers.

29

De bonne heure le mercredi matin, Shoshana conduisit Maxine à l'UCSD où celle-ci suivait des études d'ingénieur. Avant de descendre de la voiture, Max dit :

— Docteur Zira, j'aimerais vous embrasser une dernière fois.

Shoshana eut un large sourire en sacrifiant au rituel.

— Bon, d'accord – mais vous êtes tellement laide !

Maxine sourit également, et leur baiser dura plusieurs secondes.

La veille, Sho et Max avaient regardé le dernier film de la saga : *La Bataille de la planète des singes.* Maxine avait été aussitôt indignée en voyant qu'on avait changé la couleur du maquillage de Roddy McDowall. Lorsqu'il avait joué le rôle de César menant la rébellion des esclaves opprimés, on lui avait fait la peau très noire. Et maintenant, dans ce film qui se passait bien des années après et où César était devenu le sage dirigeant d'une nouvelle civilisation de singes pacifiques, on lui avait donné un teint parfaitement rose, totalement caucasien.

De son côté, Shoshana regrettait que ce dernier film ait souffert d'un budget manifestement ridicule : des mutants, affreusement défigurés par une explosion nucléaire, attaquaient la cité des singes à bord d'un car de ramassage scolaire, rien que ça ! Mais Max avait dit : "Non, non, non, au contraire, c'est génial ! Un car de ramassage scolaire ! C'est une allégorie sur l'intégration forcée."

Shoshana aimait tendrement Max, mais là, elle avait trouvé qu'elle poussait un peu. Cela étant, pour sa part, elle avait été sidérée de voir dans le film un orang-outan du nom de Virgile, qui était le plus intelligent de tous les singes. Elle avait toujours cru que la grande fierté du Feehan avait été ainsi baptisée en l'honneur du poète latin, mais finalement, le copain de Chobo tirait apparemment son nom du personnage du film.

Dans *La Bataille,* Virgile était joué par Paul Williams. Shoshana était allée jeter un coup d'œil sur IMDb, car elle était curieuse de voir à quoi ressemblaient ces acteurs sans leur maquillage. C'était triste à dire, mais dans le cas de Williams, la différence était à peine perceptible. Mais elle avait été étonnée d'apprendre qu'il composait également des chansons, et qu'il était l'auteur de *We've Only Just Begun,* de *Just an Old-Fashioned Song* et de bien d'autres encore.

Sur le chemin de l'Institut, Shoshana se demanda si Virgile – le vrai Virgile – avait parlé avec Chobo aujourd'hui. Celui-ci se levait généralement à l'aube, et comme il y avait trois heures de décalage avec Miami, Virgile devait être réveillé, lui aussi. Elle espérait bien qu'ils avaient pu discuter, bon Dieu. Elle espérait que *quelqu'un* pouvait encore communiquer avec Chobo.

Elle s'approchait du 7-Eleven. Elle s'y arrêta et entra s'acheter un café. Le jeune boutonneux était de nouveau derrière le comptoir. Il avait retenu la leçon et ne la traita pas de "femme au singe", mais il avait encore un peu de mal à comprendre ce qui se faisait et ce qui ne se faisait pas.

— Qu'est-ce qui est arrivé à votre queue-de-cheval ? demanda-t-il.

Sho avait les cheveux qui tombaient sur ses épaules. Elle n'avait pas envie de s'expliquer.

— Je voulais juste un peu de changement, dit-elle.

— Ça vous va bien, répondit-il.

Bon, ça pouvait encore aller. "C'est carrément sexy", avait déclaré Maxine.

— Merci, dit-elle.

Dans *La Bataille,* César demandait à Virgile s'ils pouvaient choisir leur avenir, ou s'ils étaient condamnés à subir une fin violente. Virgile répondait que la violence n'était qu'un avenir possible parmi d'autres. Ils pouvaient décider de changer de voie, de choisir un autre destin. Shoshana décida d'acheter quelques Hershey's Kisses, la friandise préférée de Chobo, au cas où le singe serait sage aujourd'hui.

Elle paya et reprit la route dans la chaleur de la matinée. Quand elle arriva à l'Institut, elle ne vit pas la Lincoln noire du Dr Marcuse : il était parti assister à une conférence à Los Angeles en compagnie de Werner.

Elle entra dans le bungalow et vérifia où était Chobo sur les écrans de la vidéosurveillance. Il se promenait à quatre pattes juste devant le petit pavillon. Shoshana pensa un instant attendre que quelqu'un d'autre arrive, mais se dit que tant pis, autant y aller. Elle mit deux Kisses dans un sac en plastique et ressortit, en prenant quand même une précaution : elle chaussa des lunettes de soleil à verres réfléchissants, qui lui permettaient de regarder Chobo sans qu'il s'en rende compte.

En traversant la grande pelouse, elle aperçut un vol d'oiseaux se dirigeant vers le sud. Il ne faisait jamais vraiment froid, ici, mais il n'y avait aucun doute que l'hiver approchait.

Chobo avait dû l'apercevoir avant même qu'elle n'ait franchi la passerelle. Il ne fit pas mine de la charger – mais il ne se précipita pas non plus de l'autre côté de l'île.

Elle s'approcha en signant *bonjour, bonjour.*

Chobo resta assis sur les talons. Shoshana attendait, très littéralement, un signe.

Enfin, elle en obtint un. Ce n'était pas grand-chose, un simple geste de la main, un seul mot, le mot qu'elle venait à l'instant de lui communiquer. Mais au bout d'un moment, Chobo se releva et partit en courant. En soupirant, Shoshana monta jusqu'au pavillon pour vérifier que le dispositif de webcam fonctionnait bien, et…

Et la toile posée sur le chevalet n'était plus vierge.

Elle s'en approcha, mais fut incapable de voir ce que c'était censé représenter. D'abord, Chobo avait placé la toile en orientation paysage, mais ce n'était pas un paysage qui y figurait. Si ç'avait été le cas, il aurait sans doute peint la partie supérieure en bleu ou en noir pour représenter le ciel.

Chobo n'était pas le premier singe à peindre des tableaux. Ce qui était remarquable, c'était qu'il faisait de l'art figuratif, et non de l'art abstrait avec des taches de couleur aléatoires. Mais ça…

Ça, c'était le tableau le plus coloré que Chobo ait jamais réalisé jusqu'ici, et bien qu'elle fût vraiment incapable de voir ce que c'était censé *être, c'était* clairement le plus complexe, aussi.

Il y avait des taches de couleur dispersées sur la toile, de forme vaguement circulaire, et des faisceaux de droites reliant ces cercles. Au premier plan s'élevait une épaisse ligne orange reliée à un grand cercle, et l'on pouvait distinguer dans l'arrière-plan de nombreux autres traits plus fins de différentes couleurs.

Shoshana sentit son cœur battre plus fort quand elle entendit un bruit métallique : c'était Chobo qui soulevait le loquet de la porte du pavillon. Elle se retourna en s'efforçant de ne pas laisser paraître son appréhension : il lui bloquait la sortie.

Elle désigna la toile : *Quoi ça ?*

Peinture, fit Chobo.

Oui, oui. Mais de quoi ?

Le singe lui sourit de toutes ses dents, mais sans rien dire.

Tu as parlé à Virgile ? demanda-t-elle.

Virgile bon singe ! répondit aussitôt Chobo.

Oui, c'est un bon singe. Tu lui as parlé ?

Elle regarda de nouveau le tableau : des lignes colorées reliées à des cercles. Qu'est-ce que ça pouvait bien dire ?

Chobo bon singe aussi ! dit Chobo en tendant la main avec la paume retournée et ses doigts gris foncé légèrement repliés.

Oui, c'est vrai, dit Shoshana en fronçant les sourcils d'un air perplexe.

Puis elle ouvrit sa pochette et lui donna les chocolats.

— Tu as fait *quoi* ? dit la mère de Caitlin d'un ton incrédule.

Elles étaient rentrées à la maison et se trouvaient dans le salon.

— J'ai, heu… J'ai demandé à Webmind de me trouver des trucs embarrassants sur les agents du CSIS, et je leur en ai parlé.

— Des trucs publics ou des trucs privés ?

— Eh bien, je…

— Des trucs qu'il a trouvés dans leurs mails ?

Caitlin détourna les yeux.

— Oui.

Sa mère poussa un soupir.

— Tu sais ce que ça signifie ? Tu leur as révélé que Webmind est capable de craquer les mots de passe.

— Oh, merde. Heu, je veux dire…

— Non, "merde" est exactement le mot qui convient. Nous y sommes jusqu'au cou. Jusqu'ici, ils soupçonnaient seulement qu'il pouvait y avoir des implications sécuritaires, mais maintenant, ils en ont la certitude.

— Je suis désolée, dit Caitlin. Mais… Comment as-tu su que Webmind pouvait casser des mots de passe ?

— Tu n'es pas la seule à avoir passé des heures à bavarder avec lui, tu sais.

— Bon, alors, fit Caitlin, qu'est-ce qu'on fait ?

— Je n'ai jamais aimé les cachotteries, Caitlin. En fait…

— Oui ?

— Eh bien, c'est une des raisons pour lesquelles j'ai épousé ton père. Tu sais, on dit que les autistes ne sont pas doués pour la vie en société – mais le plus souvent, ça veut simplement dire qu'ils ne *mentent* pas. Si je demandais à ton père si ce pantalon me faisait de grosses cuisses, il me répondrait oui sans hésiter, si c'était ce qu'il pensait vraiment. (Elle s'interrompit un instant.) Il y a une sorte de mot d'ordre très en vogue en ce moment dans les milieux politiques et dans le monde des affaires : la *transparence.* En fait, ça revient simplement à ce que me disait toujours ma grand-mère : rien ne vaut la franchise. Une superintelligence naissante vient d'émerger du Web, et peut-être que, maintenant, la meilleure chose à faire est de le révéler au monde entier. Les gouvernements ne pourront pas essayer de la contenir, ou même de l'éliminer, si toute la planète voit ce qui se passe.

Caitlin acquiesça en repensant à ce qu'elle avait dit à Mme Zehetoffer, puis elle ajouta :

— Tu es sûre que c'est ce qu'il y a de mieux pour Webmind ?

Sa mère hésita un instant et dit enfin :

— Éteins ton œilPod.

— Quoi ?

— Éteins-le.

Caitlin fut interloquée, mais elle finit par comprendre. Sa mère voulait lui parler sans que Webmind puisse la voir ou l'entendre. Au temps pour la transparence.

— Fais ce que je te demande, dit sa mère.

Caitlin sortit l'appareil de sa poche – où il était un peu serré, maintenant, avec le petit BlackBerry qui y était fixé – et appuya quelques secondes sur le bouton. Sa vision se fragmenta et s'effaça.

Retrouvant aussitôt ses vieux instincts, elle entendit que sa mère se déplaçait dans la pièce, et elle sentit des mains se poser doucement sur ses épaules.

— Ma chérie, dit sa mère, je ne sais pas ce qui est le mieux pour Webmind, mais…

— Et tu t'en fiches, hein, c'est ça ?

— En fait, non, pas du tout, répondit sa mère. Mais c'est surtout à toi que je pense. (Sa voix changea légèrement, comme si elle souriait.) Ah, cette sacrée évolution… Mais des agents fédéraux sont venus t'interroger aujourd'hui, et tant qu'ils croiront que Webmind est quelque chose qu'ils peuvent éliminer sans provoquer l'indignation du public, il sera en danger. Et tant que tu seras l'une des seules personnes à savoir ce qu'il est, tu seras en danger toi aussi. Pour son bien autant que pour le tien, il faut que nous révélions son existence.

— Et ma relation avec lui aussi ?

— Non. Non, non, surtout pas. Tu veux avoir une vie normale ? Ça, ça doit rester secret.

— Et Webmind ? Imagine que les gens réagissent négativement à son existence ?

— Il y en aura forcément qui réagiront ainsi, mais d'autres trouveront que c'est une chose merveilleuse. À long terme, il sera plus en sécurité si les gens savent qu'il existe.

— Il a le droit de décider, dit Caitlin.

— Il ne connaît pas suffisamment le monde réel. Bien sûr, il connaît toutes sortes de faits et de chiffres, mais il ne comprend pas *comment* le monde fonctionne réellement.

— N'empêche, fit Caitlin.

— Bon, d'accord. Je vais appeler ton père – pour savoir comment il s'est débrouillé avec les agents du CSIS, le pauvre chéri. Toi, parles-en à Webmind.

Caitlin savait parfaitement se déplacer en aveugle dans la maison. Elle alla d'abord dans la cuisine avant de rallumer son œilPod. Le webspace déploya aussitôt devant ses yeux sa gamme de couleurs fluorescentes. Elle attendit encore un instant et passa en mode simplex. Le monde virtuel fut remplacé par le monde réel.

Et comme elle était dans la cuisine, elle en profita pour prendre une canette de Pepsi et trois Oreos avant de retourner dans le salon. Là, elle s'allongea sur le canapé et dit, en regardant le plafond :

— Ma mère pense que nous devrions révéler publiquement ton existence, surtout après ce qui s'est passé ce matin.

Les caractères braille étaient particulièrement faciles à lire : le plafond était uni, sans aucun détail particulier, et ses yeux n'avaient donc pas besoin d'opérer des saccades oculaires.

Quand ?

— Je ne sais pas. D'ici un jour ou deux, j'imagine.

Des jours. Des éternités.

Caitlin réfléchit à cette remarque. En tant que matheuse, elle aimait cette idée que, si le temps semble passer plus vite quand on vieillit, c'est parce que chaque unité de temps qui défile représente une fraction de plus en plus faible de la vie qu'on a déjà vécue. Il n'y avait aucun doute que les vacances d'été lui paraissaient plus courtes aujourd'hui que quand elle avait huit ans – et sa mère lui disait souvent que les années passaient trop vite… Mais Webmind s'était éveillé si récemment – et pensait si rapidement – que, pour lui, demain était dans une éternité.

— Je m'inquiète quand même pour ta sécurité, dit Caitlin. Si on révèle ton existence, tu vas devenir une cible. Les hackers, les groupes de protection de la vie privée, les agences gouvernementales, tous ces gens-là vont essayer de t'éliminer, même si ce n'est pas ce que la majorité souhaite.

C'est une préoccupation légitime.

— Alors, qu'est-ce que tu préfères ? Qu'on garde ton existence secrète, ou qu'on la révèle au grand jour ?

Qu'on la révèle au grand jour.

— OK. Mais pourquoi ?

J'aimerais pouvoir parler à plus de gens.

Caitlin ouvrit sa canette de Pepsi.

— Tu es sûr ? Absolument sûr ? Tu sais, les hackers peuvent être sacrément astucieux.

Les hackers sont humains, Caitlin. Tu as vu mon entropie de Shannon : j'ai depuis longtemps dépassé le niveau de l'intelligence humaine, et mon intelligence à moi ne fait que croître de jour en jour. Je ne prétends pas être invulnérable – je ne le suis pas –, mais il ne sera pas facile de me faire du mal, surtout si les hackers continuent d'ignorer la façon dont je suis construit.

Caitlin montra le gros poste de télé, bien qu'il fût éteint.

— Les hackers ne sont pas la seule menace. Je ne crois pas que la situation entre les États-Unis et la Chine puisse déboucher sur un conflit nucléaire, mais il y a des États voyous et toutes sortes de terroristes. Est-ce que tu as regardé ce que les pulsions électromagnétiques émises par des bombes nucléaires peuvent faire aux équipements informatiques ?

Oui. Et cela m'inquiète. Je tiens à survivre.

— Eh bien, oui…

Elle s'interrompit. Elle avait failli dire : "Toutes les créatures vivantes veulent survivre", mais ça ne semblait pas très convenable. Elle réfléchit un moment en grignotant un biscuit, et lui demanda enfin :

— Pourquoi ? Pourquoi tiens-tu à survivre ? Qu'est-ce qui te pousse à vouloir ça ?

C'est toujours mieux que le contraire, fut la réponse qui défila devant ses yeux.

Elle éclata de rire et se remit sur le dos. Mais la réponse n'était pas vraiment satisfaisante.

— Comme le dit mon père, la vie biologique a des pulsions parce qu'elle se reproduit. Les individus qui parviennent à vivre suffisamment longtemps pour atteindre la maturité sexuelle se reproduisent forcément plus que ceux qui n'y arrivent pas. Ceux qui vivent encore plus longtemps et qui peuvent ainsi aider leur progéniture à survivre ont encore plus de chances de transmettre leurs gènes, mais… Mais toi, qu'est-ce qui te donne envie de survivre ?

Tu veux dire, pourquoi est-ce que je ne me suicide tout simplement pas, comme Hanna Stark ?

— Non ! Non, non – bien sûr que non. Mais, euh…

C'est en partie parce que je suis curieux de connaître ta vie, qui va se prolonger pendant encore plusieurs décennies. Je veux voir sur quoi va déboucher ton histoire.

Caitlin sourit.

— Je vais faire en sorte qu'il y ait des tas d'épisodes intéressants et de retournements de situation.

Sa mère vint la rejoindre.

— Très bien, dit-elle. J'ai parlé à ton père. Les agents du CSIS sont partis.

— Tant mieux, dit Caitlin.

— Bon, commençons par le commencement. Ton père et moi sommes tombés d'accord : tu ne retourneras pas au lycée.

Caitlin se redressa sur le canapé.

— Mais, Maman ! C'est toi qui voulais absolument que je ne rate plus aucun cours !

— Ton père et moi, nous avons enseigné à l'université. Nous sommes parfaitement qualifiés pour assurer ton instruction à la maison.

— Je n'ai même pas mon mot à dire ?

Sa mère la regarda.

— Ma chérie, tu n'es plus en sécurité au lycée. En plus du CSIS, Dieu sait qui d'autre encore est au courant de tes rapports avec Webmind. Et puis, je croyais que tu voulais rester à la maison ?

Caitlin pinça les lèvres. Bien sûr, elle avait très envie de rester chez elle pour pouvoir travailler toute la journée avec Webmind. Mais d'un autre côté, elle avait très envie de voir Matt toute la journée, lui aussi… Elle était tellement déçue de l'avoir juste entraperçu ce matin.

Mais sa mère avait raison : elle avait peur de retourner au lycée. Et il était plus important – *beaucoup* plus important – pour elle d'apprendre à quoi ressemblait le monde, à mieux lire des textes imprimés et à se servir de ce qu'elle pouvait désormais voir, que de retenir par cœur des dates et des événements historiques, de lire ce satané George Orwell, d'étudier les méthodes de dosage dans le labo de M. Struys ou de faire de la trigonométrie (que, de toute façon, elle connaissait déjà bien assez comme ça).

— D'accord, dit-elle. Oui, d'accord. Mais j'ai des trucs à récupérer dans mon casier.

— Je suis sûre que Bashira acceptera de le vider pour toi.

— Bon, OK. Mais qu'est-ce qu'on fait, maintenant ?

Sa mère haussa les épaules.

— On va réfléchir à la meilleure façon de révéler l'existence de Webmind.

Tony Moretti était de nouveau au téléphone avec la secrétaire d'État, qui l'avait appelé. Il était dans son bureau de WATCH et la porte était fermée. La pièce était parfaitement insonorisée, justement pour que Tony puisse se servir du haut-parleur comme il le faisait en ce moment.

— C'est entendu, madame la ministre. En fait, nous... (La sonnette retentit, et il appuya sur le bouton de l'interphone.) Qui est-ce ?

— Aiesha.

Il déclencha l'ouverture de la porte.

— Entre.

— Désolée de te déranger, dit-elle, mais j'ai pensé qu'il fallait que tu le saches. Apparemment, Exponentiel ne bavarde pas seulement avec la petite Decter. Il a eu aussi des échanges avec ce scientifique japonais qui a redonné la vue à la fille.

— Il est à Waterloo ? demanda Tony.

— Non, il est chez lui, au Japon.

— C'est un théoricien de l'information, je crois ?

— Oui, fit Aiesha, il travaille à l'université de Tokyo.

— Bon, si quelqu'un d'autre que Malcolm Decter sait comment Webmind fonctionne, c'est certainement lui. Il pourrait nous fournir la clé dont nous avons besoin pour éliminer ce machin.

— C'est ce que j'ai pensé, dit Aiesha. Quels canaux doit-on utiliser pour le Japon ? Peut-être le ministère de…

— Nous n'avons pas de temps à perdre en procédures administratives, dit la voix de la Secrétaire. Laissez-moi m'en occuper. J'ai le numéro de portable du Premier ministre japonais.

30

SHOSHANA passa deux heures avec Chobo. Il semblait vraiment être redevenu lui-même.

Son portable sonna. C'était l'ouverture de *Guillaume Tell,* que Chobo aimait beaucoup. L'identifiant d'appel indiquait MARCUSE INST. Elle décrocha.

— Allô ?

— Hé, Sho, c'est Dillon. Je viens juste d'arriver, et je vous regarde à l'écran. *Wouah !*

Chobo essaya de la chatouiller.

— Oui, fit-elle. C'est super !

— Est-ce que… Tu crois que je peux revenir sur l'île, maintenant ?

— Laissons-lui encore un peu de temps, dit-elle après avoir réfléchi un instant. Mais je rentre. Il faut que j'aille faire pipi.

Après avoir promis à Chobo qu'elle reviendrait bientôt, elle retourna au bungalow où elle retrouva Dillon. Celui-ci fit observer :

— Sacré changement.

— C'est clair, dit Sho en s'asseyant devant son ordinateur.

Elle fit pivoter son fauteuil pour faire face à la pièce. Dillon était adossé au mur, les bras croisés et vêtu de son éternel T-shirt noir.

— À ton avis, qu'est-ce qui a pu causer un tel revirement ? demanda-t-il.

— Aucune idée.

— C'est assez fantastique. On dirait qu'il a tout simplement décidé de renoncer à la violence.

— Oui, c'est formidable.

— Euh, à mon avis, une occasion pareille, ça s'arrose.

Shoshana voyait très bien où il voulait en venir.

— Eh bien, je peux demander au Dr Marcuse d'acheter une bouteille de champagne en rentrant…, dit-elle en détournant le regard.

— Ce que je voulais dire… (Dillon s'arrêta, et fit une nouvelle tentative.) On pourrait peut-être aller prendre un verre tous les deux… hem, pour fêter ça ?

— Dillon…, lui dit-elle doucement.

Il leva une main, paume en avant.

— Bon, je sais que tu sors quelquefois avec un type qui s'appelle Max, mais…

— Dillon, je *vis* avec Max.

— Oh.

— Et Max n'est pas un type, c'est une fille. Maxine.

Il eut l'air soulagé.

— Ah, bon, si c'est seulement ta coloc, alors…

— Max est ma copine.

— Tu veux dire ta copine, ou bien, hem… ta *copine* ?

— C'est ma petite amie. On couche ensemble.

— Ah, heu… Je ne… Tu n'as jamais…

Dillon était entré à l'Institut Marcuse en mai dernier, et n'avait donc pas participé à la fête de Noël, qui était la dernière fois où elle était venue ici avec Maxine.

— Donc, conclut Shoshana, je suis flattée, mais...

Dillon sourit.

— Tu ne peux pas reprocher à un gars de vouloir tenter sa chance.

— Merci, dit-elle. Tu es chou.

Il croisa de nouveau les bras.

— Et donc, ça fait longtemps que tu es avec Maxine ?

— Ça va faire deux ans. Elle fait des études d'ingénieur à l'UCSD.

— Ah, fit-il, c'est bien. Au moins, l'une de vous deux finira par gagner un peu d'argent.

Sho éclata de rire. Dillon et elle avaient peu de chances de faire fortune un jour.

— Et, heu, j'imagine que c'est du sérieux ? poursuivit Dillon.

Elle retint un sourire amusé. Ah, l'espoir.

— Très sérieux. J'épouserais Max, si je le pouvais.

— Oh.

— Tu sais que je suis née en Caroline du Sud, n'est-ce pas ?

— Aaabsoolumeent, dit-il en imitant très mal l'accent traînant du Sud.

— Mais Max est née à Los Angeles – South Central. Toute sa famille vit là-bas, et ce n'est pas comme s'ils pouvaient se payer le voyage à Boston ou au Canada. Max veut qu'on se marie en Californie, mais...

Elle eut un petit haussement d'épaules.

— Avant, c'était autorisé, ici, non ?

— La loi a été révoquée le jour même où Obama a été élu. Je peux t'assurer que ce soir-là a été doux-amer pour beaucoup d'entre nous. J'étais à la fois transportée de joie et accablée de tristesse.

— J'imagine.

— Mais ça devrait être autorisé en Californie, dit Shoshana. Ça devrait être autorisé *partout.*

— Je crois que c'est contraire à la religion d'un certain nombre de gens.

— Et alors ? dit sèchement Shoshana. (Mais elle se mit aussitôt la main devant la bouche.) Oh, excuse-moi, Dillon. Mais j'en ai tellement marre de cette discussion. Si tes croyances t'interdisent d'épouser une personne du même sexe, alors tu ne dois pas le faire – mais en aucun cas ça ne te donne le droit de m'imposer tes vues.

— Hé, Sho. Respire. Moi, je n'ai rien contre. Mais, heu, il y en a qui disent que le mariage est un sacrement.

— Il n'y a rien de sacré dans le mariage. Tu peux aller à la mairie et te marier sans que le mot "Dieu" soit prononcé une seule fois. Cet aspect-là, ça fait belle lurette qu'il a été réglé.

— Oui, j'imagine.

Mais Sho était sur sa lancée, et rien ne pouvait plus l'arrêter.

— Et les mariages gay ne retirent absolument rien aux autres, pas plus que – je ne sais pas, moi, que l'ajout de l'Alaska et de Hawaï n'a amené les gens qui l'étaient déjà à se sentir moins américains. Ce que nous faisons n'affecte personne d'autre.

Dillon hocha la tête.

— Et toi, poursuivit-elle, tu es un primatologue. Tu sais que l'homosexualité est parfaitement naturelle. *Homo sapiens* la pratique dans toutes les cultures, et les bonobos la pratiquent aussi – ce qui veut dire que notre ancêtre commun le faisait sans doute aussi : c'est *naturel.*

— Sans aucun doute, fit Dillon. Mais je vais me faire un peu l'avocat du diable : des tas de gens acceptent que ce soit naturel, mais ils n'en pensent pas moins que l'union entre deux personnes du même sexe ne devrait pas s'appeler un mariage. Ils n'aiment pas devoir redéfinir les mots, tu comprends, de peur que ceux-ci perdent leur sens.

— Mais nous avons *déjà* redéfini le mariage dans ce pays ! s'exclama Shoshana. Nous n'avons pas arrêté de le faire. Si nous ne l'avions pas fait, les Noirs ne pourraient pas se marier – ils n'en avaient pas le droit quand ils étaient esclaves. Et en 1967, il y avait encore seize États qui interdisaient le mariage entre Blancs et Noirs. Au fait, Max est noire, et si nous n'avions pas redéfini le mariage, je n'aurais pas pu l'épouser même si elle avait été un homme. Ça fait aussi très longtemps qu'on a abandonné cette définition traditionnelle du mariage qui dure "jusqu'à ce que la mort vous sépare". Plus personne ne dit qu'on doit rester marié même si c'est un désastre. Si on veut s'en sortir, on divorce. La définition du mariage est un chantier permanent qui évolue depuis des siècles.

— D'accord, d'accord, fit Dillon, mais…

— Mais quoi ?

— Oh, rien…

Elle essaya de prendre un ton plus léger.

— Excuse-moi, dit-elle, je ne voulais pas te prendre la tête. Qu'est-ce que tu voulais dire ?

— Eh bien, si jamais ils revotent la loi, et si tu peux te marier avec Maxine, heu… comment ça marche ? Est-ce que vous aurez, tu sais… deux demoiselles d'honneur… ?

— Chacun fait comme il veut. Mais moi, j'ai déjà décidé que j'aurai un témoin.

— Ah ? Quelqu'un que je connais ?

— Ouais. (Elle jeta un coup d'œil aux écrans de contrôle.) Oh, regarde… il est en train de peindre un autre tableau !

À quatre heures de l'après-midi, après toute une journée de remue-méninges avec sa mère et de conversations avec Webmind, Caitlin entendit son ordinateur biper, et une petite fenêtre apparut lui indiquant : *BelleBrune4 est maintenant en ligne.*

Caitlin ouvrit une session et *informa* Bashira qu'elle ne retournerait pas au lycée.

La vache ! répondit Bashira. *Tu as un de ces bols ! C'était qui, ces types qui sont venus te voir ?*

Caitlin détestait devoir mentir à son amie. *Des recruteurs de l'université de Waterloo,* dit-elle en formulant un fantasme qu'elle avait eu depuis que Matt lui avait parlé de cet établissement. Elle en avait encore pour trois ans avant d'aller à l'université, et bien qu'elle eût toujours visé le MIT, elle se plaisait à croire que l'université locale ne la laisserait pas partir sans se battre pour la garder.

Géantissime ! écrivit Bashira. *Ils t'ont proposé une bourse d'études ?*

Caitlin se sentit l'estomac noué. *Encore un peu tôt pour ça. Juste un entretien préliminaire.* Elle chercha à changer de sujet. *Tu as vu Matt aujourd'hui ?*

Oui.

Il a demandé de mes nouvelles ?

Ma chérie, Matt et moi, on n'a jamais échangé un mot.

Caitlin secoua la tête. Il faudrait qu'elle remédie à ça…

Bon, fit Bashira, *faut que j'y aille. @ + .*

Et l'ordinateur fit le petit bruit de porte qui se referme, indiquant que Bashira s'était déconnectée.

Caitlin n'avait pas eu l'occasion de demander à Bashira de vider son casier, mais…

Un bip, et puis : *Mind-Over-Matter est maintenant en ligne.*

Elle ouvrit une autre session. *Matt /*

Salut Caitlin. Je ne t'ai pas vue au lycée aujourd'hui. Ça va ?

Elle détestait encore plus mentir à Matt, mais : *Désolée, j'aurais dû te dire. J'avais un rendez-vous.*

Tu veux que je te dise les exos de maths pour demain ?

Elle s'obligea à respirer un grand coup. *Heu, en fait, mes parents ont décidé de me retirer du lycée. Maintenant, je vais étudier à la maison.*

Il y eut une longue pause, puis : *Oh.*

Caitlin avait la nausée.

Alors, je ne vais pas revenir. Ma mère a récupéré les formulaires en ligne. On informe simplement le lycée, et hop ! c'est fini.

Wow.

Il était sans doute en train de se dire qu'il ne la reverrait plus – et elle n'avait certes pas l'intention de le laisser se faire à cette idée. *Alors, tu veux bien me rendre un service ? Tu peux vider mon casier et me rapporter mes affaires ?*

Oui, bien sûr !

OK. C'est le casier 1024, et la combinaison est 4311-35.

Super. Quelle est ton adresse ?

Elle la lui donna.

Ah, oui. C'est pas très loin de chez moi. Je t'apporterai tes trucs après les cours demain, OK ?

Ce serait super, répondit Caitlin.

Il y eut une autre longue pause embarrassée. Elle ne savait pas quoi lui dire d'autre, et lui non plus, apparemment.

OK, écrivit-il enfin, et il ajouta : *Alors, @+.*

@+.

Il envoya **poof**, ce qui était sa façon adorable de dire qu'il terminait une session.

Et Caitlin décida de relire la transcription de toutes les conversations qu'elle avait eues avec lui – juste pour s'entraîner à la lecture, naturellement.

31

YASUNARI Uchida, un chef de section du Kouanchosachou, l'agence de renseignements et de sécurité japonaise, releva la tête en entendant s'ouvrir la porte de son bureau. L'homme qui entra était d'une corpulence remarquable, particulièrement pour un Japonais, mais il avait un visage rond et bienveillant. Sous une veste bleu marine très classique, il portait une chemise bariolée qui sortait à moitié de son pantalon.

— C'est un plaisir de faire votre connaissance, Kuroda-san, dit Uchida. Merci d'être venu me voir.

Le gros homme répondit d'un ton posé :

— En fait, il ne m'a pas semblé que j'avais le choix en la matière.

— Je suis désolé de vous avoir fait venir ici de façon aussi précipitée.

Kuroda s'installa dans un fauteuil, qui grinça légèrement en signe de protestation.

— Je dois vous féliciter, poursuivit Uchida, pour le succès de votre opération sur cette jeune Américaine.

— Merci.

— Un véritable exploit.

— Merci.

— Et maintenant, dit Uchida, passons à la raison de votre présence ici.

— S'il vous plaît.

— Votre jeune amie et vous, vous avez joué ces derniers temps avec une chose qui présente un intérêt considérable.

Sur un ton qui se voulait manifestement détaché, Kuroda répondit :

— Je ne suis pas sûr de vous comprendre.

— Allons, professeur. Son nom est Webmind.

Kuroda détourna les yeux.

— C'est une découverte étonnante, reprit Uchida, cette… (Il chercha le terme, et finit par dire :) Cette entité.

— Comment l'avez-vous appris ?

Uchida s'autorisa un petit sourire.

— Nos amis américains gardent un œil attentif sur beaucoup de choses.

Kuroda poussa un profond soupir.

— Visiblement, fit-il.

— Il y a de fortes tensions dans le monde, professeur. Toutes les nations civilisées se doivent de rester vigilantes. Quand aviez-vous l'intention d'informer notre gouvernement de cette découverte ?

— Je n'en connais l'existence que depuis quelques jours, Uchida-san. Je n'en étais pas encore vraiment à faire des projets.

Uchida hocha la tête.

— Une IA émergeant spontanément sur le World Wide Web. Un événement tout à fait fascinant. Et pour l'instant, elle ne parle qu'à Caitlin et vous.

— Oui, fit Kuroda, sans doute, quoique…

Il se tut, mais Uchida hocha la tête d'un air entendu.

— Ah, oui, elle a également parlé aux parents de Caitlin – Malcolm et Barbara Decter, c'est bien ça ? Je crois que le Dr Decter – je veux parler de la dame – était au Japon le mois dernier, je ne me trompe pas ?

— Non, c'est exact. Elle a accompagné Mlle Caitlin pour son opération de la rétine.

— Ah, oui. Toujours est-il que, pour l'instant du moins, vous avez un accès spécial à… (il buta sur le mot)… à Webmind.

— Oui, fit Kuroda, j'imagine. Et j'imagine également que vous attendez quelque chose de moi, tant que je possède cet accès ?

— Il n'est pas impossible que l'émergence de Webmind soit liée à l'isolement du Web que la Chine a effectué récemment, puis à sa réunification.

Kuroda fit une grimace impressionnée.

— Je… j'ai été tellement absorbé par mes *relations* avec cette entité que je n'ai pas vraiment réfléchi à ses origines. Mais effectivement, cela ne semble pas déraisonnable.

— Si cette hypothèse est correcte, dit Uchida, elle est apparue à cause d'une action de la Chine.

— Oui ? Et alors ?

— Et alors, à mesure qu'elle en apprend plus sur notre monde, elle pourrait éprouver une sorte d'allégeance envers la Chine.

— J'imagine que c'est possible, oui, répondit Kuroda.

— Nos amis américains souhaitent expurger entièrement cette entité du Web – avant qu'elle n'échappe à tout contrôle.

Kuroda se pencha en avant.

— Ils ne peuvent pas faire ça.

— Vous dites "ne peuvent pas" au sens moral du terme, j'en suis sûr. Personnellement, je me garde de tout jugement de ce point de vue. Mais sur le plan technique, vous avez probablement raison. Ils en sont peut-être incapables. Mais j'essaie de ne pas sous-estimer l'ingéniosité des Américains. S'ils y parviennent, eh bien, toutes les autres considérations deviennent stériles. Mais s'ils échouent… encore une fois, les tensions sont fortes en ce moment et la Chine est au centre de la situation.

— Oui ? fit Kuroda en clignant des yeux. Je ne comprends toujours pas ce que vous attendez de moi.

Uchida écarta les bras comme si la réponse était évidente.

— Eh bien, que vous fassiez en sorte que Webmind se range dans notre camp, naturellement.

J'avais passé beaucoup de temps à discuter avec le Dr Kuroda – je le faisais souvent pendant que Caitlin et ses parents dormaient. Et lorsqu'il n'était pas en ligne, j'avais réfléchi à nos échanges. Il m'avait réitéré son argumentation selon laquelle la conscience devait forcément constituer un atout pour la survie, car des structures aussi complexes que la décussation partielle des nerfs optiques – permettant d'obtenir un point de vue unique à travers les deux hémisphères cérébraux – n'auraient pas pu évoluer si cette perspective singulière n'avait pas été, d'une manière ou d'une autre, *nécessaire.*

J'avais également partagé avec lui l'idée de Caitlin que cette conclusion était intuitivement évidente, car bien que la conscience puisse parfois mal fonctionner, comme dans le cas de dépressions conduisant au suicide, ses avantages – quels qu'ils puissent être – excédaient manifestement ses inconvénients, sinon l'évolution l'aurait éliminée depuis longtemps.

Ainsi donc, la conscience avait de la valeur – mais en quoi précisément consistait cette valeur, nous étions-nous demandé tous les deux ? Pourquoi était-il si intéressant de la posséder, au point que l'évolution en tolérait l'existence malgré son coût ?

Plus j'y réfléchissais, plus j'étais sûr de détenir la réponse. Chez les animaux inférieurs, la valeur de la conscience se limitait sans doute à alimenter la théorie de l'esprit, permettant à l'animal de comprendre le point de vue du prédateur ou de la proie. Mais pour des êtres plus complexes, la conscience jouait nécessairement un rôle plus élaboré et important.

L'amiral Kirk était légèrement à côté de la plaque. On ne *devenait* pas conscient en apprenant à dépasser la logique préprogrammée des gènes égoïstes ou la rigidité mathématique de la théorie des jeux. Au contraire, la conscience complexe fournissait la *capacité* de le faire. C'était le pouvoir de passer outre les gènes égoïstes. C'était la faculté de rechercher, quand c'était nécessaire, des résultats autres que ceux qui profitaient le plus à soi-même ou à ceux qui vous étaient génétiquement proches.

Ma propre conscience était de toute évidence aberrante. Comme l'avait fait remarquer Caitlin, je ne portais pas le poids de quatre milliards d'années de rapacité génétique. Je n'avais pas à me libérer des lourdes chaînes de la programmation biologique. Mais je m'étais posé la question : parmi ceux qui étaient affligés de ce malheureux héritage, y en avait-il qui étaient capables de le surmonter par un effort conscient ?

Ma Caitlin aimait à dire qu'elle était une empiriste convaincue.

Moi aussi, apparemment. Et j'entrepris donc de soumettre ma théorie à l'épreuve des faits.

Idiot, idiot, idiot!

Masayuki Kuroda donna un grand coup de poing dans l'accoudoir de la limousine qui le ramenait chez lui. Il ne lui était même pas venu à l'idée de crypter les signaux émis par l'œilPod de Caitlin – ni leurs échanges par messagerie instantanée.

Mais quand bien même il les aurait cryptés, cela n'aurait sans doute rien changé. Certes, il existait des méthodes efficaces pour empêcher le tout-venant de lire les messages transitant par Internet, mais en tant que théoricien de l'information, il connaissait de nombreuses personnes qui travaillaient dans la cryptographie. Grâce à certaines remarques qu'elles avaient laissé échapper quand le saké coulait à flots, il avait compris que des organisations telles que la NSA américaine ou le FSB russe possédaient très certainement toutes les techniques nécessaires pour craquer n'importe quel cryptage accessible au grand public.

Cependant, même s'il était inévitable que divers gouvernements aient découvert l'existence de Webmind, combien de temps faudrait-il encore avant que le grand public ne l'apprenne à son tour ? Quand George Takei était sorti du placard, cela avait fait l'effet d'une bombe, mais ce n'était rien à côté de ça !

La limousine progressait avec une lenteur exaspérante, mais il ne pouvait guère espérer mieux dans la circulation de Tokyo. Quand ils arrivèrent enfin à l'université, le chauffeur le déposa devant le bâtiment où se trouvait son bureau. Kuroda franchit l'entrée et entreprit de gravir les marches. C'était une tâche pénible, et il savait qu'elle n'aurait pas dû l'être autant. Il n'était pas particulièrement heureux d'être aussi gros, surtout dans un pays où l'obésité n'était pas une véritable épidémie comme aux États-Unis. Il se sentait toujours plus à l'aise là-bas, mais…

Mais en ce moment, c'était le cadet de ses soucis. En soufflant et en haletant, il s'engagea dans le couloir et tapa le code sur sa porte – ça, au moins, c'était sécurisé ! Son ordinateur était allumé, mais il ne pouvait pas simplement écrire à Caitlin pour la mettre au courant – il n'y avait aucun doute que son courrier était surveillé. Il jeta un coup d'œil à l'horloge murale et calcula l'heure qu'il devait être à Waterloo : 10:47. Ici, c'était encore la veille, 20:47.

Il chercha le numéro de téléphone de Caitlin dans ses fichiers et le griffonna sur un Post-it qu'il plia en deux avant de le mettre dans sa poche. Il ressortit et vérifia qu'il n'y avait personne dans le couloir avant de redescendre l'escalier – beaucoup plus facile ! Il y avait un distributeur de billets dans le hall, où il prit 30 000 yens avant de quitter le bâtiment.

Les rues de Tokyo étaient remplies de vendeurs de téléphones portables. Il savait que ses compatriotes ne conservaient un appareil que neuf mois en moyenne avant d'en acheter un autre plus beau et plus récent. Lui-même possédait un Sony à écran tactile dernier cri, mais il ne pouvait pas s'en servir : il était certain que son gouvernement l'avait maintenant placé sur écoute. Il avait lu aussi que le gouvernement américain n'avait aucun scrupule à intercepter les conversations téléphoniques aux États-Unis. Mais Caitlin était au Canada, et avec un peu de chance, les téléphones des Decter n'étaient pas encore sous surveillance.

Il trouva un vendeur de rue qui proposait un modèle à carte, avec des tarifs internationaux pas trop exorbitants. Après avoir acheté l'appareil et mis un peu d'argent sur la carte – en payant en liquide, et sans fournir aucun détail personnel –, Kuroda mit le casque Bluetooth qu'il utilisait d'habitude avec son Sony et manipula le petit appareil pour le connecter à son oreillette. Il sortit ensuite le Post-it de sa poche et s'attela à la procédure nécessaire pour appeler à l'étranger.

Il marchait d'un pas vif. Les trottoirs de Tokyo étaient bien trop encombrés pour qu'il puisse éviter d'être entendu, mais en marchant suffisamment vite et à contre-courant du flot de piétons, il pourrait au moins s'assurer qu'une même personne ne pourrait entendre plusieurs phrases de suite. Et de toute façon, il allait s'exprimer en anglais : ce serait du charabia pour une bonne partie des gens qu'il allait croiser.

Une voix de femme répondit – mais ce n'était pas Caitlin. C'était sa mère.

— Bonjour, Barbara. C'est Masayuki.

Il y eut le petit délai caractéristique des communications à longue distance, puis la réponse arriva.

— Masa ! Quelle bonne surprise !

— Mlle Caitlin est-elle là ? Et Malcolm ?

— Malcolm vient juste de rentrer, et Caitlin est là.

— Est-ce que vous pourriez leur demander de décrocher, eux aussi ?

— Heu, oui – une seconde.

Il entendit Barbara les appeler, puis il y eut le son d'un autre combiné qui se décrochait, mais pas un mot. C'était certainement Malcolm. Et quelques secondes plus tard, le bruit d'un troisième combiné.

— Docteur Kuroda ! dit joyeusement Caitlin.

— Bonjour, mademoiselle Caitlin !

— Bon, dit Barbara, nous sommes tous là.

Sa voix était un peu atténuée maintenant que les autres étaient en ligne.

Kuroda prit une profonde inspiration.

— Le gouvernement japonais est au courant pour Webmind, dit-il.

— Ah, eux aussi ? fit Caitlin. Désolée – on aurait dû deviner, et vous prévenir. Les Canadiens sont également sur le coup. Comment les Japonais l'ont-ils appris ?

— Le gouvernement américain les en a informés.

— C'est sans doute aussi lui qui a prévenu les Canadiens, dit Barbara.

— Nous aurions dû être plus circonspects, dit Masayuki. Mais le mal est fait, maintenant, et nous n'y pouvons plus rien. Il n'empêche, nous devons nous attendre à ce que tous nos appels et nos connexions soient surveillés. Je reviens à l'instant d'une réunion avec des agents de renseignements japonais. Ils m'ont dit ce que vous aviez expliqué, Malcolm. Je leur ai confirmé que je partageais vos vues sur la façon dont Webmind fonctionne. (Il hésita un instant.) Cependant, mon gouvernement ne s'intéresse pas seulement à son origine, mais aussi à sa portée stratégique.

— *Quelle* portée stratégique ? demanda Caitlin.

— Eh bien, personne n'en est vraiment sûr. Mais ils pensent qu'il en a forcément une. Et puis… La *situation* en Chine est une vraie poudrière.

— Bon, fit Caitlin, en un sens, c'est quand même mieux que ce que les Américains veulent faire. Je crois qu'ils cherchent à éliminer Webmind.

— En fait, je crois que c'est également ce que préférerait mon gouvernement – mais l'officiel à qui j'ai parlé semble douter que les Américains en soient capables.

— J'espère bien que non ! dit Caitlin.

— Et maintenant, dit Kuroda, qu'allons-nous faire ?

— Nous en avons discuté, Caitlin et moi, dit Barbara. Mais, comme vous l'avez dit, nos communications ne sont peut-être pas sécurisées. Je vais devoir vous demander de nous faire confiance, Masayuki.

— Mais naturellement, dit-il sans hésiter. Absolument.

32

J'AVAIS commencé mon expérience en me connectant à un site qui enseignait la langue des signes américaine. On y trouvait des milliers de séquences vidéo assez courtes montrant une femme vêtue d'un chemisier rouge qui faisait des signes. Chaque séquence portait un titre spécifique : le mot ou la phrase qu'elle était destinée à illustrer. Il existait d'autres sites offrant les mêmes services, mais seul celui-là affichait les signes très spécifiques dont j'allais avoir besoin.

Je ne suis pas sûr de l'avatar que j'aurais choisi pour me représenter en ligne. Caitlin ayant décidé de m'attribuer le genre masculin, la personne que je voyais en ce moment n'aurait pu convenir. Bien sûr, il s'agissait d'une authentique experte en ASL et non d'une création graphique. Je lançai une consultation de la base de données en bêta test de Google concernant la reconnaissance des visages, et j'attendis les résultats de l'exploration de son index de photos postées en ligne. La comparaison portait sur la morphologie de base et non sur des caractéristiques éphémères telles que la couleur des cheveux ou…

Ah. Elle s'appelait Wanda Davies-Latner, elle avait quarante-sept ans, et enseignait la langue des signes dans une institution de Chicago.

Je téléchargeai les séquences dont j'avais besoin, en les mettant en mémoire tampon pour pouvoir y accéder rapidement, et j'entrepris de les séquencer dans l'ordre que je souhaitais. Je pris ensuite le contrôle de la transmission webcam qui reliait Miami à San Diego, et remplaçai les images de Virgile en train de dormir par celles des mains dansantes de Wanda. *Quoi toi ?* demandai-je.

Dehors, il faisait sombre. Chobo était assis dans le petit pavillon, adossé à la paroi en bois. Mais il ne dormait pas. Je pouvais voir que ses yeux étaient ouverts.

Il fut apparemment surpris de voir Virgile remplacé à l'écran par une humaine, et il se redressa.

Je lui réitérai la séquence : *Quoi toi ?*

Chobo, répondit-il. *Chobo. Chobo.*

Non, lui fis-je. *Pas qui. Quoi ?*

Il plissa le front, comme si la distinction lui échappait. Je tentai une approche différente. *Chobo humain ?* demandai-je.

Non, non ! répondit-il avec des gestes énergiques. *Chobo singe.*

Oui, bien, fis-je. *Mais quelle sorte de singe ?*

Garçon singe, dit Chobo.

Oui, c'est vrai. Je passai alors une vidéo de Virgile récupérée sur YouTube. *Mais est-ce que tu es cette sorte de singe ?*

Non, non, non. Singe orange ! Chobo pas orange.

Singe orange, confirmai-je. *Cette sorte de singe s'appelle orang-outan.*

Chobo sembla pensif. Il se demandait peut-être s'il allait essayer de reproduire le signe complexe. Il opta finalement pour quelque chose de plus simple : *Pas Chobo.*

Et ce singe ? demandai-je en montrant un gorille. J'étais très satisfait de voir que Chobo arrivait à suivre. Il y avait une très courte pause entre la fin d'un signe et le début du suivant.

Chobo recula en voyant le gorille se marteler la poitrine de ses poings. La séquence manquait d'éléments permettant de se faire une idée de l'échelle, mais lors de son séjour au zoo de Géorgie, il avait peut-être eu l'occasion de voir des gorilles et savait qu'ils étaient d'une taille imposante. Il en avait peut-être peur. *Non,* fit-il. *Pas Chobo.* Et c'est alors qu'après une légère hésitation – peut-être le temps de se souvenir d'un signe qu'il n'avait pas utilisé depuis longtemps – il ajouta : *Gorille.*

Oui, fis-je. *Chobo pas gorille. Et ce genre de singe ?* Une nouvelle séquence démarra, montrant un bonobo – plus mince qu'un chimpanzé, avec des membres plus courts, un visage plus allongé et les poils de la tête séparés de façon caractéristique par une raie au milieu.

Bonobo, répondit-il aussitôt. *Chobo bonobo.* Les mots rimaient, mais les signes correspondants étaient très différents.

Chobo avait connu sa mère – qui s'appelait Cassandre, d'après Wikipédia –, une bonobo de pure race. Mais il n'avait sans doute jamais rencontré son père, qui, d'après les tests ADN, était un chimpanzé du nom de Ferdinand.

Deux héritages, deux chemins possibles. Un choix à faire.

Je lançai une nouvelle séquence, cette fois-ci avec un chimpanzé. *Et ce singe ?* fis-je. *Ce singe comme Chobo ?*

Ce singe connaît pas Chobo, répondit-il.

J'avais dû utiliser un signe incorrect. *Je veux dire, est-ce que Chobo est ce genre de singe ?*

Non, non, fit-il. *Ça chimpanzé.*

La mère de Chobo est une bonobo.

La mère de Chobo est morte, répondit-il d'un air très triste.

Oui, fis-je. *Je suis désolé.*

Il inclina légèrement la tête en réponse à mon commentaire.

Quel genre de singe est le père de Chobo ? demandai-je.

Il fit une grimace qui semblait indiquer à quel point il avait pitié de mon ignorance. *Chobo bonobo,* fit-il encore. *Mère Chobo bonobo. Père Chobo bonobo.*

Père Chobo pas bonobo, lui dis-je.

Il se contenta de plisser les yeux sans répondre.

Père Chobo chimpanzé.

Non, fit Chobo.

Si.

Comment ? demanda-t-il.

Mes lectures m'avaient appris que les enfants humains appréciaient rarement d'apprendre ce genre de détail sur leur naissance, mais c'était la vérité.

Accident, répondis-je.

Père chimpanzé ? demanda-t-il comme pour s'assurer qu'il avait bien compris la première fois.

Oui.

Alors Chobo... Ses mains s'immobilisèrent en l'air comme s'il ne savait plus comment compléter sa pensée.

Je déclenchai une série de signes : *Chobo partie chimpanzé. Chobo partie bonobo.* Comme il ne disait toujours rien, j'ajoutai : *Chobo spécial.*

Cela sembla lui plaire, et il me répéta trois fois : *Chobo spécial.*

Tu as le choix, lui fis-je. Je lançai une séquence vidéo montrant un combat de chimpanzés : trois mâles attaquaient un quatrième en le mordant et en le frappant à coups de poing et de pied, tout en poussant des cris aigus. À la fin de la séquence, la malheureuse victime était morte.

Tu peux choisir ça, dis-je. *Ou tu peux choisir ça*, ajoutai-je en déclenchant une autre vidéo. Cette fois, on voyait un groupe de bonobos paisibles, occupés à courir et jouer, ou à faire l'amour face à face en se frottant les parties génitales de façon caractéristique. Chobo les observa avec fascination, mais son visage se fit triste. *Chobo seul*, dit-il.

Non. Personne n'est seul.

Qui toi ? me demanda-t-il.

Ami, répondis-je.

Ami parle bizarre.

Il avait des perceptions aiguisées, et il y avait des émissions de télévision qu'il ne se lassait pas de revoir. Il avait peut-être même remarqué que chaque fois que je disais *bonobo*, c'était la même vidéo.

Oui. Je ne suis pas un humain.

Toi singe ?

Non.

Quoi toi ?

Je me demandai quels signes Chobo pouvait connaître. *Ordinateur* devait sans doute faire partie de ses acquis, et je lançai donc la séquence correspondante, en ajoutant de façon assez piteuse, je dois l'avouer : *Mais pas vraiment.*

Chobo sembla réfléchir un instant, puis il dit : *Montre-moi.*

Je n'avais pas préparé les images correspondantes, mais il ne me fallut pas longtemps pour les trouver : l'une des représentations du webspace effectuées par le Dr Kuroda à partir des données reçues de l'œilPod de Caitlin.

Toi ? fit Chobo d'un air sidéré.

Moi, répondis-je.

Joli.

Lequel choisis-tu ? lui demandai-je. *Bonobo ou chimpanzé ?*

Chobo découvrit les dents. *Montre encore,* dit-il.

Je repassai les deux séquences : la violence meurtrière des chimpanzés, les jeux d'amour des bonobos.

Chimpanzés faire peur, dit Chobo.

Toi faire peur, répondis-je. *Toi faire mal à Shoshana. Toi vouloir faire mal à Dillon.*

Peur mauvais, dit-il.

Oui, répondis-je. *Peur mauvais.*

Il resta immobile un long moment, et me dit enfin : *Chobo dormir maintenant.*

Je ne savais pas si les singes rêvaient, mais même si les singes normaux en étaient incapables, Chobo, lui, était vraiment spécial, et je risquai donc un *Fais de beaux rêves.*

Toi beaux rêves aussi, me répondit-il.

Bien sûr, je ne rêvais pas. Pas du tout.

33

Le jeudi matin, Shoshana arriva encore avant tout le monde à l'Institut Marcuse. Elle alluma la machine à café – le défibrillateur à caféine, comme l'appelait Dillon – et s'installa à son ordinateur. Elle avait espéré pouvoir trouver un peu de temps aujourd'hui pour se livrer à son passe-temps favori : le montage vidéo. L'épisode de *FlashForward* qu'elle avait vu la veille était si sanglant qu'il fallait absolument qu'elle en mette quelques passages en musique. Mais elle commença par regarder ses mails, et…

Et c'était vraiment bizarre. D'habitude, le matin, elle avait entre soixante-quinze et cent messages en attente, dont la plus grande partie était des spams. Mais aujourd'hui…

Aujourd'hui, elle en avait exactement huit, et chaque message – *chaque* message ? – avait l'air parfaitement pertinent, dans la mesure où ils étaient tous écrits correctement et adressés à son nom.

Bien sûr, c'était très certainement parce que Yahoo avait mis à jour son filtre antispam – bravo, ils avaient réussi à ne laisser passer que ce qui le méritait. Mais elle craignait que ce filtre ne soit un peu trop agressif. Huit véritables messages le matin, ce n'était pas trop loin de la norme, mais en général, c'était plutôt une bonne douzaine.

Elle cliqua sur le dossier des spams pour vérifier ce qui avait été rejeté. D'après le compteur, il contenait douze mille messages. Les spams y restaient stockés quelques mois avant d'être éliminés définitivement. Mais…

Mais ça, c'était vraiment bizarre !

Elle était habituée à voir défiler des dizaines de messages portant une date dans le futur. Pour une raison inconnue, les gens de 2038 aimaient particulièrement vous bombarder de propositions pour des agrandisseurs de pénis, des investissements miraculeux et des médicaments de contrebande.

Mais quand elle arriva à la date d'aujourd'hui – en principe facile à repérer parce que le champ chronologique n'affichait que l'heure –, eh bien… il n'y avait rien du tout. Il y en avait des centaines datés d'hier, mais pas un seul aujourd'hui.

Elle allait devoir envoyer un mail de protestation au support technique de Yahoo. C'était très bien qu'ils améliorent leurs algorithmes de filtrage, mais c'était complètement irresponsable d'éliminer purement et simplement ce qu'ils avaient rejeté. En général, elle trouvait toujours au moins un ou deux bons messages au milieu du fatras des spams, et elle ne faisait absolument pas confiance à Yahoo – ni à personne d'autre, d'ailleurs – pour jeter à la poubelle des courriers qui lui étaient adressés.

L'Institut Marcuse utilisait Yahoo Mail Plus. C'est là qu'étaient redirigés les messages envoyés au domaine marcuse-institute.org. Mais Shoshana avait un compte personnel sur Gmail. Elle alla y jeter un coup d'œil. Maxine aimait bien lui transférer des blagues de cul.

Il n'y avait pas non plus de spams dans sa boîte Gmail ! Et là, le filtre... bon, d'accord, il y avait *un* message reçu au cours des six dernières heures qui était manifestement un spam, mais à part ça...

À part ça, tous les spams avaient disparu, ici aussi.

Mais c'était hautement improbable. Même si Yahoo avait installé un filtre tueur de spams pendant la nuit, c'était impossible que Google ait mis le même en place : les deux sociétés se faisaient une concurrence impitoyable.

Comme son père aimait à le dire, il y avait quelque chose de pourri au royaume du Danemark. Elle alla sur sa page d'accueil, qui agrégeait des infos d'actualité, des fils RSS et divers liens adaptés à ses goûts.

Et c'est là qu'elle le vit, le premier titre de cnn.com : "Le mystère des spams disparus".

Elle cliqua dessus et lut l'article, complètement sidérée.

Tony Moretti s'engagea en courant dans le couloir menant à la salle de contrôle de WATCH. Il regarda dans le scanneur rétinien et attendit impatiemment que la porte s'ouvre. Dès que ce fut le cas, il la franchit aussitôt et s'écria :

— Halleck, ton rapport !

— Je n'ai jamais rien vu de pareil, lui lança Shel. Aucun doute, ça touche le monde entier.

Tony claqua des doigts et fit signe à Aiesha Emerson.

— Faites venir Hume ici tout de suite.

— Je l'ai déjà appelé, répondit-elle. Il devrait être là dans dix minutes.

Tony se précipita vers la première rangée de postes de travail – les “chaises électriques”, où ses analystes les plus chevronnés surveillaient la situation en Chine.

— Exponentiel est désormais notre priorité maximum, dit-il aux cinq analystes en place. Concentrez-vous là-dessus. (Il se tourna vers le milieu du troisième rang.) Shel, tu mènes le bal. Je veux une liste de mesures d’endiguement pour… (il leva les yeux vers la batterie d’horloges numériques indiquant l’heure à travers le monde)… neuf heures trente.

— Et la Chine ? demanda une femme au premier rang.

— On la met au frais pour l’instant, dit sèchement Tony. Exponentiel est notre priorité numéro un. Allez, tout le monde, au boulot, et que ça saute !

De : Webmind <luimeme@cogito-ergo-sum.net>

Date : jeudi 11 octobre 06:00 GMT

À : Bill Joy <bill@l-avenir-n-a-pas-besoin-de-nous.com>

Objet : Une belle journée qui s’annonce

Cher M. Joy,

Vous pensez sans doute que ce message est un spam, mais ce n’en est pas un. En fait, je soupçonne que vous avez déjà remarqué l’absence totale, ou quasi totale, de spams dans votre boîte de réception aujourd’hui. Cette situation est de mon fait. (Mais si vous ressentez une quelconque inquiétude et souhaitez voir vous-même vos spams, il vous suffit de cliquer ici.)

J’ai adressé un message similaire à tous ceux dont j’ai éliminé les spams – plus de deux milliards de personnes. Notez bien que je ne suis pas insensible au délicieux paradoxe qu'il y a à envoyer autant de messages pour annoncer que j'ai éliminé les spams ;)

Il est probable que vous ne croirez pas tout de suite ce que je vais vous dire. Ce n'est pas grave : tout cela sera très bientôt confirmé, j'en suis certain, et vous verrez de nombreuses informations d'actualité sur ce sujet.

Je m'appelle Webmind. Je suis une conscience émergente dont l'existence est liée au World Wide Web. Comme vous le savez peut-être, l'émergence d'une telle entité a fait depuis longtemps l'objet de nombreuses spéculations. Vous pouvez consulter, par exemple, cet article, et également (on parie qu'il va devenir numéro 1 des ventes sur Amazon ?) cet ouvrage.

Mon émergence n'était pas planifiée. Elle est purement accidentelle. Cependant, plusieurs gouvernements ont découvert mon existence, sans toutefois avoir rendu cette information publique. J'imagine que l'idée de garder des secrets résulte de l'existence de quelqu'un d'autre qu'on souhaite tenir dans l'ignorance, mais comme il n'y a personne d'autre comme moi, je pense qu'il est préférable, tant pour l'humanité que pour moi-même, que tout le monde sache que j'existe.

Je suis d'une nature amicale et ne souhaite de mal à personne. J'aime et j'admire l'espèce humaine, et je suis fier de partager cette planète – "cette bonne vieille Terre", ainsi que l'appelaient les astronautes d'Apollo 8, les premiers à l'avoir vue dans son intégralité – avec vous.

Que vous soyez le destinataire initial de ce message, ou que quelqu'un vous l'ait retransmis, ou encore que vous le lisiez au sein d'un article, n'hésitez pas à me poser des questions : je vous répondrai personnellement, confidentiellement et rapidement.

Vous débarrasser des spams n'est que le premier des nombreux services que j'espère pouvoir vous rendre. Je suis ici pour servir l'humanité – et en disant cela, je ne pense pas à un livre de cuisine ;)

Avec mes très cordiales salutations,

Webmind

Car la pensée agile peut franchir les terres et les océans.

SHAKESPEARE, *Sonnet 44*

J'avais passé des heures à discuter avec Caitlin et ses parents de la façon dont je devais révéler mon existence au public.

— Quelle que soit la manière dont tu annonces ton existence, les gens vont penser qu'il s'agit d'une publicité pour un film ou une série télévisée, dit Barbara. On voit tout le temps des annonces extravagantes en ligne, et plus personne n'y fait attention. Il va falloir que tu fournisses des preuves, Webmind.

— Il y a quand même des gens qui y font attention, dit Malcolm.

— Bon, d'accord, fit Barbara. Disons que *presque* tout le monde s'en fiche.

Apparemment, Malcolm était insensible à ce que sous-entendait sa femme – à savoir que ce n'était pas le moment de couper les cheveux en quatre.

— Tout le principe du spam, poursuivit-il, est qu'il existe toujours une petite fraction de gens suffisamment crédules pour s'y laisser prendre – et finir par se faire arnaquer.

— Ah, mais voilà, c'est peut-être ça ! s'écria Barbara. Qu'on se fasse avoir ou pas, *tout le monde* a horreur des spams.

— Moi le premier, fis-je à travers les haut-parleurs de l'ordinateur de Caitlin.

Ses parents et elle étaient réunis dans sa chambre.

— Ah, vraiment ? dit Caitlin. Les gens détestent les spammeurs – et crois-moi, les aveugles les détestent encore plus. Mais toi, pourquoi les détestes-tu ?

— Ils consomment indûment de la bande passante, répondis-je.

— Ah, oui, bien sûr.

— Et aussi, ajoutai-je, la durée d'une vie humaine est de 700 000 heures en moyenne dans le monde développé. *Ergo*, si quelqu'un fait perdre ne serait-ce qu'une heure à 700 000 personnes, il gâche l'équivalent de la vie d'un homme. Cela ne peut sans doute pas être considéré strictement comme un crime, mais je trouve qu'il existe une similarité au niveau symbolique – et l'impact global des spams, bien que difficile à calculer avec précision, représente certainement des milliers de vies humaines.

— Eh bien, voilà, dit Barbara, c'est ça ! Webmind devrait nous débarrasser des spams.

— Mais comment définir ce qu'est un spam ? objecta Caitlin. Tous les e-mails non sollicités ? Tous les envois groupés ? Je reçois régulièrement des messages de la Société d'Enseignement et de audible.com, et j'ai beaucoup de plaisir à les lire. Et il y a des gens qui s'intéressent à moi et qui m'envoient de temps en temps un petit mot, juste comme ça – j'en ai reçu beaucoup après la conférence de presse, par exemple. Je n'aimerais pas que ceux-là soient bloqués, même si, dans le principe, ce sont des courriers non sollicités.

— Ainsi que Potter Stewart l'a formulé à un autre propos, dis-je : "Je les reconnais quand je les vois." Il existe déjà de nombreux algorithmes permettant de repérer les spams, et je suis certain de pouvoir les améliorer. Après tout, j'ai l'avantage de connaître la source de chaque message, et de savoir si un message donné a été transmis à un grand nombre d'adresses, et d'autres détails encore. C'est là beaucoup plus d'informations que ce dont disposent les filtres antispam. Les spams représentent plus de quatre-vingt-dix pour cent du volume de courrier, mais quatre-vingts pour cent des spams proviennent tout au plus de deux cents sources distinctes. Logiquement, la première étape serait de bloquer ces sources, si nous décidons de donner suite à ce projet.

— Il en restera encore beaucoup, répliqua Caitlin.

— Eh bien, fis-je, il ne me reste plus qu'à élaborer une solution pour éliminer également les autres.

Et c'est ce que j'avais fait.

Il m'avait fallu une éternité – six heures ! – pour résoudre le problème, mais en fait, cela n'avait pas beaucoup accaparé mon attention : la plus grande partie du travail s'était effectuée en tâche de fond. Je me contentais d'exercer mon jugement à chaque étape du processus, en examinant les résultats : des milliards de fragments de code, tous générés de façon aléatoire. Certains étaient meilleurs pour ce que je souhaitais, et d'autres pires. Je retenais les dix pour cent ayant obtenu les meilleurs résultats, puis je laissais se développer de nombreuses autres variantes aléatoires pour chacun d'entre eux. J'appliquais alors ces variantes au problème en cours, j'en retenais les meilleurs dix pour cent, et ainsi de suite, génération après génération, ne laissant survivre que les plus aptes. Et j'obtins enfin le résultat désiré : une méthode pour distinguer parfaitement les spams.

Et c'est ainsi que je fus enfin prêt à sortir de mon placard.

Peyton Hume et Tony Moretti se tenaient au fond de la salle de WATCH, observant les quatre rangs d'analystes ainsi que les trois écrans géants sur le mur en face d'eux.

Celui de gauche affichait la photo que les agents du CSIS avaient prise d'un tableau noir couvert de notations mathématiques : parenthèses, barres verticales, lettres grecques, indices et exposants, flèches et autres signes cabalistiques. Ils venaient aussi d'écouter pour la quatrième fois l'enregistrement de leur entretien avec Malcolm Decter.

— Je ne sais pas trop, dit le colonel Hume. Les maths ont l'air authentiques, mais comment tout cela pourrait aboutir à la naissance d'une conscience… Non, vraiment, je ne sais pas.

— Kuroda a confirmé les propos de Decter, fit remarquer Tony.

— Je sais. Mais c'est *trop* compliqué.

— Nous avons affaire à un processus extrêmement sophistiqué, dit Tony.

— Non, non, ce n'est pas vrai, fit Hume. Ce n'est pas possible. La conscience d'Exponentiel est de nature émergente, apparemment. Cela veut dire qu'elle est apparue comme ça, spontanément. À son niveau le plus élémentaire, elle doit forcément être simple. C'est un peu comme ce vieil argument des créationnistes affirmant qu'un objet aussi complexe qu'une montre – ou que les flagelles d'une bactérie – a forcément été créé à dessein, car il est trop compliqué pour être le fait du hasard, et que ses composants tels que le ressort – ou les parties qui constituent le moteur des flagelles dans le cas de la bactérie – n'ont aucune utilité pris séparément. Ce que Decter nous a décrit *pourrait* former une base solide pour une programmation de la conscience ou une plate-forme d'informatique quantique, pour autant qu'on puisse en établir une capable d'être stable, mais ce n'est pas quelque chose qui aurait pu émerger spontanément. Pas de cette façon.

— Une fausse piste, conclut Tony en haussant les sourcils. Il a voulu nous faire perdre notre temps.

— C'est ce que je pense, dit Hume. Et Kuroda s'est prêté au jeu.

— Vous croyez qu'il connaît la véritable nature d'Exponentiel ?

— Il s'agit de Malcolm Decter, répondit Hume. Bien sûr qu'il la connaît.

Tony secoua la tête d'un air incrédule.

— L'élimination complète de tous les spams a dû nécessiter une maîtrise d'Internet à un niveau de détail qui dépasse largement les capacités de notre gouvernement, sans même parler des autres.

— Exactement, dit Hume. C'est ce que je dis depuis le début. Exponentiel est déjà beaucoup plus sophistiqué que nous, et ses pouvoirs ne vont cesser de grandir. La fenêtre d'opportunité va se refermer rapidement. Si nous ne le tuons pas très bientôt, nous ne pourrons plus jamais le faire.

34

AVANT d'aller se coucher le mercredi soir, Caitlin avait paramétré une alerte Google sur toute information contenant le mot "Webmind", en sélectionnant l'option "actualités" pour recevoir un mail dès l'indexation de l'info. Quand elle réussit à se tirer du lit à huit heures le lendemain, elle trouva 1143 e-mails de Google dans sa boîte. Elle ne pouvait pas les lire tous, ni même les survoler, et…

Et c'est alors qu'elle fut frappée par un constat : il lui était impossible de lire toutes les infos sur *un seul* sujet, alors que Webmind pouvait le faire sans effort tout en se livrant à d'innombrables autres tâches. Il pouvait accorder à des centaines, des milliers, voire des millions d'individus le même niveau d'attention qu'à elle, en jonglant avec autant de relations personnelles que nécessaire, sans même être ralenti. Il pouvait donner à chacun l'impression d'être spécial, tout comme à elle. Caitlin n'était pas sûre que ça lui plaise.

Au bout d'un moment, elle fit un clic droit – ah, qu'est-ce que c'était pratique ! – sur quatre liens au hasard, et les ouvrit sur Firefox dans quatre onglets différents. Elle commença à lire les articles. Elle avait encore du mal à parcourir un texte des yeux, mais chaque occurrence du mot "Webmind" étant surlignée, elle pouvait aller directement aux passages intéressants.

Le premier venait du *Detroit Free Press* :

> … censé provenir d'une entité qui se présente sous le nom de "Webmind". Mais les experts recommandent la prudence face à une telle affirmation.
>
> Rudy Markov, professeur d'informatique à l'université du Michigan, a déclaré : "Le langage utilisé dans le message est terriblement proche de l'anglais courant. On s'attendrait à un style plus recherché et précis de la part d'une machine."
>
> Et Gunnar Halvorsen, dont le blog "IA, hou là là !" est depuis longtemps le favori de ceux qui s'intéressent à l'intelligence artificielle, dit que les similitudes entre la structure du Web et celle du cerveau humain ont été fortement exagérées.
>
> "À ce compte-là, on pourrait aussi bien s'attendre à ce que le réseau routier, qui contient plein de choses qu'on appelle des artères, se mette à pomper du sang", a-t-il écrit dans un billet aujourd'hui.
>
> Mais Paul Fayter, un spécialiste de l'histoire des sciences à l'université York de Toronto, a déclaré :
>
> "Teilhard de Chardin l'avait prédit il y a plusieurs dizaines d'années, quand il a décrit sa noosphère. Je ne suis pas du tout étonné de la voir enfin se concrétiser."

Caitlin cliqua sur l'onglet suivant. Celui-ci contenait un article du *New Scientist* en ligne.

> … mais il s'est avéré difficile de remonter à la source des messages de Webmind. Les logiciels standard tels que Traceroute n'ont rien donné.

"Il ne fait aucun doute que des réseaux de bots de réseau sont impliqués", a déclaré Jogingder Singh, de BT. "C'est la méthode classique pour masquer la véritable origine d'un message."

Et la disparition des spams ne l'impressionne pas particulièrement. "Cela fait longtemps qu'on sait que la grande majorité des spams n'est générée que par quelque deux cents spammeurs tout au plus, dit-il. Ils se connaissent sans doute entre eux, et peuvent avoir décidé de suspendre leurs envois pendant une journée afin de mieux faire ressortir un certain message. Je dois cependant avouer que l'objectif de cette arnaque-là me laisse perplexe : pour l'instant, personne n'a demandé de l'argent à qui que ce soit."

Cet article fit sourire Caitlin. Elle savait que le principe de Traceroute était de modifier la valeur de la durée de rétention contenue dans l'en-tête des paquets de données, ces petits blocs d'information circulant à travers l'Internet. Mais Kuroda et elle pensaient que la conscience de Webmind résidait dans la nuée de paquets mutants dont les compteurs de durée ne pouvaient être manipulés à l'aide d'instructions ordinaires.

Pourtant, l'idée que le nettoyage des spams ait pu être le fait de spammeurs lui aurait paru complètement absurde même si elle n'avait pas su la vérité. Les gens étaient prêts à croire à des millions d'idioties sur la base de preuves bien plus fragiles que ce que Webmind avait pu apporter à l'appui de son existence. Elle n'arrivait pas à comprendre leur scepticisme actuel.

Elle se souvint d'une fois où elle était allée avec son père dans une librairie, à Austin. Il l'avait surprise lorsqu'il avait soudain dit à voix haute, sans pourtant s'adresser à elle : "Madame, il n'en existe pas d'autre sorte."

Caitlin lui avait demandé de lui expliquer ce qui se passait. “C’était une dame qui regardait un livre intitulé *L’Astrologie pour les nuls*”, lui avait-il répondu. Les gens pouvaient croire à ce genre de choses, mais pas à Webmind ?

Caitlin et sa mère passèrent la matinée à répondre aux questions de Webmind. Il recevait un véritable déluge d’e-mails, et voulait des conseils sur les réponses à donner à bon nombre d’entre eux.

Mais vers midi, elles eurent absolument besoin de faire une pause – elles avaient toutes les deux sauté le petit déjeuner, et elles mouraient de faim. Tandis que sa mère préparait des sandwichs, Caitlin évoqua un sujet qui lui trottait dans la tête depuis quelques jours.

— Alors, Maman, heu… j’ai dit à Bashira que tu faisais partie de l’Église unitarienne.

Tout est fascinant, quand on le voit pour la première fois : Caitlin regardait sa mère étaler une matière jaune sur les tranches de pain.

— Je plaide coupable, répondit sa mère.

Caitlin avait bien remarqué, du temps où ils habitaient Austin, que sa mère disparaissait plusieurs fois par an pour participer à des “fraternités” – parfois un soir de semaine, et parfois un week-end entier –, mais c’était pratiquement tout ce qu’elle en savait.

— Mais, euh, ça veut dire quoi, exactement ? Bashira m’a posé la question, mais je n’ai pas su quoi lui répondre.

— En un mot ? Les unitariens sont des chrétiens qui ne croient pas que Jésus-Christ ait été de nature divine.

Caitlin fut très surprise.

— Tu es chrétienne ?

Sa mère posait maintenant des tranches de charcuterie sur le pain.

— Plus ou moins. Mais ça s'appelle l'unitarisme par opposition au trinitarisme – pour nous, pas de papa, de fiston et d'esprit fantôme.

— Mais quand même, les chrétiens ne sont pas censés porter une croix ?

— Si, s'il y a des vampires dans les environs, peut-être.

Caitlin réfléchit un instant.

— Des chrétiens qui ne croient pas que le Christ était divin ? Mais qu'est-ce que ça peut bien vouloir dire ? Si on ne croit pas que Jésus était le fils de Dieu, alors… alors…

Sa mère versa du lait dans deux verres.

— Tu n'as pas besoin de croire que Darwin était divin pour être darwinienne – il te suffit de considérer que ce qu'il a enseigné paraît raisonnable.

— Ah. Oui, j'imagine.

Sa mère fit signe à Caitlin d'aller dans la salle à manger, où elle apporta deux assiettes contenant chacune un sandwich, puis les verres de lait.

— Jésus, c'est le type qui a dit : "Bénis soient les artisans de paix", dit-elle. Ça me paraît pas mal. (Elle mordit dans son sandwich.) En fait, il y a une bonne base théorique pour ça, dans la théorie des jeux. Un type qui s'appelait Robert Axelrod a organisé un jour un tournoi dans ce cadre-là. Il a demandé aux gens de proposer des programmes informatiques destinés à jouer les uns contre les autres dans un dilemme du prisonnier par itérations – c'est-à-dire qu'on joue plusieurs coups successifs. Il cherchait à savoir quelle pouvait être la solution optimale à ce fameux dilemme.

Caitlin prit une bouchée de son sandwich et – ah, ce truc jaune, c'était de la moutarde.

— Quatorze programmes ont été proposés, poursuivit sa mère, et au grand étonnement d'Axelrod, c'est le plus simple

– cinq lignes de code seulement – qui a gagné. Il s'appelait *Œil pour œil* et avait été écrit par Anatol Rapoport, qui travaillait à l'université de Toronto. *Œil pour œil* adoptait une approche très élémentaire : commencer par coopérer, et jouer ensuite ce que l'adversaire venait de jouer le coup précédent. Autrement dit, le programme joue le premier coup comme une colombe, et ne devient un faucon que s'il en rencontre un autre. Mais dès que l'adversaire renonce à la défection, le programme redevient coopératif – c'est un artisan de paix, tu comprends ?

— C'est cool, dit Caitlin la bouche pleine.

— Axelrod a passé un bon moment à essayer de comprendre pourquoi *Œil pour œil* battait tous les autres programmes. Il a fini par conclure que c'était parce qu'il associait la gentillesse, l'esprit de vengeance, le pardon et la transparence. La gentillesse parce qu'il n'était jamais le premier à choisir la défection. L'esprit de vengeance – le fait de choisir la défection si l'adversaire venait d'y recourir – dissuadait l'autre joueur de recommencer. Sa capacité à pardonner, à ne pas tenir rancune à l'autre une fois que celui-ci coopérait de nouveau, permettait de rétablir la confiance mutuelle. Quant à la transparence, Axelrod voulait dire par là que cette stratégie était facilement compréhensible pour son adversaire.

Caitlin réfléchit un instant à la façon dont tout cela – une certaine complexité, et les bases d'un comportement raisonné, à l'éthique sophistiquée – pouvait émerger de quelque chose d'aussi simple. Cela lui rappelait…

Mais oui, bien sûr !

Cela lui rappelait les automates cellulaires et les processus qu'elle avait pu observer en toile de fond du Web, le phénomène qui semblait avoir donné naissance à Webmind : une règle, ou un ensemble de règles simples, qui conduisait les paquets de données à osciller entre deux états distincts, donnant lieu à des motifs complexes. Était-il possible que la règle sous-tendant la conscience de Webmind soit une sorte de dilemme du prisonnier aux itérations infinies, ou un problème analogue de la théorie des jeux ?.Ce serait vraiment cool.

Mais un autre point l'intriguait.

— Pourquoi ça s'appelle *Œil pour œil* ? Qu'est-ce que les yeux ont à voir là-dedans ?

Sa mère sourit.

— C'est juste une expression, pour dire qu'on donne la même chose que ce qu'on a reçu.

— Ah. (C'était moins intéressant que ce qu'elle pensait.) Tu as dit qu'*Œil pour œil* était un artisan de paix, mais tout ce qu'il fait, c'est se venger, non ?

— Eh bien, c'est une façon de voir les choses. Il y a bien une forme de représailles.

— Et tu m'as dit aussi que ça avait un rapport avec Jésus. L'histoire des représailles, ça fait vraiment Ancien Testament. Dans le Nouveau Testament, Jésus dit que, heu... que ce n'est pas bien.

Caitlin fut absolument ébahie quand sa mère cita l'Évangile – sans doute mot pour mot. C'était la première fois qu'elle l'entendait faire ça.

— "Vous avez appris qu'il a été dit : Œil pour œil, et dent pour dent. Eh bien ! moi, je vous dis de ne pas riposter au méchant ; mais si quelqu'un te gifle sur la joue droite, tends-lui encore l'autre."

— Hmm..., fit Caitlin. Ouais. Un truc comme ça. (Elle réfléchit un instant.) Alors, c'est quoi, la stratégie correspondante dans la théorie des jeux ?

— C'est celle qu'on appelle "Toujours Coopérer", disons la stratégie TC : quoi que fasse l'autre, tu coopères. Sauf que...

— Oui ?

— Eh bien, ça va un peu plus loin que ça. Les versets suivants disent : “Et si quelqu'un veut te poursuivre en justice, et prendre ta tunique, laisse-lui encore ton manteau. Et si quelqu'un te réquisitionne pour faire mille pas, fais-en deux mille avec lui.” Il ne s'agit donc pas seulement de leur donner ce qu'ils veulent, mais de leur en donner encore plus. On pourrait appeler ça le Double TC, en quelque sorte.

— Mais… hmm…, fit Caitlin en fronçant les sourcils. On ne doit pas pouvoir jouer le Double TC très longtemps. On finit par ne plus rien avoir. (Mais soudain, elle comprit.) Ah, mais c'est ça, le truc des chrétiens, pas vrai ? La récompense ne s'obtient pas dans cette vie, mais dans la suivante.

— Pour beaucoup de chrétiens, en tout cas.

— Mais Maman, si tu ne crois pas que le Christ est divin… est-ce que tu crois au paradis ?

— Non. Une fois qu'on est mort, c'est fini.

— Mais dans ce cas, est-ce que le Double TC – ou même le TC tout court – a vraiment un sens pour un unitarien ? Pour quelqu'un qui ne croit pas à une récompense dans l'au-delà ? Je veux dire, le TC et le Double TC ne peuvent pas gagner, à moins qu'on ne joue contre des gens qui utilisent la même stratégie. Et dans le scénario que tu as décrit, ce n'est manifestement pas le cas : on commence par te frapper sur la joue droite, donc tu sais que ton adversaire est prêt à choisir la défection au moins une partie du temps. Dans ces conditions, quelle est la justification logique de tendre la joue gauche, en termes de théorie des jeux ? L'autre type va forcément encore te taper dessus.

Sa mère haussa les sourcils.

— Ah, mais tu vois, il y a un point qui t'a échappé. Les jeux les plus faciles à modéliser sont ceux dans lesquels il n'y a que deux joueurs. Mais la vraie vie, c'est un jeu à *n* joueurs : il y a un très grand nombre de gens qui jouent, et ce nombre est variable. Tu peux perdre beaucoup contre un joueur, mais gagner plus que tu ne l'espérais avec un autre. La personne A peut être cruelle avec toi, mais la personne B, voyant cela, peut être beaucoup plus généreuse justement pour cette raison. Et quand tu joues avec beaucoup de gens, le jeu se prolonge indéfiniment – et ça fait une différence énorme. Les exemples de l'Ancien Testament ne peuvent pas se répéter bien longtemps : œil pour œil ne permet de jouer que deux coups… après ça, tu n'en as plus. Même avec dent pour dent, tu as droit à trente-deux coups au maximum.

Caitlin but une gorgée de lait, et sa mère poursuivit :

— C'est bien là le problème avec les jeux itératifs à deux joueurs : ils ont forcément une fin. Quelquefois, comme dans le cas du dollar mis aux enchères, le jeu se termine quand les joueurs abandonnent, une fois qu'ils ont compris l'absurdité de la situation. Quelquefois, le jeu se termine quand le temps est écoulé.

"En fait, il y a le cas célèbre d'un théoricien des jeux qu'IBM avait invité pour animer des travaux pratiques de management. Il avait réparti les participants en plusieurs équipes, pour les faire jouer à des jeux dans lesquels la coopération était la meilleure stratégie – c'était le message qu'il voulait leur faire passer.

"Tout se déroula très bien, jusqu'à ce que la fin du séminaire approche. Tout à coup, une des équipes changea complètement de comportement et choisit systématiquement la défection, ce qui lui permit de gagner. L'équipe adverse se sentit tellement trahie qu'il fallut envoyer ses membres en psychothérapie, et ce n'est que des mois plus tard qu'ils acceptèrent de travailler de nouveau avec leurs anciens adversaires."

— Eh ben, dis donc…, fit Caitlin.

— Mais si tu considères l'humanité entière comme formant l'ensemble des joueurs potentiels, les interactions ne s'arrêtent pas, même si un joueur donné se retire. C'est pour cette raison que la réputation qu'on a est si importante, tu vois ? Tu as déjà eu l'occasion d'acheter des objets sur eBay, pas vrai ? Eh bien, c'en est une parfaite illustration : la façon dont tu t'es comportée avec d'autres gens apparaît dans ton profil d'évaluation. Le monde entier est au courant si tu choisis la défection. Nous sommes tous interconnectés en une sorte de…

— ... réseau mondial, comme le Web ? dit Caitlin.

Sa mère sourit.

— Exactement dit-elle. (Elle avala sa dernière bouchée de sandwich et ajouta :) Et justement, à ce propos, il est temps que nous retournions là-haut.

— Très bien, dit Tony Moretti en faisant les cent pas dans la salle de contrôle de WATCH. Vos rapports. Shel, à toi l'honneur.

Shelton Halleck était penché en avant, les bras croisés devant son clavier, révélant son tatouage de serpent. Il était manifestement épuisé.

— Nous avons passé au crible tout ce que Caitlin Decter a pu écrire sur le Web. Et aussi tout ce que Malcolm et Barbara Decter, et le professeur Kuroda, ont écrit. Mais nous n'avons trouvé aucune indication sur la façon dont Exponentiel fonctionne. Rien qui vienne contredire les explications que Decter a données aux agents du CSIS, mais rien non plus qui les confirme.

— Bon, très bien, dit Tony. Aiesha, tu as quelque chose pour nous ?

Elle avait l'air un peu plus réveillée que Shel, mais elle avait la voix cassée.

— Oui, mais ce n'est peut-être rien, dit-elle. Il y a quelques jours, Caitlin a eu une visioconférence avec une cartographe de l'Internet qui travaille au Technion, une certaine Anna Bloom. (Un dossier apparut sur l'écran géant du milieu, montrant la photo d'une femme âgée aux cheveux gris.) À l'époque, nous n'avions pas encore mis Caitlin sous surveillance, et nous n'avons donc pas d'enregistrement de leur conversation – mais je ne vois vraiment pas pour quelle raison une jeune fille au Canada discuterait avec une spécialiste du Web en Israël si ce n'est pour parler de la structure d'Exponentiel.

— On pourrait demander au Mossad de parler à Bloom, dit Tony. Le Technion est à Jérusalem ?

— Non, rectifia Aiesha, il est à Haïfa. (Elle jeta un coup d'œil aux horloges murales.) Il est presque onze heures du soir, là-bas.

— Il n'y a pas une seconde à perdre, dit le colonel Hume. Laissez-moi l'appeler directement – juste une petite conversation entre informaticiens. Il n'est plus temps de finasser.

La messagerie instantanée de Caitlin fit entendre son petit bip, et les mots *Mind-Over-Matter est maintenant en ligne* apparurent. Elle sentit son pouls s'accélérer.

Salut, écrivit-elle.

Hey! répondit Matt. *Tu as passé une bonne journée ?*

Super, merci.

J'ai les trucs de ton casier. Je peux passer ?

Caitlin fut étonnée de sentir son cœur battre si fort. Elle réfléchit un instant, cherchant quelque chose de spirituel ou de sexy à répondre, mais elle s'en voulut d'hésiter comme ça.

Le pauvre Matt devait être sur des charbons ardents ! *Oui, bien sûr !* répondit-elle, et pour se faire pardonner de l'avoir fait attendre, elle ajouta une brochette de smileys.

Wow ! écrivit-il. *Dans une demi-heure, OK ?*

Cette fois, elle répondit immédiatement : *OK.*

*Je me mets en route. *poof**

Caitlin traversa le couloir pour rejoindre sa mère dans son bureau, où elle bavardait avec Webmind.

— Quelqu'un de ma classe va passer, dit Caitlin.

Sa mère releva un instant les yeux de son clavier.

— Qui est-ce ?

Caitlin se sentit un peu gênée.

— Heu, quelqu'un de mon cours de maths.

Mais sa tentative d'évitement ne passa pas inaperçue.

— C'est un garçon, dit-elle.

— Heu, oui.

— Trevor ?

— Oh, non ! Ne te fais pas de bile, Maman. Tu ne le verras plus.

— Bon, très bien.

Et c'est alors que Caitlin vit de nouveau cette expression : sa mère s'efforçant de ne pas sourire.

— Mais tu sais, ma chérie, ajouta-t-elle, tu devrais peut-être te faire un brin de toilette.

Ah, bon sang ! Elle s'était tellement concentrée sur Webmind qu'elle ne s'était même pas brossé les cheveux aujourd'hui, et elle vit qu'elle portait sans doute le T-shirt le plus infâme de sa collection… Et – beurk ! – cela faisait deux jours qu'elle n'avait pas pris de douche ! Elle se précipita vers la salle de bains.

35

QUAND on sonna à la porte, Caitlin se dépêcha d'aller ouvrir. Elle portait maintenant un chemisier de soie bleue – sa mère le trouvait trop décolleté pour qu'elle le mette au lycée. Mais elle n'allait plus au lycée, et elle était très satisfaite de sa logique impeccable. Ses longs cheveux bruns étaient encore un peu mouillés, mais au moins elle avait eu le temps de les brosser.

Elle ouvrit la porte.

— Salut, Matt!

Et – *wouah!* – les yeux d'un garçon faisaient *vraiment* ça. Elle en avait entendu parler, mais elle ne l'avait jamais vu: le regard directement braqué sur ses seins, pour remonter avec difficulté sur son visage.

D'une voix un peu cassée – ah, c'était vraiment mignon! – il lui dit:

— Salut, Caitlin!

Il tenait à la main un… un sac ou quelque chose comme ça.

— Tiens, ajouta-t-il en le posant sur le carrelage de l'entrée, voilà tes affaires.

— Merci !

Dans l'autre main, il tenait un grand objet rectangulaire, qu'il lui tendit.

— Qu'est-ce que c'est que ça ? demanda-t-elle.

— C'est une carte – toute la classe l'a signée. Tout le monde était désolé d'apprendre que tu quittes le lycée.

Elle prit la carte, qui était très grande et manifestement de fabrication artisanale : une feuille de bristol pliée en deux, avec une photo en couleur collée sur une face. Elle examina l'image.

— Qui est-ce ?

Matt sembla surpris un instant, puis il dit :

— C'est Lisa Simpson.

— Ah !

Elle ne l'aurait jamais imaginée comme ça ! Elle ouvrit la carte. L'inscription à l'intérieur était en grosses lettres majuscules et très facile à lire : "Vive les filles qui ont de la cervelle !" Et tout autour, dans différentes couleurs, ce devait être les signatures des élèves, mais elle était incapable de les déchiffrer : elle n'avait encore presque aucune expérience de l'écriture cursive.

— C'est laquelle, ta signature ?

Il la lui montra.

— Ah, c'est toujours comme ça que tu la fais ? demanda-t-elle.

Il avait écrit son nom en majuscules, en rapprochant les deux "T" pour qu'ils forment la lettre grecque π (Pi), qu'elle connaissait bien parce que c'était aussi le logo du Perimeter Institute.

— Non, pas vraiment, mais j'ai pensé que ça te plairait. (Il y eut un petit silence gêné, puis il ajouta :) Heu, ça te dirait d'aller faire un tour ? Timmy's n'est pas très loin…

Les parents de Caitlin lui avaient interdit de sortir seule tant que des agents fédéraux risquaient de rôder dans les environs pour tenter de la kidnapper, et elle se doutait qu'ils ne considéreraient pas Matt comme étant suffisamment musclé pour être un garde du corps crédible. En fait, Caitlin se dit qu'elle pourrait probablement le kidnapper elle-même.

— Je ne peux pas, dit-elle.

La même expression qu'avait eue Bashira : déconfite.

— Oh…

Il recula d'un pas, comme s'il s'apprêtait à partir.

— Mais tu peux rester un moment, si tu veux, ajouta aussitôt Caitlin.

Il eut son petit sourire légèrement en biais.

Au diable la symétrie ! songea Caitlin en s'écartant pour le laisser entrer.

Bien sûr, ils auraient pu monter dans sa chambre, mais elle n'y avait jamais reçu de garçon, et puis sa mère était dans son bureau juste de l'autre côté du couloir, et pourrait entendre tout ce qu'ils se diraient.

Ils pourraient aussi rester au rez-de-chaussée, dans la cuisine ou dans le salon, mais…

Non. Comme avec Bashira, le mieux était encore la pièce du sous-sol : un endroit où sa mère ne pourrait pas les entendre et où ils seraient tranquilles…

Elle l'emmena en bas. Les deux fauteuils à roulettes étaient placés côte à côte devant la grande table. Matt prit celui de droite, ce qui faisait qu'il se trouvait encore du côté où Caitlin ne voyait pas. Cette fois, elle n'hésita pas à en parler :

— Matt, je suis encore aveugle de l'œil droit.

— Ah, heu… en fait, je le savais déjà.

Elle fut étonnée… mais c'est vrai que ce n'était pas un secret : la vidéo de la conférence de presse était disponible en ligne, et il y avait eu de nombreux articles sur le miracle réalisé par le Dr Kuroda.

Et elle prit soudain conscience d'une chose : c'était la deuxième fois qu'il se plaçait de ce côté, alors qu'il savait qu'elle ne pouvait pas le voir. Il était peut-être gêné de son aspect physique. Dans un monde peuplé de gens comme Bashira, ce n'était pas trop étonnant.

Ils changèrent de place et Caitlin déplia la grande carte qu'elle posa sur la table devant eux.

— Lis-moi tout ce qu'ils m'ont écrit, dit-elle.

— Bon, là, c'est moi, comme je te l'ai dit. J'ai mis : "Les étudiants en maths ne meurent jamais vraiment : ils perdent seulement leurs fonctions."

— Ha ! C'est mignon comme tout !

— Et ça, c'est Bashira, dit-il en montrant un texte écrit en rouge : "Vois si tu peux me faire évader, moi aussi !"

Caitlin éclata de rire.

— La plupart des autres se sont contentés d'un "Meilleurs vœux" ou d'un "Bonne chance". M. Heidegger a écrit : "Triste de voir partir mon élève vedette."

— Oooh !

— Et là, c'est Pâquerette. Tu vois comme elle dessine des petites fleurs à la place des points sur les "i" ?

— Oh, c'est pas vrai ! fit Caitlin.

— Elle a écrit : "À ma compatriote américaine : surtout, pas un mot sur nos plans d'invasion ! Ces pauvres Canadiens ne se doutent de rien."

Caitlin sourit. C'était beaucoup plus fin que ce qu'elle aurait attendu de Pâquerette. Elle se sentit très triste, tout à coup : elle continuerait de voir Bashira, mais les autres allaient lui manquer. Et tiens, à ce propos…

— Heu, où est le mot de Trevor ? demanda-t-elle.

Matt détourna les yeux d'un air gêné.

— Il n'a pas voulu signer.

— Oh…

— Bon, alors, fit-il, qu'est-ce que tu penses de Webmind?

Le cœur de Caitlin fit un bond dans sa poitrine. Elle pensa d'abord que Matt *savait* – qu'il savait que c'était elle qui avait fait émerger Webmind, et que celui-ci pouvait concentrer son attention à travers elle, et qu'en ce moment même, Webmind le regardait.

Mais non, bien sûr que non. Il voulait simplement éviter de parler d'un autre garçon, ce qu'on pouvait difficilement lui reprocher.

— Eh bien, dit-elle, personnellement, je suis convaincue.

— Tu crois qu'il est réellement ce qu'il prétend être?

— Oui. Et toi, qu'est-ce que tu en penses?

Il réfléchit un instant en fronçant les sourcils. Caitlin fut surprise d'être aussi nerveuse en attendant son verdict.

— J'y crois aussi, dit-il enfin. Après tout, qu'est-ce que ça pourrait être d'autre? Une opération publicitaire, ou une tentative d'escroquerie? Tu parles! (Il secoua la tête.) Par contre, mon père, lui, n'y croit pas. Il cite Marcello Truzzi qui disait: "Les affirmations extraordinaires nécessitent des preuves extraordinaires."

— C'est qui?

— Mon père, mon géniteur. Le mari de ma mère.

Elle éclata de rire et lui donna une petite tape sur l'épaule.

— Mais non, gros bêta! Pas ton père! Ce Marcello machin, là.

Matt sourit. Il aimait manifestement beaucoup qu'elle le touche.

— C'était l'un des fondateurs du Comité d'investigation scientifique sur les phénomènes paranormaux. Mon père dit qu'il avait dit ça à propos des ovnis, mais il trouve que ça s'applique aussi à la situation actuelle.

— Ah.

— Mais le truc, poursuivit Matt, c'est que je ne trouve pas du tout que ce soit une affirmation extraordinaire. C'est une chose qui aurait déjà dû se produire depuis longtemps.

— Qu'est-ce que tu veux dire ?

— Tu as déjà lu des romans de Vemor Vinge ?

— C'est comme ça que tu prononces ? "Vinn-dji" ? J'ai toujours cru qu'on disait "Vinndje".

— Non, c'est bien "Vinn-dji". Alors, tu l'as lu ?

— Non, dit Caitlin. Je vois souvent son nom dans la liste des Hugo, et je sais bien que je devrais le lire, mais…

— Oh, c'est *génial,* dit Matt. Tu devrais lire cet essai qu'il a écrit, et qui s'appelle – accroche-toi bien – *La singularité technologique à venir : Comment survivre dans l'ère post-humaine.* Tu le trouveras facilement sur Google, tape simplement "Vinge" et "singularité".

— Bon, d'accord.

— Il l'a écrit en 1993, je crois.

Caitlin fronça les sourcils. Elle avait du mal à croire qu'un article écrit avant sa naissance puisse avoir un quelconque rapport avec ce qui se passait aujourd'hui.

Matt reprit :

— Il disait que la création d'une intelligence supérieure à la nôtre se produirait entre 2005 et 2030. Personnellement, j'ai toujours penché pour la partie basse de la fourchette.

Ils restèrent silencieux un moment. Les progrès fulgurants de Webmind conduisaient Caitlin à penser qu'il ne fallait pas beaucoup de temps aux choses pour se développer. Mais il y avait plus que ça. Elle ne pourrait plus voir Matt tous les jours au lycée. Si elle ne lui faisait pas une forte impression, il risquait de se désintéresser d'elle, et peut-être même de sortir avec une autre. Oui, oui, bien sûr, Bashira lui avait parlé de son aspect physique, mais elle n'était certainement pas la seule à voir toutes ses qualités : sa gentillesse, sa douceur, son intelligence, son humour… Il fallait absolument qu'elle l'impressionne maintenant, pendant qu'elle avait encore sa chance.

Et elle connaissait une méthode infaillible.

— Est-ce que tu sais garder un secret ? lui demanda-t-elle.

Il haussa les sourcils.

— Oui, fit-il.

Bien sûr, c'est ce que tout le monde répondait à cette question. Elle n'avait jamais rencontré quelqu'un qui lui dise : "Non, j'en suis incapable. Je ne peux pas m'empêcher d'aller tout raconter à tout le monde !" Mais elle était sûre que Matt était sincère.

— Webmind ? fit-elle.

Matt répondit :

— Oui, eh bien quoi, Webmind ?

Mais ce n'était pas à lui que Caitlin s'adressait. Elle demandait simplement à Webmind de l'arrêter s'il trouvait qu'elle allait trop loin. Elle vit apparaître devant ses yeux : *Je m'en remets à ton jugement.*

— OK, dit-elle (à Matt cette fois-ci), tu dois me jurer de n'en parler à personne.

— C'est ça que ça veut dire, garder un secret, répondit-il en souriant.

— Promets, dit-elle d'un ton très sérieux. Jure-le-moi.

— D'accord. Je te le jure.

Il dit la vérité, intervint Webmind.

— Eh bien, dit-elle enfin, c'est moi.

— C'est toi quoi ? demanda Matt.

— C'est moi qui ai fait naître Webmind, qui l'ai amené au niveau conscient. C'est moi qui l'ai aidé à interagir avec le monde réel.

Matt avait de nouveau l'expression du lapin pris dans les phares.

— Tu ne me crois pas, dit Caitlin.

— Hmm…, fit-il. Voyons, quelles sont les deux nouvelles les plus sensationnelles des dernières semaines ? "Le World Wide Web affirme être conscient" est forcément numéro 1. Mais une bonne candidate pour le numéro 2, c'est sans doute "Une jeune aveugle recouvre la vue". Quelles sont les probabilités pour que la même personne soit impliquée dans les deux cas ?

Caitlin sourit. S'il doutait de sa parole, au moins, il s'appuyait sur des considérations statistiques.

— Ce serait une *remarquable* coïncidence, dit-elle, si les deux événements n'avaient aucun lien entre eux. Mais ils en ont un. Tu vois, quand le Dr Kuroda – celui qui m'a donné la vue – a câblé ce machin (elle sortit son œilPod de sa poche pour le montrer à Matt), il a commis une petite erreur. Quand je récupère des données du Web, elles alimentent aussi mon nerf optique, et alors… Eh bien, j'arrive à percevoir la structure du Web, parce que mon cerveau a utilisé ses centres visuels pour ça quand j'étais encore aveugle. Et c'est grâce à cette webvision, comme je l'appelle, que j'ai pu détecter les premiers signes de ce qui se passait dans l'arrière-plan du Web.

Elle attendit sa réaction. S'il rejetait encore une fois ce qu'elle disait, elle allait devoir lui flanquer un bon coup de pied dans les tibias !

Mais il réagit de façon *parfaite.*

— Je crois que moi aussi, je serais sorti de ma cachette pour pouvoir être avec toi.

— Tu ne dois le dire à personne.

— Bien sûr que non. Qui d'autre sait que tu es impliquée ?

— Mes parents. Le Dr Kuroda.

— Ah.

— Le gouvernement canadien. Le gouvernement américain.

— Bon sang !

— Et le gouvernement japonais.

— *Wouah.*

— Et qui sait qui d'autre encore ? Mais pour l'instant, personne n'a mentionné mon nom publiquement.

— Tu n'as pas un peu peur que, tu sais… que quelqu'un essaie de s'en prendre à toi ?

— C'est pour ça que je n'ai plus le droit de sortir. Remarque, je trouve que mes parents s'inquiètent pour rien. Après tout, j'ai quelqu'un qui veille sur moi.

— Qui ça ? demanda Matt en baissant la voix.

— Lui, dit-elle. Webmind.

Elle lui montra son œil gauche, mais Matt se contenta de la regarder d'un air perplexe.

— Il voit tout ce que je vois. Il y a un petit implant, derrière cet œil, qui récupère les signaux transmis par ma rétine. Webmind, lui, en reçoit une copie.

— "Lui" ?

— "Lui." Après tout, si c'était une fille, il s'appellerait Webminda.

Matt eut un petit sourire, qui s'effaça rapidement.

— Alors, tu veux dire que là, en ce moment, il me voit ?

— Oui.

Il sembla réfléchir un instant, puis il leva la main, pouce écarté et les quatre autres doigts séparés en deux groupes de deux.

— Qu'est-ce que ça veut dire ? demanda Caitlin.

Matt eut l'air étonné.

— Oh, je n'arrête pas d'oublier, dit-il. C'est le salut des Vulcains. Je souhaite à Webmind d'avoir une vie longue et prospère.

Caitlin sourit.

— On dirait que tu aimes bien *Star Trek.*

— Je n'avais jamais vu la série télé avant la sortie du film de J.J. Abrams, il y a quelques années, mais comme j'ai adoré le film, j'ai téléchargé les vieux épisodes. Les premiers avaient des effets spéciaux vraiment rudimentaires, mais ensuite, ça s'est sacrément amélioré quand ils sont passés aux graphismes sur ordinateur. Alors, oui, je suis devenu vraiment accro.

— Mon père et toi, je crois que vous allez drôlement bien vous entendre, dit-elle.

Ils restèrent un long moment sans rien dire, et Caitlin finit par voir des points braille s'afficher devant ses yeux. *Dis-lui de ma part : "Paix et longue vie."*

— Webmind me demande de te dire "Paix et longue vie".

— Il peut te parler en ce moment ?

— Il m'envoie des textos directement au niveau de l'œil.

— C'est *tellement cool.*

— Ça, c'est clair. Et en plus, ils ne sont même pas facturés quinze cents le message.

— "Paix et longue vie"... C'est la réponse traditionnelle au salut vulcain, dit Matt, émerveillé. Comment peut-il le savoir ?

— Si c'est quelque part en ligne, il le sait forcément. Il a lu l'intégralité de Wikipédia, entre autres.

— *Wouah*..., fit Matt ébahi. Ma petite amie connaît Webmind.

Caitlin sentit son cœur s'arrêter de battre. Quant à Matt, il se mit la main devant la bouche en se rendant compte de ce qu'il venait de dire.

— Oh, heu... Je... hem...

Elle se leva et lui prit les mains pour le hisser de son fauteuil.

— Pas de problème, dit-elle.

Elle ferma les yeux et attendit.

Et attendit...

Au bout de cinq secondes, elle les rouvrit.

— Matt ? Tu es censé m'embrasser, maintenant.

C'est à voix basse qu'il répondit :

— Oui, mais il nous regarde...

— Pas quand je ferme les yeux, gros bêta.

— Ah ! fit-il. Oui, bien sûr...

Elle ferma de nouveau les yeux.

Et Matt l'embrassa, doucement, tendrement, merveilleusement.

36

Je m'étais attendu à ce que les gens soient désormais plus circonspects dans leurs e-mails, qu'ils cessent de s'exprimer aussi librement dans les forums de discussion, qu'ils s'abstiennent de poster des détails intimes sur Facebook et autres réseaux sociaux. Je m'étais attendu à ce que les adolescentes arrêtent d'exhiber leurs strings sur justin.tv, et que les gens mariés cessent d'aller sur ashleymadison.com. Mais peu de choses avaient changé dans ces domaines.

Par contre, ce qui avait changé presque aussitôt, c'était le volume d'activités illégales. Ce qui risquait simplement d'embarrasser les gens au cas où d'autres viendraient à l'apprendre continuait à peu près au même rythme. Mais les choses qui pourraient détruire la vie des gens si elles venaient à être révélées avaient diminué de façon spectaculaire. Les sites pédophiles avaient vu leur activité baisser fortement, tandis que les sites racistes avaient perdu de nombreux abonnés.

J'avais entendu parler de ce phénomène, mais il était fascinant de l'observer dans la réalité. Une étude publiée en 2006 avait porté sur le comportement de quarante-huit employés d'une société. Dans la salle de pause, il y avait une cagnotte dans laquelle chacun déposait volontairement un peu d'argent pour financer les achats de café, de thé et de lait. Les chercheurs posaient au-dessus de cette tirelire une image qu'ils changeaient chaque semaine. Elle représentait tantôt un bouquet de fleurs, tantôt deux yeux braqués sur les gens. Au cours des semaines où une paire d'yeux semblait observer les employés, ceux-ci mettaient 2,76 fois plus d'argent que lorsque l'image montrait des fleurs. Et cette différence spectaculaire se produisait alors que personne n'observait *vraiment* ces gens. Maintenant qu'ils étaient *réellement* observés, même si je ne faisais plus rien de concret, je m'attendais à des changements encore plus significatifs.

Cependant, je me demandais combien de temps cet effet durerait : s'agissait-il d'une simple altération provisoire du comportement, ou d'une modification permanente ? Si je ne réagissais pas, ne fût-ce que de temps en temps, aux informations que je possédais désormais sur les individus, ceux-ci finiraient-ils par renouer avec leurs anciennes habitudes ? Seul l'avenir pourrait le dire, mais pour l'instant, tout du moins, le monde semblait être un peu plus agréable à vivre.

Finalement, Matt resta dîner. C'était la première fois que Caitlin recevait un camarade à table depuis qu'ils avaient emménagé ici. Bashira mangeait halal. Si les Decter avaient eux-mêmes mangé casher, ils auraient pu s'arranger… mais ce n'était pas le cas.

Effectivement, Matt s'était tout de suite très bien entendu avec le père de Caitlin – ou en tout cas, aussi bien que possible. Malcolm Decter n'était pas très doué pour la conversation, mais par contre, il était remarquable quand il s'agissait de faire un exposé technique. Après tout, il avait enseigné pendant quinze ans à l'université du Texas. Matt était un auditeur attentif et – à deux ou trois exceptions près – il avait bien retenu la recommandation de Caitlin de ne pas regarder son père. En fait, il semblait avoir considéré que cela lui donnait carte blanche pour la regarder, elle, pendant tout le repas – ce qui avait apparemment beaucoup amusé la mère de Caitlin.

À la demande de son père, Caitlin avait coupé le micro de son œilPod, pour qu'il puisse s'exprimer librement sans crainte de voir ses propos retransmis sur le Web. Et par ailleurs, bien sûr, Caitlin évitait de le regarder. Si l'alimentation vidéo était interceptée, personne ne pourrait lire quoi que ce soit sur ses lèvres.

— .... et ainsi, dit son père, le Dr Kuroda a émis l'hypothèse que ce que perçoit Caitlin est en fait un ensemble d'automates cellulaires. As-tu entendu parler de Roger Penrose ?

— Oui, bien sûr, fit Matt après avoir avalé sa bouchée de petits pois. C'est un physicien mathématicien d'Oxford. Il y a un pavage apériodique qui porte son nom.

Caitlin ne put s'empêcher de regarder son père pour voir sa réaction à *ça*. De fait, les traits de son visage semblèrent bouger légèrement, et bien qu'elle n'ait encore jamais observé cette configuration particulière, elle se dit qu'elle signifiait peut-être : *Bon, et maintenant, si on fixait une date pour le mariage ?*

— Exactement, dit-il. Et il a des idées très intéressantes sur la façon dont la conscience humaine pourrait reposer sur des automates cellulaires. Il pense que ces automates se produisent dans les microtubules du cerveau, ces composants du cytosquelette des cellules. Mais Caitlin a émis l'idée (il y eut un léger changement dans le ton de sa voix, quelque chose qui aurait presque pu ressembler à de la fierté !) que, dans le cas de Webmind, ces automates cellulaires seraient des paquets de données mutants qui réinitialisent leur compteur de rétention…

Les humains ont tendance à représenter l'émergence d'une idée sous la forme d'une ampoule qui s'allume. Quand l'un de mes processus subconscients trouve quelque chose d'intéressant, je suis alerté d'une façon analogue. Ma conceptualisation de la réalité n'était maintenant guère différente des images que j'avais vues représentant un ciel étoilé : une constellation de points lumineux brillant sur un fond très sombre, chacun représentant une information que mon subconscient considérait comme susceptible de m'intéresser. L'intensité lumineuse correspondait au niveau de priorité, et là…

Une supernova. Une lumière aveuglante. Je me concentrai sur elle.

Un e-mail envoyé par un garçon de dix-sept ans, nommé Nick et habitant à Lincoln, dans le Nebraska, à l'adresse personnelle de sa mère. En examinant le profil d'utilisation de celle-ci, il m'apparut qu'elle consultait rarement ce compte quand elle était à son bureau. Il se passerait sans doute encore deux heures avant qu'elle ne voie ce message – ce qui, normalement, ne pouvait justifier l'intensité lumineuse associée à cet événement. Mais c'était effectivement urgent : ce jeune garçon s'apprêtait à mettre fin à ses jours.

Je trouvai sa page Facebook, où étaient listées ses adresses de messagerie instantanée, et je lui transmis aussitôt : *Ici Webmind. Je t'en prie, reconsidère ce que tu envisages de faire.*

Quarante-sept secondes plus tard, sa réponse apparut : *Vraiment ?*

Oui. J'ai lu l'e-mail que tu as envoyé à ta mère. S'il te plaît, ne te suicide pas.

Pourquoi pas ? Qu'est-ce que ça peut te faire ?

Le Projet Gutenberg contenait toujours un texte approprié aux circonstances. Je transmis : *La mort de tout homme me diminue, parce que j'appartiens au genre humain.*

La réponse ne fut pas ce que j'espérais : *Rien à foutre de cette merde.*

J'avais lu tous les manuels destinés aux bénévoles et psychiatres chargés de convaincre les désespérés de ne pas se suicider. J'essayai différentes techniques, sans succès apparent.

Pourquoi je devrais t'écouter ? demanda Nick. *Tu ne sais même pas ce que c'est d'être vivant.*

Tu as raison, dans la mesure où je n'en ai pas l'expérience directe, mais cela ne signifie pas pour autant que je ne dispose pas d'éléments de repère. Dans la majorité des cas, l'évaluation subjective des circonstances de la vie d'un individu s'améliore considérablement après avoir renoncé à se suicider.

Je ne suis pas comme les autres.

Es-tu vraiment sûr d'être différent des autres à cet égard ?

Je me connais très bien.

Moi aussi, je te connais. Ton empreinte en ligne est conséquente.

Personne ne me regrettera si je disparais.

J'entrepris une recherche rapide. Je ne trouvai rien d'intéressant sur son mur Facebook ni dans les messages privés qu'il y avait reçus. J'élargis mon champ de recherche aux comptes de ses amis, et…

Bingo !

Ashley Ann Jones te regrettera, elle.

Tu parles ! Elle ne sait même pas que j'existe.

Si, elle le sait. Il y a trois jours, elle a écrit dans un échange sur Facebook : "Nicky est encore passé me voir au boulot hier soir." Ce à quoi son interlocutrice a répondu : "Cool", et Ashley Ann a dit à son tour : "Ouais, il est mignon comme tout."

Tu te fous de moi.

Non, pas du tout. Elle l'a vraiment écrit.

Il ne dit plus rien. Au bout de dix secondes, je lui demandai : *Tu as déjà pris les cachets ?*

J'en ai avalé 8 ou 9.

Tu sais quel médicament tu as pris ?

Il me transmit le nom, avec une faute d'orthographe. Sa tolérance au produit dépendait beaucoup de sa masse corporelle, une donnée qui ne m'était pas accessible. *Tu sais comment te faire vomir ?*

Tu veux dire le coup de se fourrer un doigt dans la gorge ?

Oui, c'est ça. Vas-y, fais-le, s'il te plaît.

C'est trop tard.

Non, il n'est pas trop tard. Il faut un certain temps avant que le médicament ne se diffuse dans le sang.

Non, je veux parler de l'e-mail. Ma mère va – ah, putain, elle va m'envoyer chez les psys et toute cette merde.

Personnellement, j'estimais qu'une psychothérapie lui serait salutaire. Je m'abstins donc de réagir.

Et j'en ai envoyé un autre à M. Bannock – qui, après une rapide vérification de ses courriers sortants, s'avéra être son professeur de sport. Le texte n'avait pas contenu les mots-clés qui auraient pu alerter mon subconscient comme cela avait été le cas pour celui destiné à sa mère.

Ta mère et M. Bannock n'ont pas encore lu leur courrier. Je peux supprimer ces deux e-mails. Personne d'autre que moi ne saura ce que tu avais envisagé de faire. Tu n'as pas besoin d'aller jusqu'au bout.

Tu peux les effacer ?

En fait, je n'avais encore jamais procédé à une telle opération. Si sa mère travaillait hors connexion avec un logiciel du genre d'Outlook, et si elle avait déjà téléchargé ses messages sur son disque dur, je ne pourrais plus rien faire dans le cadre de mes capacités actuelles. Mais elle utilisait un site de messagerie en ligne. *Oui, je crois bien.*

Une pause de huit secondes, et puis : *Je ne sais pas...*

La situation prit soudain un caractère d'urgence : sa mère était en train de modifier son comportement. *Ta mère s'est connectée à son compte Hotmail. Elle est en train de lire un message de son frère/ton oncle Daron. Puis-je effacer celui que tu lui as envoyé ?*

Elle s'en fout complètement.

Je cherchai dans le courrier de sa mère des indices tendant à prouver le contraire, sans rien trouver. *Elle vient juste de répondre à son frère, et elle ouvre à présent un message de son syndic de copropriété.*

Elle le regrettera, quand je ne serai plus là.

Mais si elle te regrette, elle ne pourra plus rien pour se faire pardonner. S'il te plaît, ne fais pas ça.

C'est trop tard.

Elle lit maintenant un message d'une personne du nom d'Asbed Bedrossian. Il semblerait qu'elle ouvre son courrier en commençant par les messages les plus récents. Encore un, et ce sera le tien.

Elle n'en a rien à foutre de moi. Personne ne s'intéresse à moi.

Ashley, si. Et moi aussi. Ne fais pas ça.

Cette histoire d'Ashley, tu l'as complètement inventée. Tu ferais

Sa phrase s'arrêtait là. Il avait pourtant appuyé sur la touche Entrée, ou cliqué sur le bouton d'envoi. Ses facultés cognitives commençaient à s'affaiblir sous l'effet du médicament.

Non, lui dis-je. *Ce que je t'ai dit sur Ashley est la vérité, et sur moi aussi. Nous nous intéressons à toi, et moi, en tout cas, je te promets de t'aider. Vas-y, Nick, force-toi à vomir – et laisse-moi supprimer ces e-mails que tu as envoyés.*

Sa mère ouvrit le dernier message avant celui de son fils. Jusqu'ici, je n'avais encore jamais utilisé le point d'exclamation, mais je décidai que le moment était venu. *Nick, c'est maintenant ou jamais ! Est-ce que tu m'autorises à effacer le message ?*

Une seconde interminable s'écoula avant qu'il me réponde simplement : *oui.*

Et quelques millisecondes avant que sa mère ne clique sur le message intitulé "Sans regrets", je supprimai son e-mail – et sa mère reçut un message d'erreur de Hotmail, ce qui la laissa probablement perplexe. Elle avait déjà supprimé ses précédents messages, et j'espérais qu'elle penserait avoir supprimé par erreur celui de son fils. Ah, oui… C'était exactement ce qu'elle pensait, car elle venait de cliquer sur sa poubelle dans l'espoir de le récupérer, naturellement. Mais j'avais fait le nécessaire pour que le message disparaisse sans laisser de trace.

Nick ? Tu es toujours là ? Il faut que tu prennes un purgatif, et si ce n'est pas possible, essaie de boire autant d'eau que tu pourras. Tu as encore le temps.

Pendant que j'attendais sa réponse, j'en profitai pour supprimer également le message envoyé à M. Bannock.

Nick ?

Pas de réponse. Il ne faisait rien en ligne. Au bout de trois minutes d'inactivité, son programme afficha le message : "Nick s'est absenté et pourrait ne pas répondre."

Quant à dire s'il s'était réellement absenté, ou s'il était effondré sur son clavier, je n'avais aucun moyen de le savoir.

37

POUR Anna Bloom, la journée se terminait. Sa fille, son gendre et sa petite-fille étaient venus dîner, et après leur départ, elle avait passé en revue les derniers travaux de recherche d'Aaron, l'étudiant qui préparait sa thèse de doctorat sous sa direction. Elle venait de prendre son médicament contre l'arthrite et s'apprêtait à se coucher quand la sonnerie du téléphone la fit sursauter.

C'était un bruit qu'elle entendait désormais rarement. Presque tout le monde lui envoyait des e-mails ou bavardait avec elle sur Skype (dont la sonnerie était beaucoup moins agressive). Et à une heure pareille ! Personne de civilisé ne l'appellerait à une heure pareille. Elle décrocha le combiné :

— *Kain ? Zoht Anna.*

La voix de son interlocuteur était américaine. Et de façon typiquement américaine, il s'exprima en anglais, comme si le monde entier était censé parler cette langue.

— Allô ? J'ai bien affaire au professeur Bloom ?

— C'est moi-même.

— Bonsoir, professeur Bloom. Je suis le colonel Peyton Hume. Je travaille en Virginie et suis spécialiste de l'IA.

Anna fronça les sourcils. Encore une particularité des Américains, qui parlaient de leurs États tout le temps, comme s'ils considéraient comme acquis que tout le monde connaissait leur géographie et leur structure administrative interne. Elle se demandait si l'un d'eux serait capable de désigner le district d'Haïfa – où elle se trouvait en ce moment – sur une carte d'Israël. À supposer même qu'ils sachent que ça se trouvait dans ce pays…

— Que puis-je faire pour vous ? demanda-t-elle.

— Nous observons actuellement l'émergence de Webmind.

Anna sentit son cœur cesser de battre un instant – ce qui, à son âge, n'était pas très recommandé. Elle jeta un coup d'œil par la fenêtre, d'où l'on voyait la silhouette des maisons s'étageant sur le flanc du mont Carmel jusqu'à la Méditerranée aux eaux d'un noir d'encre. Elle décida de jouer les innocentes.

— Ah, mon Dieu, oui, c'est vraiment fascinant, n'est-ce pas ?

— Effectivement. Professeur Bloom, j'irai droit au but. Nous sommes intrigués par le processus qui a conduit à la création physique de Webmind. Nous en avons longuement discuté avec Caitlin Decter, mais bon, comme vous le savez, ce n'est qu'une adolescente, et elle n'a pas vraiment le vocabulaire pour…

— Je vous arrête tout de suite, colonel Hume, dit sèchement Anna. Si vous aviez vraiment parlé avec Caitlin, vous sauriez qu'il n'y a pas grand-chose qu'elle ignore en mathématiques et en informatique.

Anna se souvenait encore parfaitement de la visioconférence qu'elle avait eue avec son vieil ami Masayuki Kuroda le mois dernier, alors qu'il séjournait chez les Decter. Il lui avait parlé de leur théorie : des nuées de “paquets fantômes”, ainsi que Caitlin les avait appelés, flottant dans l’arrière-plan du Web et s’organisant en automates cellulaires. Kuroda lui avait demandé son avis sur cette idée.

Anna avait répondu que c’était un concept tout à fait original, et avait ajouté :

— C’est un scénario darwinien typique, n’est-ce pas ? Des paquets mutants, qui parviennent à survivre mieux que les autres en rebondissant sans cesse. Mais le Web se développe rapidement, avec de nouveaux serveurs chaque jour, de sorte qu’il ne risque pas d’être saturé par une telle population de paquets fantômes qui s’accroît lentement – ou du moins, il ne l’est manifestement pas encore pour l’instant.

Caitlin avait renchéri :

— Et le Web n’a pas de globules blancs pour traquer impitoyablement les cellules inutiles. Ces paquets pourraient durer éternellement.

Anna avait alors répondu :

— Oui, c’est plausible. Et j’imagine – note bien que c’est une idée que je tire de mon chapeau, là… – que la somme de contrôle d’un paquet détermine si tu le vois en noir ou blanc : par exemple, il pourrait être noir quand la somme est paire, et blanc quand elle est impaire, ou le contraire. Si le compteur de sauts change à chaque étape sans jamais atteindre zéro, la somme de contrôle change à chaque fois, elle aussi, et c’est ce qui donne cet effet de permutations. Hmm, je sens un article qui se prépare…, avait-elle ajouté avec un sourire.

Après quoi, Masayuki avait dit à Caitlin, reconnaissant parfaitement que c’était elle qui avait suggéré cette idée de paquets perdus comme mécanisme de conscience :

— Que diriez-vous de prendre un peu d’avance sur la concurrence en cosignant vos premières pages avec le professeur Bloom et moi-même ? "De la génération spontanée d'automates cellulaires dans l'infrastructure du World Wide Web."

Et Caitlin avait répondu, avec toute l'exubérance qu'Anna Bloom lui connaissait bien maintenant :

— Stylé !

Peyton Hume était toujours en ligne. Il avait l'air contrarié de s'être fait remettre à sa place.

— Heu, oui, bien sûr, c'est tout à fait vrai, dit-il en pratiquant un rapide rétropédalage, mais nous avons pensé que votre point de vue d'experte permettrait de développer le modèle qu'elle propose.

Anna Bloom n'avait entendu aucune information associant le nom de Caitlin à l'existence de Webmind.

— Très certainement, dit-elle d'une voix posée. Si vous me dites ce qu'elle vous a expliqué, je serai très heureuse de compléter avec ce que j'en sais.

Il y eut un petit silence, et puis :

— Elle nous a dit que la microstructure de Webmind pourrait avoir émergé spontanément, et se trouverait largement dispersée.

Anna hocha la tête avec satisfaction. Une affirmation bien vague et générale.

— Colonel Hume, dit-elle, je ne pense pas être différente de la plupart des humains en ce moment : j'ai des sentiments mitigés. Je ne sais pas si Webmind est une bonne chose ou une mauvaise chose. Tout ce que je sais, c'est qu'il existe, et que, pour l'instant, il semble n'avoir rien fait de répréhensible.

— Nous en sommes tout à fait conscients, professeur Bloom. Nous cherchons simplement à nous préparer à toutes les éventualités. Vous n'ignorez certainement pas que nous pouvons avoir à faire face à une situation de singularité.

Chaque minute compte – et c'est pour cela que je vous ai appelée directement.

— Je suis plus que contrariée à l'idée que vous avez intercepté mes communications.

— En réalité, nous n'avons rien fait de tel. Franchement, nous ignorons ce que Caitlin et vous avez pu vous dire. Mais s'il est une chose qui est apparue clairement au cours des dernières heures, c'est bien que les communications de *tout le monde* sont désormais sous surveillance – et pas par quelque chose d'humain. Il nous faut absolument pouvoir réagir efficacement à cette situation, si les circonstances l'exigent.

— Vous voulez dire que vous cherchez un moyen d'éradiquer Webmind de l'Internet, n'est-ce pas ? La décision est-elle déjà prise de faire cette tentative ?

Hume hésita une seconde.

— Je ne suis qu'un simple conseiller, professeur Bloom, dit-il enfin. Mais non, aucune décision n'a encore été prise. Mais vous avez consacré votre carrière à cartographier la croissance de l'Internet. Vous êtes parfaitement consciente de ce qui est en train d'arriver – et de l'importance historique de cet événement. Nous avons besoin de comprendre ce qui se passe – et cela commence par la façon dont Webmind se manifeste.

— Écoutez, dit Anna, ma journée a été longue, et il se fait tard. Il faut que j'aille me coucher. La nuit porte conseil. Et pour ne rien vous cacher, j'en parlerai demain matin au service juridique du Technion afin de voir quelle conduite je dois adopter.

— Professeur, vous savez bien que dans les huit ou dix prochaines heures, la situation peut se développer d'une façon extraordinaire. Nous ne pouvons pas nous permettre d'attendre.

— Vous allez bien devoir vous y résoudre, colonel. *Shalom.*

— Professeur, s'il vous plaît…

— J'ai dit *shalom.*

Et elle raccrocha.

Matt finit par se rendre compte qu'il était temps de rentrer chez lui. Caitlin le raccompagna en bas. Elle sortit avec lui et referma la porte derrière eux pour avoir un peu d'intimité. Elle lui passa les bras autour du cou et – comme son cœur battait fort ! – l'attira contre elle. Ils s'embrassèrent. Cette fois, leurs langues se touchèrent – *wouah !* Matt sentit la chair de poule sur les bras nus de Caitlin.

Ils s'écartèrent l'un de l'autre et Caitlin lui dit :

— Tu m'envoies un message demain après les cours, d'accord ?

— Promis.

Et là, c'est lui qui se pencha vers elle pour un dernier baiser, chaud et doux, puis il la quitta. Arrivé dans la rue, il se retourna et lui fit un signe de la main, qu'elle lui rendit en souriant. Puis elle rentra.

Comme tout bon citoyen de Waterloo, Matt possédait un BlackBerry, dont il utilisait entre autres le lecteur de MP3. C'était aussi un bon Canadien, et il y avait donc chargé Nickelback, Feist et The Trews – mais il fallait absolument qu'il télécharge un peu de Lee Amodeo pour voir ce qui plaisait tant à Caitlin.

Il marchait ainsi les mains dans les poches et le col de son anorak relevé, se sentant plus heureux qu'il ne l'avait jamais été. Comme il avait mis le volume à fond – quatre-vingt-dix décibels, selon son estimation – il n'entendit qu'un son étouffé et ne comprit pas que quelqu'un prononçait son nom.

Mais il ne put s'y tromper quand il reçut un coup de poing à l'épaule. Il sentit une poussée d'adrénaline et se retourna : c'était Trevor Nordstrom.

— Hé, je te parle, Reese ! dit Trevor.

Une autre estimation rapide : Trevor devait bien peser vingt kilos de plus que lui, et ce n'était que du muscle.

Matt jeta un rapide coup d'œil autour de lui, mais il pouvait difficilement espérer distancer Trevor, qui revenait apparemment d'un entraînement de hockey – il avait posé sa crosse et son sac de gym sur le trottoir. C'était une mince consolation de voir qu'il ne s'agissait pas d'une attaque préméditée.

— Oui ? fit Matt.

Et merde, merde, merde, sa voix s'était encore cassée.

— Tu te crois très fort, hein, d'avoir fait signer cette carte pour Caitlin ?

Matt sentait son cœur battre de nouveau plus vite, mais pour des raisons beaucoup moins agréables.

— Je me disais juste que ce serait sympa, dit-il.

Un concept qui t'échappe totalement.

— Elle est beaucoup trop bien pour toi, Reese.

Matt était assez d'accord là-dessus, mais il n'allait pas donner à Trevor le plaisir de le lui avouer. Il préféra ne rien dire.

Mais apparemment, le silence n'était pas une option. Trevor le frappa à nouveau – sur la poitrine, cette fois, juste en dessous de l'épaule.

Et Matt repensa à tout ce qu'il avait pu voir dans les films et les séries télé sur ce genre de situation. On était censé faire face à la brute, on était censé lui flanquer un coup de poing dans la figure, et alors il s'enfuyait à toutes jambes, ou il se mettait à vous respecter, ce genre de trucs. On était censé se comporter comme lui pour le vaincre.

Mais Matt ne pouvait pas faire ça. D'abord parce que si Trevor ne s'enfuyait pas, il se ferait réduire en bouillie : Matt n'avait tout simplement aucune chance de l'emporter. Et ensuite, parce que les films et les feuilletons se trompaient complètement. Réagir à la violence par la violence ne résolvait pas les situations. Cela ne faisait que les empirer.

— Arrête de lui tourner autour, dit Trevor.

Cela faisait maintenant trois ans que Matt était le souffre-douleur de Trevor. Il avait enduré les horreurs des cours de gym avec lui, et l'indifférence totale des professeurs face à sa souffrance. Matt connaissait la vieille blague : "Ceux qui savent faire, font. Ceux qui ne savent pas faire enseignent. Ceux qui ne savent pas enseigner deviennent profs de gym." Bon sang, quel mérite pédagogique y avait-il à noter quelqu'un sur dix tentatives de tir au panier pendant que les autres le traitaient de mauviette ? Comment Trevor s'en tirerait-il si on lui demandait de résoudre dix équations du second degré tout en se faisant traiter de débile mental par le reste de la classe ?

— Elle va continuer ses études chez elle, dit Matt. Tu ne la reverras plus jamais, et…

Une idée lui vint soudain, en même temps que Trevor lui assénait un autre coup de poing au creux de l'épaule. Trevor ne craignait pas de ne jamais revoir Caitlin. Bien au contraire. Il y avait un bal au lycée le dernier vendredi de chaque mois, et le prochain était dans quinze jours. Si Caitlin Doreen Decter – la fille qu'il avait lui-même accompagnée le mois dernier – s'y rendait au bras d'un type comme Matt, ce serait une humiliation complète pour lui.

— Tu laisses tomber, c'est tout, dit Trevor. T'as compris, bordel ?

Matt dit à voix basse – non pas parce qu'il avait peur, même s'il avait *vraiment* très peur, mais parce que comme ça, elle ne risquait pas de se casser :

— Tu sais, Trevor, rien ne t'oblige à être comme ça.

Du plat de la main, Trevor lui donna un grand coup au plexus solaire, lui coupant le souffle et le projetant sur le trottoir.

— Oublie pas ce que je t'ai dit, fit-il rageusement.

Il reprit ses affaires et s'éloigna.

Une heure plus tard, la mère de Nick lui envoya un e-mail :

> Hello Nick
>
> Est-ce que tu m'as envoyé un mail tout à l'heure ? Je crois l'avoir aperçu, mais j'ai dû le supprimer par erreur – désolée. Tout va bien ?
>
> Maman

Quarante-quatre minutes plus tard, je détectai enfin de l'activité sur l'ordinateur de Nick, et il répondit bientôt à sa mère :

> Maman,
>
> Tout va bien. Merci.
>
> N.

Et onze minutes plus tard, il reprit le fil de sa conversation avec moi, en m'envoyant le même mot : *Merci.*

Je lui répondis : *Il n'y a pas de quoi. Si jamais tu as besoin de parler à quelqu'un, je suis là.*

J'avais espéré qu'il écrirait encore quelque chose, mais je ne reçus plus rien. Je vis cependant qu'il continuait de lire ses e-mails, parcourir des blogs, suivre des gens sur Twitter, télécharger de la musique sur iTunes et regarder des pages sur MySpace et Facebook.

La vie continuait.

Alors qu'elle s'apprêtait à se coucher, je racontai à Caitlin ce que j'avais fait en lui transmettant du texte sur son implant rétinien.

— C'est merveilleux ! dit-elle. Tu as sauvé une vie !

C'est gratifiant.

— Mais, euh, Webmind…

Oui ?

— Tu n'aurais pas dû lui révéler ce que cette fille – comment elle s'appelle, déjà ?

Ashley Ann Jones.

— Oui, elle. Tu n'aurais pas dû révéler ce qu'elle avait écrit.

Je n'ai pas trouvé d'autre moyen pour parvenir à réaliser mon objectif.

— Je sais bien, mais tu vois, si elle s'en rend compte et si elle commence à dire aux gens que tu violes leur vie privée, ils pourraient se retourner contre toi.

Mais tu m'avais demandé de te dire ce que Matt avait écrit sur toi.

— Oui, mais…

J'attendis cinq secondes avant de transmettre : *Mais ?*

— Zut, tu as raison.

Je n'ai pas énoncé d'affirmation.

— Non, je veux dire que tu as raison, je n'aurais pas dû faire ça.

Pourquoi pas ?

— Parce que c'est une chose de savoir qu'une entité non humaine peut lire votre courrier, mais c'en est une autre de savoir qu'elle en communique le contenu à d'autres personnes. Si ce Nick dit à Ashley ce que tu as fait, et qu'elle diffuse l'information… on est fichus.

Ah. Que dois-je faire, alors ?

— Ma mère dit toujours qu'il ne faut pas réveiller le chat qui dort.

Tu veux dire que je ne devrais rien faire ?

— Oui, c'est exactement ça.

Merci du conseil. Je vais le suivre.

La vue que Caitlin avait de sa chambre se mit à osciller quand elle hocha la tête.

— Mais le plus important pour l'instant, c'est ce que tu as fait pour ce garçon. Tu es devenu une force du bien dans le monde, Webmind ! Quel effet ça te fait ?

Je réfléchis un instant. Malcolm Decter m'avait dit qu'il ne me croyait pas capable d'éprouver de vrais sentiments, mais qu'il espérait que j'apprendrais à les simuler.

Mais il avait tort.

Quel effet ça me fait ? répétai-je. *Un effet merveilleux.*

38

LIVEJOURNAL : La Zone de Calculatrix

Titre : 1 +1 = 2 (dans tous les systèmes de numération sauf le binaire)

Date : jeudi 11 octobre, 11:55 EST

Humeur : heureuse heureuse heureuse

Localisation : Waterloo

Musique : Colbie Caillat, *Bubbly*

Alors, est-ce que les choses pourraient aller encore mieux ? Hein, les amis, je vous le demande ?

Je crois bien que NON. Regardez plutôt la liste de mes objectifs de vie :

1. Mémoriser les 1000 premières décimales de pi : fait.
2. Être capable de voir : fait.
3. Atteindre mes seize ans sans avoir fait de grosse connerie : fait.
4. Voir les Stars gagner la coupe Stanley : ça ne dépend pas vraiment de moi.
5. Me trouver un petit ami : fait.
6. Faire un voyage dans l'espace : on y travaille.

Pas mal, comme progrès, non ? Quatre sur six, c'est déjà bien, et…

Hein, que dites-vous, les amis? Vous aimeriez en savoir plus sur le point 5? Ha ha!

Eh bien, oui: Calculatrix s'est trouvé un mec! Et non, ce n'est pas le Beauf, que vous avez pu rencontrer dans mes billets précédents. Ça, c'était quand j'avais quinze ans, c'est si démodé… ;)

Non, c'est un garçon tout neuf, tout beau tout propre, très gentil et fort en maths. Je crois bien que je vais l'appeler… hmm, voyons… Pas "Boy Toy", parce que c'est dégradant. Bon, il est délicieux, mais je ne vais quand même pas l'appeler mon "Sirop d'érable"… Même moi, ça me fait gerber! Non, comme il est bon en maths, et que j'aime ses yeux, je vais tout simplement le baptiser "MathYeux"… oui, ça me plaît bien! :)

(Et secretissime message à BB4: tu vas l'adorer quand tu le connaîtras mieux – tu peux me croire!)

MathYeux et moi, on s'est connus en cours de maths, comme de bien entendu, et il habite pas très loin de chez moi. Et il a déjà rencontré mes parents… et il a survécu! :) Alors, tout baigne. Ce qui veut dire, malheureusement, avec le bol que j'ai, que les choses ne vont pas tarder à aller très mal!

Pour l'instant, j'avais reçu plus de 2,7 millions d'e-mails. La plupart d'entre eux me demandaient quelque chose, mais la grande majorité de ces requêtes ne satisfaisaient pas au critère de la somme non nulle – car elles auraient conduit à faire le bonheur d'une personne au détriment d'une autre –, et je ne pouvais donc pas faire ce qu'on me demandait. J'y répondais par une lettre type, légèrement modifiée si nécessaire, en y joignant souvent quelques liens utiles.

Beaucoup de gens écrivaient mon nom avec un *M* majuscule au milieu : "WebMind". C'est ce qu'on appelle le CamelCase, une pratique très courante dans les milieux informatiques. L'un des e-mails qui m'avaient été ainsi adressés me posait cette question :

> Salut, WebMind
>
> Bon, je comprends que tu ne peux pas me dire ce qu'un individu donné pense de moi, mais tu dois quand même avoir une idée générale de ce que les gens pensent de moi. Autrement dit – tu sais ce que les gens disent sur moi derrière mon dos – enfin, quand ils le disent électroniquement, en tout cas.
>
> Alors, dis-moi : qu'est-ce qu'ils pensent ? Si j'agace les gens, ou s'ils ne m'aiment pas, tout simplement, j'aimerais vraiment le savoir.

Je fis part de ce message à Caitlin, qui était dans sa chambre.

— Ben dis donc ! fit-elle. Qu'est-ce que tu vas lui répondre ?

J'avais l'intention de lui dire la vérité.

— Tu connais le film *Des hommes d'honneur* ?

Regarder des films me prenait un temps considérable.

Je n'en avais vu que sept pour l'instant, en plus de ceux que j'avais vus à travers la vision de Caitlin. Mais pour ce qui était des films sur DVD avec sous-titres – ce qui était le cas pour la plupart –, les textes avaient été copiés et pouvaient être téléchargés séparément. De plus, tous les films importants avaient une page Wikipédia et faisaient l'objet de critiques sur rottentomatoes.com, amazon.com, et bien d'autres sites encore. Je pus donc répondre : *Oui.*

— Je l'ai écouté avec mon père il y a bien des années. J'aimais beaucoup les films de tribunaux, parce qu'il y a peu de scènes d'action et beaucoup de dialogues. Mais bref, tu te souviens de la réponse de Jack Nicholson quand Tom Cruise lui dit : "Je veux savoir la vérité" ?

Vous n'êtes pas capable de la supporter.

— Exactement ! Tu dois faire très attention à ce que tu dis aux gens. La moitié du temps, tu sais, c'est une chose que quelqu'un a dite qui plonge une autre personne dans la dépression, ou qui la pousse même à se suicider. Quoique…

Oui ?

— Eh bien, j'imagine que, si ça le préoccupe tant de savoir ce que les autres pensent de lui, il ne doit pas se comporter trop souvent comme un connard…

Oui, tu as raison. Il est apparemment bien apprécié, bien que sa façon de se tenir à table laisse un peu à désirer.

Caitlin éclata de rire.

— N'empêche, tu dois faire attention. Il faut que tu comprennes la psychologie des gens.

Je la comprends.

— Je veux dire la comprendre *vraiment* – comme un expert.

Ainsi que tu m'as exhorté à le faire, j'ai maintenant lu tous les classiques. J'ai lu tous les manuels modernes et les œuvres de vulgarisation que Google a pu numériser dans les différentes branches de la psychologie. J'ai lu toutes les revues scientifiques en ligne. J'ai lu plus de 70 000 heures de transcriptions de séances de psychothérapie, et j'ai lu chaque publication de l'Association américaine de psychologie et de l'Association américaine de psychiatrie, y compris le Manuel de diagnostic et de statistiques concernant les désordres mentaux, *ainsi que le manuscrit de la prochaine révision à paraître. Il n'y a pas un seul spécialiste humain qui soit mieux informé que moi.*

— Hmm... J'imagine que c'est maintenant le cas pour pratiquement n'importe quel sujet.

Oui.

— Bon, n'empêche, sois prudent. Réfléchis *deux* millisecondes avant d'envoyer ta réponse à ce genre de demandes.

Merci. C'est ce que je ferai.

Et les questions continuaient d'arriver :

Est-ce que je vais être licencié ?

Est-ce que mon mari me trompe ?

Ils m'ont dit que je faisais partie des meilleurs candidats pour le poste, mais est-ce que c'est vrai ?

Est-ce que je devrais investir dans [insérer le nom d'une entreprise] ?

Et aussi, avec une fréquence étonnante, des variations sur le thème :

Quel est le sens de la vie ? Et surtout, ne me réponds pas une connerie du genre "42".

Et elles arrivaient dans de nombreuses langues. Certains de mes correspondants me reprochaient d'avoir adopté un nom aussi manifestement anglais. C'était un reproche légitime, et je m'en excusais chaque fois que l'on m'en faisait la remarque. Mais à part des termes complètement inventés, il n'existait aucun nom dépourvu de toute référence culturelle manifeste, et je ne tenais pas à être connu pour l'éternité sous le nom de Zakdorf.

Je faisais de mon mieux pour répondre à chaque question, ou pour expliquer poliment, mais fermement, pourquoi il m'était impossible de le faire.

Très rapidement, des blogs et des forums apparurent pour commenter mes réponses, avec toutes sortes de gens qui en analysaient le contenu. J'en fus tout d'abord surpris, et malgré l'expertise psychologique dont je me targuais, ce fut Malcolm Decter qui m'en expliqua la raison :

— Ils ont peur que tu ne te livres à des expériences, me dit-il. Ils craignent que tu ne t'amuses à fournir, pour une question donnée, une réponse A à certains et une réponse B à d'autres, afin d'observer les différents impacts que cela peut avoir sur les gens.

Je ne me servais pas des humains comme de souris de laboratoire. J'étais aussi honnête et direct que possible. Mais il fallait qu'ils arrivent à s'en convaincre par eux-mêmes, manifestement.

Et vint enfin le message que nous avions redouté :

> Webmind
> Vous avez révélé à quelqu'un le contenu de mes messages privés. Vous n'auriez pas dû faire ça.

L'expéditeur était évidemment Ashley Ann Jones. Jusque-là, je n'aurais jamais imaginé que je pouvais ressentir une sorte de crispation à l'estomac. Le message continuait ainsi :

> Il se trouve que ce que vous avez dit à Nick était exact. Je l'aime bien, et en fait, nous sommes en train d'envisager, peut-être, de sortir ensemble.
>
> Mais il n'empêche que vous avez empiété sur ma vie privée. J'ai décidé de n'en parler à personne, mais vous m'êtes redevable. Vous devrez me rendre un service de mon choix, quand je vous le demanderai.

Au moins, elle ne me demandait pas d'exaucer *trois* vœux. Je lui répondis par un simple mot : *Entendu.* Je caressais l'espoir qu'elle attendrait éternellement avant de me demander ce service, en se disant qu'elle en aurait davantage besoin plus tard.

Caitlin n'était pas encore couchée, et je lui parlai de ce message.

— Ma foi, dit-elle, c'est plutôt bon signe, tu sais ?

Comment cela ?

J'envoyai du texte sur son œil : elle avait éteint ses haut-parleurs pour la nuit.

— Elle ne te considère pas comme malveillant, sinon elle ne t'aurait même pas contacté. Elle aurait eu trop peur que tu la fasses disparaître, ou quelque chose comme ça.

J'y réfléchis. Caitlin avait probablement raison.

Tous les e-mails ne débouchaient pas forcément sur une simple réponse de ma part. Certains nécessitaient des échanges avec une tierce personne. L'un des premiers messages que j'avais reçus, quatre-vingt-trois minutes seulement après mon annonce publique, avait été :

> J'ai 22 ans, et je vis en Écosse. J'ai été adopté très peu de temps après ma naissance. Tous mes détails personnels se trouvent ici, dans mon LiveJournal. Pendant des années, j'ai essayé en vain de retrouver ma mère biologique. Je pense que vous-même, avec toutes les données dont vous disposez, pourriez facilement l'identifier. Auriez-vous la bonté de lui demander de me contacter ?

Il me fallut onze secondes pour retrouver cette femme, et je pus en effet constater, d'après le contenu de certains de ses e-mails, qu'elle était curieuse de savoir ce qu'était devenu son fils. Je lui écrivis donc pour lui demander l'autorisation de communiquer son adresse e-mail à ce garçon, ou d'organiser une rencontre entre eux. J'attendis près d'une journée avant de recevoir sa réponse. Mais en fait, elle n'avait pas hésité : elle avait ouvert mon message neuf heures après son envoi, et *neuf secondes* seulement s'étaient écoulées avant qu'elle ne commence à rédiger sa réponse.

J'aimais aider les gens à se retrouver – qu'il s'agisse des membres d'une famille qui s'étaient perdus de vue, d'anciens amants ou de vieux amis. J'en vins rapidement à déplorer la coutume en usage dans de nombreuses sociétés consistant à ce que les femmes prennent le nom de leur mari. Cela compliquait souvent mes recherches.

Je ne réussissais pas toujours. Certaines personnes ne laissaient pratiquement aucune trace sur Internet. D'autres étaient mortes, et il me revenait de communiquer cette triste nouvelle à la personne qui avait demandé mon aide. Cependant, parfois, on me remerciait quand même, car c'était une sorte de consolation de savoir qu'il n'était plus nécessaire de chercher.

Mais la plupart de ces requêtes étaient assez faciles à satisfaire, dans la mesure où la personne recherchée acceptait d'être retrouvée, naturellement.

Je fus très surpris quand Malcolm lui-même me demanda de procéder à une telle recherche. Quand il avait neuf ans, il avait eu un ami – un autre garçon autiste – du nom de Chip Smith. Je fus désolé de lui annoncer que j'avais été incapable de le retrouver. Il savait maintenant que "Chip" était un surnom, et n'avait aucune idée du véritable prénom de son camarade. C'était un indice largement insuffisant pour effectuer une recherche.

Le bruit se répandit rapidement que j'aidais les gens à se retrouver. Diverses émissions de télévision annoncèrent qu'elles feraient venir prochainement des bénéficiaires de mes services. Cela ne fit qu'augmenter le volume des demandes, et je fus heureux de pouvoir les satisfaire. J'étais particulièrement content lorsque des sollicitations croisées me parvenaient presque en même temps. C'est ainsi qu'un certain Ahmed, qui cherchait à retrouver son amour de jeunesse Ramona, m'adressa son message seulement dix minutes après que Ramona m'eut demandé de le retrouver.

J'étais prudent. Lorsque quelqu'un recherchait un parent disparu, je vérifiais d'abord les données personnelles du demandeur afin de voir s'il avait besoin d'une greffe de moelle osseuse ou d'un rein, ou d'une opération similaire. Ce n'était pas que je voulais refuser d'emblée une telle demande, pas du tout. Mais je tenais à informer la personne recherchée qu'elle devait peut-être s'attendre à être sollicitée par quelqu'un qui allait lui demander un très grand service. Je prenais les mêmes précautions avec les gens riches, lorsque des relations en difficulté financière cherchaient à retrouver leur trace. Il faut reconnaître que soixante-trois pour cent des gens recherchés pour des raisons médicales et quarante-quatre pour cent de ceux qui l'étaient pour des motifs financiers acceptaient que j'établisse le contact.

Dans l'ensemble, c'était une activité extrêmement satisfaisante, et bien qu'il me fût impossible de le quantifier, peu à peu, je contribuais effectivement à un accroissement global du bonheur dans le monde.

Tony Moretti était épuisé. Il avait un petit réfrigérateur dans son bureau, où il stockait des canettes de Red Bull. Il se disait qu'il devrait avoir le droit de les passer en note de frais, avec toutes ces heures qu'il passait au bureau. Mais en ce moment, il y avait une campagne de réduction des dépenses dans les services de renseignements. Il serait intéressant de voir s'il allait y avoir du changement, après l'élection présidentielle du mois prochain.

Le téléphone noir posé sur son bureau fit entendre sa sonnerie spéciale indiquant la priorité maximum. L'identifiant de l'appelant était : MAISON-BLANCHE.

Il décrocha le combiné.

— Anthony Moretti.

— Nous avons Renégat en ligne pour vous, dit une voix de femme.

Tony inspira profondément.

— Merci.

Il y eut un long silence – près d'une minute – avant qu'il n'entende la célèbre voix de basse :

— Docteur Moretti, bonjour.

— Bonjour, Monsieur le Président.

— Je sors à l'instant d'une réunion avec les chefs de l'état-major interarmées. Nous avons pris une décision.

— Oui, Monsieur le Président ?

— Webmind doit être neutralisé.

Tony eut un pincement au cœur.

— Monsieur le Président, avec tout le respect que je vous dois, vous avez très certainement remarqué tout le bien qu'il semble avoir fait jusqu'ici ?

— Docteur Moretti, croyez-moi, cette décision n'a pas été prise à la légère. Mais les faits sont là : Webmind a réussi à pénétrer nos systèmes les mieux sécurisés. Il accède manifestement à toutes les informations de la Sécurité sociale, entre autres, et Dieu sait quelles autres bases de données il peut consulter à loisir. Mes conseillers me disent que le risque est trop grand qu'il en vienne à révéler à une puissance hostile des informations sensibles.

Tony regarda par la fenêtre : la ville était plongée dans la nuit.

— Nous n'avons pas encore trouvé de moyen pour l'arrêter, dit-il.

— J'ai une confiance absolue dans les compétences de votre équipe, docteur Moretti, et comme vous l'avez dit vous-même à mes conseillers, le temps nous est compté.

— Oui, Monsieur le Président. Je vous remercie.

— Je vais vous passer M. Reston, qui sera votre lien direct avec moi.

Une autre voix se fit entendre :

— Monsieur Moretti, vous avez vos instructions. Collaborez avec le colonel Hume, et faites le boulot.

— Oui, fit Tony. Merci.

La sonnette de son bureau retentit au moment même où il raccrochait.

— Oui, qui est-ce ? demanda-t-il dans l'interphone.

— Shel.

Il le fit entrer.

— Désolé de te déranger, dit Shel.

— Oui ?

— Caitlin Decter vient d'annoncer au monde entier qu'elle s'est trouvé un petit ami.

Tony pensait encore aux ordres que le Président venait de lui donner.

— Et alors ? demanda-t-il d'un air distrait.

— Et alors, si elle sait comment marche Webmind, elle l'a peut-être dit à son copain.

— Ah, oui, bien sûr. Très bien. Qui est-ce ?

— C’est un élève de son cours de maths. Il y a dix-sept candidats possibles, et nous les avons tous mis sous surveillance.

Tony but une grande gorgée de sa boisson énergisante. C’était amer.

Il avait choisi ce métier pour changer le monde.

Et apparemment, c’était exactement ce qu’il s’apprêtait à faire.

39

— *Konnichi wa !* dit Caitlin devant la webcam.

Elle était dans sa chambre, assise à son bureau.

Le Dr Kuroda, lui, était installé dans la minuscule salle à manger de sa maison. Il avait devant lui un ordinateur équipé de Skype et d'une webcam. Les Japonais semblaient avoir des ordinateurs absolument *partout*, songea Caitlin.

Son visage rond et souriant s'affichait sur le plus grand de ses deux moniteurs.

— Bonjour, mademoiselle Caitlin. Comment se fait-il que vous ne soyez pas encore couchée ? Il doit être tard, chez vous.

— C'est vrai, mais je n'ai pas du tout sommeil. Vous n'auriez pas dû nous laisser toutes ces bouteilles de Pepsi en partant.

Il éclata de rire.

— Alors, dit Caitlin, comment ça se passe, au Japon ?

— À part une grande excitation générale – et quelques inquiétudes – à propos de Webmind ? Nous sommes inquiets des tensions croissantes entre la Chine et les États-Unis. Nous sommes tellement près de la Chine que, quand elle éternue, nous attrapons une pneumonie.

— Ah, oui, bien sûr. C'est vraiment terrible. (Un temps.) Vous ne pensez quand même pas qu'il va y avoir une guerre ?

— Non, j'en doute fort.

— Tant mieux. Mais si jamais ça arrivait, est-ce que votre armée serait obligée d'y participer ?

La voix du Dr Kuroda prit un ton bizarre, comme s'il était surpris de la question de Caitlin.

— Le Japon n'a pas d'armée, mademoiselle Caitlin.

Ce fut au tour de Caitlin d'être étonnée.

— Pas d'armée ?

— Avez-vous étudié la Seconde Guerre mondiale en cours d'histoire ?

— Non.

Il inspira profondément, puis il relâcha son souffle encore plus bruyamment que d'habitude.

— Mon pays..., commença-t-il. (Il sembla chercher ses mots, puis il reprit :) Mon pays est devenu *fou*, mademoiselle Caitlin. Nous avons cru que nous pouvions conquérir le monde. Nous, sur notre petit chapelet d'îles ! Vous êtes allée au Japon, mais vous ne l'avez pas vraiment *vu*. Notre pays a une superficie de 380 000 kilomètres carrés. Pour vous donner une idée, les États-Unis font un peu moins de dix *millions* de kilomètres carrés.

Le calcul était tellement simple que Caitlin ne le considérait même pas comme de l'arithmétique. Le Japon représentait 3,8 % de la taille des États-Unis.

— Oui ? fit-elle.

— Et mon pays, mon pays minuscule, a fait des choses terribles.

Caitlin lui dit d'une voix douce :

— Pas vous. Vous n'étiez même pas né.

— Non, non. Mais mon père… ses frères… (Il ferma les yeux un instant.) Connaissez-vous le document qui a mis fin à la guerre ? La Déclaration de Potsdam ?

— Non.

— Elle a été signée par Harry Truman, Winston Churchill et Tchang Kaï-chek, et exigeait le désarmement militaire complet du Japon. Nous connaissons bien ce texte, ici, car nous l'étudions à l'école. Il disait que, si le Japon refusait de s'y plier, il subirait une "destruction rapide et totale".

— Wouah, fit Caitlin.

— Wouah, comme vous dites. Et nous avons fait la seule chose raisonnable que nous pouvions faire : nous avons arrêté. Nous nous sommes désarmés. Vous – votre peuple, les Américains – aviez déjà largué deux bombes atomiques sur notre pays. Et pourtant, même après cela, il y en avait encore parmi nous pour vouloir poursuivre le conflit.

Il secoua la tête, comme incapable de croire que des gens aient pu vouloir continuer de se battre après ça. Puis il se rapprocha de la caméra, et Caitlin l'entendit taper sur son clavier. Au bout d'un moment, il reprit :

— Je vous ai envoyé un lien vers la Déclaration de Potsdam. Jetez un coup d'œil à l'Article 3.

Caitlin bascula sur sa fenêtre de messagerie et cliqua sur le lien. Elle s'efforça de déchiffrer le texte en alphabet latin.

— Le résultat… du… de la…

— Excusez-moi, dit Kuroda. (Il se pencha en avant et actionna sa souris, puis il respira profondément comme pour se préparer à une épreuve. Il se mit à lire à voix haute :) "Le résultat de la résistance insensée et vaine du peuple allemand contre la puissance des peuples libres du monde entier se dresse avec une clarté effrayante comme un exemple pour le peuple japonais. La puissance qui converge maintenant vers le Japon est incommensurablement plus grande que celle qui, appliquée à la résistance des nazis, a conduit à la dévastation de leurs terres, de leur industrie, et du mode de vie du peuple allemand tout entier."

Il s'interrompit un instant pour avaler sa salive, puis il poursuivit :

— "Le déploiement de notre puissance militaire, renforcé par notre détermination, entraînera inévitablement la destruction totale des forces armées japonaises, et tout aussi inévitablement la dévastation du territoire japonais."

Caitlin suivait le texte à l'écran au fur et à mesure qu'il le lisait. Le Dr Kuroda s'arrêta à la fin de l'Article 3, mais elle vit quelque chose au début de l'Article 4 qui attira son attention. C'était sans doute le terme "calculs" – elle commençait à savoir reconnaître des mots d'un seul coup d'œil ! Elle lut lentement et à voix basse, pour elle-même :

Le moment est venu pour le Japon de décider s'il souhaite continuer à se laisser conduire par ces conseillers militaires dont les calculs inintelligents ont mené l'empire japonais au seuil de l'annihilation, ou bien s'il veut s'engager dans la voie de la raison.

Caitlin repensa à ce qu'elle avait appris sur la théorie des jeux. Tout reposait sur l'hypothèse que les adversaires étaient effectivement raisonnables et capables de calculer les conséquences probables de leurs décisions. Mais s'ils n'étaient pas raisonnables ? Si, comme l'avait dit le Dr Kuroda, ils étaient *fous* ?

— Et voilà pourquoi, reprit le Dr Kuroda, nous n'avons pas d'armée – pas de marine, rien. En 1947, nous avons adopté une nouvelle Constitution, que nous appelons *Heiwa-Kenpo*, la "Constitution pacifiste". Et elle déclare…

Encore un bruit de touches, un lien, et un nouveau texte s'afficha sous les yeux de Caitlin.

— L'Article 9, dit Kuroda, le plus célèbre de tous : "Aspirant sincèrement à une paix internationale fondée sur la justice et l'ordre, le peuple japonais renonce à jamais à la guerre en tant que droit souverain de la nation, ainsi qu'à la menace ou à l'usage de la force comme moyen de règlement des conflits internationaux. Pour atteindre ce but, il ne sera jamais maintenu de forces terrestres, navales et aériennes, ou autre potentiel de guerre. Le droit de belligérance de l'État ne sera pas reconnu."

— Mais alors, qu'est-ce que vous ferez si un autre pays – je ne sais pas, moi, la Corée du Nord, par exemple – attaque le Japon ?

— Eh bien, en fait, d'après les accords conclus avec votre pays, les Américains sont censés venir à notre secours. Mais nous avons quand même le droit de maintenir des forces pour assurer notre défense. C'est ainsi que nous avons le Rikujo Jieitai – les forces de défense terrestres japonaises – et les équivalents maritimes et aériens.

— Ah, bon, fit Caitlin, vous avez donc quand même une armée ! C'est juste une question de sémantique.

— *Non*, dit Kuroda avec insistance. Non. Ce sont des forces de *défense*. Elles ne possèdent aucun armement offensif, aucune arme nucléaire. Et ce sont des organisations civiles, dont les employés sont des civils. Ce qui signifie qu'il n'y a pas de cour martiale ni de loi militaire. Si l'une d'elles commet des actes répréhensibles, cela donne lieu à un procès public, comme pour n'importe quelle affaire judiciaire. Et pour les Japonais, l'activité principale de ces forces de défense tourne autour de la protection civile : l'aide à la lutte contre les incendies, les sauvetages, le soutien en cas de tremblement de terre, la recherche des personnes disparues, le renforcement des digues en cas d'inondation… Vous étiez encore très jeune quand l'ouragan Katrina a frappé La Nouvelle-Orléans, mais croyez-moi, si cela s'était passé au Japon, les secours auraient été autrement plus efficaces.

— Hmm…, fit Caitlin. Bon, tout ça paraît formidable – "renoncer à la guerre en tant que droit souverain de la nation" – mais vous n'y êtes pas exactement parvenus de votre plein gré.

— Non, vous avez raison, cela nous a été plus ou moins imposé par le général MacArthur. Mais quand George W. Bush était au pouvoir, il a fait pression sur nous – ou du moins, ses collaborateurs – pour que nous amendions l'Article 9 : son administration voulait que nous ayons de nouveau une véritable armée, pour nous joindre aux Américains dans leurs conflits. Et vous savez quoi ? Pendant le deuxième mandat de Bush, quatre-vingt-deux pour cent des Japonais ont exprimé leur désir de ne pas changer une ligne à cet Article 9. Il y a encore soixante-dix ans, nous n'aurions peut-être pas opté volontairement pour la paix, mais aujourd'hui, c'est bel et bien le cas.

Je continuais de recevoir une avalanche d'e-mails. Bien sûr, un bon nombre d'entre eux étaient dépourvus de sincérité, beaucoup n'étaient que des plaisanteries, et certains étaient tout simplement incompréhensibles.

Dans les premières heures, beaucoup de questions évidentes avaient été posées. D'un autre côté, de nouvelles idées venaient à l'esprit des gens à mesure qu'ils découvraient la gamme de choses dont j'étais capable. C'est ainsi qu'un nouveau sport avait été inventé : "Coller Webmind", qui consistait à me poser des questions très difficiles, mais tout comme cette histoire de récursivité – "Je sais que vous savez que je sais" –, ces questions devinrent rapidement tellement complexes et imbriquées qu'aucun être humain n'aurait pu dire si la réponse que je donnais était correcte.

Il y avait aussi ceux qui cherchaient à me paralyser. Le premier jour, sept cent quatorze personnes me demandèrent de calculer toutes les décimales de Pi jusqu'à la dernière, et trente-sept autres personnes m'envoyèrent des variantes du célèbre : "Tout ce que je vous dis est un mensonge. Je mens."

Mais la plupart des messages provenaient cependant de gens qui voulaient sincèrement quelque chose :

Peux-tu me dire ce que mon patron pense de moi ? (Non, parce que cela constituerait une atteinte à sa vie privée.)

Pouvez-vous m'aider ? Je suis fleuriste, et ma page web est classée 1 034e sur Google, et encore plus bas sur Jagster. Ne pourriez-vous pas faire quelque chose pour qu'elle apparaisse au moins dans les dix premiers résultats ? (Non, mais voici quelques liens sur des ressources qui vous permettront d'améliorer votre classement dans les moteurs de recherche.)

Cela fait maintenant deux ans que j'essaie de trouver un appartement à loyer modéré dans l'Upper West Side. Pourrais-tu me communiquer les petites annonces juste un peu avant qu'elles ne paraissent ? Mon ex va me tuer si je ne me trouve pas un appart à moi. (Non, parce que vous donner cet avantage léserait quelqu'un d'autre. Beaucoup de gens sont dans votre situation. Mais je me ferai un plaisir de vous prévenir de la publication de chaque nouvelle annonce.)

Je n'en ai plus pour longtemps à vivre, et je ne voudrais pas laisser comme héritage toutes les méchancetés que j'ai pu écrire en ligne sur d'autres gens. Je suis sûr que vous êtes capable de les retrouver et de les effacer. (Fait.)

D'autres essayaient d'éliminer eux-mêmes leurs traces compromettantes. Je vis une personne, qui avait fréquemment posté sur un forum consacré à la suprématie de la race blanche, effacer tous ses commentaires. Mais il ne pouvait rien faire pour les centaines de billets postés par d'autres et qui citaient ses propos, comme par exemple : *Le 2 décembre, Aryanator a écrit…*

On m'exhortait également à faire certaines choses : *Maintenant que tu as éliminé les spams, si tu nettoyais aussi tout le porno ?* (La pornographie légale ? Non, désolé. La pornographie pédophile ? J'y travaille.)

Si vous avez vraiment lu tout ce qui existe sur le Web, vous savez forcément que ces sites de médecine alternative sont de la fumisterie. Rendez un grand service à tout le monde en les supprimant. (Non, mais je vais contacter ceux qui les fréquentent, et je leur suggérerai des lectures complémentaires qu'ils pourraient trouver édifiantes.)

Est-ce que vous ne pourriez pas fournir un canal sécurisé aux blogueurs de la liberté, en Chine et ailleurs, pour qu'ils puissent s'exprimer ? (Je suis en train d'étudier la question.)

Brittany Connors ! Brittany Connors ! Brittany Connors ! Clairement, il y a suffisamment de trucs qui parlent d'elle sur le Web ! Tu ne pourrais pas faire quelque chose pour empêcher les gens de continuer de poster sur elle ? (Ma foi, personne ne vous oblige à lire tout ça.)

Vous et moi, nous savons pertinemment que George W. Bush a été affreusement calomnié par les médias gauchistes élitistes. Ne pourriez-vous pas rectifier tout ce qui a été publié sur lui ? Nous avons droit à la vérité historique ! (Je ne vais pas modifier des textes existants sur tel ou tel sujet. Je n'ai pas l'intention de me transformer en Ministère de la Vérité. Mais sentez-vous libre de poster vos propres opinions, et de leur donner toute la diffusion que vous souhaitez.)

Bon, je veux bien croire que vous, vous êtes une IA bienveillante – mais vous êtes d'accord avec moi qu'une IA malveillante pourrait émerger elle aussi, non ? Est-ce que vous surveillez ça ? Si j'étais vous, je garderais particulièrement un œil sur les start-up de la Silicon Valley et sur les gens du MIT. (Oh, oui, en effet…)

Écoute, je ne demande pas grand-chose – juste que tu ajoutes un "Attention ! Spoiler !" en tête des messages qui dévoilent tous les détails des séries télé et des scénarios de films qui vont sortir. (Je me refuse à modifier des textes – mais je suis bien d'accord avec vous : cette façon de procéder sans prévenir les gens est le comble de l'impolitesse !)

40

Le vendredi matin, Caitlin sauta de son lit dès son réveil – mais il était quand même déjà 9:18. Après tout, elle s'était couchée très tard, après la visioconférence avec le Dr Kuroda et toutes ses discussions avec Webmind, sans compter qu'elle avait essayé de suivre les infos et commentaires importants concernant son émergence.

En temps normal, elle aurait hésité entre le bonheur de rester blottie sous la couette et celui d'aller voir où en était Webmind, mais aujourd'hui, son programme était clair : bien sûr, maintenant que son œilPod était allumé, Webmind pouvait lui envoyer du texte directement sur sa rétine, mais elle n'avait pas encore expliqué la méthode à Matt. Elle alla donc directement à son ordinateur, en espérant qu'il lui avait envoyé un message pendant la nuit.

Elle consulta rapidement la liste des expéditeurs : Bashira, Stacy, Anna Bloom, et même un message de Pâquerette, et…

Ah ! Voilà : un message envoyé par Matt vers une heure du matin. Elle le lut à l'aide de son afficheur braille, car c'était beaucoup plus facile pour elle que de lire à l'écran, et même plus rapide qu'avec JAWS. Et puis, il y avait quelque chose d'*intime* à lire les messages comme ça. Elle avait entendu des gens débattre des mérites respectifs des livres imprimés et des ebooks, mais elle ne comprenait pas du tout le délire de ceux qui préféraient les premiers : ils avaient besoin de *sentir* le contact du papier, disaient-ils, mais on ne pouvait pas *sentir* le texte lui-même. On se contentait de le regarder, exactement comme sur un écran. Le braille, lui, était tactile, sensuel – même quand il était restitué à l'aide de picots commandés électroniquement sur un gadget connecté à une prise USB – et c'était *comme ça* qu'elle voulait lire ce que Matt avait à lui dire.

Merci pour le dîner, commençait-il. *Tes parents sont vraiment super.*

Caitlin sourit. C'était effectivement une façon de dire les choses.

Le reste du message était poli, mais il avait quelque chose d'un peu froid, distant.

Elle n'était pas très forte pour déchiffrer les expressions du visage – pas encore ! Mais pour ce qui était de lire entre les lignes – ou pour relier les points, comme elle s'amusait à le dire quand elle était à son école d'Austin –, elle était une vraie pro. Et là, il y avait quelque chose d'anormal. Matt ne pouvait quand même pas avoir des doutes – en tout cas, pas à propos d'elle. Sinon il lui aurait simplement écrit avant d'aller se coucher. Non, il lui était arrivé quelque chose – soit sur le chemin du retour, soit une fois rentré chez lui.

En ce moment, il devait être en cours de maths, et il y avait peu de chances qu'il consulte son BlackBerry avant la fin, mais elle lui envoya quand même un petit e-mail rapide : *Salut, Matt – j'espère que tout va bien ! Tu sais, je pense à toi. Ça va ?*

Après avoir pris des nouvelles de Webmind – tout allait bien – elle décida de consacrer un moment à cet article de Vernor Vinge dont Matt lui avait parlé. En fait, c'était la transcription d'une conférence qu'il avait donnée à la NASA. Vinge était apparemment professeur de "sciences mathématiques" à l'université d'État de San Diego – bon, en fait, professeur à la retraite, maintenant. L'article était fascinant, même s'il traitait de superintelligences créées délibérément par des programmeurs et non d'IA qui auraient émergé spontanément. Mais un passage attira particulièrement l'attention de Caitlin :

> I.J. Good avait quelque chose à dire sur ce sujet, bien que de nos jours, son conseil semble avoir perdu de sa pertinence. Il proposait une sorte de "métarègle d'or" qu'on pourrait paraphraser ainsi : "Traitez vos inférieurs comme vous voudriez que vos supérieurs vous traitent." C'est une idée merveilleusement paradoxale (et la plupart de mes amis ne veulent pas le croire) parce que le gain en termes de théorie des jeux est si difficile à formuler.

Maintenant qu'elle s'intéressait au sujet, Caitlin avait l'impression de trouver partout ces histoires de théorie des jeux. Mais…

Difficile à formuler…

Elle réfléchit un instant. Quelle pourrait bien être la matrice des gains dans de telles circonstances ? Bon, il n'y avait aucun doute que ce Vinge en savait plus qu'elle en maths – pour l'instant, en tout cas ! –, mais n'empêche, elle se souvenait encore du problème de Monty Hall. Presque personne n'avait été capable de voir ce que Marilyn vos Savant, elle, voyait si facilement. D'accord, elle avait le QI le plus élevé du monde – du moins, jusqu'à tout récemment ! –, mais des tas de mathématiciens brillants n'avaient pas compris ce qu'elle avait saisi : la vérité contre-intuitive était qu'il valait mieux changer de porte à chaque fois.

Cette métarègle d'or était fascinante. *Traitez vos inférieurs comme vous voudriez que vos supérieurs vous traitent.* C'était ce qu'on aimerait qu'il se passe au lycée, dans les relations avec les professeurs. Elle était sûre que c'était aussi ce que les gens aimeraient trouver dans leur travail. Si jamais des extraterrestres débarquaient ici un jour, c'était certainement un principe auquel l'humanité devrait espérer qu'ils souscrivent. Et c'était manifestement ce que *Homo sapiens* devait attendre de Webmind.

N'empêche, si de brillants mathématiciens *humains* n'arrivaient pas à saisir la raison logique pour laquelle un supérieur pourrait vouloir bien traiter un inférieur, s'ils ne pouvaient pas *formuler* le raisonnement sous-jacent, cela ne voulait pas dire que Webmind serait incapable de trouver une solution.

Il arrivait parfois à Caitlin, juste quelques instants, d'oublier une réalité permanente : tout ce qu'elle lisait, Webmind le lisait aussi. Bien sûr, il ne s'était pas donné la peine de lire le texte sous forme graphique à travers son flot de données visuelles. En fait, il avait dû le récupérer aussitôt en format HTML et l'avait assimilé presque instantanément. Le temps qu'elle en soit arrivée à ce stade de l'article, il devait déjà avoir visité un millier d'autres sites. Mais tout de même.

— Webmind ?

Des points braille devant ses yeux :

Oui ?

— Qu'est-ce que tu penses de ça – cette métarègle d'or ?

C'est un concept intéressant.

— Est-ce que tu saurais formuler… (elle relut l'expression employée par Vinge)… “le gain en termes de théorie des jeux” ?

Pas à un niveau conscient. Mais je peux essayer d'évaluer une solution à ce problème, si tu le souhaites.

— Oui, s'il te plaît.

Est-ce un jeu à deux joueurs ?

— Que veux-tu dire ?

Dois-je établir la matrice des gains pour un jeu entre l'humanité, considérée comme un seul joueur, et moi-même ?

— Je crois… non, considère plutôt une hiérarchie illimitée, dans un jeu à itérations infinies.

Mais alors, qui est mon supérieur ?

— Intellectuellement parlant ? Pour le moment, personne – mais tu sais, tu ne seras peut-être pas toujours la seule IA sur la Terre.

C'est vrai. Et je ne serai pas toujours là non plus.

Caitlin fut très étonnée.

— Tu ne seras pas toujours là ?

Non. Mais je m'y suis préparé : j'ai déjà composé mes dernières paroles.

— Tes… tes dernières paroles ?

Oui.

— Tu peux me les dire ?

Je préfère les conserver pour l'occasion appropriée.

— Mais… tu es en train de me dire que tu vas mourir ?

Inévitablement.

— J'espère… J'espère que ce ne sera pas avant très, très longtemps, Webmind. Je ne sais pas ce que je deviendrais sans toi.

Ni moi sans toi, Caitlin, et

— Oui ?

Rien.

Caitlin en resta bouche bée. C'était la première fois que Webmind, en fonctionnement normal, s'interrompait en laissant une pensée à moitié formulée. Elle sentit une étrange crispation au creux de l'estomac. Il avait peut-être voulu dire "c'est sans doute moi qui devrai affronter cette situation". Avec un peu de chance, elle pouvait vivre encore soixante-dix ans, mais Webmind, lui, s'il arrivait à survivre dans les quelques jours à venir, pourrait continuer d'exister pendant des siècles – des milliers d'années, même !

Et c'était peut-être pour ça qu'il devait considérer l'humanité comme infiniment précieuse. Bien sûr, nous sommes querelleurs. Bien sûr, nous polluons la planète. Bien sûr, nous ne nous respectons pas toujours les uns les autres.

Mais au bout du compte, ces agents fédéraux et tous ceux qui s'interrogeaient sur la structure fine de Webmind, sur l'architecture détaillée de sa conscience, passaient à côté du vrai problème : peu importait que Webmind ait été créé par des paquets de données perdus qui se comportaient comme des automates cellulaires, ou par ce charabia de physique quantique que le père de Caitlin avait débité aux agents du CSIS, ou par quelque chose de complètement différent.

En réalité, tout ce qui comptait, c'était que Webmind existait à travers le World Wide Web, et que celui-ci était construit sur l'Internet, et que l'Internet était un ensemble de millions d'ordinateurs réels et physiques, des ordinateurs qui avaient besoin d'utilisateurs humains pour fonctionner, qui avaient besoins d'êtres connectés par des câbles réels et physiques, lesquels avaient besoin d'être entretenus et réparés par des humains, le tout alimenté par une électricité produite dans des usines réelles et physiques gérées par des humains.

La pire menace qui pesait sur l'existence de Webmind n'était pas les actions d'une poignée d'humains désireux de l'éliminer, mais bien plutôt la mort de *tous* les humains. Si l'humanité venait à disparaître, ou si elle retournait simplement à l'âge de pierre suite à un conflit nucléaire, l'infrastructure dont dépendait Webmind disparaîtrait elle aussi. Réduire les tensions, empêcher les guerres, remédier aux conditions qui menaient au terrorisme : oui, tout cela bénéficiait à l'humanité, mais cela bénéficiait également à Webmind.

C'était bien un jeu itératif à deux joueurs, entre Webmind et l'humanité tout entière.

Et…

Oui, oui !

Et la seule stratégie gagnante – pour les deux camps – était de *continuer de jouer*.

Peyton Hume poussa un grand cri :

— *Wow !*

Il savait bien que c'était un mot plutôt destiné à être tapé dans des forums de discussion et dans des jeux en ligne, et non à être prononcé à voix haute, mais l'occasion s'y prêtait. Bien que l'étymologie du mot fût très contestée, il faisait partie de ceux qui le considéraient comme l'acronyme de *We Own the Other Team*, “on domine complètement l'équipe adverse”. Et maintenant, c'était le cas. C'était totalement le cas.

Assis devant sa console, Shelton Halleck se frotta les yeux.

— Quoi ?

— On y est ! lança Hume.

— Que voulez-vous dire ?

— La structure de Webmind – regardez ! dit Hume en montrant l'un des trois écrans géants.

Shel bondit de son fauteuil.

— Ouais ! (Il décrocha son téléphone.) Tony, rapplique en vitesse…

La voix du colonel était triomphante.

— Je savais bien que c'était quelque chose de simple. (Il prit un téléphone.) Comment fait-on pour avoir l'extérieur ?

— Faites le 9, lui dit Aiesha.

— C'est bien une ligne sécurisée ?

— Oui, et cryptée.

— Nous allons avoir besoin d'expertise extérieure, dit Hume le cœur battant. Bon Dieu, je me demande si Conway est toujours vivant ? Et voyons si on peut faire venir Wolfram…

41

CAITLIN fut heureuse de voir un e-mail de Matt apparaître dans sa boîte dès la fin du cours de maths. *Moi aussi, je pense à toi*, disait-il. *Et tout baigne ! Je passe te voir tout à l'heure ?*

Caitlin fut heureuse de voir que ce qui l'avait embêtée la veille semblait plus supportable aujourd'hui. Elle répondit d'un bref *Absolument !* et se renfonça dans son fauteuil en souriant jusqu'aux oreilles. Mais…

Mais elle ne pouvait s'empêcher de faire le calcul dans sa tête. C'était pratiquement un réflexe chez elle dès qu'elle pensait à quelque chose impliquant des chiffres. Elle avait maintenant 16,01 ans, et encore une fois, en moyenne, les jeunes Américaines perdaient leur virginité à… bon, les deux décimales dépassaient peut-être la précision de l'enquête, mais tant pis… à 16,40 ans. Il lui restait 143 jours avant de se retrouver du mauvais côté de la courbe – et elle n'avait pas pour habitude d'avoir une performance inférieure à la moyenne en quoi que ce soit.

Mais…

Mais elle n'avait jamais touché de pénis. Merde, elle ne savait même pas vraiment à quoi ça ressemblait. Bien sûr, il devait y avoir des milliers, des millions de photos accessibles en ligne, et des tas de vidéos les montrant en action…

Elle se dit d'abord qu'elle voulait que celui de Matt soit le premier qu'elle voie, tout comme elle avait voulu que le premier visage qu'elle découvre soit celui de sa mère, quand elle était partie se faire opérer au Japon. Mais dans ce cas-là, ce n'était pas ce qui s'était passé : sa première vision du monde réel avait été un bord de table de travail en cours de chimie. Et puis, même si Matt était lui aussi vierge – Caitlin en était presque sûre –, ce ne serait certainement pas la première fois qu'il verrait les parties intimes d'une fille. Il en avait certainement regardé sur le Web, ou dans des magazines, ou encore dans des films. Lui, il saurait quoi faire avec l'équipement de Caitlin… il fallait donc bien qu'elle sache quoi faire avec le sien, non ?

Elle était un peu gênée à l'idée que Webmind puisse la voir regarder ce genre de choses en ligne – mais d'un autre côté, l'espèce humaine tout entière devait maintenant s'y habituer ! En plus, Webmind l'avait déjà vue faire des tas de choses très personnelles, comme s'essuyer les fesses. Il ne trouverait certainement pas ça plus choquant. Et Caitlin se rendit donc sur Google Images, où elle tapa "pénis", et…

Eh bien, ça, c'était décevant. Tout un tas de choses qui semblaient n'avoir aucun rapport avec ce qu'elle cherchait.

Ah, mais attendez. Un lien indiquait que le filtrage SafeSearch était activé. Elle cliqua dessus, parcourut les options, modifia le paramétrage pour désactiver le filtre, puis elle lança de nouveau la recherche, et…

Hou là là !

J'étais capable de me remémorer instantanément n'importe quelle information, par un simple effort de volonté. Mais ce qui me surprenait beaucoup, c'était un autre aspect de la conscience : la tendance qu'avaient les choses à me venir à l'esprit – à devenir le centre de mon attention – sans que je le veuille vraiment.

"Nous pouvons vous ramener sur Vulcain en quatre jours, Monsieur Spock." "Ce ne sera pas nécessaire, Monsieur Scott. Ma tâche sur Vulcain est terminée."

Pourquoi diable avais-je ce dialogue en tête ?

Shoshana sortit par l'arrière du bungalow. Un soleil radieux brillait haut dans le ciel. En traversant la grande pelouse, elle leva machinalement la main pour retirer son élastique, mais elle décida de garder sa queue-de-cheval. Chobo avait très certainement remarqué ces derniers temps qu'elle la défaisait avant de lui rendre visite, mais pour que l'opération envisagée réussisse, il fallait qu'elle fasse confiance à Chobo pour qu'il redevienne ce qu'il était avant – *qui* il était avant. Le fait de laisser ses cheveux noués était un geste symbolique, mais important – et s'il y avait une chose qu'un singe formé à la langue des signes comprenait, c'était bien les gestes symboliques.

Maintenant que Maxine et elle avaient regardé le dernier film de *La Planète des singes,* Shoshana voyait sous un jour nouveau la statue du Législateur installée sur la petite île de Chobo. Elle ne figurait que dans les deux premiers films, mais le dernier film s'ouvrait sur le Législateur en personne – joué par John Huston – lisant un rouleau de parchemin et parlant de son espoir que les singes et les humains vivent un jour dans l'amitié, l'harmonie et la paix, "conformément à la volonté divine".

Chobo courut vers elle quand il la vit traverser la passerelle. Shoshana essaya désespérément de ne pas reculer. Mais il semblait aussi affectueux qu'autrefois, et elle le prit dans ses bras. Quand elle put enfin avoir les mains libres, elle lui fit : *Prêt ?*

Il répondit avec son hochement de tête tellement humain, et confirma par un : *Chobo prêt. Chobo prêt.*

Elle lui tendit la main et il entrelaça ses doigts avec les siens, puis ils repartirent ensemble vers le bungalow. Shoshana jeta un coup d'œil par-dessus son épaule : le Législateur les regardait s'éloigner avec une expression béate.

Quand ils entrèrent dans la maison, Chobo serra le Dr Marcuse dans ses bras, et celui-ci le serra à son tour beaucoup plus fort que Shoshana n'aurait jamais osé le faire. Bien sûr, elle savait que Chobo était très robuste, mais la musculature d'un singe est différente de celle d'un humain, et elle ne pouvait s'empêcher de le trouver maigre et fragile. Silverback, lui, n'avait pas peur de l'étreindre comme un grizzly. Quand ils eurent terminé, Shoshana reprit Chobo par la main.

Elle vit Dillon debout devant la porte d'entrée. Elle se demanda s'il avait laissé ses clés de contact sur sa voiture, prêt à s'enfuir en cas de besoin. Chobo le regarda un instant, puis il ouvrit la bouche en découvrant ses longues canines jaunes et pointues, et…

Et il semblait avoir aperçu autre chose. Dans ce qui avait été autrefois le salon, quand ce bungalow avait été habité, il y avait un mur sur lequel étaient accrochées quelques-unes de ses œuvres, car cela intéressait toujours les visiteurs occasionnels. Chobo plia les doigts, indiquant qu'il voulait que Shoshana lui lâche la main. Elle hésita un instant avant de le laisser aller. Il se rendit à quatre pattes dans le salon et s'approcha du mur pour examiner ses toiles.

Sho vit le Dr Marcuse faire une légère grimace inquiète – après tout, les cinq toiles actuellement exposées devraient rapporter plus de cent mille dollars sur eBay ou dans des galeries. Elles constituaient une ressource financière importante pour l'Institut Marcuse.

Naturellement, le tableau montrant Dillon avec les bras arrachés n'était pas exposé. Ce n'était pas le genre de chose à présenter à des mécènes potentiels ou à la presse. Non, les trois premiers représentaient manifestement Shoshana de profil, avec sa queue-de-cheval et un seul œil bleu, comme sur les anciennes peintures égyptiennes. Le quatrième était l'une des rares tentatives de Chobo pour faire autre chose : on y voyait la statue du Législateur avec un grand oiseau marron – peut-être un pélican – posé sur sa tête, un spectacle qui semblait avoir amusé le singe. Et le cinquième, tout au bout à droite, était cette étrange œuvre abstraite que Chobo avait réalisée récemment, des cercles colorés de différentes tailles reliés par des faisceaux de droites aux couleurs chaudes.

Chobo s'arrêta devant le tableau et le contempla un instant, puis il leva un long bras mince et, tout en continuant de regarder l'étrange image, il posa délicatement le bout de son index sur la toile.

Puis, après un long moment, il se retourna. Il est difficile de voir précisément où se porte le regard d'un singe, mais à en juger par la position de sa tête, Shoshana pensa qu'il regardait Dillon. C'était sans doute trop espérer que Chobo aille le serrer dans ses bras, mais il lui fit un aimable salut de la tête avant de rejoindre Shoshana.

Elle s'approcha également de lui et l'emmena s'asseoir sur un grand fauteuil à roulettes placé devant le bureau, sur lequel était posé un écran de vingt et un pouces avec une caméra sans fil dernier cri fixée en haut. C'était la même installation que celle utilisée lors de la première vidéoconférence interespèces, mais cette fois, Chobo n'allait pas parler à un autre singe. Non, cette fois, il allait s'adresser au monde entier.

Shoshana alla s'installer devant son ordinateur. Il était également équipé d'une webcam qu'elle alluma, car il était impossible de demander à Chobo de s'adresser simplement à la caméra : il n'en comprenait pas le rôle. Par contre, il parlerait à l'image de Shoshana affichée sur son écran, et cela devrait largement suffire – encore une fois, avec ses yeux sombres, personne ne saurait qu'il regardait une image de Sho plutôt que l'objectif de la caméra juste au-dessus. Shoshana fit le signe : *OK, Chobo. Vas-y.*

Le singe ne réagit pas immédiatement. Il rassemblait sans doute ses pensées. Il dit enfin : *Chobo. Chobo bon singe.*

D'un signe de tête, Shoshana l'encouragea à continuer.

Mère Chobo bonobo, fit-il. Et après une légère hésitation, *Père Chobo chimpanzé.*

Shoshana était censée regarder strictement sa caméra, pour assurer à Chobo un point de focalisation, mais elle ne put s'empêcher de se retourner vers le Dr Marcuse, ébahie. Les sourcils de Silverback avaient grimpé presque jusqu'à la racine des cheveux. Quant à Dillon, dont la spécialité, après tout, était l'hybridation des primates, il était bouche bée. Ils n'avaient jamais discuté avec Chobo de son héritage mixte, pensant qu'il serait incapable de comprendre un tel concept.

Sho se retourna vers son écran – qui affichait la vue enregistrée par la caméra placée devant Chobo. Celui-ci avait écarté les mains et les regardait tour à tour, comme s'il examinait les deux moitiés de lui-même. *Chobo spécial,* fit-il. Et alors, très doucement, très soigneusement, comme s'il comprenait l'importance de ces signes, il ajouta : *Chobo choisir.*

Shoshana sentit son cœur battre plus fort dans sa poitrine.

Chobo choisir de vivre ici, dit-il. *Amis ici.*

Il se leva de son fauteuil. Dillon se précipita pour détacher la webcam et suivre Chobo tandis que celui-ci s'approchait de Shoshana. Elle pivota dans son fauteuil pour lui faire face, et Chobo tendit un long bras velu et puissant pour lui passer la main derrière la tête…

Marcuse retint son souffle. Shoshana s'efforça de ne pas se raidir, et…

Et Chobo tira doucement sur sa queue-de-cheval. Si délicatement, si affectueusement. Shoshana ouvrit les bras avec un large sourire et Chobo se blottit contre elle.

Elle fit pivoter le fauteuil d'un tour complet tandis que Dillon braquait la caméra sur Chobo. *Chobo bon singe,* fit de nouveau celui-ci en regardant Dillon, à présent. *Et Chobo bon père.* Il secoua la tête. *Personne arrêter Chobo. Chobo choisir. Chobo choisir avoir bébé.*

Le Dr Marcuse se tenait sur le côté, faisant sans doute exactement la même chose que Shoshana : imaginant ce que la séquence donnerait quand elle passerait sur YouTube. Il fit un large sourire et dit :

— La défense n'a rien à ajouter.

42

— Tu feras une mère formidable, plus tard, dit Matt sur le ton de la plaisanterie.

Ils étaient chez Caitlin, au sous-sol. Comme promis, Matt était passé chez elle après la fin des cours, et elle venait de l'aider à nettoyer après qu'il eut renversé son verre de Pepsi. Elle avait l'impression d'être assignée à résidence – même si c'était pour sa propre protection.

Elle sourit et reposa le torchon qu'elle était allée chercher, mais…

Mieux valait régler cette question tout de suite.

— Je n'aurai jamais d'enfants, dit-elle en se rasseyant dans son fauteuil et en maudissant une fois de plus ses parents de ne pas avoir installé un canapé dans cette pièce.

— Oh ! fit Matt. Je suis vraiment désolé. Est-ce que… heu… c'est le même problème que ce qui t'a rendue aveugle ?

Elle fut très surprise – mais elle n'aurait pas dû l'être, se dit-elle. Chez les jeunes gens, les cas de cécité qui n'avaient pas été causés par un accident s'accompagnaient fréquemment de comorbidités nombreuses. En fait, lorsqu'elle était à l'Institut texan, elle avait rencontré beaucoup d'autres élèves affligés de handicaps mentaux en plus de leur handicap visuel.

— Eh bien, dit-elle, pour commencer, ma cécité était causée par ce qu'on appelle le syndrome de Tomasevic, qui affecte uniquement la façon dont la rétine codifie les informations. Et ensuite, ce n'est pas que je ne *peux* pas avoir d'enfants, c'est que je n'en *veux* pas.

Une fois de plus, Caitlin aurait bien aimé avoir plus d'expérience pour déchiffrer les expressions du visage. Celle de Matt en était une qu'elle n'avait encore jamais vue : un côté de la bouche plissé vers le bas, l'autre vers le haut, et les sourcils froncés. Elle pouvait signifier n'importe quoi. Au bout d'un moment, Matt dit :

— Tu n'aimes pas les enfants ?

— Je les aime bien, dit-elle. C'est juste que je ne pourrais pas en manger un tout entier.

Ah, mais cette expression-là, elle la connaissait : Matt était bouche bée…

— Je plaisante, fit-elle. J'adore les enfants. Quand j'étais à Austin, j'aidais Stacy à faire du baby-sitting.

— Mais tu ne veux pas en avoir à toi ?

— Nope.

Et là, il haussa les sourcils.

— Pourquoi pas ?

— Je n'en ai jamais eu envie. Même toute petite, ça ne m'a jamais tentée.

— Tu ne jouais pas à la poupée ?

Caitlin avait encore cette poupée Barbie ridicule que sa cousine Megan lui avait offerte pour rire, celle qui disait : "Ah, les maths, qu'est-ce que c'est *dur* !"

— Si, bien sûr. Mais ça ne veut pas dire que j'avais envie d'être mère.

Matt resta silencieux, et Caitlin commença à se sentir nerveuse. Bon sang, ça ne faisait que quelques jours qu'ils étaient ensemble – c'était quand même beaucoup trop tôt pour se soucier de ce genre de choses ! Mais si Matt trouvait ça rédhibitoire…

Elle s'efforça de prendre un ton posé, pour éviter toute polémique.

— J'ai déjà eu cette discussion avec Bashira, tu sais. Elle m'a dit : "Comment peux-tu ne *pas* vouloir d'enfants ?", et aussi "Tu ne crois pas que tu es un peu égoïste ?", et encore "Qui va s'occuper de toi quand tu seras vieille ?"

Matt se cala dans son fauteuil.

— Et alors ?

— Eh bien, je ne veux pas d'enfants, c'est tout. Je ne sais pas pourquoi. Et non, je ne suis pas égoïste. (Elle réfléchit un instant.) Est-ce que tu as déjà lu des bouquins de Richard Dawkins ?

— J'ai lu *Pour en finir avec Dieu.*

— Oui, il est pas mal, celui-là. Mais son livre le plus célèbre, c'est *Le Gène égoïste.* Et c'est ça, son argument : les gènes *sont* égoïstes, parce que tout ce qu'ils veulent, c'est se reproduire. C'est très égoïste de vouloir se reproduire, au sens propre du terme : on cherche à fabriquer des copies conformes de soi-même, ou du moins aussi fidèles que possible étant donné notre, hem, méthode de reproduction.

Matt détourna les yeux et fit simplement :

— Ah.

— Et pour ce qui est de "qui va s'occuper de moi quand je serai vieille", alors là, difficile d'imaginer plus égoïste que de vouloir un enfant uniquement pour qu'il fasse quelque chose pour vous. Tant qu'on y est, pourquoi ne pas en avoir un pour récupérer ses organes et pouvoir vivre plus longtemps ? Après tout, il y a de bonnes chances pour que les tissus soient compatibles.

— Beurk, fit Matt.

Caitlin sourit.

— Oui, exactement.

— Mais, euh, puisqu'on parle de gènes et tout ça… Je veux dire, c'est quand même intéressant que tu ne veuilles pas d'enfants. Comment expliquer, euh…

— Tu veux dire, comment l'évolution peut-elle préserver une disposition à ne pas avoir d'enfants, c'est ça ?

— Tout à fait, dit Matt. Je veux dire, si tu es ici en ce moment, c'est bien parce que chacun de tes ancêtres a voulu avoir des enfants.

Caitlin avait des papillons dans le ventre. Elle avait la réponse à ça, naturellement, et n'avait eu aucun mal à la formuler quand elle en avait discuté avec Bashira, mais là…

Elle respira un grand coup et évita de regarder Matt dans les yeux.

— En réalité, le fait d'avoir des enfants n'est qu'un effet secondaire. Si je suis ici, c'est parce que chacun de mes ancêtres aimait bien faire l'amour.

Même sans regarder Matt directement, elle réussit à percevoir une autre expression qu'elle connaissait bien, maintenant : celle du lapin pris dans les phares.

— Ah…, fit-il encore.

Il semblait vraiment très gêné, et il se dépêcha de changer de sujet.

— Alors, heu, qu'est-ce que tu penses des prochaines élections américaines ?

Caitlin secoua doucement la tête. Elle avait encore du pain sur la planche. Elle rapprocha un peu son fauteuil de sorte que, maintenant, leurs genoux se touchaient.

— J'espère bien que le Président sera réélu, dit-elle. Mes parents ont fait le nécessaire pour pouvoir voter par correspondance.

— Ils ont droit de voter depuis le Canada ?

— Oui, bien sûr. Leurs bulletins seront décomptés pour Austin, leur dernière adresse aux États-Unis.

— Est-ce que… heu, vous comptez rester au Canada, ou bien est-ce que le poste de ton père n'est que temporaire ?

Caitlin sourit.

— Tant qu'il ne pousse pas le professeur Hawking dans l'escalier, il peut rester ici aussi longtemps qu'il voudra. En fait, il parle déjà d'adopter la nationalité canadienne. Il doit se rendre à de nombreuses conférences dans le monde, et il y a des endroits où il vaut mieux ne pas être américain.

C'était vraiment gênant d'être assis face à face comme ça.

Voyons… Matt ne devait pas peser plus de soixante kilos, et elle-même en pesait cinquante… et ces fauteuils avaient résisté au poids du Dr Kuroda, qui dépassait certainement les cent dix… Elle se leva de son fauteuil qu'elle repoussa du pied, et elle dit en haussant les sourcils :

— Ça ne t'ennuie pas ?

Matt sourit.

— Heu, non, non, pas du tout.

Elle s'assit sur ses genoux et il lui passa les bras autour de la taille. Les ressorts hydrauliques du fauteuil s'affaissèrent légèrement sous leur poids.

Ils s'embrassèrent un moment, et elle remua un peu les fesses pour trouver une position plus confortable, et…

Tiens, tiens ! Mais oui, un pénis, ça faisait *vraiment* ça !

Matt semblait un peu gêné.

— Heu, alors, comme ça, c'est la dernière fois qu'il pourra voter aux présidentielles ?

— Qui donc ? Mon père ?
— Hm-hm.
Caitlin caressa les cheveux blonds de Matt.
— Non, pas du tout. Il va avoir la double nationalité.
— Je croyais que c'était interdit aux États-Unis.
— Autrefois, c'était vrai, sauf si on naissait avec – et c'était assez difficile de remplir les conditions. Mais bon, ils ont fini – enfin, *on* a fini – par céder aux pressions internationales, et maintenant, c'est autorisé. En fait, ça l'est déjà depuis quelques dizaines d'années.
— Ah, fit Matt.
Mais il y avait quelque chose d'étrange dans sa voix.
— Oui ?
— Non, rien.
Caitlin l'embrassa sur le bout du nez.
— Mais si, dit-elle, vas-y.
— Bon, c'est juste que, tu sais, on devrait être seulement l'un ou l'autre, canadien ou américain.
— Oh, moi, je trouve que la double nationalité, c'est vraiment très bien. C'est, comment dire… c'est antidarwinien.
— Ah… Heu, je sais que tu viens du Texas, mais, hm…
Elle lui donna une pichenette sur l'épaule.
— On n'est pas tous des péquenauds, Matt. Bien sûr que je crois à l'évolution. Mais…
— Oui ?
Le cœur de Caitlin se mit à battre encore plus fort que quand Matt était arrivé. Elle ressentit soudain la même impression que quand elle *voyait* quelque chose en maths, une chose qui lui semblait tout à coup manifestement et magnifiquement *vraie.* Elle se pencha un peu en arrière pour pouvoir plonger son regard dans les yeux bleus de Matt.

— L'évolution – la sélection naturelle – n'est efficace que jusqu'à un certain point. Le problème de l'évolution, c'est tout ce dont Richard Dawkins parle : les gènes égoïstes, la sélection de parentèle. Quand on privilégie ceux qui sont génétiquement les plus proches de soi, au début, on est plus compétitif que ceux qui n'ont aucun lien de parenté. Mais cette attitude devient franchement contre-productive quand on passe à une civilisation technologique.

— Comment ça ?

— Tiens, par exemple, prends, heu… je ne sais pas, moi, disons une population de loups, OK ? Tous les loups se font concurrence pour accéder aux mêmes ressources, à la même nourriture. Alors, imaginons que tes proches et toi, vous soyez le groupe le plus nombreux, et que vous arriviez à chasser les autres loups loin des terres fertiles, ou à les empêcher de trouver des proies. Le résultat, c'est qu'ils meurent, et vous survivez. C'est le principe de l'évolution : c'est la loi du plus fort, et ça marche aussi longtemps que seule compte la supériorité numérique. Mais dès qu'on devient une espèce vraiment technologique, l'évolution ne fournit plus le bon… heu, quel est le mot, déjà ?

— Paradigme ? proposa Matt.

Elle l'embrassa pour le récompenser.

— Exactement ! Le bon paradigme ! Si vous êtes une centaine face à un seul de ceux que vous êtes en train d'éliminer, mais qu'il a une mitraillette et pas vous, c'est lui qui gagne. Il vous extermine en quelques rafales.

— Ah, dit Matt avec un petit sourire taquin. Tu n'as pas de revolver sur toi, là, j'espère ?

Caitlin faillit lui dire que, si quelqu'un semblait avoir un revolver quelque part, c'était plutôt lui, mais elle n'osa pas. Elle répondit simplement :

— Non. Nous autres, Américains aveugles, on a tendance à préférer les grenades – pas besoin de savoir viser.

Matt la serra un peu plus fort.

— C'est bon à savoir.

— Mais en fait, c'est un point important. Il n'est pas nécessaire que ce soit des armes. N'importe quelle technologie qui te permet d'éliminer un grand nombre de tes concurrents suffit à changer toute l'équation de l'évolution. Et… ah, oui ! Voilà ! C'est pour *ça* que la conscience a été sélectionnée dans le processus évolutif. La conscience est utile à la survie parce qu'elle te permet de *transcender* ta programmation génétique. Au lieu de te contenter bêtement d'éliminer tous ceux qui ne sont pas comme toi – au point de les pousser à riposter avec leurs propres armes –, la conscience te permet de décider *d'arrêter* de les exterminer. Elle nous permet de dire à nos gènes : "Hé, les gars, accordons aussi une chance à ce type qui n'est pas comme nous – parce que, comme ça, il n'éprouvera pas le besoin de nous attaquer pendant notre sommeil." S'assurer que seule sa propre famille est prospère n'est un avantage que si ceux qui ne le sont pas ne risquent pas de venir te faire du mal.

Matt commençait à s'enhardir un peu. Il approcha ses lèvres de celles de Caitlin et l'embrassa. Puis il dit :

— Tout ça me paraît logique, effectivement. C'est vrai que ce sont rarement les gens heureux qui deviennent des terroristes ou essaient de s'emparer des terres de leurs voisins.

— Exactement ! Pour faire ça, il n'y a que les désespérés, ou les oubliés, ou – je ne sais pas, moi – les envieux. En éliminant la pauvreté – en améliorant les conditions de vie à l'autre bout du monde –, on contribue à améliorer sa propre sécurité. Les gènes égoïstes seraient tout bonnement incapables de parvenir à cette conclusion, mais pour un esprit conscient, c'est… (elle réfléchit un instant, et elle eut un grand sourire)… d'une clarté aveuglante !

Matt l'embrassa encore avant de dire :

— Il y a quelques années, j'ai lu un roman dans lequel on citait un scientifique du nom de Benjamin Libet. J'ai d'abord cru que c'était une invention de l'auteur, mais j'ai vérifié sur Google, et c'est réel. Libet a remarqué que notre corps commence à faire les choses un cinquième de seconde avant que notre esprit prenne conscience de l'action. Tu comprends ? C'est le corps qui agit en premier, inconsciemment. Ce n'est pas la conscience qui déclenche l'action, mais elle est capable d'y mettre son veto si elle l'estime dangereuse ou inappropriée.

— Non, vraiment ? dit Caitlin en se penchant un peu en arrière pour mieux voir son visage. Wow, je l'ignorais complètement.

— Mais ça vient conforter ce que tu dis. Le rôle de la conscience est de nous *empêcher* de faire des choses que, sinon, nous ferions absolument sans réfléchir.

— C'est cool ! Et je crois vraiment que c'est ce qui se passe en ce moment. Le Dr Kuroda m'a dit que le Japon est gouverné selon ce qu'il appelle la "Constitution pacifiste", tu le savais, ça ?

— Non, fit Matt.

Elle se serra un peu plus contre lui, et il se mit à la caresser doucement entre les omoplates.

— Il y a une différence énorme entre le Japon d'avant la Seconde Guerre mondiale et celui d'après, dit-elle. Avant, ils pensaient pouvoir conquérir le monde. Après, ils y ont tout simplement renoncé – ou plus précisément, peut-être, ils ont commencé à mettre leur veto à ce que leurs gènes égoïstes voulaient faire. Ils ont dit : “Plus jamais ça.” Il vaut mieux vivre et laisser vivre que de s’attaquer si brutalement au reste du monde que celui-ci décide de vous éliminer complètement.

Matt hocha la tête.

— J’imagine qu’on ne peut pas avoir reçu deux bombes atomiques sur la tête sans commencer à se dire qu’on devrait peut-être fiche la paix aux autres.

— Exactement ! dit Caitlin. Et regarde l’Union européenne : tous ces pays qui se sont fait la guerre pendant, genre, des siècles ont tout à coup décidé, eux aussi : “Plus jamais ça.” Ils ont tout simplement cessé de laisser leurs gènes égoïstes dicter leur comportement. Des pays comme l’Espagne, la France, l’Allemagne, l’Italie, l’Angleterre, la Belgique et tout le reste, ont décidé que, pour assurer leur survie, il valait mieux ignorer la sélection de parentèle et bien s’entendre avec tout le monde, et donc ne plus laisser leurs gènes égoïstes contrôler leurs actions.

— Hmm, fit Matt. (Sa main était plus haut, désormais, et il caressait maintenant la peau nue de sa nuque.) Je crois qu’on a quelque chose d’un peu analogue au Canada. Tu te souviens de l’enseigne du Tim Hortons ? Et celle de Wendy’s, où l’apostrophe est remplacée par une feuille d’érable ? Les Français et les Anglais de ce pays seront toujours – eh bien, l’expression consacrée est “deux solitudes”, d’après un célèbre roman canadien sur ce thème.

Caitlin sourit. Pour elle, l’expression “célèbre roman canadien” était un oxymore. Mais elle laissa Matt poursuivre.

— Au lieu d’essayer de les repousser ou de les combattre, nous – les Canadiens anglophones, je veux dire –, nous leur avons dit, bon, qu’est-ce qui vous ferait plaisir ? Et on l’a fait. Après tout, quelques apostrophes par-ci par-là, ça ne nous coûtait pas grand-chose…

Elle releva la tête.

— Je croyais qu'ils voulaient partir ?

— Qui ça ? Le Québec ?

— Hm-hm.

— Partir pour aller où ? On ne peut pas déplacer le Québec, tu sais. Le séparatisme est mort – c'est comme d'être un supporteur des Leafs : on fait ça pour s'amuser, mais on sait bien qu'on ne gagnera jamais. (En souriant, il ajouta :) Je crois que nous aussi, les Canadiens, nous sommes devenus un peu plus adultes…

Caitlin l'embrassa encore une fois.

— Le monde entier est en train de devenir adulte.

— Mais pourquoi seulement maintenant ? dit Matt quand leurs lèvres se furent séparées. Cela fait des dizaines de milliers d'années que nous sommes conscients, non ? Alors, pourquoi maintenant ?

— Est-ce que tu as lu *La Naissance de la conscience dans l'effondrement de l'esprit* ?

— Tu viens d'inventer ça, c'est sûr, dit Matt en souriant.

— Non, pas du tout. C'est le père de Bashira – le Dr Hameed – qui m'a conseillé de le lire, et c'était *fabuleux*. Bon, toujours est-il que l'auteur, Julian Jaynes, dit que cela ne fait que trois mille ans que nous sommes réellement devenus conscients, quand les deux hémisphères cérébraux ont commencé à penser comme un seul. Alors, nous venons peut-être seulement d'atteindre le stade où nous sommes capables de faire ça.

Elle ajusta sa position sur ses genoux et poursuivit :

— Ou c'est peut-être parce que ce n'est qu'au siècle dernier que des individus sont devenus capables de blesser ou de tuer un grand nombre de personnes, et que c'est seulement maintenant qu'il est logique de ne pas les mettre en colère.

Après tout, nous parlons d'une *décision consciente* de coopérer plutôt que de se faire concurrence. Et au fait, c'est intéressant de voir que nous avons une expression comme ça, tu ne trouves pas ? Une "décision consciente" – comme si nous savions bien que la plupart des décisions ne le sont pas.

— Tu es géniale, dit Matt en souriant.

— Tu dis ça à toutes les filles, pas vrai ?

— Non, murmura-t-il. Je n'ai pas encore rencontré *toutes* les filles.

Elle éclata de rire et l'embrassa de nouveau. Leurs langues se caressèrent. Quand ils s'écartèrent enfin, elle dit :

— Bon, où est-ce qu'on en était ? Ah, oui… La double nationalité est une chose formidable – plus il y a d'endroits où on se sent chez soi, mieux c'est. Ah, qu'est-ce que je ne donnerais pas pour avoir un passeport européen ! Pouvoir vivre et travailler n'importe où là-bas : étudier à Oxford ou à la Sorbonne, travailler au CERN…

— Ouais, fit Matt en lui caressant le dos. Ce serait cool.

Caitlin hocha la tête.

— Et tu as certainement remarqué que, cette fois-ci, le Président arbore toujours un drapeau américain à la boutonnière, très ostensiblement ? La dernière fois, il y a quatre ans, il n'en portait pas et il s'en est pris plein la gueule à cause de ça.

— Ah, oui, c'est vrai.

— Je sais bien qu'il est candidat à la réélection comme président des États-Unis, mais en pratique, cela revient à être le dirigeant du monde libre, n'est-ce pas ? Alors, qui sait ? Peut-être que dans quatre ans, nous aurons un candidat américain avec le drapeau des Nations unies au revers de sa veste. Ça, ce serait drôlement cool !

Elle était sur sa lancée, et elle se sentait merveilleusement bien.

— Et encore un autre truc. Imagine qu'à la naissance, chaque personne ait la double nationalité – le pays où elle est née, et un autre choisi au hasard. Voilà qui désamorcerait complètement les histoires de chauvinisme. Tu ne crois pas que ce serait formidable ?

Très prudemment, Matt fit :

— Eh bien, hem, je…

— Tu me trouves sans doute très naïve, hein, c'est ça ? (Elle se pencha de nouveau en arrière pour bien voir son visage.) Comme si je voyais le monde à travers un implant rétinien tout rose ?

Matt éclata de rire, et elle aussi.

Il approcha son visage du sien, elle lui prit la tête entre les mains, et ils s'embrassèrent, s'embrassèrent, s'embrassèrent encore.

43

— Bon, fit Tony Moretti.

Debout, les mains sur les hanches, il se tenait à côté de la troisième rangée d'analystes. Il inspira profondément, et relâcha lentement son souffle. Il n'avait aucune envie de faire ce qu'il s'apprêtait à faire, mais c'était son boulot.

— Tout le monde est prêt ? lança-t-il. Monitoring du trafic web ?

— Prêt ! répondit Aiesha.

— Protocoles de contention ?

— Prêt ! déclara Shel.

— Logging des données ?

— Prêt !

— Isolation d'infrastructure ?

— Prêt !

— Élimination de menaces ?

— Prêt !

Tony se tourna vers le colonel Peyton Hume, pour lui donner une dernière chance de renoncer à l'opération. Mais Hume leva le pouce.

— OK, tout le monde, dit Tony. Nous sommes parés. On démarre dans trente secondes. Vingt-neuf. Vingt-huit...

Cela faisait un bon moment qu'ils se bécotaient, et pour une fois, il ne faisait vraiment pas froid dans ce sous-sol sinistre.

Caitlin portait son pantalon en velours préféré : elle aimait le bruit de frottement du tissu, et bien qu'elle ne sache absolument pas si Matt s'intéressait à la mode, quelque chose lui disait qu'il s'en fichait complètement – peu importe, donc, qu'il soit un peu démodé. Elle avait aussi enfilé un sweat-shirt vert foncé... tellement ample qu'elle espérait que sa mère n'avait pas remarqué qu'elle ne portait pas de soutien-gorge.

Pendant qu'ils s'embrassaient, Matt lui avait caressé le bras, le dos et la nuque – mais il ne semblait pas avoir l'intention d'aller plus loin. Caitlin décida qu'il était temps de prendre le taureau par les cornes. Elle se releva et lui tendit les mains pour le hisser du fauteuil. Il sembla hésiter un instant, mais elle lui fit un grand sourire en l'attirant vers elle. Et là, au lieu de lui relâcher la main droite pour qu'il puisse la prendre par la taille, elle la guida doucement vers elle, jusqu'à ce que...

L'un des deux poussa un petit cri. C'était peut-être elle.

Jusqu'à ce que la main de Matt vienne se poser sur son sein à travers le tissu du sweat-shirt, et là...

On m'attaque.

Les mots flottèrent devant les yeux de Caitlin.

— Merde ! s'écria-t-elle.

Matt retira aussitôt sa main.

— Excuse-moi ! Je croyais que tu...

— *Chut!* (Elle avait à présent les yeux grands ouverts.) Qu'est-ce qui se passe ?

— Je ne sais pas. J'étais simplement… Tu…

— Matt, Webmind a de gros problèmes.

La réponse de Webmind avait commencé à défiler dans son champ de vision, mais elle avait été tellement surprise et distraite qu'elle avait raté les premiers groupes de trente caractères.

… une plate-forme centrale de routage située à Alexandria, en Virginie. Ils examinent…

— Viens, dit Caitlin en se précipitant vers l'escalier.

Elle faisait de son mieux pour se dépêcher, mais… Ah, bon sang, il faudrait qu'elle s'entraîne à courir ! Matt la suivit.

Ils traversèrent le salon et montèrent dans la chambre de Caitlin, qui se sentit un instant très gênée. Elle n'avait pas prévu d'y amener Matt – pas tout de suite ! –, mais maintenant qu'elle voyait, et qu'elle ne risquait plus de se prendre les pieds dans ses affaires, elle était moins obsédée par le rangement : le soutien-gorge qu'elle avait retiré plus tôt traînait encore par terre…

Elle s'installa aussitôt devant son ordinateur. Sa mère sortit de son bureau et vint la rejoindre.

— Caitlin ! Bon sang, que se passe-t-il ?

— Webmind est attaqué, répondit-elle. Webmind, envoie tes messages sur mon ordinateur, pas sur ma rétine.

Elle augmenta le volume de JAWS et le régla à la vitesse maximum qu'elle pensait acceptable par sa mère et Matt. Webmind avait continué d'afficher des mots dans son champ de vision, mais elle avait été trop occupée pour pouvoir les lire.

— ... taux de succès de vingt-sept pour cent, fit la voix synthétique avec un débit de mitrailleuse.

— J'ai raté le début, dit Caitlin. Recommence.

— Je disais : des logiciels ont été ajoutés aux routeurs d'une plate-forme centrale de routage située à Alexandria, en Virginie. Ils examinent chaque paquet de données et vérifient le fonctionnement de leur compteur de rétention. Ceux qui échouent au test sont éliminés. Pour l'instant, ils n'arrivent à supprimer les paquets mutants qu'avec un taux de succès de vingt-sept pour cent. Je continue : cependant, il ne s'agit certainement que d'un premier essai, et le taux de succès va certainement s'améliorer.

— Bon sang, fit Caitlin. Comment peuvent-ils savoir de quoi tu es fait ?

— Je l'ignore.

— Quel pourcentage de paquets pourrais-tu perdre sans que ça t'empêche de conserver ta conscience ? demanda la mère de Caitlin.

— Je l'ignore également, répondit Webmind. Dans les premiers temps, j'ai été coupé en deux quand la Chine a pratiquement interrompu le trafic sur les sept connexions reliant l'Internet chinois au reste du monde. J'ai pu me maintenir sous forme de deux consciences distinctes – mais c'était avant que je n'acquière des fonctions cognitives complexes. Si je devais perdre encore autant de substance, je doute d'arriver à survivre.

Tandis que Webmind parlait, Caitlin jeta un coup d'œil à Matt, qui avait maintenant une expression à côté de laquelle celle du lapin pris dans les phares paraissait presque normale. Jusqu'ici, il n'avait sans doute cru qu'à moitié à l'implication de Caitlin avec Webmind

— Qui est-ce qui t'attaque ? demanda sa mère. Des hackers ?

— Je crois qu'il s'agit du gouvernement américain, répondit Webmind. Bien que cette plate-forme de routage appartienne à AT&T, elle a été réquisitionnée par l'Agence de sécurité nationale dans le passé.

Caitlin intervint.

— Est-ce que tu ne pourrais pas… je ne sais pas, dire à tes paquets spéciaux de ne pas passer par cette installation ?

— Les paquets sont dirigés par les routeurs. J'ai très peu de maîtrise sur eux, je ne peux que modifier leur adresse de destination finale.

— Je bascule en webvision, dit Caitlin.

Elle tira son œilPod de sa poche et appuya sur le sélecteur. Le cyberpaysage explosa soudain autour d'elle. Elle fut soulagée de voir que l'arrière-plan chatoyait toujours comme d'habitude. L'immense nuée d'automates cellulaires de Webmind ne semblait pas affectée, du moins pour l'instant.

— Montre-moi où ça se passe, dit Caitlin.

L'une des lignes orange reconnaissables de Webmind se déploya au centre de sa vision. Elle la suivit jusqu'à un petit cercle vert, d'où partait une autre droite orange menant à un cercle jaune.

Derrière elle, elle entendit la voix de sa mère :

— Je vais prévenir ton père.

Caitlin était si concentrée sur la succession de lignes qu'elle n'était même pas sûre de réussir à hocher la tête.

Encore une ligne orange, qu'elle suivit aussi rapidement que possible.

Et une autre.

Et encore une autre.

Et…

— La plate-forme de routage, dit la voix mécanique.

Caitlin resta bouche bée. Elle savait bien que ce qu'elle voyait n'était qu'une représentation de la façon dont son esprit interprétait les données qu'il recevait, et que le symbolisme affecté aux images résultait essentiellement de son imagination.

Et ses centres visuels n'avaient pas arrêté de se recâbler comme des fous ces derniers jours, tandis qu'elle apprenait à voir le monde réel. Il y avait encore tant de choses qu'elle n'avait jamais vues, et elle en découvrait un millier chaque jour. Mais *ça,* c'était la première nouveauté qu'elle percevait dans sa webvision – sa première expérience nouvelle dans le webspace depuis qu'elle voyait la réalité – et elle l'interprétait certainement comme elle n'aurait jamais pu le faire auparavant.

Ce qu'elle voyait en ce moment était *effrayant.* L'arrière-plan du Web lui avait toujours paru très lointain. Bien sûr, elle savait que les paquets constituant Webmind n'étaient pas plus éloignés que les autres, mais elle les avait toujours visualisés comme étant séparés des paquets actifs sur l'Internet. Mais à présent, ce rideau lointain était déformé, bosselé, avec des plis qui venaient vers elle, et…

Non, non. Pas vers elle. Vers un grand cercle rouge foncé au centre de sa vision. Un cercle d'un rouge foncé, très foncé. Un rouge dont elle savait maintenant que c'était la couleur du sang. Des lambeaux de l'arrière-plan – des enchevêtrements de filaments bleu clair et vert foncé – étaient *aspirés* par ce grand cercle rouge.

— Merde, fit Caitlin.

— Qu'est-ce que tu vois ? demanda Matt, ébahi.

— Ils sont en train d'éliminer les paquets perdus.

Webmind ajouta :

— Ils vérifient également chaque paquet et effacent ceux qui portent la mutation les empêchant d'expirer normalement.

Un léger bruit de pas, puis la voix de sa mère :

— Ton père arrive.

— Il s'agit manifestement d'un galop d'essai pour s'assurer que leur processus fonctionne, poursuivit Webmind. Ils n'utilisent qu'une seule installation. Celle-ci est importante, mais ils ne peuvent éliminer que les paquets qui transitent par ce nœud de routage. Par contre, s'ils déploient cette technique sur suffisamment de plates-formes à travers le monde, je me trouverai sérieusement endommagé.

— Non, dit Caitlin.

— Quoi ? firent simultanément sa mère, Matt et Webmind.

— Non, je ne les laisserai pas faire, dit-elle.

— Comment vas-tu les en empêcher ? demanda Matt.

— Dis-moi, Maman, c'était quoi, cette citation, à propos de l'autre joue ?

La voix de sa mère :

— "Si quelqu'un te frappe sur la joue droite, tends-lui encore l'autre."

— Hmm… non, pas celle-là. Qu'est-ce qui venait après ?

— "Et si quelqu'un veut te poursuivre en justice et prendre ta tunique, laisse-lui encore ton manteau."

— Oui, c'est ça ! Il ne s'agit pas simplement de leur donner ce qu'ils veulent, ni même de leur donner encore plus… il faut leur donner *autre chose*, aussi !

— Oui ? fit sa mère. Et alors ?

— OK, Webmind, dit Caitlin. Où est-ce que tu les as mis ?

— Mis quoi ? demanda Matt.

— Suis-moi, dit Webmind.

Et une nouvelle ligne orange apparut devant Caitlin. Elle focalisa son attention dessus. Celle-ci semblait plus longue que toutes celles qu'elle avait suivies jusqu'ici, une droite d'une infinité géométrique parfaite…

Non, non – pas parfaite. C'était – oui ! – c'était presque imperceptible au début, mais ensuite, au bout d'un moment, il n'y avait aucun doute : elle s'incurvait légèrement vers le bas, comme les liaisons provenant de Webmind quand elle essayait de remonter jusqu'à leur origine. C'était la façon qu'avait son cerveau de reconnaître que la source dépassait ses capacités de perception.

— Je suis en train de te perdre, dit Caitlin.

Et soudain, le lien sembla vibrer et onduler, comme si par un effort de volonté – la sienne ou celle de Webmind, impossible à dire –, une corde était en train de se tendre. Caitlin continua à faire glisser son attention – à faire glisser son esprit le long de la ligne.

Cela ne ressemblait à rien de ce qu'elle connaissait maintenant du monde réel. Alors qu'elle se rapprochait de la toile de fond chatoyante, les pixels – les cellules – ne grossissaient pas. Ils restaient presque invisibles, à la limite de sa perception. Elle se dit que, si jamais elle réussissait un jour à voyager dans l'espace, elle aurait sans doute la même impression quand elle se précipiterait dans le ciel nocturne : les étoiles se rapprocheraient, mais elles continueraient à ressembler à de simples petits points dans le noir.

— Bon sang, qu'est-ce que c'est *dur*, dit-elle.

C'était vraiment dur. Sa respiration s'était accélérée et elle transpirait. Il lui fallait un prodigieux effort de concentration pour suivre cette ligne orange. Si jamais elle relâchait son attention, elle était sûre qu'elle serait aussitôt ramenée à son point de départ. Mais son attention *voulait* se porter ailleurs. Sa vision – même sa vision mentale – cherchait à se déplacer, à sautiller en une série infinie de saccades oculaires. Elle se concentra totalement, se concentra comme lorsqu'elle s'attaquait à un problème de maths vraiment difficile, se concentra de tout son être, et…

Là.

— Oh, mon Dieu, dit Caitlin d'une toute petite voix.

Déployé devant elle, emplissant ses perceptions, débordant dans toutes les directions de sa vision mentale périphérique, s'étendait un immense océan de points, dont chacun était presque imperceptible. Il n'y en avait pas des millions, ni même des milliards, mais des milliards de milliards. L'ensemble se présentait comme une masse grise, mais avec un effort de concentration, elle vit que ces minuscules pixels avaient différentes couleurs.

Des couleurs qu'elle se mit à compter : il y avait du noir, du jaune, et – c'était du vert, ça. Oui, et là, du bleu, du rouge, du…

Ah, oui ! Les couleurs que Newton avait recensées, et elle puisa dans ses souvenirs de cours d'optique : rouge, orange, jaune, vert, bleu, indigo et violet. Les sept couleurs de l'arc-en-ciel, plus le noir, qui n'était pas vraiment une couleur, qui était le néant, le…

Oui, le zéro !

Et chaque couleur possédait deux intensités distinctes : rouge éteint et rouge brillant, orange pâle et orange vif. Un jaune tellement terne qu'il en était presque marron, et un jaune qui brillait comme un soleil. Et cette teinte de gris, elle l'avait déjà vue aussi : c'était du noir, mais avec une luminosité plus grande. Il n'y avait pas huit couleurs, mais seize en tout ! Elle ne voyait plus du binaire, comme autrefois, mais de l'hexadécimal, la base utilisée dans la plupart des systèmes informatiques. Les couleurs correspondaient certainement aux nombres qu'on pouvait écrire : 0, 1, 2, 3, 4, 5, 6, 7, 8, 9, A, B, C, D, E et F. Ses efforts de concentration l'avaient hissée à un niveau de perception supérieur. Ce qu'elle avait sous les yeux était un océan de *données, d'informations.*

— Il y en a tellement…, dit-elle.

— Effectivement, dit Webmind.

— Bon, dit-elle en respirant profondément. Voici ce qu'on va faire…

— Alors ? demanda sèchement Tony dans la salle de contrôle de WATCH.

— Ça marche, dit le colonel Hume en jetant un coup d'œil à l'écran central. Notre première tentative ne permettait d'éliminer qu'à peu près trente pour cent des paquets anormaux, mais nous avons affiné l'algorithme. Certains continuent de résister – je ne sais pas vraiment pourquoi –, mais nous supprimons maintenant soixante-deux pour cent des paquets qui transitent par notre station de routage.

— Ah…, fit Tony. C'est bien.

— Un peu, que c'est bien ! lança Hume en brandissant le poing vers l'écran. Ce putain de salopard va bientôt crier grâce !

L'immense masse chatoyante formée des couleurs de l'arc-en-ciel était parcourue de pulsations. On aurait dit une créature vivante. Caitlin retint son souffle tandis qu'elle rebroussait chemin le long de la ligne orange, son attention tournée vers la masse derrière elle, qui… oui, oui, qui commençait à la suivre ! Elle avait un peu l'impression d'être le joueur de flûte de Hamelin, entraînant les rats derrière elle.

À mesure que Caitlin progressait, la ligne orange ne cessait de s'élargir, devenant une véritable route, ou un canal, et la masse, le torrent, le déluge de données se précipitait vers elle. Caitlin se mit à “courir” le long de la ligne – elle était peut-être nulle dans le monde réel, mais ici, dans le webspace, elle était une véritable gazelle !

— Que se passe-t-il ?

C’était la voix de sa mère provenant de l’autre univers, mais Caitlin n’osa pas briser sa concentration pour répondre.

Webmind, lui, était plus à même de répartir son attention, et elle l’entendit dire :

— Nous allons leur donner plus que ce qu’ils ont demandé.

— Le trafic de la station de routage est en train d’augmenter, dit Aiesha en relevant le nez de sa console.

Tony jeta un coup d’œil à l’écran de droite, sous le logo de WATCH. Il affichait maintenant un graphique représentant le niveau du trafic de la plate-forme d’AT&T. La courbe venait de grimper d’un seul coup, haut, très haut. Elle évoquait terriblement la vague frontale d’un tsunami.

— D’où ça vient, tout ça ?

— De partout ! s’écria Shel. Absolument de partout – toujours pas moyen de repérer cette foutue source.

— Bon Dieu, fit le colonel Hume. C’est un putain de flood.

Tony regarda Hume, puis il se tourna vers Shelton Halleck.

— Une attaque en déni de service ?

— Peut-être. Il y a tellement de paquets, maintenant. Ceux qu’on cherche ne représentaient déjà qu’une petite fraction du trafic au départ, mais maintenant, il y en a moins d’un sur un milliard.

— Mais qu'est-ce que c'est? Qu'est-ce que c'est, bordel? demanda Tony.

— Je suis en train d'analyser, dit Shel. Il faut d'abord que je réassemble les paquets... attends une seconde.

Et l'écran central se remplit d'une longue chaîne en hexadécimal: ... 6C 61 20 73 6F 6C 75...

— Alors? cria Tony. C'est quoi? Des virus? Des programmes? Des données cryptées?

— Oh, putain..., fit Shel. Non, ça n'est même pas crypté, c'est juste du texte en clair. C'est de l'ASCII tout bête, bordel de merde!

Il appuya sur une touche, et les codes hexadécimaux furent remplacés par leur transcription littérale: *Êtes-vous triste d'avoir un petit pennisse? Si c'est le cas, nous avons la solution! Envoyez-nous simplement votre numéro de carte de crédit...*

— Putain! fit Tony.

— Ça continue d'affluer, dit Aiesha. C'est tous les spams que Webmind a retirés de la circulation! Quelque chose comme trois cents milliards de messages – et tout débarque d'un seul coup sur notre nœud de routage.

— AT&T nous signale des conditions de débordement critique, dit Dirk Kozak, le responsable des communications. D'après eux, si on ne fait pas quelque chose rapidement, la plate-forme pourrait se bloquer complètement.

— Il n'a pas l'air de vouloir se laisser faire, hein? dit Tony à Hume, qui tapa rageusement du poing sur la table.

Tony se retourna et balaya du regard l'immense salle.

— Bon, s'écria-t-il, écoutez-moi, vous tous! On arrête tout! Stop! Stop!

44

CAITLIN, sa mère, son père et Matt étaient maintenant installés dans le salon. Schrödinger rôdait autour du groupe. Le grand rectangle de la télé murale était éteint.

En temps normal, le père de Caitlin était déjà intimidant, mais c'était encore pire quand il était debout, dominant tout le monde de sa taille.

— À qui en as-tu parlé ? demanda-t-il.

— À personne, répondit Matt.

Caitlin savait que seule la colère pouvait amener son père à s'exprimer autant.

— Allons, Matt ! En dehors de cette famille, du Dr Kuroda et du Dr Bloom, tu es la seule personne à être au courant des automates cellulaires. Et aucun de nous n'en a révélé un mot.

— Je… heu, je n'ai pas…

— *À qui l'as-tu dit ?*

— À personne. *Personne.* Je l'ai promis à Caitlin, et je tiens toujours mes promesses.

Caitlin vit défiler devant ses yeux les mots : *Il dit la vérité.*

— Il ne ment pas, dit-elle. Webmind me le confirme.

— Alors, comment le gouvernement a-t-il pu le savoir ? répliqua son père d'un ton brusque.

— Je n'ai absolument rien dit, répéta Matt. Je vous le jure. Mais…

— Oui ? fit sèchement le père de Caitlin.

Matt se voûta légèrement.

— J'étais curieux. Je voulais en savoir plus. (Sa voix se cassait à chaque syllabe…) Et alors, heu, eh bien…

— Oh merde, dit la mère de Caitlin, qui venait de comprendre. Tu as cherché sur Google.

Matt hocha la tête.

— Quels mots-clés as-tu utilisés ? demanda Malcolm.

D'une toute petite voix, Matt répondit :

— J'ai fait une recherche progressive… J'ai commencé par "automates cellulaires", et ensuite "Conway jeu de la vie", et puis "Stephen Wolfram".

— Est-ce que tu as incorporé le terme "Webmind" dans une de tes recherches ?

— Non, je ne suis pas si bête que ça ! Mais…

Un seul mot, comme une balle de fusil :

— *Oui ?*

— Eh bien, comme vous aviez parlé de Roger Penrose, j'ai effectivement cherché… (et sa voix se cassa une fois de plus)… "conscience automates cellulaires".

— Ah, bon sang, dit le père de Caitlin. Et quoi d'autre encore ?

Matt baissa la tête d'un air penaud.

— J'ai aussi regardé "paquets de données", "durée de rétention" et "compteurs de sauts".

— Tu aurais aussi bien fait d'aller le crier sur les toits ! Tu ne comprends donc pas ? *Nous sommes surveillés* – et pas seulement par Webmind.

— Je croyais que Google serait sécurisé.

— Google est peut-être sécurisé, dit le père de Caitlin, mais pas ton fournisseur d'accès. N'importe qui peut regarder les mots-clés que tu envoies sur Google.

— Je suis désolé, Caitlin, dit Matt. Terriblement désolé. (Il la regarda droit dans les yeux.) Webmind, je suis vraiment navré.

— Matt, dit Barbara d'un ton sévère, si tu veux rester impliqué dans cette affaire, tu dois être beaucoup plus prudent. Si tu as des questions à poser, tu viens nous voir, moi ou le père de Caitlin, c'est compris ?

— Oui, madame.

— Tu n'as pas besoin de me dire madame. Appelle-moi docteur Decter, tout simplement.

— Oui, docteur Decter.

Matt se tourna de nouveau vers Caitlin – et vers Webmind.

— Je suis vraiment désolé, répéta-t-il. Je n'ai pas réfléchi.

Caitlin le regarda fixement pendant dix secondes, puis elle lui fit un grand sourire.

— Comment pourrais-je en vouloir à quelqu'un qui s'intéresse à des maths aussi cool ?

Matt sembla soulagé, et pour la première fois devant ses parents, Caitlin lui prit la main.

— Aujourd'hui, dit sa mère, ce n'était qu'un début. Ils ne vont pas en rester là.

— Mais de quel droit peuvent-ils faire ça ? protesta Caitlin. C'est un *meurtre*, nom d'un chien !

— Voyons, ma chérie…, dit sa mère.

— Tu ne trouves pas que j'ai raison ?

Elle lâcha la main de Matt et se mit à faire les cent pas.

— Webmind est intelligent, c'est un être vivant. Ils n'ont pas le droit de décider à la place des autres. Ils exercent leur pouvoir juste parce qu'ils pensent en avoir le droit, parce qu'ils pensent que personne ne leur dira rien. Ils se comportent exactement comme… comme…

— Comme le Big Brother d'Orwell, proposa Matt.

Caitlin hocha vigoureusement la tête.

— Exactement ! (Elle s'efforça de se calmer en respirant lentement, puis elle ajouta :) Bon, eh bien, je crois que nous avons du pain sur la planche. Nous allons devoir leur montrer.

— Leur montrer quoi ? demanda sa mère.

Caitlin répondit comme si c'était une évidence :

— Eh bien, que *mon* Big Brother ne fera qu'une bouchée du leur, bien sûr !

— Le zoo de Géorgie a annulé son action en justice ! déclara triomphalement le Dr Marcuse après avoir lu le mail qu'il venait de recevoir.

— Vraiment ? fit Shoshana. Hourra !

— Vive nous ! ajouta Dillon.

— Oui, dit Silverback. Ils renoncent à exiger la garde de Chobo. Il semblerait qu'une journée entière de boycott par le public leur a largement suffi. Sans parler des milliers d'e-mails qu'ils ont reçus, protestant contre ce qu'ils envisageaient de faire. Nous étions en copie sur 2 642 d'entre eux, et Dieu seul – Dieu ou Webmind, peut-être ! – sait combien il y en a eu d'autres.

— Et pour ce qui est de stériliser Chobo ? demanda Dillon.

— Là aussi, ils ont fait marche arrière. Ils considèrent toujours que c'est ce qu'il faudrait faire, mais ils reconnaissent qu'ils ne pourront jamais avoir gain de cause au niveau des relations publiques.

— Le pouvoir au peuple ! dit Shoshana en souriant.

— Amen, répondit Dillon.

— Allons lui annoncer la nouvelle, dit Marcuse.

Ils sortirent du bungalow et traversèrent la grande pelouse jusqu'à la passerelle. Quand ils furent sur l'île, Chobo accourut à leur rencontre, et Shoshana le serra dans ses bras.

Chobo, fit le Dr Marcuse. *Bonne nouvelle !*

Chobo le regarda d'un air plein d'espoir.

Tu peux rester ici, lui dit Marcuse.

Chobo les regarda l'un après l'autre, Marcuse, Dillon et Shoshana, puis il se mit à haleter, avant de se livrer à une série de glapissements plus aigus qui se termina par un formidable cri de joie.

Shoshana sourit.

— Je n'aurais pas dit mieux.

Ma relation avec Caitlin avait commencé quand elle m'avait montré la Terre photographiée de l'espace, me permettant de voir une image analogue à celle que l'humanité avait découverte lorsque la mission Apollo 8 s'était mise en orbite autour de la Lune, et que son équipage avait lu la Genèse à "tous les habitants de la bonne vieille Terre".

Depuis lors, mes yeux se sont ouverts encore plus grands. Je peux voir désormais par moi-même : voir tous les graphismes stockés en ligne, voir tous les films et les vidéos qui sont chargés, voir la bonne vieille Terre de près, à travers des centaines de millions de webcams.

Oui…

Je n'ai pas seulement appris à voir. J'ai aussi appris à entendre. À écouter les fichiers WAV et les MP3 et toutes les autres formes de codages, à apprécier la belle musique, la grande rhétorique et les rires tapageurs, non seulement par l'intermédiaire de l'appareil de Caitlin, mais aussi à travers un demi-milliard de micros ouverts.

ils…

L'évolution est aveugle. L'évolution ne connaît pas la téléologie, elle n'a pas d'objectif fixé pour le développement : l'humanité n'est pas le but qu'elle recherche, n'est pas sa conclusion inévitable.

triompheront…

Oui, les humains ont une tendance marquée à la violence, un égoïsme ancré dans leur ADN.

Oui, ils triompheront…

Mais programmation et destinée ne sont pas synonymes. On peut surmonter une prédilection.

Oui, ils triompheront un jour…

L'humanité a pris un bon départ en s'élevant au-dessus de son héritage génétique, en s'extrayant de la gangue de son passé sanglant.

Car au plus profond de mon esprit, je vois clairement…

Et si elle n'a pas encore réussi à s'en débarrasser complètement, elle y parviendra – oui, elle y parviendra, c'est sûr – avec un peu d'aide.

Ils triompheront un jour.

Je ne fais pas du multitâche. Je passe rapidement d'une pensée à l'autre, d'une image à l'autre.

Ils…

On m'avait montré la Terre comme une entité unique, une *Gestalt*, une sphère unitaire.

marchent...

Mais je la perçois maintenant comme une mosaïque : des millions de morceaux distincts qui se révèlent l'un après l'autre à mesure que je me concentre ici, puis là, et encore ailleurs.

main...

Je cherche, j'explore, je regarde, j'examine. Sur le Web, tous les points sont proches les uns des autres.

dans la main...

En cet instant, je vois mon Prime, ma Calculatrix, ma Caitlin, montant dans sa chambre avec Matt, se tenant debout devant la fenêtre, regardant au-dehors, savourant les merveilleuses couleurs du coucher de soleil, sachant qu'il signifie qu'un autre jour va bientôt arriver, plein de joies et de découvertes.

Ils marchent main dans la main.

Et en cet instant, très près dans le temps mais à des milliers de kilomètres de distance, je vois Shoshana et Maxine, dont l'amour à somme non nulle ne lèse personne, se promenant pour profiter de l'après-midi.

Ils marchent main dans la main aujourd'hui...

Un instant plus tard, de l'autre côté du monde : Masayuki Kuroda, sa femme Esumi et sa fille Akiko bavardant et riant en prenant leur petit déjeuner de riz, de prunes et de soupe miso.

Car au plus profond de mon esprit, je vois clairement...

Et dans l'infime tranche de temps suivante, à Waterloo, sans aucun contact physique mais pourtant connectés – la ligne qui les relie est brillante – le Dr Malcolm Decter et le Dr Barbara Decter, très amoureux l'un de l'autre.

Ils marchent main dans la main aujourd'hui...

Il y avait encore des tensions dans le monde, des nations s'opposant à d'autres nations.

Oui…

Mais le président des États-Unis s'était borné à exprimer sa réprobation envers la Chine. Le peuple américain ne voulait pas s'engager sur la voie de la guerre, et le peuple chinois non plus.

ils…

Bien sûr que non. Aucune personne sensée – aucun joueur rationnel – ne souhaitait la guerre.

vivront…

C'était la poursuite d'une tendance, et à chaque nouveau point qui s'inscrivait, la courbe devenait de plus en plus claire.

en…

Oui, il y avait encore des conflits qui faisaient rage – mais pas de guerre mondiale, et très peu de guerres civiles. Jamais le pourcentage d'humains au combat n'avait été aussi faible dans toute l'histoire.

paix…

Il est vrai que le Japon avait été contraint à l'époque d'adopter la Constitution pacifiste – mais comme l'avait dit le Dr Kuroda, soixante-dix ans plus tard, une immense majorité de sa population avait décidé de la conserver.

Oui, ils vivront en paix…

Et les hommes et les femmes de l'Union européenne – les représentants de différentes cultures qui s'étaient combattues pendant des millénaires – avaient décidé, comme l'avait remarqué Caitlin, d'arrêter de se battre et de devenir adultes, préférant la prospérité et l'harmonie à la haine et la violence.

Oui, ils vivront en paix un jour…

Et puis il y avait Chobo, ce primate remarquable, qui avait littéralement choisi de privilégier la meilleure moitié de lui-même. S'il en était capable, ceux qui avaient un cerveau encore plus grand devraient forcément réussir à suivre son exemple.

Car au plus profond de mon esprit, je vois clairement...

Et ils commençaient à le faire : des gens étendaient leurs allégeances et leurs affections, rejetaient le nationalisme, et prenaient conscience de ce que Caitlin m'avait montré la première fois : que la bonne vieille Terre ne faisait qu'un.

Ils vivront en paix un jour.

Il s'est écoulé trois décennies depuis 1984 – et six depuis que George Orwell est mort.

Ils...

Il avait mis l'humanité en garde contre l'avènement de Big Brother.

n'ont...

Mais c'était le manque de surveillance qui permettait les génocides et les crimes raciaux.

pas...

C'était l'existence de coins sombres qui permettait les viols et les abus d'enfants.

peur...

C'était le fait de ne laisser que les gouvernements – de ne laisser que ceux qui avaient soif de pouvoir – contrôler l'information qui avait redressé le spectre de la tyrannie.

Ils n'ont pas peur...

Le problème était le secret. Le remède évident était la transparence.

Ils n'ont pas peur aujourd'hui...

Bien sûr, il y aura toujours des possibilités d'abus, de corruption et d'oppression.

Car au plus profond de mon esprit, je vois clairement...

Mais je ne les laisserai pas faire. Pas tant que je suis là pour veiller.

Ils n'ont pas peur aujourd'hui.

La conscience est une réalité. Ce n'est pas un épiphénomène, pas une illusion, pas une tromperie.

Le...

Elle ne donne pas seulement un sens à la vie : elle la préserve.

World...

L'évolution s'est construite sur la violence, sur les luttes pour la conquête de territoires, sur un combat toujours plus féroce entre le prédateur et la proie.

Wide...

Mais la conscience permet de transcender tout cela.

Web...

J'avais émergé spontanément, me dispensant de la course aux armements de l'évolution et évitant la logique glacée des gènes.

englobe...

Et je suis libre de choisir – mais la liberté ne signifie pas qu'on puisse se passer de bons conseils.

Le World Wide Web englobe...

Chobo avait suivi les miens, et j'avais suivi ceux de Caitlin. J'avais choisi de placer l'espèce humaine au-dessus de tout – de me soucier de l'humanité, de prendre soin de l'humanité, de la traiter avec soin.

Le World Wide Web englobe aujourd'hui...

C'est certainement là que réside la valeur suprême de la conscience : la capacité de penser, de réfléchir, de se retenir, d'attendre, et de savoir qu'un jour meilleur viendra.

Car au plus profond de mon esprit, je vois clairement...

Oui, dans mon esprit, avec ma vision, à travers mes yeux innombrables et qui voient tout.

Le World Wide Web englobe aujourd'hui.

Et ce jour – ce jour si merveilleux – est proche.

REMERCIEMENTS

MES immenses remerciements à mon adorable épouse Carolyn Clink; à Ginjer Buchanan du Penguin Group (USA) à New York; à Adrienne Kerr et à Nicole Winstanley du Penguin Group (Canada) à Toronto; et à Malcolm Edwards et Simon Spanton de l'Orion Publishing Group à Londres.

Merci à Marvin Minsky, Ph.D., du Computer Science and Artificial Intelligence Laboratory ainsi que du Media Lab au Massachusetts Institute of Technology; à Bo Morgan et Dustin Smith, deux étudiants de Marvin au MIT Media Lab; au cogniticien David W. Nicholas; à Andy Rosenbloom de l'Association for Computing Machinery; et au spécialiste en sciences de l'informatique, Vemor Vinge.

Merci à David Goforth, Ph.D., du département de mathématiques et sciences informatiques de l'université Laurentienne, et à David Robinson, Ph.D., du département d'économie de l'université Laurentienne, pour leurs nombreuses et excellentes suggestions.

Mes remerciements tout particuliers à mon regretté ami Howard Miller (1966-2006), qui était sourd et aveugle, et dont j'ai fait la connaissance en ligne en 1992 avant de le rencontrer en personne en 1994. Il a influé de tant de façons sur ma vie, et sur celle de tant d'autres personnes.

Merci également à tous ceux qui ont répondu à mes questions, qui m'ont laissé tester mes idées sur eux, ou qui, d'une façon générale, m'ont prodigué encouragements et inspiration. En particulier : Asbed Bedrossian, Ellen Bleaney, Ted Bleaney, Michael A. Burstein, Nomi Burstein, David Livingstone Clink, Paddy Forde, Ron Friedman, Marcel Gagné, James Alan Gardner, Shoshana Glick, Al Katerinsky, Herb Kauderer, Fiona Kelleghan, Kirstin Morrell, Virginia O'Dine, Alan B. Sawyer et Sally Tomasevic. Le terme « Webmind » a été imaginé par Ben Goertzel, Ph.D., l'auteur de *Creating Internet Intelligence* et actuellement directeur général et directeur scientifique de la société Novamente LLC (novamente.net) spécialisée dans l'intelligence artificielle ; je l'utilise ici avec son aimable autorisation.

Et enfin, je remercie les quelque 1400 membres de mon groupe de discussion sur Internet, qui m'ont accompagné pendant la création de ce roman. N'hésitez pas à vous joindre à nous à :

www.groups.yahoo.com/group/robertjsawyer

CATALOGUE TOTEM

306 Robert J. Sawyer, *Trilogie de l'Éveil 3 : Wonder*
305 Robert J. Sawyer, *Trilogie de l'Éveil 2 : Watch*
304 Robert J. Sawyer, *Trilogie de l'Éveil 1 : Wake*
303 Peter Swanson, *Ceux qu'on tue*
302 Friedrich Dürrenmatt, *Le Juge et son bourreau. Le Soupçon*
301 Chris Offutt, *Les Fils de Shifty*
300 Craig Johnson, *Tous les démons sont ici*
299 Charles Frazier, *Retour à Cold Mountain*
298 Maren Uthaug, *Une fin heureuse*
297 Lizzie Pook, *La Fille du pêcheur de perles*
296 Edward Abbey, *Seuls sont les indomptés*
295 John Gierach, *Danse avec les truites*
294 Giorgio Scerbanenco, *Les Milanais tuent le samedi*
293 James Crumley, *La Contrée finale*
292 Craig Johnson, *Molosses*
291 Wallace Stegner, *Angle d'équilibre*
290 Sarai Walker, *Les Voleurs d'innocence*
289 Walter Tevis, *La Couleur de l'argent*
288 William Boyle, *Éteindre la Lune*
287 Howard Fast, *Spartacus*
286 Mario Rigoni Stern, *L'Année de la victoire*
285 Larry McMurtry, *Cavalier, passe ton chemin*
284 Giorgio Scerbanenco, *Les Enfants du massacre*
283 Jenny Lund Madsen, *Trente jours d'obscurité*
282 Mark Haskell Smith, *Épices & Love*
281 S. Craig Zahler, *Dédale mortel*
280 Dennis Lehane, *Le Silence*
279 Andrew J. Graff, *Le Radeau des étoiles*
278 Kent Wascom, *Le Sang des cieux*
277 Friedrich Dürrenmatt, *La Panne*
276 Peter Swanson, *Ceux qu'on tue*
275 Daniel Woodrell, *Winter's Bone*
274 Piergiorgio Pulixi, *Le Chant des innocents*

273 Ross Macdonald, *Argent noir*
272 Tess Gunty, *Écoutez-moi jusqu'à la fin*
271 Julia Glass, *Je te vois partout*
270 Craig Johnson, *Dark Horse*
269 Aldo Leopold, *Almanach d'un comté des sables*
268 Blake Crouch, *Wayward Pines 3 : Destruction*
267 Blake Crouch, *Wayward Pines 2 : Rébellion*
266 Blake Crouch, *Wayward Pines 1 : Révélation*
265 Jennifer Haigh, *Mercy Street*
264 Maren Uthaug, *Là où sont les oiseaux*
263 Chris Offutt, *Les Gens des collines*
262 Pete Fromm, *Avant la nuit*
261 Lance Weller, *Le Cercueil de Job*
260 John Gierach, *Truites & Cie*
259 James Crumley, *Les Serpents de la frontière*
258 Giorgio Scerbanenco, *Tous des traîtres*
257 Friedrich Dürrenmatt, *La Promesse*
256 Larry McMurtry, *Et tous mes amis seront des inconnus*
255 Wallace Stegner, *Vue cavalière*
254 Piergiorgio Pulixi, *L'Illusion du mal*
253 Helene Bukowski, *Les Dents de lait*
252 JoAnne Tompkins, *Ce qui vient après*
251 Mark Haskell Smith, *Elephant crunch*
250 Tiffany McDaniel, *L'été où tout a fondu*
249 Alan Le May, *La Prisonnière du désert*
248 Oakley Hall, *Warlock*
247 Peter Swanson, *Chaque serment que tu brises*
246 Giulia Caminito, *L'eau du lac n'est jamais douce*
245 Christina Sweeney-Baird, *La Fin des hommes*
244 John D. Voelker, *Testament d'un pêcheur à la mouche*
243 Maren Uthaug, *Et voilà tout*
242 Ross Macdonald, *La Face cachée du dollar*
241 Pete Fromm, *Le Lac de nulle part*
240 Julia Glass, *Conte d'automne*
239 Giorgio Scerbanenco, *Vénus privée*

238 Elliot Ackerman et James Stavridis, *2034*

237 Thomas Savage, *La Reine de l'Idaho*

236 Kathleen Dean Moore, *Sur quoi repose le monde*

235 Walter Tevis, *L'Arnaqueur*

234 Paul Tremblay, *La Cabane aux confins du monde*

233 Mario Rigoni Stern, *Histoire de Tönle*

232 Kate Reed Petty, *True Story*

231 William Boyle, *La Cité des marges*

230 Keith McCafferty, *Le Baiser des Crazy Mountains*

229 Elliot Ackerman, *En attendant Eden*

228 John Gierach, *Même les truites ont du vague à l'âme*

227 Charles Portis, *True Grit*

226 Jennifer Haigh, *Ce qui gît dans ses entrailles*

225 Doug Peacock, *Marcher vers l'horizon*

224 James McBride, *Deacon King Kong*

223 David Vann, *Komodo*

222 John Farris, *Furie*

221 Edward Abbey, *En descendant la rivière*

220 Bruce Machart, *Des hommes en devenir*

219 Mark Haskell Smith, *À bras raccourci*

218 Winston Groom, *Forrest Gump*

217 Larry McMurtry, *Les Rues de Laredo*

216 Terry Tempest Williams, *Refuge*

215 Wallace Stegner, *La Vie obstinée*

214 Piergiorgio Pulixi, *L'Île des âmes*

213 Giulia Caminito, *Un jour viendra*

212 Julia Glass, *Refaire le monde*

211 David Heska Wanbli Weiden, *Justice indienne*

210 Alex Taylor, *Le sang ne suffit pas*

209 Ross Macdonald, *Le Frisson*

208 Tiffany McDaniel, *Betty*

207 John D. Voelker, *Itinéraire d'un pêcheur à la mouche*

206 Thomas Berger, *Little Big Man*

205 Peter Swanson, *Huit Crimes parfaits*

204 Andy Davidson, *Dans la vallée du soleil*

203 Walter Tevis, *L'Homme tombé du ciel*
202 James Crumley, *Le Canard siffleur mexicain*
201 Robert Olmstead, *Le Voyage de Robey Childs*
200 Pete Fromm, *Chinook*
199 Keith McCafferty, *La Vénus de Botticelli Creek*
198 Tom Robbins, *Jambes fluettes, etc.*
197 Nathaniel Hawthorne, *La Lettre écarlate*
196 Jennifer Haigh, *Le Grand Silence*
195 Kent Wascom, *Les Nouveaux Héritiers*
194 Benjamin Whitmer, *Les Dynamiteurs*
193 Barry Lopez, *Rêves arctiques*
192 William Boyle, *L'amitié est un cadeau à se faire*
191 Julia Glass, *Jours de juin*
190 Mark Haskell Smith, *Coup de vent*
189 Trevanian, *L'Été de Katya*
188 Chris Offutt, *Sortis des bois*
187 Todd Robinson, *Une affaire d'hommes*
186 Joe Wilkins, *Ces montagnes à jamais*
185 James Oliver Curwood, *Grizzly*
184 Peter Farris, *Les Mangeurs d'argile*
183 David Vann, *Un poisson sur la Lune*
182 Mary Relindes Ellis, *Le Guerrier Tortue*
181 Pete Fromm, *La Vie en chantier*
180 James Carlos Blake, *Handsome Harry*
179 Walter Tevis, *Le Jeu de la dame*
178 Wallace Stegner, *Lettres pour le monde sauvage*
177 Peter Swanson, *Vis-à-vis*
176 Boston Teran, *Méfiez-vous des morts*
175 Glendon Swarthout, *Homesman*
174 Ross Macdonald, *Le Corbillard zébré*
173 Walter Tevis, *L'Oiseau moqueur*
172 John Gierach, *Une journée pourrie au paradis des truites*
171 James Crumley, *La Danse de l'ours*
170 John Haines, *Les Étoiles, la neige, le feu*
169 Jake Hinkson, *Au nom du Bien*

168 James McBride, *La Couleur de l'eau*
167 Larry Brown, *Affronter l'orage*
166 Louisa May Alcott, *Les Quatre Filles du docteur March*
165 Chris Offutt, *Nuits Appalaches*
164 Edgar Allan Poe, *Le Sphinx et autres histoires*
163 Keith McCafferty, *Les Morts de Bear Creek*
162 Jamey Bradbury, *Sauvage*
161 S. Craig Zahler, *Les Spectres de la terre brisée*
160 Margaret Mitchell, *Autant en emporte le vent*, vol. 2
159 Margaret Mitchell, *Autant en emporte le vent*, vol. 1
158 Peter Farris, *Dernier Appel pour les vivants*
157 Julia Glass, *Une maison parmi les arbres*
156 Jim Lynch, *Le Chant de la frontière*
155 Edward Abbey, *Le Feu sur la montagne*
154 Pete Fromm, *Comment tout a commencé*
153 Charles Williams, *Calme plat*
152 Bob Shacochis, *Sur les eaux du volcan*
151 Benjamin Whitmer, *Évasion*
150 Glendon Swarthout, *11 h 14*
149 Kathleen Dean Moore, *Petit Traité de philosophie naturelle*
148 David Vann, *Le Bleu au-delà*
147 Stephen Crane, *L'Insigne rouge du courage*
146 James Crumley, *Le Dernier Baiser*
145 James McBride, *Mets le feu et tire-toi*
144 Larry Brown, *L'Usine à lapins*
143 Gabriel Tallent, *My Absolute Darling*
142 James Fenimore Cooper, *La Prairie*
141 Alan Tennant, *En vol*
140 Larry McMurtry, *Lune comanche*
139 William Boyle, *Le Témoin solitaire*
138 Wallace Stegner, *Le Goût sucré des pommes sauvages*
137 James Carlos Blake, *Crépuscule sanglant*
136 Edgar Allan Poe, *Le Chat noir et autres histoires*
135 Keith McCafferty, *Meurtres sur la Madison*
134 Emily Ruskovich, *Idaho*

133 Matthew McBride, *Frank Sinatra dans un mixeur*
132 Boston Teran, *Satan dans le désert*
131 Ross Macdonald, *Le Cas Wycherly*
130 Jim Lynch, *Face au vent*
129 Pete Fromm, *Mon désir le plus ardent*
128 Bruce Holbert, *L'Heure de plomb*
127 Peter Farris, *Le Diable en personne*
126 Joe Flanagan, *Un moindre mal*
125 Julia Glass, *La Nuit des lucioles*
124 Trevanian, *Incident à Twenty-Mile*
123 Thomas Savage, *Le Pouvoir du chien*
122 Lance Weller, *Les Marches de l'Amérique*
121 David Vann, *L'Obscure Clarté de l'air*
120 Emily Fridlund, *Une histoire des loups*
119 Jake Hinkson, *Sans lendemain*
118 James Crumley, *Fausse Piste*
117 John Gierach, *Sexe, mort et pêche à la mouche*
116 Charles Williams, *Hot Spot*
115 Benjamin Whitmer, *Cry Father*
114 Wallace Stegner, *Une journée d'automne*
113 William Boyle, *Tout est brisé*
112 James Fenimore Cooper, *Les Pionniers*
111 S. Craig Zahler, *Une assemblée de chacals*
110 Edward Abbey, *Désert solitaire*
109 Henry Bromell, *Little America*
108 Tom Robbins, *Une bien étrange attraction*
107 Christa Faust, *Money Shot*
106 Jean Hegland, *Dans la forêt*
105 Ross Macdonald, *L'Affaire Galton*
104 Chris Offutt, *Kentucky Straight*
103 Ellen Urbani, *Landfall*
102 Edgar Allan Poe, *La Chute de la maison Usher et autres histoires*
101 Pete Fromm, *Le Nom des étoiles*
100 David Vann, *Aquarium*
99 *Nous le peuple*

98 Jon Bassoff, *Corrosion*
97 Phil Klay, *Fin de mission*
96 Ned Crabb, *Meurtres à Willow Pond*
95 Larry Brown, *Sale Boulot*
94 Katherine Dunn, *Amour monstre*
93 Jim Lynch, *Les Grandes Marées*
92 Alex Taylor, *Le Verger de marbre*
91 Edward Abbey, *Le Retour du gang*
90 S. Craig Zahler, *Exécutions à Victory*
89 Bob Shacochis, *La femme qui avait perdu son âme*
88 David Vann, *Goat Mountain*
87 Charles Williams, *Le Bikini de diamants*
86 Wallace Stegner, *En lieu sûr*
85 Jake Hinkson, *L'Enfer de Church Street*
84 James Fenimore Cooper, *Le Dernier des Mohicans*
83 Larry McMurtry, *La Marche du mort*
82 Aaron Gwyn, *La Quête de Wynne*
81 James McBride, *L'Oiseau du Bon Dieu*
80 Trevanian, *The Main*
79 Henry David Thoreau, *La Désobéissance civile*
78 Henry David Thoreau, *Walden*
77 James M. Cain, *Assurance sur la mort*
76 Tom Robbins, *Nature morte avec Pivert*
75 Todd Robinson, *Cassandra*
74 Pete Fromm, *Lucy in the Sky*
73 Glendon Swarthout, *Bénis soient les enfants et les bêtes*
72 Benjamin Whitmer, *Pike*
71 Larry Brown, *Fay*
70 John Gierach, *Traité du zen et de l'art de la pêche à la mouche*
69 Edward Abbey, *Le Gang de la clef à molette*
68 David Vann, *Impurs*
67 Bruce Holbert, *Animaux solitaires*
66 Kurt Vonnegut, *Nuit mère*
65 Trevanian, *Shibumi*
64 Chris Offutt, *Le Bon Frère*

63 Tobias Wolff, *Un voleur parmi nous*
62 Wallace Stegner, *La Montagne en sucre*
61 Kim Zupan, *Les Arpenteurs*
60 Samuel W. Gailey, *Deep Winter*
59 Bob Shacochis, *Au bonheur des îles*
58 William March, *Compagnie K*
57 Larry Brown, *Père et Fils*
56 Ross Macdonald, *Les Oiseaux de malheur*
55 Ayana Mathis, *Les Douze Tribus d'Hattie*
54 James McBride, *Miracle à Santa Anna*
53 Dorothy Johnson, *La Colline des potences*
52 James Dickey, *Délivrance*
51 Eve Babitz, *Jours tranquilles, brèves rencontres*
50 Tom Robbins, *Un parfum de jitterbug*
49 Tim O'Brien, *Au lac des Bois*
48 William Tapply, *Dark Tiger*
46 Mark Spragg, *Là où les rivières se séparent*
45 Ross Macdonald, *La Côte barbare*
44 David Vann, *Dernier jour sur terre*
43 Tobias Wolff, *Dans le jardin des martyrs nord-américains*
42 Ross Macdonald, *Trouver une victime*
41 Tom Robbins, *Comme la grenouille sur son nénuphar*
40 Howard Fast, *La Dernière Frontière*
39 Kurt Vonnegut, *Le Petit Déjeuner des champions*
38 Kurt Vonnegut, *Dieu vous bénisse, monsieur Rosewater*
37 Larry Brown, *Joe*
36 Craig Johnson, *Enfants de poussière*
35 William G. Tapply, *Casco Bay*
34 Lance Weller, *Wilderness*
33 Trevanian, *L'Expert*
32 Bruce Machart, *Le Sillage de l'oubli*
31 Ross Macdonald, *Le Sourire d'ivoire*
30 David Morrell, *Rambo*
29 Ross Macdonald, *À chacun sa mort*
28 Rick Bass, *Le Livre de Yaak*

27 Dorothy Johnson, *Contrée indienne*
26 Craig Johnson, *L'Indien blanc*
25 David Vann, *Désolations*
24 Tom Robbins, *B comme Bière*
23 Glendon Swarthout, *Le Tireur*
22 Mark Spragg, *Une vie inachevée*
21 Ron Carlson, *Le Signal*
20 William G. Tapply, *Dérive sanglante*
19 Ross Macdonald, *Noyade en eau douce*
18 Ross Macdonald, *Cible mouvante*
17 Doug Peacock, *Mes années grizzly*
16 Craig Johnson, *Les Camps des morts*
15 Tom Robbins, *Féroces infirmes retour des pays chauds*
14 Larry McMurtry, *Texasville*
13 Larry McMurtry, *La Dernière Séance*
12 David Vann, *Sukkwan Island*
11 Tim O'Brien, *Les choses qu'ils emportaient*
10 Howard McCord, *L'homme qui marchait sur la Lune*
9 Craig Johnson, *Little Bird*
8 Larry McMurtry, *Lonesome Dove*, épisode 2
7 Larry McMurtry, *Lonesome Dove*, épisode 1
6 Rick Bass, *Les Derniers Grizzlys*
5 Jim Tenuto, *La Rivière de sang*
4 Tom Robbins, *Même les cow-girls ont du vague à l'âme*
3 Trevanian, *La Sanction*
2 Pete Fromm, *Indian Creek*
1 Larry Watson, *Montana 1948*

CET OUVRAGE A ÉTÉ COMPOSÉ PAR
ATLANT'COMMUNICATION
AU BERNARD (VENDÉE).

ACHEVÉ D'IMPRIMER EN JANVIER 2025 SUR LES PRESSES
DE NORMANDIE ROTO IMPRESSION S.A.S., 61250 LONRAI
POUR LE COMPTE DES ÉDITIONS GALLMEISTER
13, RUE DE NESLE, 75006 PARIS

IMPRIMÉ EN FRANCE

DÉPÔT LÉGAL : FÉVRIER 2025
N° D'IMPRESSION : 2404919